U1014912

西部小说系列

雪漠

当一个时代随风而逝时，

我抢回了几撮灵魂的碎屑。

——作者题记

白虎关

（上）

雪漠 著

中国大百科全书出版社

图书在版编目（CIP）数据

白虎关 / 雪漠著 . – 北京 ：中国大百科全书出版社 . 2017.1

ISBN 978-7-5000-9987-1

Ⅰ . ①白… Ⅱ . ①雪… Ⅲ . ①长篇小说 – 中国 – 当代
Ⅳ . ① I247.5

中国版本图书馆 CIP 数据核字（2016）第 279801 号

出 版 人　刘国辉
责任编辑　李默耘
责任印制　魏婷
装帧设计　U-BOOK
出版发行　中国大百科全书出版社
地　　址　北京阜成门北大街 17 号
邮　　编　100037
网　　址　http://www.ecph.com.cn
电　　话　010-88390603
印　　刷　北京汇瑞嘉合文化发展有限公司
开　　本　880 毫米 × 1230 毫米　1/32
字　　数　470 千字
印　　张　19.125
版　　次　2017 年 1 月第 1 版第 1 次印刷
定　　价　58.00 元

本书如有印装质量问题，请与出版社联系调换

爱与理想的喷涌（“大漠三部曲”新版总序）

●雪漠

我的诗总是没有结尾，
很像我的生命和觉悟，
也如我心中鲜活的你。
风中的蝉翼渐渐远了，
一如那亘古的叹息。
我总是在别人病里，
疼痛我自己。

一

中秋了，西部的大漠也该忙碌了。一切，都还是那种调子，缓慢，沉稳，内敛，有点像我的小说。所有的人，还在各自的轨道上，继续着各自的生活，一年又一年，周而复始。不管外面的声音怎样呼啸，也难吹醒大漠的梦。我不知，这梦还要睡多久？大漠的沉寂，已经千年了，都成深入顽空定的老僧了，顽空太久，总难激起智慧的涟漪。偶尔，喘息几声，很快，就被岁月的飓风卷走了。

卷走的，除了喘息外，还有那份疼痛。是的，疼痛。但是，有疼痛，总比麻木要好。在这个巨大的虚幻里，能感受到疼痛的，定然是清醒的人。虽然，我的小说里写了诸多的“疼痛”，但细心的读者，总能从那疼痛中，读出一股大力。要想冲破黎明前的黑暗，必然会有疼痛。没有大疼，便没有大安。我一直寻找那妙方。

从《大漠祭》起，疼痛就开始了，你能看出来，那是一种无奈的疼痛。到了《猎原》，疼痛中有了忏悔，有了觉醒，有了决裂和希望。而在《白虎关》里，这种疼痛，一直发酵，一直发酵，到了生命的极限，疼痛的灵魂便一泄而出了，发出的呼喊，有点撕心裂肺。所有的一切，都在叩问，那解除疼痛的良药在哪？谁能抚平一个个灵魂的伤痛？谁能给予回答和指引？

就这样，三部书里，写尽了红尘中的这杯苦酒。

那么，人类为什么会有疼痛？我告诉你，因为有死亡，因为有变化，因为一切都不能永恒。这是生命的真相。不管你是否明白，该来的终究会来，该去的终究留不住。关键是，该如何面对这一宿命？后面，我写的“灵魂三部曲”(《西夏咒》、《西夏的苍狼》、《无死的金刚心》)，还有“故乡三部曲”(《野狐岭》、《一个人的西部》、《深夜的蚕豆声》)，也许，很多人从中能找到治愈的妙方。但同时，要想真正治愈，你还要去感受另一种更大的疼痛，那是打破后的幻灭和升华。

在我的小说世界里，塑造了上百个人物，他们都活着，都行走着，都在展示自己的灵魂。从他们的故事中，你可以读出我所要表达的思想和智慧。他们很实，也很虚，在虚实之间，都在演绎着自己的命运。所有的故事，生了，灭了；灭了，又生了，生生灭灭，已演了千年。偶然间，我写出了他们，定格了他们，其用意只有两个字：明白。

为了这明白，我总在破呀，立呀，总在实呀，虚呀中行走，寻觅。寻觅是我永恒的功课。明白之前的寻觅，是为了自己的明白；而明白之后的寻觅，是为了让更多人的明白。于是，我的作品总是源源不断，绵绵流长，总如火山般喷涌。

破也萧萧，立也萧萧，一切的一切，都在诉说那个古老的故事。曾有人说，雪漠不会编故事。是的，雪漠不会编故事，但他知道，真正的人生有无数的精彩故事，是无须刻意编的，它一直存在于天地间。你、我、他，都是故事中人，我们的生命，都在诉说自己的故事。

从1989年开始创作，到2000年《大漠祭》初版，再到2008年《白虎关》初版，我写了二十年的“大漠三部曲”。2009年，我一边感叹沧桑，一边告别关房，走入一个新的世界。我从凉州，客居岭南。再从岭南，定居沂山。我不想老死在“大漠”里，我想出来，看看世界，兜兜风。我知道，宿命里，还有更远的路要走。

有人说，我的身上，蕴涵着两种东西，是他人少有的。什么东西？爱和希望。我是理想主义者，我相信希望的永恒。我有点像地球，表面看起来平静，深处的岩浆却在涌动，那便是希望和爱。那种活力，时时会喷出，成为一座壮美的火山。

当然，我的一生，也在朝圣。我一直像拜月的狐儿。从《大漠祭》，到《猎原》，到《白虎关》，再到最近的《野狐岭》，都是我朝圣时留下的足记。虽然遭遇艰难，但还是一路走了来。

所以，我的读书、写作、禅修、演讲、访学、交流等，都是我朝圣的方式，其所有的目的，就是为了战胜自己，消去兽性，趋向神性，让自己成为一个真正的人。

二

“大漠三部曲”中，还写了我眼中的西部文化。

这文化，有两个特征：一是当下关怀，二是终极超越。

对于前者，体现在《大漠祭》《猎原》《白虎关》里，而后者，则体现在《西夏咒》《西夏的苍狼》《无死的金刚心》《一个人的西部》《野狐岭》《深夜的蚕豆声》里。它们构成了一个整体，以文学的形式展现给世界。此外，我的“光明大手印”书系，则是以文化的形式，展示了什么是终极超越。

当然，我还想定格一个时代。写“大漠三部曲”时，我定了戒律：不迎合，不跟风，不跟潮流，不追求时尚。我要求每部作品，都是一个世界，绝不雷同。我的创新，不是形式上的模仿，而是精神上的超越。精神上的超越，能直指人心。

有一次，一个记者说，雪漠，你的《大漠祭》中，有些凉州方言不对。我说，不管对不对，以后就以我为准了。因为这茬人死后，没人再知道对不对了。

作家的作品，是作家心灵的产物，世界怎么样，并不重要。就如《无死的金刚心》里的琼波浪觉，本身怎么样，并不重要。不同的作家，诠释了对世界不同的理解；而不同的理解，又构成了不同的价值；那不同的价值，又决定了作家不同的话语权。有的不朽，有的是过眼云烟。只有作品成为文化时，那作家写的东西，才能影响世界。

三

我常说，我的写作是因为爱。

爱是人类永恒的话题，道不尽，说不完。“大漠三部曲”里，我写了人世间最美的世俗之爱，灵官与莹儿，猛子与月儿，都用他们的爱，感动了读者。这是小爱，虽然很美，也令人向往，但它很快会消逝，条件一变，那天长地久，就成曾经拥有。而在“灵魂三部曲”里，我写了一种大爱，这是信仰之爱，超越了肉体本身。琼与雪羽儿、黑歌手与紫晓、琼波浪觉与司卡史德……他们的爱，有种出尘之美。大爱是智慧与慈悲的合一。小爱转瞬即逝，大爱相对永恒；小爱是个人的觉受，大爱是心灵的滋养。我一生所向往的，就是这种大爱。

因为有大爱，那出走后的灵官，就能成为琼、黑歌手、琼波浪觉、马在波，因为他实现了超越。“大漠三部曲”就源于大爱。我将心中的爱，都化为文字，化为行为，化为思想。面对世界时，我总有浓浓的爱，这样，便有了写作的理由。

爱是一种光。我总想分享那光，照亮有缘者。光小时，我就当萤火虫，光大时，我就当火把。只要有光，就有希望。等我成火把时，就会点燃另一个火把，或点燃一堆篝火，那便是我的一本本书，或是一个个跟我做事的朋友。我们的人生，都是在茫茫长夜里漫游，都不知生从何来，死往何去，但只要看到火光，就能感到温馨和希望。

“大漠三部曲”，便是我的一种光。

——2016年9月10日写于沂山雪漠书院

文化与信仰（《白虎关》第三版代序）

●雪漠

再次感谢中国大百科全书出版社的雪漠图书中心。

《白虎关》又再版了，这是第三版。它和《大漠祭》《猎原》一起，伴我从青年到中年，构成了“大漠三部曲”。至今，谈到小说里的兰兰、莹儿、月儿、大牛等，我的心还是会痛，我总是在他们的故事里，流我自己的泪。我知道，这个世界上还有很多“他们”，于是，我就有了写作的理由，总想多留几部书，写写他们的未来。未来总是令人憧憬的，虽然我知道，所有人的未来都是一个定局，但这个过程中，总该有种新的东西吧。毕竟，时代发展到今天，“他们”的命运也该出现一种新的转机吧？我们的文学，也为它提供了无数种可能。

一个人从生到死，是一片空白，期待你用自己的行为来填充。所以，人的一生，就是“填空”的一生。同时，人的一生，也是闯关的一生，闯过一关，你就会成长一点，灵魂就会强大一些。

我的《白虎关》，就写了一群闯关的人。每个人有不同的关，欲望和心灵不同，关就不同，小说也因之呈现了万种风情。

我也是个闯关者，书中那些命运的关口，我也曾经历过。曾经的生命中所有的关，现在看来，都成了难忘的风景。

对《白虎关》，评论家雷达老师的解读入木三分，独具特色，他在《中国作家》2008年第9期著文称：“雪漠，是甘肃小说家中地域性文化精神最为突出的作家，他的来自西部生存的苍劲的小说语言，深情刻骨的大漠情怀，已随着他的《大漠祭》赢得了全国性的声誉，建立了一种浩荡凛冽的西凉风格。

雪漠的叙事能力强，笔下富于生命质感。《白虎关》很像一个生命大寓言。两个女子，为了活着的理由和生命的盼头，被命运抛入陌生的绝境。猛兽、酷暑、干渴……及诸多未知的灾难都将那两个弱女子的灵魂放上命运的砧板，开始无情地捶打。灵魂的韧性由此产生，生命的尊严也由此体现。正是在一次次的炼狱中，两个弱女子升华为两个大写的‘人’。主人公跟豺狗子的较量是文本中精彩至极的华章，人与兽，善与恶，生与死，情与爱……诸多悖论般的命题一次次展现，人的灵魂由此洗礼得以重塑，两个鲜活的生命跃然纸上，承载着厚重如大地、壮美如雪山的西部精神。时下的小说中，已经很少能看到如此本色、新奇、呼之欲出的‘人物’了。”

不过，现实生活中，我们不一定会像兰兰们那么幸运，我们总是躲不开“豺狗子”，总是会陷入命运的沼泽中。因为，我们时时都处在“流沙”中，遭遇着我们不愿遭遇的一切，如生死、贫穷、热恼、疾病、灾难、厄运等，它们总是突如其来。所以，我们需要有真正的盼头，需要一种更高的向往和追求。许多时候，选择的力量、文化的力量、信仰的力量，便能决定我们的命运走向。但是，能做出正确选择的人，并不多。很多时候，命运的大力总能左右我们，让我们身不由己。

时代发展到今天，人类正遭遇着历史上最大的“豺狗子”，它便是庸碌的洪流。科技的高度发达，欲望的极度膨胀，混混文化的强势，总能让人陷入泥潭，整日追名逐利，浑浑噩噩，难以超越。在“温水煮青蛙”的魔咒中，很多人毫不自知，泥足深陷，难以升华。《白虎关》展示的，便是书中人物跟“豺狗子”搏杀时的惨烈。

在《白虎关》里，我想定格的东西已和《大漠祭》《猎原》有所不同，因为时代发生了巨变。农耕文明日落西山，大势所趋。所以，我在首版中题记道：“当一个时代随风而逝时，我抢回了几撮灵魂的碎屑。”当然，我抢回的，不仅仅是灵魂的碎屑，也是一种存在，更是一种文化和信仰。

当然，《白虎关》更是一群鲜活人物的灵魂舞台，我们看到的，可能是一个个迷失的自己。书中那一个个挣扎的灵魂，那一次次命运的炼狱，那一幕幕难忘的场景，那一行行流淌的泪水，或许会让我们感受到生命的另一种悸动……

——2016年7月1日写于沂山雪漠书院

从“成为雪漠”到“享受雪漠”

●雪漠

从《大漠祭》初版至今，已过去十二年了。世界发生了很多变化，时尚文学过了一茬又一茬，许多畅销书的寿命也越来越短，《大漠祭》们却越来越热了。各大网上书店也常常断货，常有人托朋友找书。虽然有了多种版本，仍常常供不应求。虽没人热炒过它们，它们还是靠作品本身的力量赢得了时代和市场。当然，日后，还会有个有力的助缘，让更多的人发现它们。那时，它们的价值将会被重估。那时节，会有许多人惊叹：嘿，这可真是个宝藏啊。呵呵。

我是1988年开始动笔的，2000年《大漠祭》在上海初版，2003年《猎原》在北京初版，2008年《白虎关》在上海初版，我终于完成了“大漠三部曲”的写作。出版历时八年，写作时间则超过了二十年。从二十五岁开始写初稿，到四十六岁完成初版，历时真有些长了。写初稿时，我刚刚踏上文坛——只发表过中篇小说《长烟落日处》——到《白虎关》出版时，我已成了“著名作家”，按《小说评论》原主编李星先生的说法，我完成了从一个小学教师到著名作家的“神话”。

这一过程，我用了二十多年。下笔时，还风华正茂；收笔时，已须发斑白。

二十多年时间写三本书，委实有些长了。

不过，这二十多年，其实也是我人格修炼的二十多年。我从一个凉州农民的儿子，欲望多，烦恼盛，毛病不少，经过二十多年的努力，成了别人眼中的“证悟者”“成就者”——对这类词语，我其实并不随喜，因为我实无所证，亦无所得，更无所求，但有人需要，就那样叫叫也没啥，就像我老将自己说成是一头见到光明的驴子一样。

某次，一有名寺院的住持僧问我，雪漠，你闭关二十年修光明大手印，太浪费时间了，我只诵《大悲咒》，一个月就有感觉，你得到了啥？我说，我啥也没有得到，只得到了一颗啥都不想得到却啥都不缺的心。

所以，那“成就者”、“证悟者”之类的说法，是别人认为的雪漠。我自己，其实就是个平常人、有颗真正的平常心而已。我最想做的，就是当好一个作家，静静地写自己想写的书。我理解的幸福，就是静静地待在属于自己的房子里，没有人来打搅，能静静地禅修，静静地读书，静静地写作，在生命消失之前，做完自己该做的事，仅此而已。幸好，到目前为止，那被强制拆迁之类的破事还没有骚扰到我。虽然树欲静而风不止，老有些不愿遭遇的事，但总算还在可控的范围内，生命就有了一份属于自己的色彩。

我的所有修行，仅仅是为了让心属于我自己，活出自己想活的那份从容和宁静。所以，对于我写的那些关于佛教的书，你觉得有意思了，就读读，没意思了，就扔了。那只是过来人的一点儿心得，权当分享而已。倒是对我的小说，我一向聊以自慰，因为我创造了一个世界，正因为有了它们，我才有了一种独行天地间的人间之乐。自从我成了想成为的自己后，许多别人眼中的享受，就不再是享受了，只有写作和读书，还能让我享受到一种平常人的喜悦。它成了我享受生命的重要方式。

说真的，我从来没想拯救世界，我只想拯救自己。无论我的创作，还是修行，都是为了实现对自己灵魂的救赎。文学让我有了另一个世界，大手印则让我实现了对那个世界的升华和超越，很难说哪个更重要。只是到了后来，因为发现这类文化太珍贵了，它已成了风中的残烛，我不想叫岁月的飓风吹熄它，才花费了生命和稿费去研究，去传播，去抢救。一人之力不够，才有了广州市香巴文化研究院，才有了人们眼中的那些利众之行。我当然没想到，大手印文化反倒回报了我的文学。我的小说后来的热销，除了它真的很好，那些老读者仍在口碑式地传播外，还因为很多人认可了我承载的文化，有些人真的离苦得乐了，就想再读读我的小说，这才发现了我那独有的文学世界，进而又开始了口碑式的传播。在这一点上，也应了老祖宗说的“善有善报”。

其实，文学和文化是雪漠的两个翅膀，是一幅织锦的两个侧面，是太极图中的阴阳鱼，不要将它们分开。要知道，自从我超越了二元对立后，创作和修行达成一味了，创作是我的修行，修行也是我的创作。熟悉我写作习惯的朋友知道，我的写，才是一种真正的修。写这“大漠三部曲”的过程，也是我从张牙舞爪，到回归平常心的过程。虽然费时太长，我因此失去了别人眼中的那种精彩人生——连我爹都说我一辈子没“耍人”。“耍人”是凉州人对“精彩人生”的一种怪味描述——也有过《西夏的苍狼》中的黑歌手的那种无奈，但一向无怨无悔。要是上帝再让我重新选择一次，我还会这样活。

这不，此前我这样活，今后我还会这样活。过去我闭关二十多年，后来出来了几年，发现我独处时，非常充实，一到人群中时，却十分孤独，总不想充当别人期望的那种角色，只好再进关房了。像我的新书《光明大手印：参透生死》的封面那样，虽刚到五十岁，却常常把“死亡”二字顶到头上，当成一把悬着的剑，老想它随时会落下来。因为，凉州人老说“人上五十，夜夜防死”，就想在死神追到自己之前，写完该写的书，做完该做的事，不要留下啥遗憾。于是，除了吃午饭时见见家人，其它时间，我都在享受着明白后的雪漠。这一来，真成诗中写的那样了：

挥挥手，
还是到山上去吧。
山高，
高到太阳里了，
太阳里有个亥母洞，
洞是我命中的乐曲。

念珠握在手里，

木鱼在心头敲响，
黑夜是今生的袈裟，
高屋是前世的岩窟。

于是，我又成了《西夏咒》中的那个苦修的琼，除了送饭者，我又一次将红尘拒在了门外。

书倒仍在流行着，它成了我跟世界的主要联系方式。从《光明大手印：实修心髓》、《光明大手印：实修顿入》开始，每年都会有它的这个系列的新作问世，如《参透生死》，如《文学朝圣》，如《智慧人生》，如《当代妙用》，等等。这次，“大漠三部曲”也换了面孔，初版以来，这是第三次换“婆家”了。

从2000年至今，这三本书，有多种版本，多不统一，原因很多。比如，读者出版集团版的《大漠祭》就将《白虎关》中的一部分选入了，因为《大漠祭》要入选“农家书屋”，有人想叫农民们多了解一下莹儿的命运，我同意了。本想以附录的形式，将《莹儿的轮回》选入，但正式出版时，却变成了最后一章。这样，版本就显得乱了。有位教授就问我：莹儿咋死了两次？

还有很多内容，是被删节了的。如《猎原》中的《母狼灰儿》那一章，非常精彩，也非常感人，原稿中有，但出版时叫编辑删了，删得当然有道理，但我总有些可惜，因为那是我很喜欢的章节。这次，又恢复了。

《大漠祭》更是这样，有许多内容，在当时出版时，编辑有些顾虑，或是为了评奖，就忍痛割爱了不少。很多内容非常精彩，对农民的命运和心态有十分传神的描写，这次也恢复了。此外，还保留了村野和民间文化的内容。在初版中，许多民间文化是被删了的，如二舅帮老顺家祭神的详细经过，如牌位的内容，如齐神婆给憨头燎病禳解的详细经过，如憨头的丧仪经过和老道念的《指路经》，等等。我想，多年之后，再找这类东西，也只能在我的作品中找了，就留下了。我想，就让我的作品有点毛病吧，保留一个真实的雪漠。

《白虎关》亦然，在原稿中，莹儿的死活一直很模糊，我没有确定她的归宿。因为这是个悖论，死不忍心，活不可能——除非她不再是莹儿。但《收获》

某编辑约稿时，希望我写死她，就那样写了。后来，此情节一直不为人随喜，在复旦大学开研讨会时，雷达老师等专家都认为她不该死，这次，我就恢复了原稿的一些文字。还有那“引子”，是为了推销的需要，是机心的产物，虽然也精彩，但因为损伤了整部作品，这次也删了。

这样一来，本次出版的版本，也算是修订版吧。至此，距我动笔写《大漠祭》时，已过去了二十五年。虽然期间也写了称为“灵魂三部曲”的《西夏咒》《西夏的苍狼》《无死的金刚心》，但学界认为最能代表雪漠的，还是“大漠三部曲”。

当然，我自己不这样认为。要是没有“灵魂三部曲”，雪漠也不全面。当然，“灵魂三部曲”也同样面临了上面我谈到的那些问题。下次有机会，我也会将它们重新修订一下。因为初版时，为了出版方便，它们也被删改得面目全非了。像初版的《西夏咒》，跟我的原作，甚至有些黑白颠倒了，把张三做的事，安给了李四，我希望能还原原作面目。《西夏的苍狼》亦然，我甚至想重写它。重写要看因缘，修订则是定然会做的事了。

随着年岁的渐大，我越来越散淡了，越加喜欢离群索居，不想见人（送好书者例外），不想多事，不想浪费一丁点的生命，就索性常住在关房里了。那关房在岭南的森林旁，远离世俗喧嚣，触目皆是生机。我或禅修，或读书，或写作，看看星星，望望月亮，沐浴清风，聆听雨意，耳闻鸟鸣，眼观翠色，就显得逍遥了。

当然，静处观物动，闲里看人忙，这本身，也是一道风景呢。

心静到了极致，一切就哗哗地远去了，除了疯长的头发和指甲外，我几乎感受不到时间了。只觉得，世界、生命、万物，都往那看不见的远方逃了去。真没个啥执著的了。吃穿够了，除了“享受雪漠”外，再也没个啥值得追求的了。就将过去的书再修订一下，权当留一个存世的版本吧。

——2013 年 1 月 6 日于樟木头“雪漠禅坛”

目　录

目　　录

第 一 章

黑云彩罩住了牛心山，九眼泉打了个闪电

1

麦场上发生的一幕，使老顺非常震惊。

看到豆垛晃上晃下的时候，老顺以为是牲口偷吃豆秧呢。“呔！”他叫了一声，豆垛就不晃了。老顺四下里转转，也没见个牲口影儿。正疑惑，豆垛又晃了起来。

他便上了场房。

豆垛上，猛子正压个女人晃势，白屁股在晨光中晃得刺目。

老顺像挨了一棒。虽说这个要债鬼曾和双福女人闹出了惊天动地的桃色新闻，但毕竟是耳闻。这眼见，却分明成闷棍了。他仿佛才发现儿子竟也是个男人，也会伏在女人身上干他以前常干的事儿。这使他震惊别扭。听说见了这类场面，会一年不利顺的。老顺倒不在乎这个。他在乎猛子那惊慌中带点儿恼恨的表情，其中蕴含的内容很复杂，既有干了丑事被人发现的尴尬，又有对父亲多管闲事上房瞭望的恼怒。还有啥？破罐子破摔？还是……怨老子没给他娶媳妇？……再有啥？老顺晃晃脑袋，晃得脑中嗡嗡响，却晃不出个清晰眉目。

恶心。他只是嘀咕一句。

日头爷在东沙丘上探出个惨白的脑袋。老顺脸上烧烘烘的，嗓子很燥，像年轻时在寡妇门口徘徊时一样。日怪。他有些恨自己了，干丑事的又不是他，羞啥哩？……也难怪，儿子大咧，到了不规矩的时候了……又不是骟马……便是骟马，见个齐整些的骒牲口也跳哩，没法。没啥……只是，老顺口里虽“没啥”，可心里总觉得有点啥呢。而且，那点儿“啥”，总叫他心里怪不舒坦。

这也怪他。

真该怪他。五六十岁的人了，咋想到上房呢？可谁又知道儿子正把豆垛当婚床呢？知道的话，躲还来不及呢……问题是，为啥偏……又是上房又是长伸脖子观望呢？说明他发现那晃上晃下的样子不太像牲口吃豆秧的。

只记得那个白晃晃的屁股和猛子那扭曲得变形的脸闷棍似的把他击晕了。他怔了怔，不合时宜地咳了一下，但马上又觉得自己咳得很蠢。他手足无措了，脑中有千万只蜂在嗡嗡。

跳下房时，老顺甚至没经过那截矮墙——那是特意为上下方便而留的，他忘了上下房应有的程序，直接从房上跳到后面的沙堆上。那情景，极像逃脱了枪口的兔子。

“哎呀，老顺，练轻功吗？”孟八爷嬉笑道。

老顺尴尬地笑笑。他偷望孟八爷，发现他并没发现自己失态的原因，遂将提悬的心放下，干咳几声，又窥一眼使他失态的豆垛。豆垛仍静悄悄耸着，没一点儿声响。那两人，肯定恶心地凝着，不敢再晃势。老顺心里骂：不要脸，大天白日的。

孟八爷像往常那样，露出挑逗的捉弄的笑。老顺已习惯了他这老顽童相，但他心虚地发现，对方此刻的笑与以前不大一样，难道他也发现了吗？这可是个笑料啊。……“白屁股使老顺成了兔子。嘿，姿势好极了。”他定会这样取笑，“老呀老了，还能叫个屄吓惊……真没见过个世面，连盘子大个屄也没见过……噢——吓惊了。”声音是够难听的，而且不分场合，很叫人头疼。他留意地瞅一眼孟八爷，却放心了。因为他已眯了眼，把目光转向田野里蚂蚁般忙碌的人们。

老顺没有和孟八爷喧谈的兴趣，也想给垛上人一个卸妆的空隙，就梦游似的前行。……他不由替儿子着急了。正是上地的时候，人来人往，叫人窥见，脸往哪儿搁，又不能明里提醒儿子加快动作……丢人不如喝凉水，祖宗羞得往供台下跳哩。

要债鬼。

该给娶媳妇了。老顺想，儿子大了。他有些吃惊，儿子仿佛突然大了似的。他简直来不及反应，就一个个长成墙头高了，而且……他似乎读懂了儿子方才的表情中叫他难以捉摸的内容，那就是："谁叫你不给老子娶媳妇呢，老子当然操别人。"真是这样吗？也许是……肯定是……他想到猛子尴尬和恼怒中透出的那种任杀任剐的蛮横味道，叹口气。

望一眼此刻还静静的豆垛，往村里走。是该娶了。这是羊头上的毛，早晚得燎。只是，手里无刀杀不了人。钱是个硬头货，一个媳妇得好几万票老爷。哪儿生发？麦子倒还有些，扎紧喉咙，也能粜个三五千。粜吧。迟早得粜，迟早得娶，原打算防个饥荒年啥的，现在还防啥呢？今日有酒今日醉，管他明天喝凉水。混上一天是两半日子。

一进屋，老顺就躺在炕上。他觉得很疲乏，从里到外，从上到下，都乏，乏透了。莹儿带着娃儿站娘家去了，屋里自然清静。老顺懒得睁眼，也懒得去想啥，但猛子恼怒的脸和那个白屁股却在他眼前晃来晃去，晃得心里愈阴沉了。院里的公鸡正追赶母鸡。母鸡的叫声半推半就骚气十足，搅得老顺怒气冲冲。隔着窗子，他"欧欧"了几声，却喝不断鸡们的浪声浪气。于是，他恶狠狠呸一声，跳下炕，脱只土头土脑的鞋子，扔出去，活活拆散了那对恋鸡。

老伴被大惊小怪的鸡叫声惊出厨房，见老顺一蹦一跳地去捡鞋，嗔道："鸡又没挡你吃屎的路，你打它干啥哩？"

"你才吃屎哩。"老顺拾个小棍儿，刮去沾在鞋上的鸡粪，狠嘟嘟顶了一句。

那只惊魂渐定的公鸡又开始了被破鞋惊断的性骚扰。老顺却懒得再理会，心想，也难怪，公鸡也知道干那事儿，何况人。老顺没心思和老伴说笑，取了烟锅和打火机，噗——，烟弹划弧，飞出老远。几只鸡扑过去啄。老顺尽量让那烟在肺里多转了几转，牙缝里发出了长长的咝咝声。

老伴见老顺心事重重，问："究竟咋了？颠个脸，叫人心里乱哄哄的。"

老顺许久不语，一下下咂着。呛人的烟一股股腾起。老伴又问："究竟咋了？"老顺恶声恶气地说："问啥？你那个爹爹大天白日干驴事。""谁？""除了你那个愣头爹爹，还有谁？"

"猛子？"老伴一怔，又笑了，"当大的要像个当大的，拿儿子开啥玩笑。"

老顺狠狠咂几口烟，鼻孔里喷两股横气："我咋不像当大的？这是实话。"

老伴瞪大眼睛，左右望了一下，一脸鬼祟地问："和谁？"

和谁呢？这下，轮到老顺瞪大眼了。谁呢？不知道。他竟把这个关键问题忽略了。这确实很重要。她究竟是谁？是姑娘，还是媳妇？是谈恋爱，还是打野鸡？对象不同，性质就不同。老顺拧眉，死命回忆那场面，好从中捕捉一丝信息，却不料脑中茫然，一片灰白。不要说那女人的影子，连儿子的脸也不知逃何处去了，好容易显现的，只是那个白屁股，而且不清晰，像波晕荡漾的水中的月亮那样恍惚。老顺懊恼地嘿一声。他发现大脑老和他作对，该记的记不住，不该记的，却刻在心上。比如，方才的事，任何一个老子都会恶心，可那一幕却老晃，叫他瘆怪怪地极不舒服。而现在，研究案情需要材料，脑中却白茫茫一片了。他懊恼地拍几下脑袋，却想起，那一瞬，没看见女人的脸。

"不知道。"他无奈地说。

"那就是个屁。"老伴说，"谁告诉你的，你就打掉他的狗牙。哼，现在的人，跟个音音儿，念个经经儿，就爱捣闲话。要是我，不打掉他狗牙才怪呢。"

老顺火了："你打谁的狗牙？来，打老子的。谁说你的活爹爹的闲话？是老子看见的，老子还能红口白牙捣他的闲话……老祸害！"

老伴叫煮山芋噎住似的瞪了眼，脸上的肉蹦蹦跳着。许久，话音才冲开闸门："看见了就看见了！凶啥？成精了？龙生龙，凤生凤，老鼠的儿子会打洞。你还有脸说儿子……”

老顺脸上白一阵黑一阵，鼻孔里开始有了横气。初时他还在忍，等她提起箩儿斗动弹，开始涉及他的隐私时，便忍无可忍了。他伸出左手，撕住老伴的头发，抡圆右掌，瞄准那张黄脸，狠狠扇了几下。

老伴哭叫起来，边哭边骂，内容愈加难听。

老顺很懂得速战速决的游击战术，数招得手，马上抽身，顺手还拿上了动手前放在窗台上的烟锅子。

2

庄门外凉飕飕的漠风一吹，老顺的头脑清醒了，气也消了。这是几十年常做的功课。动口是老伴的能为，动手是老顺的强项。照例是老伴先占上风，老顺要后发制人结束战争，前者再用哭声打扫战场。此后，老伴要耍几日威风——但不可太过分——老顺嬉皮笑脸赔小心。而后，万事大吉。他们的刚柔对垒向来是和谐的。精明的老伴即使在耍威风时，也忘不了打量笑嘻嘻的老头子是不是突然咬起了牙。

“老啊老了，咋又是刀枪矛子的？”老顺晃晃脑袋。他有些后悔方才的手重。大儿子憨头一死，老婆子真皮包骨头了。小儿子灵官去了外面，又不来个音声儿。老婆子老念叨。念叨归念叨，可人家不通个声气儿，你有啥法子？娘老子的心在儿女上，儿女的心在石头上。无义种。

真吃枪药了。老顺想，按说，也没啥大不了的事，叫人家说了说两句，动啥手呢？……可没治，许多时候，人由不了自己，手也由不了自己，心更由不了自己。心要使气，手要出气，老顺有啥法子？他想笑，可口一张，却叹了一口气。

想到老伴挨揍的原委，老顺的心一下子暗了，眼前又出现猛子羞恼的脸。这时，他才真正确认了那是“羞恼”。记得，在双福捉奸的那夜，猛子就朝他吼过：“谁叫你不给老子娶？”

要债鬼。

老顺终于明白了老先人为啥叫儿子“要债鬼”。确实，儿子是啥？所谓儿子，就是能理直气壮地从你兜里掏钱，从你碗里抢肉，从你口里夺食，而又心安理得的那个人。莫非，真是我前世欠了他们的债？像大儿子憨头，从老鼠大，抓养到墙头高，娶了媳妇，生了病，债要完了，腿一伸，走了。走了就走了，还落了一屁股的债，叫老子背。不是要债鬼是啥？

现在，又该着猛子要债了。一想到猛子裸着身子在豆垛上晃势，老顺心里又毛呵呵了，就往人多处走。这是他惯用的法儿，烦了，就聆听杂音，去淹那烦。

近来最热闹的地方有两处，一处是金刚亥母洞，一处是白虎关。前者是村里人挖土山时发现的，洞里有好些文书和文物。村里人加固了洞窟，宗教局下了批文，就变成了道场。后来，双福出钱引来了电，又将凉州城拆了的十多间老房子搬到洞外。村里人爱新鲜，闲了，就来这儿。

此刻，洞口正围了一圈人。老顺听出，仍在喧王母娘娘。

这是个新话题。说是某一日，村里来个老婆儿，留下一封信，人说那是王母娘娘——就是玉皇爷的大老婆，她得知人间有包天的灾殃，才私下天庭，拯救世人。信上说，当今世人不善，恶人横行，不信神，不敬佛，上欺天，下欺心。上天震怒了，要降下罪来。到那时，日不出，月不明，洪水浸天，毒虫遍地，瘟疫四起，白骨盈野，猛兽横行，人食同类，有房无人住，有衣无人穿，有地无人种，有粮无人吃……好个可怕！

喧谈者你一句，我一句，都说末日到了。语气倒兴奋得像叫驴，仿佛既怕末日，又希望它快些来到。都说，怪倒是怪。那次的黑风，像原子弹爆炸一样，一下子就把天吞了。太阳呀，世界呀，全溜进它肚里了，少见。……按神婆的话说，世界到眼皮底下了。

“这就叫劫。”齐神婆说，“在劫难逃呢。过了青阳劫，过了红阳劫，挨上白阳劫了。谁也得过那个道儿。”一个问：“劫是啥？”齐神婆道：“劫就是劫。国家不也承认有劫吗？‘文革’不就是十年浩劫吗？那就是劫。旋风一样，碰上啥，啥就卷进去了，树叶呀，灰尘呀，纸片呀。人也一样。你想躲吗？成哩，得行善积德。”

村里怕末日而修行的人多，老伴的头也信成个蒜锤儿了，可老顺不信，大的理由说不来，但他瞎猫盯个死老鼠，只问两点：一、“老婆子，你不是行善吗？为啥老不干不净地骂我？”二、“老婆子，金刚亥母不是保你吗？我扇你耳光时，她干啥去了？”这样一问，老伴就大眼瞪小眼了，吭哧半天，便涨红了脸，用撒泼来代替说理。老顺呢，就嘿嘿笑了，骂她“狗咬火车，不懂科学”。

老顺想，末日就末日，死就死。他可不像老伴，小驴娃放屁自失惊，颠儿颠儿，老来这洞窟里念咒磕头。老顺想，老子一巴掌，就把你的黄脸扇成抹布了，咋不见亥母来保你？

老顺向来不管那些无聊的话题。前世呀，后世呀，轮回呀，在他眼里都无聊。就现在，都活不明白，管啥过去，提啥将来？塞满老顺心的，仅仅是眼前的事：猛子的媳妇咋生发？灵官究竟在外面搞啥鬼名堂？就这。别的，闲扯淡。

老顺叫过神婆，托了个事儿，叫她好歹给猛子介绍个母的。豆垛上的一幕，鱼刺般卡在嗓里。……这愣头爹爹，再不给拴个母的，怕要反天哩。

忽然，传来毛旦的破锣嗓门：“噢——，出金子了！”

一堆娃儿也叫：“噢——，出金子了。”

老顺想：“真有金子呀？”他晃晃脑袋，随了众人，往白虎关颠去。

3

一个月前，双福带了几十个沙娃，来到白虎关，掘窝子，扎木笼，说是淘金。

老顺耸耸鼻头说：“想金子，头想成蛇蚤大了。若有金子，早叫祖宗挖了，能留到现在？”村里人也不信，都说这沙旮旯，狼都不拉尿，哪会有金子。

都笑双福。双福在村里招沙娃，好些人不热心。

活六十年了，老顺还没见过金子呢，只听说是黄的，会发光，很重。此外，实在想不出金子还有啥特点。倒是听祖先说过，沿了白虎关上行，是天梯山；再上行，是磨脐山。磨脐山下有个金磨，老在转，放上石头，也能磨出豆瓣儿金。开这山，得抓山鸟和支山石。听说几辈子前，祖先养过个鸡，髭毛郎当，瘦如病鸦。天梯山的道人说，这便是抓山鸟，叫村人弄些豆子，喂那鸡，说是喂满百日，才可抓山。安顿之后，道人便去找支山石。哪知，喂到九十九日，豆子没了，祖先心急，放开那鸡，鸡便飞向虚空，一下，就抓起了磨脐山。可惜，没那支山石，鸡力尽而死。半个时辰后，道人带回了支山石，山却合拢了，再也无法打开。

这传说，流传几百年了。

老顺想，传说毕竟是传说。只有小孩子，才把传说当真。村里人都等着看双福的笑话呢。谁知，一个月过去，他真倒腾出金子了。

水蜿蜒着，从水库那儿，银蛇般游了来，游向涮金槽，将木槽中的沙冲去，槽凹处就留下了一层黄澄澄的砂金。老顺咽口唾沫，晃晃脑袋。他有种做梦的感觉了。这就是金子呀？抬起头，日头爷在嗡嗡地叫。

因猛子和双福女人有过一腿，闹出了天大的风波，老顺竟莫名其妙地反感起双福来。他想："天是个溜尻子货。这双福，成财神爷的卵子儿福蛋蛋了，又是上电视，又是上报，听说企业还要上市卖股票哩，偏又叫他弄出了金子。村里的穷汉连裤子都穿不囫囵哩。"他愤愤不平了。

大头也闻讯而来，人还在百米外，声音早过来了："双福，这一宝，还叫你押准了。……我还以为你赔定了呢。我算过，光沙娃的工资，就上万了。"双福笑道："瞎驴碰草垛咋成？我想，既然上游的双龙沟有金子，不定下游的白虎关也有金子。闹个仪器一测，嘿，那电阻，真是金子的。"

老顺不懂啥电阻，却见过揭墓贼用的仪器。听说它会发出电波，能入地几十米，是铜是铁，一看表上的数字就知。想来，双福就用这法儿测的……心里仍噎噎地难受。

双福将砂金倒入茶缸，端了淘金盆，叫沙娃上几锨沙，迎了那水势，一下下涮。沙子咕嘟着，被水冲走了。老顺屏了呼吸，心却随双福的手晃荡，想："这次，别出金子。"但随着沙子的减少，晶亮的黄色又出现了。

"噢，金子！"毛旦又叫。

老顺恶狠狠说："金子也是人家的，你叫啥？"

毛旦嬉笑道："金子虽是人家的，可是我们挖出的。"老顺啐道："才当个沙娃，就这样牛气。若是当了县太爷，还有老子们活的路数吗？"毛旦笑道："我要是当了县太爷，谁不送礼，就杀谁。"又悄声说："我知道你心里不舒服，想叫他败呢。没啥，那娘们也愿意叫猛子操。拔了萝卜，有窝窝儿在呢。"这下，说到了老顺痛处。他脸色大恶，啐毛旦一口。毛旦笑嘻嘻望老顺一眼，做个鬼脸，背起柳条筐，下了窝子。

因了猛子那档子事，老顺没到窝子上来过，这时既然来了，就索性开个眼界，见那窝子，直直扎入地面，黑黝黝的。老顺眯了眼，瞅半天，才能看清井底，因井壁松软，怕塌，就用木头扎成笼子，编上柳条。老顺想，那沙漠里的红柳，怕要遭殃了。

井外的柴油机正突突着，五寸胶管里，喷出浑浊的水。大头朝下面吼一声："若挖到水巷，可要小心些，别淹了黄毛鼠。"毛旦的声音蹿了上来："你嘴里吉利些。"大头嘿嘿笑了："好心当了驴肝肺。"他对双福说，"事先可说好的，若出了金子，得出些钱。别叫村里人戳我的脊梁。"双福笑道："戳啥，这白虎关，撂百十年了，谁又交了个钱毛？"大头说："撂是撂，你一挖，就有人眼红呢。"

大头问老顺："你要不要？也给你个窝子，若闹出金子，立马脱贫了。"老顺有些心动，却问："闹不出呢？"大头道："也不过赔个几万块钱。"老顺说："成了，你们闹吧。现在，我日子还能过下去，要是赔个几万，砸锅卖铁，几辈子都进穷坑了。我穷了穷些，可安稳。"

忽听北柱吼："女人们别上窝子！"老顺扭头，见几个女人也想上窝子看稀罕，听到吼声，缩了回去。双福笑道："那是老金客子的规矩，说金窝子上忌讳女人。我不信，可谁都那么说。”大头道：“这号事，不可不信，不可全信。”

毛旦嘿哈着，背着沙，沿井上的绳梯上来了。那绳梯，忽悠着，晃得老顺头晕。毛旦却不在乎。这毛旦，自小脑中就缺根弦。先前过年，村里人在大树间拴秋千，毛旦就摇晃了身子，在大树间担的横木上走，逗得女人们噢噢叫。双福招沙娃，谁都怕下窝子，他却第一个报了名。

老顺离了井口，往家中走，一路见人们看大戏似的往白虎关涌。他想，金子是人家的，你们跑啥？他很想自己也弄个窝子，可一想要投几万块钱，心不由灰了，到哪儿弄这钱？银行是溜尻子货，见了富的，送票子上门；见了穷的，躲都来不及；就算能弄来钱，万一赔了，咋办？还是安稳些活吧，安稳不吃亏。

进庄门时，正遇见猛子，老顺想到他在草垛上干的好事，大羞，装做没看见，想溜过去。哪知，猛子却说：“爹，听说不？白虎关出金子了。我们也弄个窝子？”

老顺想，现在的年轻人，咋成这样了？干了驴事，还没羞没臊。不要脸。要是在前些年，换别个脸皮薄的，或上刀路，或寻绳路，上吊抹脖子，得大人提防呢。他倒好……就胡乱哼一声，往院里走。

进了书房，他发现老伴睡在炕上，就怀疑她病了，问哪儿不舒服。

日光透过薄薄的窗帘射到老伴盖的被子上，成一片模糊的昏黄。她面窗而卧，用一个被角盖住了头。在不太冷的节儿，这蒙头盖脸的模样，显得很滑稽。

老顺这才记起了方才的纠葛，忍俊不禁地笑了：“算了吧，老妖。别猪鼻子里插大葱假装大象了。你也不是撒赖的材料。等会儿，猪一哼，鸡一叫，你的屁股就着火了。嘿嘿！”

老伴气哼哼地说：“死就叫它死去！老娘当老丫头当腻了，再也不想当了。把大小爹爹们当个猪地侍候，侍候了个啥成色？手劲侍候大了，朝老娘使。脾气侍候歪了，朝老娘发。老娘也长个见识了，也当两天甩手掌柜的。”说着，狠劲一裹被子。

老伴气哼哼说：
“老娘当丫头当腻了，再也不想当了！”
“算了吧，老妖别装大象了！”

老伴一搭话，老顺就松了口气。女人们不怕哭，不怕闹，最怕鼓着劲儿不声不响，越想越气，越气越想，就有抹不开性子寻短见的。从老伴的语气中，老顺断定她肚里的气消个差不多了。……就是，打人不打脸，揭人不揭短。谁叫你提起簸儿斗动弹？谁个年轻时没几件荒唐事呢？

第　二　章

哥哥走了我配瓜，手拿着瓜秧儿灰塌塌。

1

莹儿带着盼盼从娘家回来了。盼盼是娃儿的小名，莹儿给起的，都说好。

莹儿瘦多了，脸上的水红也没了。自丈夫憨头死后，她就没缓过来。跟小叔子灵官的相爱，更成了命运的鞭子，时不时就抽了来。想不瘦，也由不了她。

那娃儿，活脱脱一副灵官相，骨碌碌乱转的大眼睛，棱鼻子，指头上的纹路，甚至睡醒时连续打的那呵欠——皱皱眉，皱皱脸，将脸上的肉堆在一起，痛苦至极似的发出“呵——”的一声——总会让莹儿痴呆许久。在先前偷情的许多场景中，最让她难忘的，就是他醒时夸张的呵欠。在那极稀罕的几次能整夜相聚的夜里，莹儿总舍不得睡，总怕眼睛一闭，天就亮了。睡眠能贪污了相聚的幸福，便索性不合眼。她借了透过窗帘的淡淡的月光，瞅灵官那张熟睡的俊秀的脸，看他鼻翼的翕动，看他胸部的起伏，心头荡漾着一种奇妙的韵律。有时，她就放长了灯线，用枕巾包了灯泡，用昏黄的光照灵官的脸。这样，她就能在奇美的感觉里泡上一夜。天快亮时，那花儿旋律就响起来了：“四更里的月牙儿撇西了，架上的鸡娃儿叫了。睡着的尕哥哥叫醒

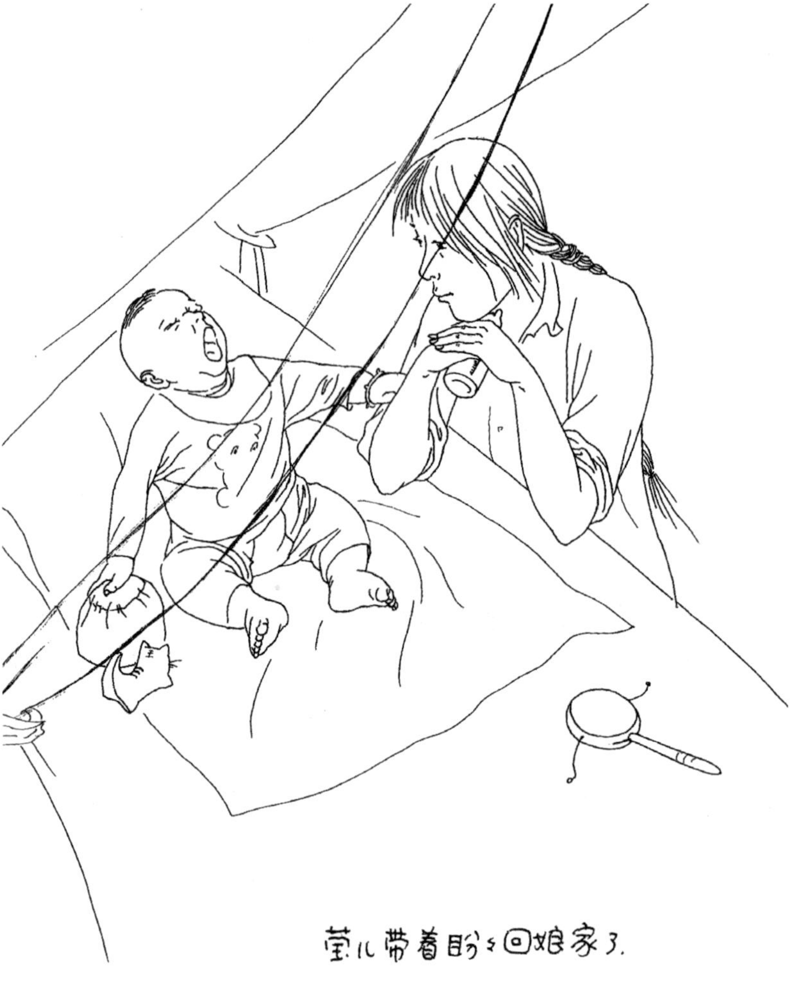

萤儿带着盼盼回娘家了。

那娃，活脱个一副灵官相。

那"呵欠"，总让萤儿痴呆许久。

来，你去的时候到了。”她就推醒灵官，轻轻咬他的耳垂。灵官就像这娃儿一样，痛苦地堆出一脸皱纹，夸张地“呵——呵——”地打呵欠。莹儿抿嘴笑了。这无奈地叫灵官起床的过程，是最令她难忘的镜头。醒了的灵官会搂了她，很紧地搂了她，搂得胸都平了，然后念叨：“一二三四五，金木水火土，快起快快起，不起是个驴。”念完，便英雄气地掀了被，才起身，又萎在她怀里念叨了：“不起就不起，当驴就当驴。”

这一切，都鲜活在莹儿心中。

莹儿简直不敢相信，自己是如何度过灵官出走后的几个月的。那是一个噩梦，漫长的噩梦，清醒而又无法摆脱的噩梦。她终日迷瞪，终日昏沉。时不时，就有条理性的鞭子溅了水抽她一下。她的精神快要崩溃了。屋里的一切，总在提醒她：这儿，曾来过个鲜活的肉体。她曾拥有过他，全部地拥有过他。后来，他走了，去了很远的地方。那地方，远到心外面去了。心外面的地方，才是世界上最远的地方。

出去的那夜，灵官影子似的飘进了屋里。那时，死去的憨头塞满了屋子，也塞满了心。黑夜里，密布着憨头的眼睛。莹儿看得见那一双双悲凉无助的眼睛。灵官自然也看得见。两人于是木然了。许久，灵官说，我想出去，看看外面。那声音很木，很冷。莹儿无话可说。若不是怀了娃儿，她也想看看外面呢。除了电视上尺把大的“外面”，她还有自己心里的“外面”。心里的“外面”，比真的外面大，也比真的外面好。灵官想来也是。莹儿还知道，等看了真的外面，心里的“外面”也许就没了。但人的一生，总是该看看真的外面的。

于是，灵官走了。

莹儿觉得自己去送他了。她站在高大的沙丘上，望着渐渐远去的灵官的影儿，浓浓的感觉弥漫开来，淹了天，淹了地，淹了心。心便充满了浓浓的液体，激荡着她，一下，又一下，汹涌而强烈。后来，便冲开了心灵的闸门——

走来走来着——越远地远哈了——

眼泪的——花儿飘满了——

眼泪的——花儿把心淹了——

哎哩哎嗨哟——

眼泪的——花儿把心淹了——

走来走来着——越远地远哈了——

褡裢——里的锅盔轻哈了——

心上——的愁肠就重哈了——

哎哩哎嗨哟——

心上——的愁肠就重哈了——

眼泪——的花儿把心淹了——

在莹儿的感觉中，灵官就是在她的歌声中走出沙湾的。不远处，有个年轻人，被她的歌声迷醉了，并从此迷了他的一生，把他从去巴黎的路上迷到了西域。这个人叫王洛宾。这是莹儿心里荡漾了无数次的故事，老恍惚在心头，晃呀晃的，早成图腾了。

但真实的故事是，莹儿没送灵官。在娃儿幸福的呵欠声中，她活过来了。这呵欠，是幸福的按钮，总令莹儿迷醉；但又是撕扯伤口的绳索，提醒她一个不得不正视的现实。在一阵阵迷醉，一阵阵撕痛中，娃儿满月了。莹儿也成了莹儿。她依然那样轻盈地劳作，轻盈地笑，轻盈地抱了娃儿，给他唱那些花儿，像当初给灵官唱时那样投入。

莹儿的感觉中，娃儿在笑，轻轻蠕动的口里，吐出了两个字：天籁。那张小脸，也恍惚成灵官了。给娃儿换衣服时，摸着那嫩嫩的肌肤，莹儿的心就化了。她一下下咯吱他，逗得精肚老鼠儿似的“灵官”咯咯笑，她于是抿了嘴笑，想：“真怪，那么俊一条汉子，竟是这样一个精肚老鼠儿变的。”

憨头死后的日子里，就是娃儿的笑，娃儿的哭，娃儿的屎尿，填充了家里和心里的巨大空虚。

莹儿想：老天也长眼睛哩。失去多少，总会在另一方给你补来多少。

2

小姑子兰兰站娘家时，老逗莹儿，一见娃儿，就夸张地睁了眼，细瞅一阵，又夸张地望莹儿，直望得莹儿脸红了，才问："我瞧着，这娃儿，咋像一个人呀？"莹儿捣她一下："哪里呀？你少嚼舌。""不信？我抱了，叫村里人评去。"兰兰抱了娃儿，作势要出门，莹儿便揪了兰兰的耳朵："叫你嚼舌！叫你嚼舌！"就夺了娃儿，放炕上，再把兰兰咯吱得喘不过气来。

"你呀，想哪里去了？我瞅着，他像个电影明星哩。"笑罢，兰兰说。

说笑归说笑，谁也没把话往明里挑。莹儿想，能叫人猜了去，不叫人听了去。

村里人明里也没啥闲言。暗里，就不知道了。明里的话暗里的屁，没人在乎的。倒是这娃儿谁都稀罕，来串门时，都要抱抱，在他的嫩脸上吧叽吧叽地亲，把对憨头的一切怀念全加在娃儿身上了，乐得婆婆合不拢嘴。

兰兰每次来，都住莹儿的小屋。姑嫂俩能叽咕到深夜。在这无边无际的空间里的某个沙旮旯里，在无始无终的时间里的某几个夜晚，在无量无数的人海里的某两个人，能如此贴心地喧，她俩都当成命运对自己的恩赐了。有多少女人，身边连个说贴心话的都没有呢。一生，就孤单进坟墓了，成为村里人所说的"孤鬼"。

除了不能碰但心照不宣的一些话题，兰兰和莹儿无话不谈。兰兰喜欢喧"二杆子"花球，莹儿喜欢听灵官小时候的一些事。多数时候，话题便被莹儿牵扯过来。灵官小时候很坏。一次，他用火钳烫通个竹竿儿，装了溏土，口含一头，一吹，一股尘土飞扬而出，直溜溜扑向公社主任的眼睛，害得老顺成了名人。有一个月时间，广播里老播陈顺教子无方的新闻。兰兰和莹儿咯咯地笑。笑一阵，莹儿就望熟睡的婴儿，想：这孽障，怕也不是省油的灯，少不了淘气，心却被一股巨大的幸福激荡了。

为照顾兰兰，莹儿也提及花球。兰兰和花球的恋爱，谁都觉得很滑稽：

花球是毛孩子，兰兰却是大姑娘。兰兰老领了花球，贼溜溜爬进地里，抠出埋进地里的大豆种子烧了吃。兰兰说，花球嘴上老有麦草烧的黑灰。那是偷吃烧大豆的标志。日后的有一天，那沾了黑灰的嘴里会吐出一个“爱”字，把兰兰搅得意乱情迷。

有时，隔壁的老顺不耐烦了，吼一声：“吃了大豆喧屁呀？”

莹儿吐吐舌头。兰兰撇撇嘴，嘀咕道：“你眼热啥哩？你想喧，还没人听呢。”

在兰兰和莹儿后来的印象中，姑嫂两个贴心的那几夜，是两人最留恋的时光之一。

她们并不知道，一场命运的风暴，已遥遥而来。

第　三　章

野狐桥的桥塌了，好的好的霜煞了。

1

兰兰又挨打了。

白福抡着牛鞭，跟捶驴一样，捶了她一顿。红的紫的血道儿，织了一身。待他出去耍赌时，兰兰挣扎着回了娘家。

一进娘家门，兰兰发现，院里尽是鸡粪，就捞过扫帚扫起来。一使扫帚，胳膊和腿又钻心地疼了。不用看，她也知道，那部位，定然是淤青了。老这样。自打女儿引弟死后，她就像吃了枪药，招来的打也格外多了。闹离婚，除了多挨几次打外，也没个实质的进展。

她知道，离婚是天大的事。要么，双方同意；要么，叫法庭断。前者显然无望，那么只能上法庭了。可一想到法庭啥的，兰兰总是心虚，总觉得那是个可怕的地方。拖了些日子，才死下心来趁白福又打了她，回娘家了。她想，这次，死也不走了……法庭怕啥，大不了揪了头去。

扫完院子，又去挑水。这是她当姑娘时必做的家务。每次站娘家，她总要干她以前应干的那份活。除了替换母亲外，还因为干活时，她心中总升起一种久违的情感，一种融和着天真、纯洁、幻想、激情的少女才有的情感。

她想，还是当姑娘好。

兰兰挑了水桶，踏上那条充满沙土的村间小道。她发现村子变了，显了旧，显了丑，显了以前不曾留意的怪模怪样。路上虽有许多沙土，但不沾身。这是兰兰最满意的。不像婆家那儿，人不亲土亲，动不动就沾满身子，打也打不下去。

空气水一样清洌，清清的，凉凉的，吸一口，就把脏腑洗透亮了。许多天来，兰兰第一次感到了清爽。除了空气的缘故，还因为这是她的家乡。村落、房屋、小道、树木，甚至鸟鸣都浸入过她的生命，在心上留下了抹不掉的印记。

涝池在村北的干渠旁，放一次水，足够全村人畜吃一个月的。出嫁后，兰兰已经不习惯吃涝池水了。这水，入口绵绵的，有种土腥气。而且，显得很脏。冬天还好些。夏天，这里是青蛙的世界。一入夜，涝坝里的青蛙大合唱，能吵得人睡不着觉。

兰兰没想到，花球会在涝池边等她。她觉得舌头一下脱水了。花球一手扶桶，一手拿瓢，用她熟悉的目光望她。“哟，一嫁人，心也嫁了。是不是？女人的心，天上的云呀。”他说。

兰兰放下桶子望花球。她的眼里有种吸力，仿佛要把对方吸入灵魂深处。分离的几年，如过了几辈子，她要在相视中讨那宿债呢。时间停止了。太阳、黄沙、村落……都悄悄退出世界，只有心在撞击。从前，他们青梅竹马，耳鬓厮磨。没有分离，自然没有铭心刻骨的相思。现在，经过苦难的煎熬，像沙漠旅人见了清泉，她被幸福的眩晕激荡着。

太阳渐渐高了。涝坝水退去了青碧，还原为一潭浑浑的死水。一切丑陋都裸露了：上浮的麦草，下陷的蹄印，游来游去的蝌蚪。这一切，兰兰都视而不见了。她被幸福激荡着，仿佛一下子跃过了所有的不幸，又回到从前了。少女时代的感觉觉醒了，心在狂跳，脸在发烧，还有那神秘的眩晕。

不远处，北柱媳妇凤香正向涝池走来。

“黑里，老地方。”花球悄声说。兰兰胡乱嗯一声，取了瓢舀水。

花球舀满水，取过扁担，将挂钩挂在桶梁上，挑起桶子走了。

凤香的打趣声传来了：“哟，喧了个亲热。人一来，想听，又走了。兰兰，喧了些啥？是不是爱呀情呀的？”兰兰说：“眼热不？眼热了，也喧去。”凤香笑了：“老了，早过了那节儿了。想当初，傻乎乎的，糊里糊涂就成了别人的婆娘。谁知道爱呀情呀是啥滋味。现在，老了，成脚后跟上的老皮了。人家可喜欢少的，俏的。花球——，对不对？”

花球远远回答：“还喜欢你那样浪的呢。”

“挨刀货。”凤香笑骂。她四下里望望，悄声问：“兰兰，你真闹离婚？”“谁说的？”“谁都说呢。”凤香说，“说的人多。其实，也没啥，天下的男人又没叫霜杀掉。”

兰兰叹口气。这儿，放屁响满村。怪不得，有人怪怪地望她，跟望怪物一样。……这闲言，怕是婆家传来的。婆婆见人就说：“那婊子，没安好心，想跳槽哩。”她想，也好，用不着再躲闪了，就说：“离又咋样？”

凤香说：“离的话，千万别再生孩子，一有那孽种，任你多调皮的马也上了绊子。……依我看，与其那样过，不如离。长痛不如短痛。现在啥都好说。等再有个娃儿，就晚了。……脓熟了，该挤的时候，还是挤掉。”

“你真这样想？”兰兰情不自禁，抓住凤香的手，“你不觉得我丢人？人会不会骂我？”

“嘴在人身上长着，咋说，由他说去。你又不是给人活的，管他呢。丢啥人？又没偷，又没抢，丢啥人？再说，又不是人家涮你，是你涮他，丢人是他自家丢人。你丢啥人？”凤香声音脆，话一快，就像瓦罐里倒核桃。

兰兰心热了。她望望凤香，想说句感激的话，可又觉得啥话也说不出心中的感激。她看到凤香鼻洼里有一点黑灰，就掏出手绢轻轻地擦。擦不了几下，胸中有股很热的东西翻上来，进入眼眶，变成了泪流。她索性哭出了声。积淀了许久的难受，随哭声出了胸腔……

2

月亮升起来了。

兰兰抚抚心跳，走向大沙河。一切都模糊了，低矮的房屋，剥脱的墙皮，满地的溏土，都融入月夜了。兰兰喜欢月亮，当姑娘时，老在门口沙枣树下望月。那时的月亮比现在亮，比现在圆，老在那广袤的天上，跟云赛跑。月亮跑得很快，钻入一团云，再钻入一朵云，跟织布的梭子似的。兰兰想，还是当月儿好，多自由，由了性子在天上呢。长大后，才知道，那月儿也被拴着，一个无形的绳子拴了它，像妈围了锅台，也像驴绕着磨道，一圈，又一圈，不知转多少年了——但仍是羡慕月亮。到后来，嫁人，生活，一心忙碌，就忘了月亮了。

兰兰的印象中，月亮总和花球连在一起。他们带个大衣，铺在沙丘上，并排躺了，望月。那月光会伴了情话，渗进心里。若是在春天，就有了沙枣花香。那沁人心脾的香味，和月光，和情话，给了兰兰许多回忆。后来她想，自己的幸福，想来就是在那时挥霍了的。幸福也和钱一样，惜着用，就能用久些。

记得那时，兰兰爱唱一首歌。许久不唱，词已忘了大半，但主要的几句还是记住了："你带我躲过村口的黄狗，你带我走脱十八年忧愁，你带我去赶长长的夜路，你带我去看东边的日头……"这歌，仿佛是照兰兰经过的事写的。那时，等爹妈一熟睡，她就悄悄拨开庄门，去大沙河，老听到孟八爷家的老山狗闷雷似的叫。那狗精灵，大小有个动静，就扬了脖子，朝天吠。兰兰就不怕鬼了。别人眼里阴森森的林间小道，也溢了温清。这温清，一直溢到了妈叫她换亲的前夜。

想到换亲，兰兰叹口气。那事儿，一想就闷，还是想大沙河吧

那时的大沙河还有水，有草，有清亮的石子。那石子，一个个捞出，放太阳下，有许多图案。兰兰搜集了好些石子，闲下来，就看那石子，成享受了。除了石子，那水也好，清冽，没一点尘滓。听说，这是祁连山的雪水，穿过漫长的时空，流了来，扭出个足够一村人生息的湾儿，就蜿蜒北去，不知所终了。沿了那河岸，就见沙浪蠕蠕，渐荡渐高，终于成沙海了。

后来，兰兰变了，由清凌凌的女孩变成了浑浊的婆娘。大沙河也变了，水没了，草死了，树少了，唯一没大变的，是那沙枣林。这沙枣，不像别的

树那样娇气，根扎深些，叶缩小些，节俭着水分，就活下来了。早年，兰兰就是靠沙枣解了童年里的饿。那时，她和花球们老来这里，打猪草，打沙枣，拣牛粪。妈给他们分了任务，完不成，鞋底就朝屁股上扇。打沙枣凭眼尖手快，一人上树，拿个条子，狠抽。别的娃儿一窝蜂扑去抢。对沙枣，多也成，少也成，妈很少过问。牛粪可含糊不得，牛粪是啥？是烧的，没它，水不滚，饭不热。为抢它，娃儿们老打架。后来，定了规矩，谁发现，归谁。于是，眼尖的花球喊："黑犏牛扎尾巴了——，是我给兰兰瞅的。"兰兰就扑了去，捧牛粪入筐。

记得，很小时，花球就爱黏兰兰，莫非，这就是缘？可既然有缘，咋终于没缘？

大沙河和别的河不同，这儿河床低，沙山高，加上摇曳的树影，清香的枣花，一想，心就温清了。按妈的说法，这河干净，昼里也罢，夜里也罢，想来，总火爆爆的，不像边湾河，就是在焦光晌午，也觉得阴气森森。妈说："大沙河好，没鬼，干净。"兰兰想，河里没鬼，可心里有鬼，就抿嘴笑了。

到地方了。她拍拍巴掌，这是暗号。

却没回答。那花球，又迟到了。兰兰倚了沙枣树，望天。月亮很大，星星稀了，但隐约可见天河。一攒一攒的星星，汇成大河，横贯天际，那走向，跟大沙河一样。河这头，是牛郎；河那头，是织女；也跟她和花球一样。可人家，一到七月七，就踩了鹊毛搭的桥，相会一次。千年了，真叫人羡慕。兰兰想，那王母，并不坏呀，没逼织女嫁人。那织女，也好，用不着换亲。

还是人家好，毕竟是神仙。兰兰叹口气。

记得，换亲前夜，她硬了心，没赴花球的约。还是不见面好，一见面，真怕叫泪泡软了心。爹妈苦，憨头也苦，为他们，就只有委屈花球了。那泪，却溢满胸腔，瞅个空儿，就往外溜。当然，见了爹妈，那笑就似模似样了。

真像做梦。

几年了，梦没有做醒，梦里出嫁，当媳妇，生孩子，和婆婆平打平骂，叫男人驴一样捶。那兰兰，早不是兰兰了，由清凌凌的少女，变成浑浊不堪的农妇。恍然似在梦中，却又没有了梦。没梦的生活实在出十足的丑陋来，现实撕破了一切。……记得，电影《魂断蓝桥》里说，战争撕碎了一切。这里，用不着战争，或者说，一生下，就堕入了战争：生活露出了尖牙利齿，三咬两咬，就咬去了与生俱来的女儿性，咬得她遍体鳞伤，体无完肤了。

只在偶现的恍惚里，还记起，她曾是少女，曾有过梦，梦里还有些玫瑰色的故事。但一切，都成泛黄的洇水的画了。花球也罢，沙枣林也罢，都月晕似的退出老远，显出陈年旧事的气息来。兰兰总会搜寻些理由，来说服自己认命。

直到她不想认命的今夜，许多感觉，才像冬眠的蛇一样活了。

她又拍几下巴掌：啪啪——啪——啪啪。

花球应该回答：啪——啪啪——啪。

没回应，却听到狗叫。兰兰才要躲，花球已从树后闪出了。“鬼东西。”兰兰欢欢地叫。她扑过来，叫花球搂了。兰兰喜欢他的搂，也喜欢他的吻，都有激情，都像男人，都带了花球特有的疯。心遂成小鹿，乱跳不止。这感觉，少有。婚后，一切都迟钝了。心上也麻了层垢甲。一切，都浓浓地浑，就把生来本有的梦浆了。没梦时，那日子就不是过，而是熬了，像熬中药一样，在苦水里滚，在药水里泡，被生活的炉火煎着，早不见本来面目了。她像被拴在磨道里，除了沿那既定的轨道转圈，除了听那单调碜牙的石头摩擦，没有别的色彩。待尺把厚的磨盘变薄时，青春就没了，青丝被鹤发取代，水红叫皱纹覆盖，细腻被风沙吹去，浪漫叫穷困吞噬。一个声音，就老在心里叫：“认命吧，你！”

兰兰心头一热，泪流满面。几年了，老想哭，老想倚在花球肩头，哭个死去活来。心头老汪着一晕噎噎的东西，吐给爹，爹会叹息；诉给妈，妈会流泪；说给不相干的，没那份心情，也会惹来许多是非。老见村里婆婆，到另一家门口，骂那妖精，教坏了自己媳妇。这节目，老演，心上就包了层皮，宁叫捂臭，也不见天日；但那汪着的情感，却是渐蓄渐浓，就有人老在父母的坟前哭。兰兰没那福气，就想花球的肩头。花球说：“哭吧。哭哭，心里舒畅。”

兰兰抹了泪。她想，难得一见，还是笑吧。可心里的噎仍汪着，就长长叹口气，说："那日子，过不下去了。"花球说："过不下去就离。""离了咋办？""嫁呗。"

兰兰叹口气。这话儿，实在，兰兰却觉得虚，老觉得眼前挡一团烟雾，胶一样黏，咋冲，也冲不出它的笼罩，就眯了眼，看看天，看看月，想想当姑娘时做过的梦。偎在花球怀里，想这些，是天大的享受了。闭了眼，静静品那风，品那月光，品那心跳，品那甜晕，迷醉了。

兰兰说："要是不长大多好，无忧无虑，活在梦想里。一长大，啥丑都露出来了，受骗了似的。"

花球说："都一样。我那些女同学，当姑娘时花枝招展，一写作文，不是青春，就是理想，一结婚，理想是啥？是猪粪。老见她们提个猪食桶，拿着糊板，唠唠唠地叫。学的那点儿文化，早叫猪粪味腌透了。算了，说这些没用。活人嘛，你想咋样？闭了眼，咬了牙，就是一辈子。想太多，老得快。"

兰兰叹口气，谁说不是呢？每次照镜子，她就会伤感：青春的红润消失了，代之以萎黄。眼角，也有了隐隐的纹路。不甘心啊！她还没好好活呢，青春就远去了。而丈夫——那个在她少女时代憧憬过许多次的角色，竟是……竟是……那样一个东西……一切，不甘心。真不甘心！

"反正，这次，我铁心了。头破血流也罢，我认。"兰兰咬咬牙。

"就是。人不过几十年个物件。一眨眼，就老了。不折腾几下，死了，都是个冤屈鬼。"

露水下来了。凉凉的湿润沁入衣服。两人相拥着，沉浸在恋人特有的迷幻之中。村子模糊在遥远的夜色中。一切都消融了。忧伤变成一条细丝，在诗意的夜气中游弋着，成了另一种享受。一切都充满诗意。那月，那风，那随风下潜的凉意，以及心跳，和手心的汗。

"永远这样多好。"兰兰喃喃说道，"不要风，不要雨，不要太阳……只要这大沙河，沙枣树……月亮……还有你。"花球笑了："还得一袋山芋。饿了，烧山芋吃。"兰兰说："没山芋也成。饿死了，就做鬼。做鬼多好呀，风一样。想来就来，想去就去，风一样。做人真没劲，心老是空荡荡的，没个实落处，没一点盼头了。活人，只是消磨时间，有时一想，真可怕。这和等死有啥两样呢？”

夜很凉，是清凉，不是寒凉。风微微吹来。那是来自大漠的和煦的风，带着大漠特有的味儿，柔，轻……与其说是风，还不如说是夜气。是的，那是暗涌的气，在兰兰心头鼓荡着。她很想哭。

花球轻轻抚摸兰兰的脸。兰兰流出了泪。她不想出声。她怕哭声会搅了那份宁静和韵致。她轻轻抹去泪，倚在花球胸前。她听到花球强有力的心跳。一切如梦。

村子模糊在遥远的夜色中。一切都消融了。忧伤变成一条细丝，在诗意的夜气中游弋着，成了另一种享受。

“该回去了。”这个念头一冒出来，兰兰的心便一阵刺痛。美好的时刻总是很短。多想让这一刻永远延续下去呀，可是爹妈在等。爹妈那满是皱纹的树皮似的脸总在眼前闪。闪几下，就把她的血闪凉了。

“回去吧。”她说。

“回去？喧一夜，成不？”花球的话一出口，兰兰就感到极强的诱惑了。一夜……一夜呀。她的心再一次狂跳。她差点就要答应花球了。

花球揽了她的腰，一下下吻。花球的吻很热烈，热烈得令兰兰窒息。那汹涌而来的生命巨浪，能冲垮一切防线。真不忍心结束这一切。

兰兰拨开那双在自己裤带上摸索的手，叹息道：“这可不行，自上回流产后，血就没干过。”

“你骗我。”

“骗你干啥？药没少吃，可没顶用。”

花球松开了手。兰兰觉出了他的失望，就说：“别这样，好容易见一次面，喧喧吧。”花球不语。兰兰说：“开始，梦里还和你喧。后来，梦里也不见你，觉得有好多话想说。可一见面，就忘了。”

花球说：“吃了大屁喧屁呀？……该回了。我来时，女人不叫来，这会儿，怕到处找呢。”

兰兰想问："若是我没病，你走不？"却忽然没了谈话的兴致。她有些后悔今夜的约会。她发现，花球变了。

男人都一样。她产生了极强的失落感。

3

回到家，妈正偎在炕上发呆。望一眼兰兰，她叹口气，轻声说："夜里凉。出去，得披件衣服。"兰兰嗯一声。借着灯光，兰兰见衣襟上沾了几粒沙。这会暴露她的行踪的，遂轻轻抖掉。她已编好了词儿。妈要问，就说到月儿家玩去了。可妈啥也没问，叹口气后，仍是发呆，仿佛她不知道兰兰出去过，或是明明知道她去干了啥。

妈不问，兰兰就不解释了。也好。编谎，总叫人良心不安的。兰兰上了炕。她忘了将沾在袜子上的沙子抖去。炕沿上留下了一些沙。兰兰望望妈，妈没望她，便借沏水之机下炕，用屁股蹭去了沙。

"妈，喝水不？"她问。

"不喝。"妈又不易察觉地叹口气。兰兰心里很轻松。哭了一场，把淤在心头的闷都泄了。心头是少有的清凉。她沏杯水，偷偷照照镜子，发现自己很正常。脸也不红，但洋溢着春光。这使她比平时美了许多。"我还年轻呢。"她悄悄嘀咕一句，冲镜子里的自己做个鬼脸。

爹爹睡着了，鼾声很香甜。均匀的长长的闷雷似的鼾声，同妈的愁脸形成了鲜明的对比。

兰兰上了炕，把水杯搁在炕上，依了墙，想和妈说阵话，但又不知说些啥。最想喧的，是关于花球的话题，可这也是她最想避的。妈的脸已像黑树皮了，尽是皱纹。兰兰很难受，想到妈为自己操了那么多心。这次，要是离婚的话，妈又不知得着多少闲气，心绪随之黯了。

"想啥呢？妈。"她问。

"人不如个物件。"妈梦呓似的说。

这话，妈常说。村里一死人，妈就说。这时说出，叫兰兰摸不着头脑。妈想到了啥呢？是想到了死去的憨头，还是想到了别的？兰兰还以为妈牵挂自己呢，看来不是。兰兰心里轻松了，却有些委屈，想：“妈竟然没把我放在心上。”

“不说了。”妈叹口气。

妈侧身而卧。不脱衣服，妈老这样。她总是显得很疲劳。一天的劳作，仿佛耗尽了她所有的精力。她总是不脱衣服，滚在炕上。兰兰劝过妈，说皮肤也在呼吸，放出的许多废气排不出去，对身体不好。妈却老这样。奇怪的是，每夜，妈仿佛累垮了。但清晨，妈却总是第一个起床。不脱衣服睡觉似乎没影响妈的休息。妈仍那样精干利索，仍一直从早上干到黑夜，仍囫囵身子滚到炕上，仍成一堆软泥。

妈一动不动，但兰兰知道妈没睡。妈似乎知道她去约会了。兰兰有点不好意思。那时，全村人都知道兰兰和花球的事。但兰兰并没公开和妈谈过。爹妈也不问。一次，偶尔听到爹妈私下里喧。爹的态度很明确，他不希望女儿自由恋爱。从别人一提花球父亲就皱眉的细小动作上，她知道爹讨厌花球。提到白福，父亲反倒有许多好话，说他身体好，能劳动，就是好玩爱赌。而这点，在村里人眼里几乎算不了啥，人家不偷，不抢，不嫖，不就玩几把牌吗？有啥？当然，白福是过分了些。改了，不就好了？至于打老婆，那更不是啥毛病。村里除了几个塌头叫女人支使得团团转，在男人堆里抬不起头外，哪个不打女人？老顺不是也用牛鞭在女人身上织过席子嘛？所以他劝，年轻人嘛，火气盛，等上了年岁，就好了。也许会这样。但兰兰觉得，在牛鞭和拳头中度过一生，实在不甘心。她不想走母亲的老路。她想，母亲也许能体谅她。母亲也年轻过，也挨过揍，也闹过离婚。现在，她老了，身老了心也老了。母亲更多的是陪她叹气，或是在她忧伤时，陪她抹几把泪。

妈忽然说话了：“你的事，自己掂量。爹妈陪不了你一辈子。”妈的声音像梦呓。兰兰嗯一声。这是妈态度最明确的一次，但仍显得含糊。兰兰理解妈的难处。妈既不能怂恿女儿离婚，又不愿眼睁睁瞅着女儿被人折磨。妈左右为难。这句话，你咋理解都成："你不用管爹妈了，你的主意你拿。"或是："该懂事些了，爹妈操不了你一辈子的心。"前者鼓励，后者规劝。但兰兰宁愿理解为前者。是的，爹妈陪不了自己一辈子。他们的话，可听可不听。主意自己拿，路自己走。

出嫁前，花球哭得死去活来。他说，只等她一句话，就把她领到天涯海角。但兰兰不能。憨头的媳妇，爹妈的脸面，村里人的言语，都是一座阻挡她私奔的大山。那时，白福还没露出他最恶劣的一面，只听说他好打牌。打牌并不是啥缺点。村里喜欢打牌的人多，闲了，总要摆几桌，取个乐。兰兰并没想到，他会失去人性……噩梦呀。

现在，梦醒了。兰兰已不是过去的兰兰。在生活的打磨下，她早已失去了自己。她不再含蓄，敢和婆婆撕破脸皮对骂；不再羞涩，在白福拳脚交加时，揪住他致命的所在；不再细腻，总是粗枝大叶，和村里女人一样，说些没有弦外之音的直来直去的话……生活像剪刀，把她的女儿性剪了个精光。只有在夜深人静时，她才记起自己也曾是少女，也有过梦想，有过爱情。她才感到深深的失落、愧疚和不甘心。

"我咋变成这样？"她常常不甘心地感叹。

但她明白，一个人是很难摆脱那种命运的梦魇的。她这样，妈这样，沙湾的女人都这样。黄沙、风俗、丈夫的粗暴、艰苦的劳作……都成了腐蚀女儿性的液体。不知不觉中，女孩最优秀的东西消失了。她们成了婆姨。婆姨不是女人。婆姨是机器：做饭机器，生育机器，干活机器……女人本有的东西没了，该有的情趣消失了，该得的享受被绞杀了。麻木，世故，迟钝，撒泼，蓬头垢脸，鸡皮鹤发，终成一堆白骨。这，已成为她们共有的生命轨迹。

更可怕的是，谁都觉得这是"命"。命是旋转的磨盘，女人只是磨盘上的蚂蚁。都得认命。谁想打碎既定的程序，就得付出粉身碎骨的代价。

兰兰想："粉身碎骨也罢，我认了。"

想到离婚，她唯一不忍面对的，是嫂子莹儿。不管咋说，她俩是换的亲。

大哥憨头虽害病死了，可莹儿并没外心。除了抹泪，除了叹气，莹儿并没打算改嫁，一副拉扯娃儿铁心守寡的模样。兰兰自然不忍心叫她守寡，但一想把莹儿这么好的人送到别人家，又实在舍不得。

“憨头哥，你咋这么没福气呢？”兰兰想。

在莹儿站娘家的这段日子，姑嫂俩掏心喧了几次，除了离婚的话题，她们无话不谈。几次，那字眼差点迸出口了，但又终于咽了。毕竟，白福是莹儿的哥。兰兰不想把一个叫莹儿为难的话题摆到她面前。但兰兰知道，最是贴心贴肺知肝知肠的，还是莹儿；最能体会出她女儿心的，是莹儿；最能理解她内心痛苦的，是莹儿；最能明白女儿引弟之死给她带来的心灵重创的，也是莹儿……同病相怜，她们的心自然贴近了。

“你啥也不用说，我能理解。”莹儿说。

兰兰当然能听出她话里的话。

凉州女人天性中的坚韧使兰兰从丧兄丧女的悲痛中活过来了。莹儿也一样。莹儿依旧像以前那样恬静。要不是瘦，要不是眼皮下隐现的细纹，要不是不经意中偶现的痴呆，倒真像没经过生离死别呢。兰兰当然希望她这样。同时，一丝不快也时时浮上心头：憨头死了，她竟然这么快就恢复过来了。莫非，她从来没将憨头放在心上？

但马上，她便释然了。女儿一死，她不是也天塌了吗？不是也寻死觅活吗？每每想起，心如刀割，但一次次想，一次次割，无数次后，心就木了，虽有痛楚，但剧烈的程度逐日减轻。时间，是最好的良药。岁月的风，一日日刮，扬起一粒粒沙尘，久了，多深的沟壑也填平了。

姑嫂俩在一起，掏阵心，抹阵泪，便唱花儿。兰兰和莹儿一样，也喜欢唱那些离别和相思的花儿。那花儿，像扣线，老从心里往外捞扯——

狼在豁牙里喊三声，
虎打森林里闯了。
阿哥的名儿喊三声，

心打从腔子里放了。
嘉峪关口子里雷吼了，
黄河滩落了个雨了。
为你着把眼睛哭肿了，
把旁人瞅成个你了……

唱起这些天籁似的花儿时，姑嫂俩都会落泪。心思虽异，感情却共振了。这便是花儿的魅力。即使是陌路，即使年龄和性格相差极大，也会在花儿的旋律中化了陌生，化了沟壑，化了心中的块垒，成为朋友。

兰兰就是在花儿中读懂莹儿的心的。莹儿眯了眼，噙了泪，望着茫无边际的天空，或滚滚滔滔的沙海吟唱花儿时，兰兰便能感受到她灵魂的痛楚。但那是两人都不愿触及的禁区。心照不宣，是她们不约而同的选择。但花儿还是唤醒了兰兰少女时代的那段被村里人认为荒唐闹剧的恋情。

兰兰和花球称得上是青梅竹马。兰兰是一手领了灵官，一手牵着花球长大的，滚沙洼，玩土窝窝，捉蚱蚱虫，烧黄老鼠……就是在一次次儿时的游戏中，兰兰长大了，花球长大了，人大了，心也大了，心中波晕一晕晕荡开，把他俩荡到了大沙河的沙枣林里。

久违了。

岁月的沧桑和生活的艰辛已尘封了那段往事，心木了，感情更木了。每每触及，也只有昏黄的印象了，像浸了油又在霉屋里放置多年的油画。是花儿鲜活了它们。有了鲜活图腾的兰兰再也不想在既定的轨道中转圈了。

幸也？悲也？

却听得妈妈梦呓似的说："那古浪丫头，也是个苦命。嫁的那个二杆子，可不是个安分货色。"

兰兰明白，妈说的，是花球媳妇。口中的唾沫一下子干了。她已将"她"忽略了，多可怕。

兰兰燃烧的血一下子凉了。

4

清早起来，兰兰有些头晕。她很后悔昨夜的约会。约会前，花球还鲜活在记忆里。约会后，她发现，花球对她感兴趣的，仅仅是个肉体。兰兰叹了口气。自和白福结婚，便成了他的合法强暴对象。久而久之，她对肉欲失去了兴趣。每一念及，总倒胃口。这很可悲。作为母亲，她有丧女之痛；作为妻子，她是“打到的媳妇揉到的面”；作为女人，她只有遭强暴的记忆，连老天赋予的女人的享受也没了。

兰兰想，真没活头了。

想来，花球看重的，也仅仅是她作为女人的那点儿资本。兰兰很失望，想，哪怕你说几句假惺惺的情话也成；哪怕你不说话，只相依了，由那感觉占了心，熨出眩晕来；再哪怕，你胡乱说些不相干的话，也比那样强。那是羞辱人哩。莫非，干不成那事，就连话也说不得了？

兰兰还是想努力地说服自己。她搜遍肚里的拐拐角角，找出的理由却仍是苍白。明摆的，人家喜欢的，仅仅是女人身子，是个不同于自己老婆的女人身子。

臭男人。

忽然，北柱的女儿大丫走了进来，说：“姑姑，新娘叫你呢？”

“哪个新娘？”

“花球媳妇。”说完，大丫蹦蹦跳跳走了。

兰兰心跳了，想，她找我做啥？想到昨夜的约会，她有些怕见这女人了。莫非，她觉察到啥了？莫非，花球说了啥？他是不是提出了离婚？想到这，心狂跳起来。就是从这心跳上，兰兰发现，自己还爱花球。

兰兰出了庄门，见北柱家墙角处立着那女人。那是个略显病态的女人，也许是奶娃儿的缘故，她显得很瘦，而且一脸阴郁，愁眉苦脸。这形象，兰兰一见，心就不由得抽搐。也是苦命人哪。她想。

女人见兰兰来，转身往前走。前边是上山，山上是那个叫金刚亥母洞的岩窟。一个念头，闯进心里：“她会不会害我？”却不由笑了。我又没干啥，她想。

女人回头望兰兰一眼，上了山坡。山坡上，尽是沙秸，那是打沙米后撒落的。黄毛柴头也叫人割了，那扭曲的枝条上尽是老皮，裂着口，很是丑陋。此外，便是老鼠洞了。那女人一下去，就见老鼠四下里窜。女人也不怕，立在那儿，等兰兰。

兰兰明白，她选了这地方，定是有话说。她会说啥呢？她是不是听说了她和花球的事？但心却坦然了，想，那是啥年月的事呀。

女人缓缓转过身来，木然了脸，望她。兰兰发现，那眼，是口干涸的井，或是一块戈壁，心里不由得酸了。她很想安慰几句，却不知说啥好。又想，自己还不如她呢，人家有娃儿，有花球，自己有啥？心倏地酸了。

女人突地跪在山坡上的洼处。

兰兰慌了，说：“你干啥？有啥话，你说。起来，起来。”拉几下，女人却不起，仍用那枯井望她。兰兰四下里望望，想，叫人看见，咋想呢？

女人木木地说：“我看见了，夜黑里。”

兰兰才知道，昨夜，她悄悄跟了花球，脸腾地红了。幸好，没干啥。有些后怕了，但更多的，是羞。毕竟，和人家男人约会了，搂了，抱了，咋想，都脸红。嗓里很干，想说啥，又不知说啥好。

“看在娃儿面上。”女人说。

兰兰狠劲晃一下头，想晃去别扭。太阳已跃上空中，四下里亮晃晃的。若有人来，一眼，就能发现这喜剧。人丢到娘家门上了，传出去，咋活人？她一下下拉女人手臂：“起来，有啥话，好好说。”

“不答应，死也不起来。”女人木木地说。

“答应啥？”兰兰慌乱地辩解，“我们，没干啥呀。”又四下里望望，幸好没人。

“我知道，你们好过。可现在，有娃儿哩。再好，我活不成了。”女人的话听来，像机器人的。

“不好，不好。我们，根本没好。说了几句话。”兰兰慌乱地辩解。

“以后？”女人问。

“以后，话也不和他说，总成吧？”兰兰身子发软了。

女人惨然笑了，望兰兰一眼，说：“你知道，当初，是他强奸的我，怀了娃儿，没法了，才跟他的。人丢尽了，再也丢不起了。活着，是为了娃儿。”

兰兰打个哆嗦，说：“成了，我答应你。”

“啥也不干？”

“不干！”

“你赌个咒，向金刚亥母。”女人的眼睛有了些光。

“我答应你，赌啥咒。”

女人把视线转向远处，长长地叹口气，说：“我知道，你又骗我。我想了一夜，鼓了一夜劲，才敢找你。不赌咒？成哩，你回去吧，我跪死在这里。”

兰兰想，这女人，咋成榆木疙瘩了？就说：“成哩，我赌。以后，我不和花球好，若好，叫我不得好死，成不？”

女人说：“这算啥咒？我也这样老咒呢。女人，哪个怕死？好死也罢，坏死也罢，都不怕。真要赌，要赌爹妈。”

“爹妈又没惹我，咋能赌他们？”兰兰带气了。

“心里没冷病，不怕吃西瓜。你不干，咒又不应。”说完，女人给她磕了头来。

“行了行了，我赌：若我和花球好，我爹妈不得好死。”

女人惨然笑了，说：“其实，赌不赌也没啥。我再见你们好了，就吊死在你们的庄门上。”说着又得得地磕了几个头，才缓缓起身，梦游似的走了。

兰兰一身大汗。望着那女人上了沙洼，她不由得瘫在地上。

亮晃晃的太阳，很是羞人。

第 四 章

老虎下山林败了，庄子大了人害了。

1

白虎关的金窝子多了起来，双福连开了几十个。赵三、大头和所有能弄到款的人都涌了来。还有许多外地人，也闻讯赶来，才几天，河床里就栽满了井架。白虎关本是大沙河的一段河滩，说不清何年何月，河床变成了一块黑戈壁。

那井架，三木相搭，上面插个红旗，猛望去，河川里到处都是红旗，风一吹，猎猎作响。南山上的树或买或偷，制成了一个个木笼。沙窝里的红柳也遭殃了，掌柜们派专人吆了驼车进沙窝砍红柳。因白虎关地性软，若不打木笼，沙土下流，立马就会埋了人。第一次塌井的是一个外地掌柜的，村里人不叫他砍沙窝里的红柳，他就没打木笼。井才打了六米，一下就塌了，埋了三个沙娃。沙娃的爹妈闻讯赶来，伏在河床里，扑天抢地地干嚎。满指望当沙娃挣几个血汗钱，娶个媳妇，养儿引孙，哪知道连本都赔了。猛子记得，那是开金窝子后，河床里第一次听到的哭声。因了这事故，老顺坚决不叫猛子当沙娃。

白虎关的地皮儿，立马金贵了起来。一个井口，方圆四米，开始卖一百元，现在卖到了二百元，看样子，还要往上蹿呢。因为财大气粗，大头从村民小组长成了村长，成了村里最牛最吃香的人，吃香的，喝辣的，每日里吆五喝六，喝得脸红脖子粗。孟八爷说："大头，你是领导，卖那井口，我不敢放半个响屁。可那红柳呀，梭梭呀，可不许叫再砍。你不见，两个大沙漠已逼了来，一合拢，这儿连个鬼也站不住了。"大头打个饱嗝，说："八爷，人命关天呢，你不叫人家砍，井塌了，你赔命价？上回死的那几个，还不是你带人挡了，才没砍来红柳扎成木笼。三条年轻轻的生命，一下子就到阴司里了。现在人一提，谁不骂你呢。"孟八爷一顿足，正要辩，大头说："成了成了，不在其位，不谋其政。天大的事，有咱党呢，别咸吃萝卜淡操心。"把孟八爷噎得够呛。

孟八爷想：这大头，才换了个帽儿，口气就变了。官气一大，人气就少了，就啐一口，叫花球写个状子，递到林业局。

吃过晌午，花球来找猛子，说："双福的另两个窝子也到底了，听毛旦说，红得很，时不时地，就见豆瓣金。上午我去看了，沙娃们背了好些沙，涮得马虎。我抓了一把，放日光下瞅，有金花花呢。"

猛子以前跟人在祁连山下的金矿上打过模糊。所谓"打模糊"，就是从别人涮过的沙中再涮一次，弄好些，一天也能弄个十几二十块钱，比跟上包工头卖苦力强，就弄块木头，吭哧吭哧，做起金盆子来。

那"金盆子"，做来也简单：找几块板，做成簸箕形的木槽，一头宽，一头窄，在底上做成搓板形就成。打模糊不需要成本，所有器具就是一个铁锨、一个金盆子、一个装砂金的缸子。

猛子问："人家不叫打咋办？"花球道："谁敢不叫打？天是我们的天，地是我们的地。他们，不过有几个臭钱而已。叫打了，好说好散。不叫打，叫了父老们，一窝蜂拥了去，把这些窟窿填了，谁也别挖了。"又说，"爷爷老阴个脸叹气呢，他说，若掘出了金子，地脉败呢。我不信这些。可我知道，这金矿一开，沙湾人别想过平静日子了。"

猛子也觉出了这些。以前，他糊糊涂涂，也懒得想。后来，他跟了孟八爷，跑了些地方，见了些人，听了些话，心就开了些窍，闲下来，也能翻书了。

他发现，先前的好些东西都开始变了。

老顺见两人捣鼓，过来，看出是那涮金的金盆子，就说："话说清楚，老子可没钱。款也贷不得，到处是喝血的口了，别叫银行也喝血。我问过，开个窝子，光沙娃工资，设备啥的，就是几万。"花球笑道："开窝子？我们有那个心，没那个力。我们只想打个模糊。"老顺说："那也成。"

两人带了金盆子和铁锹往白虎关走，路上多女人。男人都当沙娃去了。月儿在女人群里，显得闷闷不乐。猛子说："月儿，走，打模糊去。"月儿说："出那臭力干啥？若想挣钱，教你个法儿：开个饭馆。看这势头，要不了多久，就人山人海了。开个饭馆，肯定赚。"猛子问："你咋不开？"月儿道："那活儿，我不爱。"花球说："倒也是个法儿。可是，票老爷是个硬头货。"两人边喧说，边去白虎关。

这白虎关，一日一变，多了井架，多了沙丘石堆，人也密密麻麻了。柴油机的突突声塞满了整个河床。人声倒不多，除了掌柜们有寒暄的，沙娃们都蚂蚁般忙碌。

因有几个窝子已进了底，双福日夜都在井上。平素里，他还到城里照料其他生意。听说，他有好几十处工程，或盖洋楼，或修公路，还开了工厂。为了上市，工厂招了几千个工人，每人集资五千，只这一下，就弄了几千万。又听说，企业若是上市，还能弄来几个亿呢。乖乖，那钱，怕是连大沙河也盛不下了。瞧他，人心不足蛇吞象，又淘金了，财像水一样往怀里流呢。打一个井，从地面到蓄金层，约有十多米，正常进度得一个月时间。所有沙石，都由沙娃的背斗往外运。一背斗，上几锨沙，一日里，上下几十趟，挣二十块钱。十几个沙娃轮换上下，井就渐渐深了。在清底前的这段日子，双福可以去照料其他生意。每到清底时，管事掌柜就打电话，他再从城里赶来。

清底是很重要的事，一个月的劳作，只在清底时才见收获。那金子，相对集中在地下十多米处。再下面，多是青石板，金子想再往下溜，也叫青石板挡了来。金盆子涮的，就是那进底后的沙。进底前的沙石中，是没有金子的。

北柱端着金盆子，迎了水头，一下下涮沙。双福坐个凳儿，边抽烟，边和赵三寒暄。按金客子的说法，金子有灵性，谁该得，谁不该得，都是命定的。运红的，窝子也红。双福的财运是公认的好，他的窝子也最红。听北柱说，最红的时候，一天有一茶缸砂金呢。他一说，村里人都噢哟一声，都想开个窝子，可手里无刀杀不了人，票老爷不善待穷汉。

一见双福，猛子驻足了。他把金盆子扔给花球说："这活儿，我不干了。妈的，吃人家剩下的残汤剩饭，一想就恶心。"花球知道他抹不开面子，笑道："你别拔上屌毛栽胡子，只顾威风，不管疼痛。穷是你的合该穷，也没个啥丢人的。你瞧这模糊，你不打，别人也打。不说别的，光你的媳妇，得多少钱？你爹那骨头，咋熬，也熬不出三两油水。"这一说，猛子不言语了，蹲在地上。

花球说："你张不开嘴，我去问。你只管涮就是了。"说完，走过去，大了胆子，对双福说："哎哟，财神爷，你吃了肉，能不能叫我们喝些汤？你涮过的沙子，叫我们打个模糊，成不？"双福问北柱："你涮得尽不？"北柱道："你亲眼瞅的，咋不尽。至多，里面有些金毛毛。"双福便对花球说："成哩。你背了，到下水里去涮。"花球明白，他怕他偷没涮的沙，就笑道："成哩，下水就下水。"从肩上取下袋子，刨一阵，背了沙回来。

因了许多水泵抽水，河床里真成河了。据说，这儿有地下水道，别看上面干得裂口，地下水却旺得很。几十个五六寸的水管齐抽，水就汪洋成一片，一直流入大沙河了。花球和猛子选个平整处，拣几块石块，垒道横坝，将清水聚拢到一个水口处。两人就蹲在水口，一下下涮。

才开涮，猛子就有些后悔了，觉得自己今天塌了架子。去年，他弄了双福女人，和双福打过一架。今日个，人家当掌柜，自己却打他的模糊，心里很是别扭。但一想到穷，只好咽下那口气。谁不想高贵呀？问题是得有资本。穷得穿不起裤子时，你无论咋高贵，那乱甩的老屌也会将你拽下供台的。

花球往金盆子里弄些沙，迎了那水头，一下下涮。水冲浮沙，顺流而下，涮到底，发现了几星亮亮的黄。花球叫："金子。"猛子嗔道："浅碟子货，这也算金子吗？"他以前打过模糊，知道涮过的沙里当然有金子。有时，沙也会将豆瓣大的金子裹下来，留给打模糊的。

花球道："嫌啥少？一锨，这么些。那一堆中该有多少？"

赵三听到花球的叫声，过来，夸张地瞅一阵，大笑几声，说："等我的窝子进底了，也叫你打模糊。"那笑声很刺耳，猛子一抬头，见那红红的酒糟鼻子很扎眼，很想给它一拳。花球却笑道："成哩，成哩。"赵三又笑几声，回去，对双福嘀咕了几句。双福也笑了，却是那种很有教养的应和似的笑。

猛子觉得一股血冲上头顶，他深呼吸几次，才没将金盆子甩出去。花球也长长地呼吸几次，悄声骂："赵三，你个驴日的。你笑啥？你不过一个屠汉，杀生害命的货。不过才有了几个臭钱，就这样。……记得不？灵官说，穷是世上最可怕的东西。"一听这话，猛子的眼泪一下子涌出。

"上沙吧。"他哑了嗓门说。

约一个时辰，猛子涮完了花球背来的沙。茶缸里的黄星儿攒成黄豆大了。望着被一群人簇拥的双福，他不知道自己该不该笑。

2

日头爷一下山，风就发起威风。从大漠深处刮来的风，干冷干冷地剐皮肤。水也格外凉，直往骨头里扎。猛子的手木了，他扔了金盆子，说成了，肚子成空皮袋了。

花球贼溜溜四望一下，悄声说："吃了黑饭，弄些没涮的沙。闹好些，一次，就顶几十次模糊。我刚才瞧了，那背出的沙，没来得及涮。"猛子说："那活儿，可干不得，叫人知道，贼名儿背定了。"花球道："怕啥，这砂金，是天造的。别人能得，我们也能，凭啥叫他们独吞？"猛子想，也对。两人便将涮下的砂金分了。

回到家，猛子将纸包的砂金给了爹。老顺一见，大瞪了眼，乖乖几声。摸摸那黄色，竟觉出沉甸来。老伴和莹儿也围了过来。老顺叫："小心，别弄到地上。"待几人都捻过那黄色，老顺小心地包了纸包，觉得那黄色沁入灵魂了，心情也惊人地好。

晚饭后，花球来叫猛子，两人各提一个纤维袋，摸向白虎关。夜很黑，但河床中一片亮光。抽水机仍在突突，依稀渗出沙娃的说笑。猛子说："来早了，人家还没睡呢。"花球说："沙娃们轮流上班。那是上夜班的。"

两人伏下身，朝双福的涮金槽摸去。开始路还平顺，到后来，地面上尽是从窝子里背出的沙石，有些还湿淋淋的，寒凉沿手心上延。猛子打个冷颤，想："花球说得对。这金子，是天给的。他弄了，不过吃喝嫖赌。我得了，不定能干多少好事呢。"

到近前了，机器声山洪似的响。两人移向河床。河床地势低，沿了那凹处，就能到涮金槽处。只是河床湿，爬不多久，衣服就湿了，凉一下进心了。一不小心，又滑入水里。那寒凉至极的水，倏然吞了身子。花球也吁吁着，估计他也成落汤猪了。猛子打个哆嗦，倒觉出一股刺激来。这年月，日子寡淡极了，吃了干，干了睡，像磨道里的驴一样，转了一圈又一圈，没劲透了。只有偷女人时，才有些许新奇，但偷几次，也就木了。倒是这回，像电影中的侦察员一样，有种异样的新鲜。虽有些冷，心却在欢欢地跳。

几年间，猛子经了些事，人也大了，脑中的窍也开了，常想些以前不想的事儿。先前，他懒得动脑子。后来，他不想动，可生活硬要他动，脑中就怪怪地有了好些想法。这下糟了，脑中一有了想法，烦恼就趁机袭来。但正如人的长大无法阻挡一样，大脑的日趋复杂也难以逆转。他虽是不愿上山的驴，生活的鞭子却时时抽他。前有拉者，后有赶者，不觉间，他就到了一个以前没经历过的天地，烦恼也随之袭来了。

水愈加凉了，竟沁入骨髓了。花球哈着气。水声咕咕着，把远处的机器声冲淡了。白天看起来不远的一截路，竟着了魔似的，遥无尽头了。真是怪。

忽听人声传来，猛子屏息望去，见双福出了帐篷，身后跟个女孩，两个说笑着，走向更远处的一间临时房屋。花球低笑道："那孙蛋，又啃嫩葫芦了……知道不？好些女娃老往双福跟前凑，都想傍他呢。"猛子皱皱眉头，叹口气，想："这世界，疯了。"仿佛一夜间，先前的一切就给打翻了。外面的讯息找缝儿往里挤，电视、回村的民工、到城里打工的妹子……都带来一些不明不白的东西。不知不觉间，村子就变了。要是这金矿一开，不定还有啥怪事呢。好些东西，猛子想破脑袋，也想不出个所以然来。

双福们走出灯光，融入朦胧了。两人又继续前爬，已到那涮金槽旁。湿温的沙堆在夜里笑着，水声也在笑着。猛子爬上沙堆，望那亮处，见人影晃动，但无近前来的，就低声招呼一声。两人撑开袋子，往里刨沙。刨一阵，觉得那袋子饱了，一较力，想抡上背，袋子却只是蠢笨地一晃。猛子明白太重了，就倒去一些。虽知倒去的沙里可能有金豆，但也顾不了太多。

两人捞着沙袋，原路退去。这时，他们才发现，那想象中轻而易举的事做来却难似登天，他们无法匍匐着将沉重的袋子弄回去。才爬着捞了一截路，猛子就气喘吁吁了。花球也在牛喘。猛子说："灯底里看这儿，怕黑糊糊呢。放心，站起来走。"抬起头，见井上沙娃虽在忙碌，却无人朝这边望，就起身，将袋子扛肩上。

两个虽直立着行走，但因路黑，不敢快行，边摸边挪脚。忽然，猛子见一沙娃，背了背斗，向涮金槽走来。一想差点叫他撞着，猛子不由得倒抽冷气。两人又伏在地上，见那沙娃打个手电，呼哧着移来。他将筐中的沙倾上沙堆，用手电乱照一气。

花球悄声说："糟了，叫他发现了。"猛子说："不要紧，他肯定在找金子。"话才落，那沙娃却叫："不好了，有人偷沙！"猛子吃了一惊，怨花球："你咋没把坑弄平？"

"抓贼呀。"几个沙娃边叫，边扑了过来。

猛子和花球索性起身，背了沙就跑。那些人边吼边追，疯石头鸟一样飞来。猛子捏着鼻孔，装出怪腔，叫："再撵，老子放枪了。"说着，拣个石头，用力抛去。虽没打中人，那几人却驻足了，只是吼叫，不敢近前。

正跑着，听得花球叫："糟了，袋子破了。"猛子正疑惑肩上分量咋越来越轻了。一摸，发觉袋中已无多少沙子。原来，方才匍匐时，沙石磨破了袋子。

"操他妈。"花球骂，"白挨了一回冻。"

次日晨，两人又去打模糊，见几个沙娃，正沿了那路寻找。听沙娃说，夜里，来个偷沙贼，偷了沙，却撒了一路。双福叫人沿路去寻，竟发现核桃人的一块金子。

猛子懊恼地望花球一眼，说："妈的，连金子也成溜尻子了。"

日头爷升到了半空，丑陋的河床显现了出来。崖头上，双福叫人开始盖房子，他们挖了槽，灌了混凝土，看那样子，想扎根呢。别的掌柜沙娃，或挖地窝子，或搭帐篷，在白虎关凸现出许多古怪来。猛子觉得，这世界，真是古怪了许多。

花球懒洋洋提了金盆子。显然，他还在意那从袋中溜出的金核桃。猛子虽也懊悔，但知道，丢失的东西，肯定不是自己的。爹老向他灌这理儿，好些年了。

3

吃过午饭，爹叫猛子跟齐神婆去相亲。这些天，爹老忙这事。猛子知道跟豆垛上的事有关。原以为有了那事，他会无脸见爹。哪知，脸只是烧了一下，就寂然成牛皮了。没办法，经的事多了，脸皮就厚了。

齐神婆说得唾星乱迸："那丫头没说的。辫子有辫子，样子有样子。上炕能剪几剪子，下炕能炒几盘子。我的眼错不了。那丫头，配这娃子，配个过来过去呢。估计，彩礼也不重。人家不是那号黑心肠。"

"哟，亲家，有你哩。你放心，办成办不成，都亏不了你呀。"妈一脸感动。

"也就是你呀，亲家。"齐神婆撇撇嘴，"自打上回，会兰子到我家闹过后，我赌咒发誓，再也不保媒了。我好心好意，口焦舌燥，没功劳，也有苦劳吧？你娃子丫头一大堆了，倒怨起老娘来了。把老娘的肝花心肺都亏烂了。你说亲家，怪惊惊……大头打你，是大头的事，老娘又没在背后踢飞脚，又没有煽啥风，点啥火，你怨老娘干啥？还抱我的腿呢。亲家，你说气人不气人？我没给她个好话，用焦毛醋弹，把她撵出去了。真是的。我又不是过不去日子了。找我的人踏折门槛，谁还在乎那两个保媒钱呢？也就是乡里乡亲妈一脸感动。

"哟，亲家，

有你哩。"

齐神婆说得唾星乱迸：

"那丫头没说的，辫子有辫子，样子有样子。"

猛子问："和月儿比，咋样？"

"哟——" 齐神婆怪声怪气地拉长了声音：

"那可不能比呀！"

的，才穿个针引个线的。你说，亲家。”

“就是呀，亲家。人家是人家的事，你不管就别管他。我的事，可不能推脱。猛子那娃子，别看急里冒跳，其实心憨着哩，不会耽搁人家姑娘。”

猛子在门外听了一阵，感到好笑。两人“亲家”了一大堆，不沾亲，不带故的，凭啥“亲家”？这神婆的“亲家”也太多了。倒是妈说他憨的话叫他感动，他响响地咳嗽几声，进了屋。

“快来。”妈说，“给你干妈敬个烟……给你问下了，是包家的姑娘。吃了饭，你捎上干妈去，看上就娶，看不上……看不上也得看上。全胳膊全腿，能过去就成。模样儿，又不能当饭吃。”

“哪里呀？”齐神婆道，“人家那丫头，人眉人眼的，眼睛又大，汪着水，辫子黑油黑油的……就怕人家看不上你。”

猛子问：“和月儿比，咋样？”

“哟——，”齐神婆怪声怪气地拉长了声音，“那可不能比呀。比样子嘛，强。月儿是个乌鸦，那丫头可是个凤凰；月儿是个臭蓬，那丫头是朵刺玫花；月儿是个红柳墩，那丫头是棵珊瑚树。比妖嘛，那丫头咋比，也比不上月儿的。人家那丫头，可实诚哩，脸上连油也不擦。你想，啥年成了，还吊个辫子。月儿是啥？是个妖精——这话，可只对你们说的，嘴牢实些，别传到她妈耳朵里——你看，嘴唇红丢丢的，头发乱蓬蓬的，走一步，扭三扭，说话嗲声嗲气，能浪出水来，像个黄花闺女吗？听说，上回进城打工，傍了个城里老板，新鞋穿成旧鞋了，却叫人家一脚踢了。那是个过日子的料吗？这山望着那山高，那边的山上有蟠桃。本是丫环的命，却好做皇娘娘的梦……当然是不能比的。”

猛子听她作践月儿，心里有了气，又不敢发作。但心底里，他也承认，神婆说的有几分像。

妈说：“哟——，亲家。你越说，越合我的心了。就要她，就要这个丫头。成了，是他娃子的造化，劳驾亲家你，多费些唾沫。”

“没说的。你的事，就是我的事。不管咋说，总是一个坛城里的金刚兄弟，看在金刚亥母的面子上，我也该尽力子帮。”

吃了一只鸡后，猛子就骑了自行车，捎着打着饱嗝的“干妈”。他穿了一身新衣，显得很别扭，但这是规矩，别扭也破不得。上人家的门，穿个破衣，人笑话哩。好好歹歹，人家也是黄花闺女，又不是寡妇，没个好陪衬，咋能上门？

按照礼行，男方上女方家，每次得买“礼行”。第一次礼重些，猛子就买了四斤冰糖，四包豆奶粉，四个罐头，还割了四斤礼方儿。这“礼方儿”，就是猪肉。按规矩，还该给神婆买套衣服，可妈说礼缺后补。猛子知道，妈怕他相不中，白花钱。

临行前，妈教给了猛子相亲的诀窍：“娃子，捉猪娃看母哩。”叫他多瞅瞅丫头的妈，看她的茶饭、卫生、脾气、待人接物等等。那丫头，能瞅了皮皮儿，瞅不了瓤瓤儿，看起来虽光花明净，说不准还是个龌龊鬼呢。那老娘，老皮老肉了，也不注意收拾，反倒能从她身上看出丫头的教养来。

齐神婆一路尽说女方好话，听她的口气，那女孩，是天上少有，地上仅有。这一套，猛子听过。哪个人相亲，“干妈”都这样，三寸不烂之舌三拨两动，就把夜叉说成仙女了。猛子懒得去理会，双福女人却溜进心了。记得，叫双福捉了奸后，他们曾半真半假地订过终身，但现在，那张纸仍将她和双福连在一起。人没笼头拿纸拴呢，咋跳弹，他们还是一条绳上拴的两个蚂蚱。这样，自己的相亲就不算失约了，可心里，仍觉得有些对不住她。

路边的地里，有许多人在薅草，从春至秋，女人都干这营生。一年中，最耗时间的，就是这活了。当姑娘时薅草，当媳妇时薅草，当了老奶奶仍薅草。这薅草，贯穿了女人一生，仿佛女人就是为薅草而生的；脸因之萎黄，手因之粗黑，青春呀啥的，就在薅草中没了。

见猛子过来，薅草的凤香打趣道：“猛子，瞅女人去哩吗？哟，穿了新衣呀。”猛子下了车子，笑道：“眼热了，叫干妈也给你找一个。把那北柱，一脚踢了，找个俏些的，有钱的，省得薅草。”凤香笑道：“不行了，老了。你可得把眼珠子拨亮，别弄个猪不吃的茄莲来呀。”北柱接口道：“就是猪不吃的，人家眼里，也是天仙呢。人家猛子不挑食，老的嫩的都能啃。是不是，齐家干妈？”神婆笑道：“人家瞅的，是地道的天仙呢，红处红似血，白处白似雪，哪像凤香，丢进牛粪里，寻不出个眉眼来。”猛子道：“谁说寻不出来？比牛粪黑的，比牛粪臭的，肯定是她。”

“挨刀货。”凤香绕个草团，打过来。猛子一避，草团打到神婆身上。凤香笑道：“哎哟，干妈，瞧，这草，也是个溜尻子呢，一见个有钱人，就亲热。”

神婆骂：“没大没小的。老骨头了，能挨这么一下？”

“猛子，可别在丈母娘家放骚。”凤香喊。

到包家了。这院落不大，矮小，土坯造，显得土眉土样，墙皮也剥落了，像褪毛时的骆驼。一见这样子，猛子就想，这人家的姑娘，好不到哪里。

“亲家——，亲家——”齐神婆扯了嗓门叫。她见谁都是“亲家”。

“哟，亲家来了？”随声音，一个老婆儿出门了。她显得干瘪，枯瘦。神婆从车把上取下礼行，递给“亲家”。“亲家”接了，笑道：“屋里进，屋里进。”见那接礼行的手上有多年的老垢甲，猛子想：捉猪娃看母哩，她的姑娘，也干净不到哪里。

屋里是着意收拾过了：正堂里，是毛主席像，边上是观音、电影明星。墙上还有一块黄布，上写“寿比南山”四个字。被子叠得也齐整。红白方格的新床单，很整洁，但猛子却老想到老女人手上的垢甲。

“菊儿，倒水来。”老婆儿叫。

菊儿进来了，低眉垂眼，模样儿倒也周正。这形神，没神婆夸的那样好，但也不是“猪不吃的茄莲”，按妈的话说：平常，平常的模样，平常的身材。猛子想：这号人，过日子行。打到的媳妇揉到的面，好调教。

菊儿递过一杯茶水，说：“请喝茶。”猛子说：“不喝不喝。”菊儿把茶杯放桌上，说：“放心喝，不要钱的。”一笑。这一下，那模样儿顿时鲜活了。猛子想：成哩。

神婆笑道：“对，好好瞅瞅，别缺鼻子缺眼，缺胳膊缺腿。菊儿，灯拨亮些。”菊儿一笑：“有啥好瞅的，不就七个窟窿吗？”猛子道：“就是，不就九个窟窿。”

菊儿说的是七窍，猛子把下边的也加上了。神婆掩了口，咯咯笑了。菊儿脸一红，也笑了。

老婆子笑道："看来，这也是个怪人。"

神婆笑道："小伙子不坏，姑娘不爱。"

"男亲家呢？"神婆问。

"给人家做泥活去了。"老婆子说，"菊儿，喊你爹去，"菊儿嗯一声，望一眼猛子，走出门。这一望，把猛子的心搔了一下，想："这丫头，耐看呢，猛一看，不咋的；再一看，哟，成哩；又一看，嘿！俊了。"

神婆笑道："亲家，你看这门亲事，是天成的。这娃儿，这丫头，一个金童，一个玉女；一个麒麟，一个凤凰；一个金杵，一个玉碗；咋看，都像一对儿。我说，就定了吧，你们啥时上门，看家道也成，不看也成。要说那家道，也没啥看的，沙湾头一户，要啥没有？我老说：老顺，你前世咋修的？修来的这么些福，吃香的，喝辣的，穿红的，挂绿的，要啥没有？不说别的，光那兔肉，一立秋，就能吃到第二年春上，顿顿的肉呀。亲家，别人家，一年难见几回肉星儿，人家老顺，嘿，酒池肉林哩。要有个三宫六院，七十二妃，就跟皇宫差不离了，丫头一过去，就是皇娘娘了。"

猛子偷偷笑了。这一大堆动听的话里，只兔肉有点根据，别的连影儿也没有。真难为了这张嘴。

"有你哩。亲家，有你哩。"老婆子说。

正说着，菊儿爹走了进来，一身泥点，显是才从工地上下来。菊儿似乎很不满意爹，觉得失了面子，打来一盆水，放地上。老汉跟神婆打过招呼，洗手洗脸。

神婆道："亲家，该享享福了。"

老汉边洗脸，边说："享啥福？老牛不死，稀屎不断。天生一个苦命人，不生发几个，喝风呀？"菊儿道："少说两句。"老汉道："丫头，嫌爹给你丢人？谁也是庄稼人，谁也得吃五谷，凭了双手挣碗饭吃，有啥丢人的？干一天给十五块，不挣白不挣。"

“行了行了。”菊儿道。

猛子接口道：“这年头，光种地咋成？能了活，了活几个，也多少是个贴补。”菊子望了他一眼。老汉说：“就是。”

神婆说：“你这女婿……”猛子肚里笑了，八字还没一撇，成“女婿”了，偷眼望菊儿，菊儿也望他，视线一碰，菊儿红了脸。“……你这女婿，可是个有本事的人，做买卖是把好手，放鹰了，捉兔了，能得很。还是个义气人，谁有个难处，一张嘴，五十也给，一百也给，都叫他及时雨呢。”

菊儿笑出声来。

猛子脸红了。这神婆，说大话，也不分个场合。说到买卖，只跟白狗收过几回农副，还赔了；至于那及时雨的事，哪有个影儿？自己也难见个百元的票子，拿啥送人？

菊儿一笑，神婆也觉出啥了，打个哈哈，又对老汉道：“那家道，可真是沙湾头一户，好大个家业。哥哥死了，嫂子迟早改嫁。兄弟在外面谋了个差事，听说财发大了，打死他，也不往这沙窝里钻了。弟兄三个的财产，他一个人得了。三碟儿合了一大碗，满当当呢。丫头一过去，就是掌柜的，左手抓金，右手捧银，前脚踢秤，后脚关库房门，有你们老两口享的福呢。到时候，可别吃得走不动呀，给我也留些汤水。”

菊儿望猛子一眼，抿嘴一笑。老汉说：“有你亲家哩，你瞧着咋好，就咋好。丑话说到前头，我们老两口，娃子分家另过，就剩这一个丫头。婚礼可含糊不得，我们养老，还先靠它呢。”

“哟，亲家。”神婆道，“亲家真是个直爽人。直爽人好呀，有话说到面里，有屁放到圈里。这号人，最对我的脾胃。那婚礼，还有啥说的？只要你张嘴。你能张嘴，人家就能办来。不就牛身上拔根毛吗？不过，我瞧你亲家，也不是个狮子大张口的家儿，像你们老两口这么面善的，我还没见过呢。太大的数儿，你们也张不开口。是不是，亲家？”

老两口互相望望。老婆子说：“可也不能亏了我们。”

“哟，瞧你说的。”神婆笑道，“亏天亏地，也不能亏你亲家。不说别的，只瞧这灵丝丝一个天仙女，剐了肉卖，也值几个金元宝呢，能亏了你？可丫头，过去也要过日子哩，要太多了，名声不好听，好像你亲家指望着丫头活人似的。我见人就说，人家包亲家，别看人穷，可志不穷呢。穷了身子穷不了心呀。不像有些人，身上穿的毛料子，手上戴的金镯子，怀里揣的新票子，可心穷。包亲家钱少，可心不穷。”

猛子简直五体投地了，这等口才，这等心机，他是望尘莫及的。那菊儿，低了头笑，时不时，偷眼望一眼猛子，望得猛子焦渴难忍。

老婆儿好容易瞅个机会，插话道：“可人总得吃饭呀？”看来，她也没叫神婆的那番话灌晕。

“瞧你说的，亲家。”神婆喝口水，“有了这么有本事的女婿，能叫你们两个活宝受穷？人家老两口，贤惠得很，自己宁饿一口，也要叫人吃饱，能眼睁睁叫你亲家受孽障？再说，还有我呢，我老嘴老脸地穿针引线，他别人想亏你，我也饶不了他。我就说，亏天亏地，也亏不了亲家。我不信，谁能打我的脸？他全沙湾所有吊把儿的男人，借他十个胆子，也不敢。何况，你那两个亲家，真是个贤惠人呀。”

老汉呆呆地坐着，许久不语。终于，他问出一句：“你说，多少合适？”

神婆却把球踢回去了：“你瞧，亲家，过得去就成。不对亲戚是两家，对了亲戚是一家。少了，亏你亲家；多了，你丫头面子上下不去。差不多就成，马太快，牛太慢，骑个毛驴儿走中间，中间就成。”

老两口却给她暴风雨般的语言打蒙了，你望我，我望你，谁都说不出个中间数儿。一谈婚礼，菊儿就不自在了。这阵势，在骡马市上老见，就出去了。神婆见俩“亲家”不好当着“女婿”的面张口，就对猛子说：“你也出去一下，我们喧和喧和。”

猛子出了庄门，见菊儿正倚了门框，望那母猪，就也望去。猪旁是一堆猪粪，一垛麦秸。十几个猪娃在吱吱哇哇追逐。猛子很想和菊儿说句话，可又不知说啥好。菊儿却问了：“你念了几年书？”“初中。”“我也初中。我还想上高中呢，可爹妈不供。”猛子说：“我是爹妈供，我不想上了。念书没用，花上几万上大学，又不分配工作。有啥用？”菊儿望他一眼：“咋没用？总比当牲口强。瞧，他们，那口气，跟骡马市上一样了。”

猛子半开玩笑地说：“那你别要钱呀？”菊儿也笑道：“你以为我就那么贱？现在的人，不要钱的心不疼……”又狠狠盯猛子一眼，“我不知道，你还动这心思。”

猛子笑道：“啥心思？我连书都没心念，还有啥闲心动心思？瞧你，也是个难伺候的主儿，爹妈要钱了，你说当牲口了；不要钱，又说贱，左也不行，右也不行。”

菊儿笑了：“他们养个人不容易呢，该要个金山才是。”

猛子笑道：“别说金山，金海也得出，把爹妈剐着卖了，你一过门，就手背朝下要饭去。”菊儿笑道：“成哩。我还羡慕那些走南闯北的乞丐呢，人家啥地方没走过，啥场面没见过？我们，盆盆下的蚂蚱呢。”说着，叹了口气。

正说着，菊儿妈出了庄门，对猛子说：“亲家喊你呢。”

猛子一进书房，神婆就说：“差不多，不亏东家，也不亏西家。猛子，连衣服啥的，一包在内，一万，订婚送四千，送婚送六千。有心了，你给外父外母扯一套衣裳，没心了，人家也不要。”

“扯，扯。”猛子忙说。他知道，这数儿，真是中间价。神婆的儿媳妇，都花了一万五呢，还不算冬衣钱、夏衣钱、逢年过节的零花钱、开箱钱、开包袱钱等等乱七八糟的钱。这乱收费，已深入婚姻了。

4

相过亲后，神婆来催了一回，要问个实信儿，定个日子，好给那边回个话。老顺懒得和这个“脸皮比城墙厚”的“活爹爹”谈婚论嫁，就叫老伴去问。猛子却因曾和双福女人谈过嫁娶之事，说好她若离婚，自己就娶她，可现在，人家婚还没离，自己就已相亲了，实在有些说不过去，便想探一下那婆娘的口风再说。因为相个亲，没啥要紧，只买点礼行就成，花不了几个钱。订婚可不一样，一订，就得送订婚的彩礼。若女方反悔，那彩礼一分不少，要退给男方。若男方反悔，彩礼就成了女方的遮羞钱。这是千百年的规矩，谁也破不得。妈一问，猛子只好胡乱地吭哧，不说成，也不说不成。齐神婆得不到个准信，大发脾气，说："生娃娃的不急，倒急死接生婆了。"猛子却想：先探探那婆娘的口风再说。

吃过晚饭，妈洗了碗筷，和兰兰进了北书房，去修那金刚亥母本尊法。猛子出了家门，见一群人在桥头上叽喳。这"桥头"，并无桥，只有一大堆黄土，人们蹲呀坐的，方便，就成摆龙门阵的地方了。上了黄土堆，东望，可见沙窝，就是书上说的那个叫"腾格里"的大沙漠。吃过晚饭，汉子婆姨便自发地聚到这里，发布些新闻啥的，倒也热闹。

自弟弟出去后，家里少了说话的，猛子心里空堂了不少。虽说灵官也不是他的知心人，但总能斗阵嘴，磨阵牙，时不时地，还能拽出点笑声。现在，抬头是爹，低头是妈。两个老的又老是犟嘴，常为些针头线脑的事争个脸红脖子粗。屋里便闷了许多。

更糟糕的是，这日子，是越来越难打发了。地里活多时好办，苦个驴死鞍子烂，脑袋才挨上枕头，呼噜声就响了。怕的是农闲时，地闲了，人闲了，日子短了夜长了，便有了太多的难熬。除了到桥头上闲谝外，真想不出再有个啥干的。那日子，真成"熬"了。熬上一天等于两半日子。村里，连个消磨时间的玩意儿也没有，活得真没劲。

最可怕的，除日子的难熬外，还"没个啥盼头了"。这本是爹妈的感叹，却不觉间进了猛子的心，时不时地，就拽了心，荡几下真没盼头了。以前，还有想头：饿了，想吃的；冷了，想衣服；燥了，想女人。现在，饿呀冷呀离得远了，女人也不过那么回事，几分钟的用途。一完，就觉得这玩意儿也可有可无。那么，就该有个"盼"的东西，就像爹娘曾经盼弟弟考上大学，"月月有个麦儿黄"，过几天好日子一样。还是有个盼头好。他想。

不觉间，猛子就到双福家门口了。这门高，大，总叫他产生被压迫感。这劈面而来、巍巍峨峨的门庭太欺负人，仿佛在说些很嚣张的话，很令猛子恼火。这感觉，会一直延续到双福女人脱衣之后。这时，他就觉得双福也没啥，你门高门大有啥用？女人照样叫老子压在身下。但女人一穿衣服，猛子又憋气了。因为，那衣服呀，家具呀，电器呀，也会像门庭那样，说些很嚣张的话。

双福和女人的婚至今没离。据说，双福忙是一个原因。他的财势又扩了，许多大建筑项目都是他投标修建，暂时还顾不上处理那些扇长毛短的事。但另一个众说纷纭的原因是：双福正在争取个啥劳动奖章，不是“五一”，就是“六一”。究竟是几一，谁也弄不清楚。想来是“六一”，因为乡下人眼里，数字大些当然好些。双福怕离婚一事，影响自己的形象。当然，更有一种说法：双福怕一离婚，他的财势就一分为二了。

猛子在高大的门庭前憋了一阵气，但那门庭依然高大。猛子只好把憋的气变成长长的叹息了。

吱呀一声，门开了。女人出了庄门，见是猛子，撇撇嘴，把一盆水狠劲泼了出去。

“进呀。你癞蛤蟆告天爷吗？站客难打发呀。”女人挑挑眼，说。

说来也怪，跟女人越接触，猛子越打骨子里看起这女人了，和她结婚的念头也越淡了。女人是啥？娶来的媳妇买来的驴，任我打来任我骑。这婆娘，心又高，气又傲，人家不骑你，你就烧高香了。一想娶她当女人，总是心虚。猛子知道自己肚里有几两酥油。好饭无盐水一样，好汉无钱鬼一样。连毛撕不上一盘子的猛子，在这女人跟前，咋也髭不开翎毛，抖不出威风来。但有一点是肯定的，他觉得自己有些离不开她了。先前，下腹火炽的时候，便是想她的时候。现在，改了：心里一空堂，这婆娘那张讨人喜欢的脸就乘虚而入了。一想她，猛子就会想起个词儿：知音。虽说猛子也知道，自己没个啥“音”值得叫人家“知”。但这个词儿，要比“心肝”呀，“宝贝”呀，“心头肉”呀啥的文明。时代在发展，人类在进步，猛子也变文明了。

丫头叫双福接去城里念书，女人屋里就空堂了。馍馍老在盘儿里放着，猛子啥时想“吃”了，就来；想做啥，就做啥。这女人一张口，就是叫猛子刮目相看的一大堆词儿，把他的心也熏亮活了。人说，好女人是一本书。至少这女人就是，而且，是本大书，老翻，老嚼，却不腻，总嫌翻不透。

因为她明里还是双福的婆姨，两人没再谈婚呀嫁呀的事。车到山前必有路。双福不急着办手续，女人也不急。到哪山，打哪柴。有了猛子，她水也行着，磨也转着，没个啥急的理由。猛子也一样，急的是他爹，身上背不住烫面条儿，三天两头就找神婆，想把这羊头上的毛燎掉。真是“生娃娃的不急，倒急死接生婆”了。猛子笑了。

“笑啥？”女人挑挑眼，“瞅准了没？把灯挑亮些，可别挑来个猪不吃的茄莲。”

“人家，是天仙女呢。哪像你？一座肉山。干个啥的，也像东洋大海里掉进了一根针。”

女人吃吃笑了，道：“没跟你嫂子学花儿吗？那首花儿咋唱来？‘心肝妹妹别嫌我的尕，裹上些布来缠上些麻。’”

猛子笑道：“你尽想这些。怪，这花儿里啥都有，你有啥心，就有啥花儿。真是的，我倒觉得有首花儿好。一空扎个手到你这儿来，就想起那花儿了。”“啥？”“枣红马儿走的好，尾巴上绾了个绣球。看一回尕妹没拿头，口里含了颗大豆。这词儿好不？可惜我五音不全，一出声，怕老鼠都夹不住尿了。”

女人笑道：“你没拿头就没拿头，也用不着含啥大豆。其实，啥都比不上人。人才是个活宝。人真怪。活个几十年，为啥不恩恩爱爱好好地活，却去追别的东西，啥钱呀，名呀，利呀，无休无止的。等到手了，人也该咽气了。好好一个大活人，为啥不贴心贴肺地爱？不变着法儿，爱出花样，爱出滋味，却图那些虚名虚利干啥？莫名其妙。”

猛子眯了眼，望女人一阵，道：“你不是说男人仅仅是个屌吗？”

“没错。”女人笑道，“可也不仅仅那样，还得为心活呀。女人总爱寻个盼头，有盼头，就把一辈子祭出去。没盼头，连个笑脸也懒得露。谁不是这样呢？有为爱的，有为子女的，有为丈夫的。若没盼头，心就死了，人就跟牲畜差不离，不过多个说话，少个尾巴。”

“你呢？你图个啥？”

“我？”女人拧眉一阵，冷冷笑了，“我图一口气。我要把眼睛睁得大大的，看那一阔脸就变的浅碟子有个啥好果子吃。知道不？这老天爷，打盘古起，就划好了一个道道儿。谁也逃不过这道道儿去，那就是：有多红，就有多黑。”

一股冷气，蹿上猛子脊梁。

5

出得门来，猛子还被女人的话震撼着。这婆娘，真不简单。想想赫赫焰焰的双福，再想想孤孤凄凄的女人，猛子呲起了牙花子。一个财大气粗，如日中天；一个被人抛弃，守着活寡——想到“活寡”，猛子晃晃脑袋，笑了——这对比，叫猛子的心一下子抽紧了。

想当初，双福穷得夹不住屁时，秀秀跟了他。那时，他是啥？二杆子，贼疙瘩。她是啥？秀女。用瞎仙的话说：“生得齿白唇红，面如桃花，走路就像春风摆动了柳条那么好看。”提亲的涌破门呢。爹宁叫秀秀死，也不叫她嫁双福。秀秀宁死，也不嫁别人。死死活活，闹了一阵，才洞房花烛，成大团圆。现在呢，你驴撵的双福，一阔脸就变，眼睛红了，认不得人了？你顶个箩儿，就当个天？抓住个屁大个事儿就想离婚？你想摔了旧貌，换个新颜？你指头入到屁股眼里思谋一下，算人不？

猛子咬咬牙，想到女人的话：“有多红，就有多黑。”得叫你败，等你穷得连鼻涕都吸不住时，就会定准定盘星，知道自己有几两重。

路不平，众人铲哩。

你不是“能”得拉不下屎吗？那就叫你败！

可一想双福的赫赫势焰，猛子又泄气了。那真是个庞然大物呀。一想到他，就像想到了老天爷一样，连个下口的地方都找不到。若是双福的钱集中到一个万人把守的所在，猛子也能变成老鼠，自浇汽油溜进去，烧他个鬼哭狼嚎，一贫如洗。水拉火烧单日穷哩，这是凉州贤孝中常有的情节。可双福，已不仅仅是一大堆纸币了，他有公司，有大楼，他的建筑器材据说至少千万，还有钱啥的……不说这些，哪怕大水冲了他的全部财产，他穷得只剩下个“双福”，凭这名头，他照样能贷到款，照样能闯出万儿。几年过去，照旧成一个赫赫焰焰的双福了。

想到这，猛子才明白双福有多么强大。但怪的是，猛子心里的女人也强大。女人的冷笑，老在心头石头似的滚。老听她说老天划的那个道儿：有多红，就有多黑！

可猛子能发现双福“红”的途径，却找不到叫他“黑”的办法。他即使是个老虎，也吃不下这个天去。

不觉间，猛子出了村子，上了沙丘，坐在那个高突突长满芨芨的沙丘上。望着瑟缩在沙海皱折处的村庄，他心头灌了铅似的沉重。秀秀的影儿，老在眼前闪。猛子知道，双福和她离婚，是迟早的事，就像爹说的那样，“羊头上的毛，迟早得燎”。那时，赫赫焰焰的双福依旧赫赫焰焰，秀秀也依旧会待在沙漠皱折处的一所小院里，女巫似的笑，也女巫般睁着在黑暗中发亮的眼，等着老天划的那个叫双福“黑”的道儿来临。

夜降临了。月亮白孤孤的，照着大漠，照着村子，照着莫名其妙地长大，学会了莫名其妙地思索的猛子。带着沙米黄毛柴和其他混合气味的漠风，轻悠悠荡来，在猛子心上拂，拂一阵，猛子便化在漠风里了。

不知过了多久，一阵犬吠传来。猛子激灵一下，心便怯了。月光下，沙漠啥的，都模糊出神秘了。神秘里有沙狐，有沙老鼠、沙娃娃……有一些多愁善感的小生灵，也有坟堆，和游来荡去的磷火。还有鬼魂。今夜，他有些相信鬼神了。这一点上，他和爹一样，半信半疑，时信时疑。需要信的时候，就信，比如上坟烧纸祭神；需要疑的时候，又疑，比如爹一和妈吵架，就扔香炉，骂菩萨，说些对鬼神大不敬的话。

猛子想，夜幕里应该有鬼神。不远处，一道巨大的黄土岭在月光下模糊出磅礴的轮廓。那里，埋葬着世世代代的沙湾先人。岭上，有许多砖石垒的圈。圈里，是许许多多的坟。坟里，埋着整个家族的先人。那家族，各有名儿，如白虎关、巷道里、金银城等。每个名儿，代表着一个大族。每年的三月清明、十月初一等节气，就会有黑压压的孝子贤孙们来这里烧纸祭先人，先人们就会乐颠颠变成一个个小旋风来接受祭祀。而后，就带着子孙们烧的纸钱，去阔阔气气过几天鬼日子。

那土岭很高，很大，俨然成山了。其名儿，也叫黄龙山。先前，山上有黄龙庙。每到初一十五，必须上供。一不上供，龙就怒，风就吼，沙子就咆哮。一座座沙山也蠕蠕而来，压房屋，埋庄稼，把人烟填个一干二净。后来，破四旧毁了那庙，老百姓也懒得再建。既然供得不好便招祸，索性便不供它，倒也清静。

倒是那土地庙还保存着，塑个老头儿，倒也不霸气。你烧香也成，不烧香也成。他也不嚷，慈善了脸笑。土地庙上方，就是金刚亥母洞。听说历史上很有名，但那是历史的事，猛子也懒得打听。

那黄土岭，年代久远了，听黑皮子老道说，这儿曾有龙脉，能出皇帝的。对皇帝那玩意儿，除了三宫六院、七十二妃、三千宫女外，猛子也不羡慕别的。听说，只那每天大清早的上朝，就是个头疼差事。猛子信爹的话。爹说："不信皇帝吃山珍海味，会比老子吃野兔肉香。"

据黑皮子老道说，沙湾的龙脉，到了该出皇帝时，却叫皇家斩了。说是那皇帝心虚得紧，总怕别人沾龙气，就设个"钦天监"，天天望气，见哪儿有龙气，就斩。龙气是啥样儿？谁也没见过。黑皮子老道说，那龙气，里面红，外面黄，有五种颜色，有的像龙，有的像凤，有的像龟，有的像大伞，有的像巨人，垂了手，立在太阳的西面。那气，能直透天庭呢。老天怕沙湾的龙气叫皇家望见，就派个乌云狗来，癞皮，脓疮，在坟上拉屎，一堆，又一堆，终于盖了坟头，龙气就隐了。一天，有人发现狗竟在祖坟上拉屎，就一棍子打死了它，清理了坟上的狗粪。这下，不好了，哗，坟中龙气，直射天空，把天上的紫微星也冲进了北斗星的斗口。皇家这才发现了，派人来斩。听说，白日斩，夜里长，人山人海，折腾了一月，却连个土皮也揭不了。某夜，一人来取忘下的洋镐，听到山中有人说话："哼，除了红谷子糠黑狗血，他连个屌也斩不了。”第二天，就边斩，边撒红谷子糠黑狗血。终于，挖出了一个芦芽。一锨下去，滋——，一股黑血，冒到了几十里外的一口井里。清末，那井主人的后代里就出了个大官：两江总督牛鉴。猛子在历史书上见过这名儿。洋鬼子的炮声一响，他就夹起尾巴，跑了个一溜风。他留下的，除了这传说，还有“牛家花园”，在凉州很有名。

据说，那芦芽就是龙脉。据说，是龙脉的芦芽都有血。据说，斩龙脉的那夜，沙湾人的第三十二辈祖先生下了一个丫头，是正宫娘娘。同时，家里的骒马也生了匹金马驹儿。龙脉一斩，金马驹死了，正宫娘娘也死了。

还有许多“据说”呢。

月下的黄龙山黑黝黝的，仿佛大了许多。夜真好，月也好，多寻常的东西，叫它们一修饰，就神秘了。这不，月下磅礴的那条游龙，在昼间，不过是一道土岭，黄苍苍，光秃秃，半土半石。那龙头所在，有一道豁口，据说是皇家斩下的。

忽然，猛子脑子一动。

对了，斩坟！

沙湾人都知道，双福发财，是因为他爹的坟好。那坟，四面高，中间低，坟四周，环绕着一圈芦芽。一到夏天，芦芽就蹿出许多彩旗似的芦叶，在风中招摇得忽喇喇响。

那就掘他个驴撵的坟！

第　五　章

侧棱棱睡觉仰面听，听不见阿哥的骆驼声。

1

月儿要跟莹儿学花儿，莹儿答应了。从一份报纸上，月儿看到了一则消息：省城兰州的花儿茶座需要会唱花儿的女孩子，她就想学点花儿。说不准哪一天，她还会出去。

对灵官的出去，月儿深以为然。她对莹儿说，在这个狼都不拉屎的沙旮旯里，只有两条路：要么憋死；要么像父母那样觉不出憋而幸福地活着。

灵官的归来，成为莹儿最美的期盼。怪的是，灵官并没许诺啥，莹儿却相信灵官会回来。村里人也相信灵官会回来，见了老顺，谁都问："灵官快回来了吗？"老顺就欢欢地答："快了快了。"

"快了快了。"这是莹儿最爱听的词。

莹儿在教月儿花儿的过程中反刍着过去。一曲曲回肠荡气的花儿，勾起了一次次刻骨铭心的记忆。那唱音，有种动人心旌的魅力。那是带泪的倾诉，含笑的哭泣，顿悟时的超然，惨痛后的微笑。唱不了几首，莹儿眼里便溢满了泪。用不着解释，月儿也能感受到莹儿心里的那份真情。这便是花儿的魅力。它仿佛是一只神奇的手，从心里抓出那份生命的感觉，全部地放到了听者的心中，引起她灵魂的共振：

绳子拿来背绑下，
柱子根儿里跪下。
刀子拿来头割下，
不死是这么个做法。
桂花窗子桂花门，
老天爷堂上的宫灯，
杀人的刀子接血的盆，
小妹妹没有悔心……

唱这类花儿时，莹儿便成了世上最坚强的人。那份执著，那份坚强，那份为爱情宁死不屈的坚韧，仿佛不是从那柔弱的身子里发出的，而是来自天国。月儿被深深地感动了。她读过许多小说，小说里有许多坚强的人，说过许多坚强的话，但给她灵魂的震撼，远没花儿强烈。“浑身打下的青疙瘩，不死老这么做哩。手拿铡刀取我的头，血身子陪你睡哩。”这仿佛已不是爱情了，已成为信仰，成为宗教，成为人生唯一的慰藉。这就是花儿，是西部独有的歌，是灵魂的诗，是贫瘠的人生中繁衍绿色抵御风沙的芨芨草。在莹儿如泣如诉的歌声中，月儿咬着嘴唇，闪着泪花，灵魂被那夺人魂魄的韵律荡出一阵阵战栗。

两人唱一阵花儿，都沉浸到花儿独有的艺术氛围里。溢在心头的，是扔下重负后的轻松，是淋漓痛哭后的酣畅，是呐喊后的释然，是求索后的欣慰。

奶过娃儿，哄他熟睡了，给婆婆安顿一声，莹儿和月儿出了庄门。月儿想叫上兰兰，莹儿知道她正在修炼，就在嘴上竖了根指头。

两人唱着花儿，到了村外的沙丘上。这沙丘，便是莹儿的感觉中送灵官渐去渐远的那个。在那株黄毛柴旁，她站成一道风景，并感动了自己。一条灰线似的小道，蜿蜒远去，通往一个更大的世界。那沙道上，应该有一个人，在她的凝眸里渐渐远去，融入遥远的地平线里。她便唱那首“眼泪花儿把心淹了”的歌，在这黄沙掩映的世界里，唱出了一抹醉人心弦的风景。

沙丘上，是芨芨和一些沙生植物。此外最醒目的，便是鼠洞。那黑洞到处都是，鼠们也四下里窜着。月儿惊叫着抱住莹儿。莹儿却淡淡地笑笑。先前，她也怕老鼠，后来，她经历了丈夫的死亡，就啥也不怕了。就是。还有比死亡更可怕的吗？若有，便是自己死了的心了。

月儿肩上有只蠕蠕而动的虫子，弓着身子，一伸一缩，好个嚣张。沉浸到花儿的境界里，两人模糊了外部世界，没留意树下蛛网似的交织的虫子，虫子便趁机游上了月儿。莹儿没惊动月儿，轻轻弹下了它，又发现自己裤腿上也有只小虫正放肆地往上爬，也弹下了它。

莹儿发现，她已不是先前的她了，仿佛明白了许多，心灵已到了一片很大的开阔地。究竟明白了啥？不知道，只觉得明白了，看开了以前看不开的事。先前，心不属于自己，老叫一种情绪牵了去。比如，先前她最怕虫子，一见那绿绿的毛毛的虫子，汗毛就立起了。现在，她明白了，虫子不吃人，不咬人，真没个啥好怕的。再比如，先前，她最怕和灵官分离，一想，就觉得没活头了，真像花儿唱的那样：“哥哥走了我配瓜，手拿瓜花儿灰塌塌。”现在，心也灰塌塌过了，便明白了灰塌塌后的心还会温馨，还会灿烂。一切怕，终究没啥大不了。也许，这是一种进步。那么，谁使她进步的呢？她当然明白，是死亡。

丈夫死了，虽不爱却朝夕相处的丈夫一下子从生活里消失了。死亡是最好的老师。明白了死，才会明白生。

莹儿眯了眼，望着梦幻中的灵官走向外面世界的那条小道，坐下。透过黄毛柴棵，回望村子。和背后巨大的沙漠相比，院落显得很稀落。在黄沙的映衬下，村子也灰塌塌了。靠沙丘的这边是一大块地。地里有一头牛，一个人。人赶着牛，正在犁地。地头上是麦草垛，和几只刨食的鸡。就这样，大漠、庄子、人、牛、鸡、麦草……还有身旁时不时乱窜的黄毛老鼠，构成了她生存的世界。

近年来，这简单而局促的世界，随了她的经历和情感，时而丑陋，时而美丽，时而浪漫，时而凄惨，终又归于平淡了。真应了那歌中的话：“平平淡淡才是真。”

“瞧，这就是家乡。”月儿停止了吟唱，撇撇嘴。

莹儿皱皱眉。月儿身上，有许多叫她喜欢的东西，唯独不喜欢的，就是这一点。月儿向往外面的世界，该；但相应否定了沙湾，不该。很奇怪。莹儿自己也嫌这沙旮旯闭塞，却听不得月儿口中吐出的类似内容。沙湾是小，是穷，是贫瘠，可这是她的家乡，是灵官的家乡，是娃儿——想到娃儿，她的心一荡——的家乡。这儿，养育出了灵官，才使她的生命有了最耀眼的一段绚丽。月儿，你不该嫌的。城里好，那是人家的。但莹儿只是皱皱眉，啥也没有说。她觉得奶子很胀，就敞开怀，滋滋地挤了一阵。一线线乳白色的液体射到黄毛柴上。

西天上抹着很红的一道霞。那红，沁到心里，暖融融的。落日是最美的景色，美得叫人直想落泪。那美的红，均匀地洒上沙丘，洒上柴棵，洒上村落，也洒上那个叫“生活”的词。月儿，你是否觉出这美？这是大自然的花儿呀，你觉得到吗？你呀，这无声的花儿，都荡进心了，听，都荡出奇异的旋律了。莫非，你真是“松木杆子柳木桶，千提万提提不醒”？月儿，觉不出这些，你只能成花儿歌手，却成不了“花儿仙子”。“仙子”是啥？“仙子”就是花儿的出口。那口，不是她的，是大自然的。口一张，天籁就流出来了。

2

莹儿这才明白，她和灵官之间为啥能产生那样一段恋情。而且，她相信，月儿和灵官不一定能。月儿很清纯，很漂亮，很灿烂，唯独缺少的，是那种心灵的默契和共振。许多时候，面对大漠，面对星夜，或面对一些触及她灵魂的现象，奇妙的感觉才产生，灵官就说出了它。比如现在，若换了灵官，面对这黄昏的落日，面对这辉煌了或萧条了的大漠，灵官定然有许多感慨。那感慨，恰恰也是莹儿想说的。而月儿，却着意用“向往”和“理想”的噪音，干扰了大自然最美的音律。

莹儿给月儿讲了花儿的种类和格律，如“单套子”、“双套子”等。月儿听得很认真。但莹儿感觉到，月儿学花儿是为了“用”，而自己唱花儿是因为“爱”。这是最本质的区别。前者，只能成为歌手；后者，才能成为“仙子”。爱是大海，花儿是浪花。只要有爱，花儿就自然流出口了——

河里的鱼娃离不开水，
没水时咋么价活哩；
花儿是尕妹的护心油，
不唱是咋么价过哩。
烟洞的山上兵来了，
刀杀了众百姓了；
手提着大棒打来了，
要花儿不要命了。

瞧，花儿比命贵哩。

讲阵花儿，唱阵花儿，那感觉，又在心里浓了。莹儿便借故撒尿，到远处的沙洼里。沙洼里草多，被霜掠过，干刷刷响。一纹纹沙的涟漪波荡开来，与天接一起了。天的那边，有灵官，有那个叫她梦萦魂绕的冤家。冤家，你可知道？此刻的我，正想你呢。“想你想得吹不灭灯，灯花花落下了多半升。”你的名字，是我心里最好的花儿。灵官，我的冤家。灵官，我的“挨刀货”。灵官，我的剐你千万刀也解不了心头之恨的冤家呀。你在干啥呢？你是否忘了这个狼都不拉屎的沙旮旯？你是否忘了还有个把水灵灵的眼睛都望成干窟窿的莹儿？天凉了，你可要添件衣服。你知道不？我最不忍心听的，是那首《小男儿出门》呀……“刮了一场冷风下了一场雪，谁知道我小男儿的冷和热。”知道不？这几句，是利利的小刀儿，总在心上剜呀剜的。你个冤家。

知道不？你的儿子会笑了。一笑，鬼鬼的，可像你啦。一见他，谁都怪怪地望我。望就望，我才不管呢。只是，本该叫你爹的，却只能叫叔叔了——

噢,“叔叔”是城里人的词儿,沙湾人叫“佬佬”呢——将来,他会“佬佬——佬佬——”地叫你,像你妈叫猪一样。可笑不?

莹儿笑了。脸上虽是泪花闪闪,但她确实笑了。

3

奶丢了。

莹儿回了家,一喂娃娃,却发现奶没了,挤也挤不出一点。妈问:“你泼过奶没?往外面。那奶,可不能乱泼。”莹儿说:“没泼过。后晌和月儿出去,奶胀得慌,在沙丘上挤了一阵。”

“这就对了。”妈说,“奶丢了。知道不?那娃儿吃的奶,乱泼不得,一泼就丢了。得拾。走,你带我去。快些拾来,夜里要挖獾猪呢。齐神婆催着叫猛子订婚,可没钱,挖个獾猪儿,多少变两个钱。”

莹儿问:“谁收獾猪?”

妈说:“不收獾猪,收獾猪油。专治积食,牲口结症,消化不良,一吃就好。一两十块钱,一斤就是一百。一个大些的獾猪,刮七八斤油哩。”

又说:“现在的獾猪,正肥。等冬上,獾猪就瘦成猴儿了。挖了,也没几两油。那东西怪,冬眠时,围个圈,一个的嘴对一个的屁股。肥的就能把能量传给瘦的,才能维持到春上。”

两人边喧,边去那个沙丘。莹儿感到好笑,就那样挤几下,奶就丢了?莫名其妙。可真丢了,胀胀的奶子瘪了,充足的奶水没了。娃儿吮一阵,吮不出啥来,就哇哇大哭了。真是好笑。

喧一阵獾猪,婆婆又开始别的唠叨,叫她少和月儿那“货”在一块儿搅,你瞅那眉眼,能是个好货?心比天高,命如纸薄,狐眉狐眼的,哪像个规矩人?跟好人学好人,跟上龙王打河神,一块儿待久了,熏也把你熏坏了……又叫她少在人面子上说笑,“憨头刚走,你一嘻嘻哈哈,人还当你有外心了,熬不住了,说啥难听话的都有”。

莹儿微微笑着，由了她说。婆婆老说："能给媳妇个好心，不给她个好脸。"有好心就行了。她听得出那是好心，由了她说去。

妈又说，有些地方不干净，煞气小的人去不得，一去就着祸。沙丘那儿，六〇年饿死的人都埋在那里，死了一茬又一茬，埋了厚厚一层儿呢，是有名的"饿死鬼"地方，你的奶肯定叫"饿死鬼"偷了。先前，那儿安过个场，怪得很，庄稼再好，也亏。值夜的社员老看到有人偷麦子，可抓不住。麦堆上的印子也好好儿盖着，没见人动过，你说怪不？有天，我去值夜，见孟八爷前头走，就喊，可他低了头，直往前走，咋也追不上，追着追着，就不见了。到家里，孟八爷正和那老贼喧呢，他说哪儿也没去过。你说怪不怪？那是个乱葬岗子，不丢奶，还能饶了个你？

莹儿仍是笑。这些，她都听过。可怪，和月儿去那儿时，咋没想起这是个乱葬岗子呢？丈夫一死，她的胆子奇怪地大了。凤香曾偷偷问："憨头可是个小口呢，可没老人那么安稳。你怕不怕？"莹儿答："怕个啥呀？"连她也觉得奇怪，先前的"怕"溜哪儿去了？

"怪，奶咋能丢？"莹儿笑道。

"咋不能丢？别说奶，水也丢哩。你过门的那年，家里就丢水了，挑着满满的一缸水，忽然不见了。神婆说赶紧找，不然，一家人会缺水，会渴死，就找。哎呀，膀筋都跑断了，才在西山坡的牛蹄窝里找到了水……一勺儿，就那么一勺儿，找来就没事了。知道不？毛旦家也丢了水了，没找到。后来，一家人死得只剩下毛旦了，都发烧，都喊口渴，嘴都烧成个黑壳壳了。怪不怪？才活了狗大个岁数，经的倒不少，啥怪事都见过。"

说话间，上那沙丘了。太阳落山了。天还没黑透。沙丘上的各类植物都慢慢地往夜里跑去。风凉飕飕吹来，带阴森味了。猛子妈打了个寒噤。因喧了鬼，心便怯阴阴了。望莹儿，却不显异样，就私下里笑了，想，连个年轻人都不如了。她狠狠清清嗓门，跺跺脚，拍拍衣襟，看那架势，接下来该说惊天动地的话了。谁知，却倏地跪下了。

莹儿偷偷地笑了。

莹儿四下里看看。远处，已模糊成夜了，近处，却白孤孤的，像黎明时的鱼肚白。贼大贼大的月亮，刺目地悬在空中，很扎眼，仿佛那是蛮横地闯入天空的异类。许久没见它了，猛一见，心都激灵了。想想年来的一切，仿佛沧桑成历史了。死的死了，生的生了，爱恋也有，离别也有，生老病死，都经了，都见了，心反倒宁静了。怪得很，想想，多大的事儿，哪怕天大，过来一想，也仅仅是个事儿，仅仅是在生命的记事簿上画了个道道而已。大事，一个道儿；小事，也一个道儿，难说哪个大哪个小，哪个深哪个浅。许多时候，大事反倒恍惚了，冷不丁想起的，反倒是小得不能再小的事儿，比如灵官睡醒时的那个仿佛痛苦至极的呵欠。

妈跪在那里，烧了香。那火柴忽悠悠亮了几次，都叫漠风吹熄了。她撕开衣襟，搂了火，才燃了香。一股奇特的香味儿飘了过来。一闻这味儿，不宁静的心也宁静了。那是抚慰灵魂的风，忽悠悠，荡呀荡的，便把心中的疙瘩荡化了，把心也荡化了。莹儿不接受兰兰的那种修炼，却接受了这香味。这香味，很像灵官的那些话。不是那种热得炽人的情话，而是那有一句，没一句，时而东，时而西的没意思的话。这话，悠悠晃晃的，荡不了多久，莹儿便也悠悠晃晃了，啥也没了。只有那感觉，悠悠晃晃地迷醉。

莹儿不喜欢听灵官说有意思的话。她看来，有意思的话其实最没意思。你何必把一些莫名其妙的心思往脑中塞呢？你不塞，谁也不能强迫你。可你，偏要塞，反倒弄乱了脑子，把莹儿也引沉重了。其实，你没必要考虑太多，你老说：“人一思考，上帝就发笑。”为啥还要费那个脑子？说呀！冤家。

莹儿觉得自己想透了，灵官还没有。对他俩的那段情，莹儿没了犯罪感。说不清是啥时没的，反正没了。想想，也真是的。她和丈夫，啥都没有，没有恋，没有情，有的只是个虚名儿。那虚名儿总是虚的，和灵官，可啥都是实的，还实出了小灵官——想到“小灵官”，莹儿抿嘴笑了——凭啥“实的”为“虚的”产生犯罪感？莹儿认为，罪恶是一方对另一方的粗暴干预。两厢情愿，便无罪恶。

火苗儿忽悠悠燃起来。那是妈点的表纸。莹儿不明白，为啥凉州人把黄纸叫表纸？就像不明白为啥把叔叔叫“佬佬”一样。“表纸”就“表纸”吧，“佬佬”也“佬佬”去。不理解就不理解，但懒得去费脑子。她不像那冤家，没事找事，总要用思考的杆子搅乱大脑的鸡窝。那脑中的鸡，安息的安息，活动的活动，关你啥事？没事找事，自寻烦恼。像那黄母鸡，老扇翅膀，老飞，老扇出满院的尘土。结果呢？还是在院里咯咯。你跳去，你飞去，我看你飞，看你跳，累成个喘气的风箱，我偏要偷偷地笑。冤家。

妈边焚表纸，边念叨：“你们活着成人，死了成神。幽冥两路，各有各的吃头，把我娃儿的奶还给我吧。娃娃饿得吱哇乱叫呢！”求一阵饿死鬼，又求土地神：“土地爷爷，土地奶奶，我拾奶来了。”边念叨，边磕头，边往碗里撮土。

拾完奶，妈起了身，拍拍膝上的土，没再理直气壮地咳嗽。夜幕降下了。那贼亮的月亮虽大，但四下里仍是模糊。妈捏了莹儿的手，跌跌撞撞，下了沙丘。记得白天上沙丘时，有许多的沙老鼠乱窜，莹儿有些不忍心：这跌撞一气，怕是把老鼠洞踩塌了，却想：该。说不准偷奶的，正是你们这些偷嘴的老鼠呢，抿嘴笑了。

回到家，妈把那撮来的土，用水冲了，澄一阵，叫莹儿喝了。吃晚饭时，莹儿觉得胸脯又胀疼了，一摸，怪，那奶子，早胀鼓鼓了。

4

晚饭后，老顺拿了手电，点了马灯，带了棒。孟八爷带着枪，拿着绳子和帆布。猛子提了锨和洋镐，去那个踩好了踪的崖头。老顺以前挖过獾猪，知道那不是个轻省活，就叫兰兰也去，帮凑几把。兰兰又挂络了莹儿。

好大个月亮挂在空中，星星也给融化了。这时的月亮，没方才找奶时那样贼亮，光线柔和了，质感也跟天空和谐了。孟八爷不知和老顺喧了些啥，喧几声，谁都鬼鬼地笑。莹儿怀疑那话题与自己有关。夜风吹来，心头水洗似的清新。

马灯悠晃着，映了老顺的腿，地上就多了两个巨大的黑柱，交叉着，忽前忽后。这马灯，是老顺的爱物，玻璃罩儿，有个圆圆的旋钮，控制灯苗儿的大小。用时，顺时针拧一下，灯就忽地亮了；不用时，逆时针拧一下，灯苗儿就豆大了，忽忽悠悠的，像要熄，可总能亮上一夜，方便，又不费油。莹儿的印象中，老顺是和鹰、马灯、骆驼、烟锅儿连在一起的。那些东西，已成他身上的零件了。他拨鹰呀，给牲口添料呀，浇水呀，去盐池驮盐呀，总要带上马灯。灯光中，两条黑柱挪呀挪的，挪了大半辈子。

村里人都没睡。白虎关那儿传来沙娃们五啊六啊的猜拳声。间或，还能听到月儿唱花儿的声音。兰兰笑道："听，月儿正浪漫呢。哥呀妹呀的。"莹儿说："一样。这年龄，谁都一样，有浪漫的心就好。"兰兰说："等嫁了人，围了锅台转几年，提上猪食去喂猪，唱的就不是哥呀妹呀了，而是'佬佬佬'了。那浪漫，就成蒸锅里的气，想留也留不住了。"莹儿笑道："真怪。凉州人把叔叔叫佬佬，把猪也叫猪佬佬。"兰兰说："你不听，爹把妈也叫猪呢。小时候，老说，去，找你的猪去。"

"一样。"孟八爷笑着接口道，"妈也罢，叔叔也罢，猪也罢，都活一口气，都有一条命，都是混世的，一样。"老顺说："啥一样？人咋能和猪比？人家猪佬佬，吃了睡，睡了吃，多轻闲。"兰兰说："可得挨刀。""谁不挨刀？"老顺说："不说结扎啊，动手术啊，单说临死时，那一刀，可是老天爷戳的。软刀刀，细绳绳，一下下磨，眼窝深枯枯的，嘴是个黑壳壳，好容易才断气。哪有猪利索？拿个尖刀，瞄准心脏，一下，就了结了。"孟八爷说："话不能那样说。猪总是猪，只是一堆活着的肉。人就不同了，别看都长七个窟窿，差别可大。强盗也是人当，圣贤也是人做，行善的，作恶的，上天堂的，入地狱的，都不是人吗？看你咋个活法呢。谁有谁的心，谁活谁的人。心有多大，人就有多大。"

兰兰奇道："八爷，你也灌顶了？这话，上师也这样说呢。"

"我灌啥顶？我的上师是自己的心。"

说话间，已到大沙河。河沿上，有许多崖头。这崖头，说不清年月了。

据说曾经是地，祁连山的雪融成水，冲呀冲的，带走了土，冲去了沙，就塌成洼了。偶或，暴雨几日，山洪一发，咆哮的水头舔呀舔的，洼就豁陷下去。那岸，就成了崖头。

崖头长。河有多长，崖头就有多长。崖头高，豁陷多深，崖头就有多高。后来，河无水了，只剩个名儿了。一些动物就趁机溜来，掘个洞，垫个窝，繁衍子孙，把自己的生存历史尽量延长一些。

早些年，大沙河里还有水，还有草，还有柳墩呀，芦苇呀，水草呀，芨芨呀，就成条绿龙了。那绿龙，扭绞着，进沙窝，渐渐就变成叫“麻岗”的绿色世界了。那时，芦苇很高，柳墩也很密。冰草啥的，里面都能藏人。兰兰和伙伴们玩一阵，尿憋了，一蹲就能方便了。上学时，兰兰一学那“天苍苍，野茫茫，风吹草低见牛羊”时，她就偷偷地笑。她想，风吹草低见到的，其实是撒尿的她呀。……还有芨芨呀，马莲呀。马莲会开花，那花儿，蓝蓝的，很好看。兰兰能用马莲编各种动物，如蝴蝶呀，蚂蚱呀，活了似的。那高高的芦苇，密密的柳墩，长了小锯齿能划破手的冰草，还有桦条呀，黑老刺呀……把大沙河遮成个世界了。那野兔呀，跳跳呀，狐子呀，狼呀……都在里面，按自己的方式生活着。

兰兰最喜欢在大沙河里玩水。她最喜欢那个“天泉”。那泉，在密林深处。妈不叫她去，说那儿有狼，但兰兰还是在焦光晌午去那儿。焦光晌午是鬼活动的时辰，狼啊，狐啊，都睡觉呢。兰兰不怕狼，只怕夜里的鬼。那焦光晌午的鬼只是妈的嘴里出来的，她不觉得有啥好怕的。少女时代，那“天泉”的魅力，总是很大的。听说，那泉儿，跟天上的泉相通，喝了聪明，漂亮，皮肤白，谁都说。也不知兰兰的白皮肤是不是喝那水的缘故，反正那时，她老喝那水。……后来，冰草搓绳了，柳墩盖房了，芦苇成灰了，狐子进沙窝了，狼跑麻岗了，就剩下这干涸的河床和崖头了。

但那美丽的“天泉”老在兰兰的梦里荡。……细绒绒的沙，随一晕晕的泉水荡出，又一晕晕散开，在泉边形成很美的纹路。那纹路，万花筒似的，忽而像风，忽而像云。看一阵，兰兰也成细纹了。而后，她才伏下身，把脸埋进泉水，用那清冽，洗尽身心的热恼。后来，兰兰才知道，这“天泉”，是“狐仙”固定的饮水处呢。每天早上，一个白狐子就会悠哉悠哉，踩了晨露，去那儿饮水。一天，白福和憨头在“天泉”那儿下了夹脑，狐仙被夹折了腿。它带了夹脑，来找白福，却叫一棒子打死了。再后来，生了女儿引弟，神婆就说她是来讨命债的狐子，白福就把她引进沙窝，冻成了冰棍……噩梦呀。

兰兰打个哆嗦。

5

孟八爷发现的獾猪洞，是百十个相似的洞中的一个。有的住着动物，有的已成空穴，有的是动物的疑穴，有的是浇水时冲下的兜坝，有的是“贼水”钻入地下时的通道……准确地判断是否是獾猪洞，需要经验。某夜，白狗挂络了猛子去挖獾猪洞，挖到半夜，才发现，里面连个獾猪屁也没有。

会辨踪的孟八爷，当然知道哪个洞里有獾猪，有几公、几母，大约多深，等等。但这些经验能做到的，仅仅是不会白出力气，却不能减轻劳动量。挖獾猪很苦：先要把獾猪洞掏大，人猫腰可进。然后，一人挖，两人在盛了土的帆布两端拴上绳子，一来一往，运土出洞。这时，听到动静的獾猪会有两个对策：一是固了洞，挖的人忽然不见了洞，以为又挖了个死窝子；二是獾猪自己也拼命往更深处挖，你追我赶，看谁的耐力久。有时，挖的人实在没力气了，或罢手；或弄了水来，把獾猪淹死；或弄些麦草，点燃，用浓烟熏出獾猪，再收拾。

崖上的獾洞用水灌难以奏效：崖上裂缝四布，到处是叫“钻眼”的水洞，有多少水，溜多少水；加上路远，挑呀担的，运水比运土更费力；烟熏也不保险，扇进多少烟，就从“钻眼”里溜出多少。熏半天，不见动静，忽然闯出个吱吱哇哇怪叫的动物，倒吓人一跳，等你回过神来，早不见影儿了。那獾猪，跑时像小猪，虽不凌厉，却有长劲，你想撵上，先得变成鹿才行。

猛子先刨松洞旁的土，再一下下扔到远处。猛子在老顺眼里不值一提，唯独可以入眼的，是他干活时的“猛”。不一会，洞便被他搅大了。猫了腰，人能进去了。孟八爷便将两侧拴了绳的帆布扔进洞。猛子将一端拴裤带上，把土一锨锨扔到帆布上。时而，嘿一声，老顺们便牵了另一端的绳子，捞出土来。

马灯随猛子进洞了。外面一下子暗了。除了沉闷的嚓嚓声和老人的喘气声，啥声音也听不见了。夜气凉水似的涌来。莹儿出来得急，没加件衣服，时不时哆嗦一下。兰兰就脱下自己的褂子，给莹儿披了。

“去，弄两个山芋，烧个垒子。”孟八爷吩咐道。

老顺说：“就是。这家伙，一时半会，还挖不出来。得生发些腰食，烧山芋也成。洼里东头的那块，是大头家的。他吃了老子们的。今日个，也给他放些血。”

“放啥血呀。明日个，我给他说，就说老子挖獾猪，饿了，吃他几个山芋，又没拔他的牙。”孟八爷笑道。

莹儿和兰兰便去了洼东头。路不长，但不平，两人摸了好大阵子，才借着月色，出了大沙河，进了洼地。明知入夜不久，但莹儿的感觉中已过了好久。远离了挖獾猪的声音，倏然间，像掉进了寂寞的窟里，隐约能听到白虎关那儿的抽水机声。莹儿觉得兰兰捏她的手紧了，知道她心里发毛，便轻声唱起了花儿。几曲才完，已到大头地里。这地曾是坟窝子，很油，昼里看去，地里的山芋秧黑油油的，像要淌出绿来。莹儿和兰兰分别摸几根粗大些的秧，顺秧刨开土，摸出十来只大山芋，又将土复了原。莹儿悄声笑：“长这么大，没做过贼，心像鹿娃儿跳呢。”兰兰说：“这算做贼？你不听爹说，自那白虎关开了金矿，大头喝了不少血哩。”莹儿说：“谁知道呢？会兰子可眼热我那个驼毛主袄呢。过几天，给了她，也算是补了她的山芋。”兰兰说：“你何必那么认真？不就几个山芋嘛。”莹儿说：“不问人，拿根针，也算偷呢。”兰兰张张嘴，没说出话，却有些怨自己：你不是行善吗？心有大小，善无大小，恶也无大小，你白修炼了。

莹儿说：“记得小时候，队里来个卖扣线的，我多拿了一股，回到家里，偷偷笑，奶奶笑眯眯地说：‘莹儿，那人能穷死吗？’我那个羞呀！自那后，我再没拿过人的一根针。除了这些山芋……会兰十，算我们借的，还你一个驼毛主袄，美死个你。”说着笑了。

兰兰边往衣襟里拾山芋，边想：这心，莫非是天生的？有的生来就善，有的生来就恶？像莹儿，虽生在尘世上，却玲珑透明，仿佛没被浊气熏过似的。这似乎是天生的。但联想到自己，便否定了天生之说。先前，自己迷着，占点小便宜，便乐滋滋的。吃点小亏，心就毛了，几天不畅快。现在，不是开始向善了吗？每天的修行功课上，不是也发些叫众生越过越好的愿吗？……不过，这话咋说？比如这山芋，要不是莹儿提醒，真不当“偷”了？乡里乡亲的，吃个山芋，算啥？小时候，她老和花球刨队里的大豆种烧着吃，谁又当“偷”来着？

姑嫂俩衣襟里兜了山芋，下洼，穿河滩，向灯影忽悠的地方走去。出了阵力气，莹儿倒不冷了，却想起娃儿了。他是不是饿了？心里有点急，又想起婆婆待娃儿的那份黏糊的爱，奶粉啥的也便当，才放下了心。

猛子干活猛，已不见他的影儿了。半人高的洞里，隐约传出幽幽的光来。倒是老顺的呼哧声促，仿佛刨洞出大力气的是他。两个老汉吭哧着又拖出一兜土来。莹儿嗅到了陌生的动物才有的那种气息，鼻腔痒了，打个喷嚏。兰兰又把莹儿还她的褂子塞了过去。

“快些。”老顺说：“我的肠肚子，可哭爹叫妈哩。”

“你一说，我也饿了。”兰兰说。

莹儿嗔道：“见风就是雨呀。”就向老顺要过手电，捡些土块，垒成个中空的堡垒，留个入柴口，捡些柴草，燃了，顺口塞入垒中。一条条火蛇便欢快地顺着土块缝隙蹿出。不一会儿，垒上的土块便红了，在夜里红出种透明来。沙湾的土好，容易点燃。兰兰把山芋放入烧红的垒子里，再用锨，把垒子拍成土堆。真可惜。莹儿替那玲珑光明的塔状物可惜了。美的东西是看的，一用就毁了。啥不是这样呢？真“煮鹤焚琴”呢。

“这家伙……把洞堵住了。”洞里，传来猛子喘吁吁的声音。

“捣。朝酥处挖，现堵的，咋堵也是酥的。”孟八爷道。

“知道。知道。”

往外拉帆布的频率渐渐慢了，显示了猛子掘洞的艰难。莹儿仿佛看到，獾们惊慌失措，拼了命，往更深处掘。獾的前蹄当镐，后蹄当锨，边刨土，边运土，那四只粗短而有力的爪蹄飞动着，扬起一股股土来，堵了后面的通道。死神正沿着那通道飞扑过来。死神有坚硬的镐，飞快的锨。獾则只有与生俱来的那点本能和钝钝的爪蹄。你能逃过死神吗？哪怕你再有力，终有力尽时，你身后穷追不舍的锨终究会赶上你，给你致命一击。可怜的獾呀。却又想到了死亡。人，多像这可怜的獾，无论你如何费尽心机，死神还是慢慢逼了来，黑夜一样罩了你。临死时，你才会明白，一切的努力都是徒劳的。这是没有任何希望的比赛。人的努力，在强大的自然规律面前，显得多么微不足道呀。

莹儿叹口气。她有些奇怪自己了。憨头一死，这号念头，成影子了，时不时地，就会在心上掠过。

兰兰用木棒拨开土，挑出山芋。浓浓的香味弥漫开来。这是用垒子烧的山芋独有的味儿，是浓烈的焦香。那山芋，表皮黄苍苍的。一敲，嘣嘣响。人一见，就会流下口水。兰兰捡把毛草，刷去山芋上的土，招呼了一声。

孟八爷扔了绳子，朝洞里喊一声：“吃腰食来！”

猛子提了马灯，满头大汗，钻出洞来。“这骚玩意儿，也聪明着哩。我往里，它也往里。我估摸快了。窝早到了，它们再有劲，也刨不了几米。”

几人拍拍土，连皮吃起了烧山芋。真是惬意。山芋有多种吃法，但烧的最好吃。而垒子烧的，又是上品。铁炉呀，烤箱呀，咋弄，也弄不出垒子烧的那独有的味儿。吃这山芋，有个讲究：不可去皮，用草刷刷表面的土，连皮吃最好。那黄黄的硬硬的香香的皮，连了不少山芋肉，吃来最为过瘾。孟八爷哈着气，仿佛不堪其烫，但嘴却不停，连皮带肉，转眼间吞了几个。

莹儿喜欢烧山芋的味儿，但不喜欢这吃法。她无法把依然沾着土的皮吞下肚去，便就了灯光，一丝丝地剥皮，一个没剥完，十多个山芋早进了别人的肚子。

孟八爷拍拍手，拍拍肚皮说："吃到了五谷，再吃上几口六谷再干。"取了烟锅，惬意地唏哩。

6

又挖了一阵，忽听猛子喊："准备好。见獾了，哎呀，三只哩。"孟八爷叫兰兰拿手电照住洞。老顺举了棒候着。孟八爷则将火枪准备好，说："你先用锨狠狠戳几下，快快地出来。"马上，便听到猛子的嘿嘿和獾猪刺耳的惨叫。

"让开！"猛子叫着，后退出洞。

猛子刚出口，一个黑影就已蹿出。老顺常放鹰，有眼功，一棒下去，那黑影便滚地上了。猛子也抡锨上前，砍出几声惨叫。

正忙乱间，听得兰兰叫："逃了一个！逃了一个！"孟八爷嘿一声，蹿几步，朝黑夜的响动处放了一枪。"中了，别管它。"他说。果然，崖下有厉叫传来。

"还有一个呢？"猛子喘吁吁问。

"早跑了。"孟八爷道，"刚才蹿出了两只。打下的，是大的。那小的，早跑了。"

兰兰吐吐舌头，才见个黑影儿蹿出，一眨眼就不见了。那知孟八爷却瞅了个清，神了。更神的，是那循声而去的一枪，实腾腾的。这会儿，连厉叫也息了。

挨了锨的獾也没了动静。马灯上前，照出了惨状。莹儿抽口冷气。那獾，獠牙外露，下牙朝上，上牙朝下，相互交错，状极狰狞，显是不甘心自己的死去。猛子打着手电，下了崖头，捞回那滚入河川的獾。"嘿，孟八爷，你的枪可神了。那铁砂，都进胸膛了。"猛子说。

莹儿打个哆嗦。

回到家，她心里仍觉得疙里疙瘩。记得小时候，她很胖，奶奶老拍着她的屁股，戏称她獾猪娃儿。现在，真的獾猪娃儿就躺在大书房地上，死了。那种新奇的刺激感没了，浓浓的怜悯袭上心头。那会儿，在洞里，它们该多可怜啊！一想洞里的獾惊慌失措死命刨土想逃避死神的样儿，莹儿的心就酸了。

孟八爷砍下獾猪爪子，给了莹儿，说：“等干了，烫个小洞，穿个绳子，挂娃的脖子上，大吉大利，没毛病子。”看到那娃娃手似的爪子，莹儿很不自在，但听说娃儿戴了吉利，就赶紧接了。

老顺取来刮肉刀，开剥了獾。獾毛像猪毛，肚里有许多虫子尸体，便扔了肚肠。他和孟八爷扯了獾皮，一下下刮。獾和别的动物不同，那油，都附在皮上，刮呀刮的，就白森森一脸盆了。妈将獾油炸成液体状，用瓶装了。孟八爷吩咐别掺水，不然，会坏掉。不掺水，搁上多久，还是好物件。按时下市价，孟八爷算了算，能卖个几百的，再弄几次，猛子的媳妇就现成了。

猛子却说：“这活儿，苦死个贼。再也不干了。”妈却乐滋滋地臭他一句：“不干？当驴粪官去。”

老顺却只顾弯腰吭哧，一头汗珠子，刮一下，往锅边上擦一下，一点珠儿就往锅中的液体里滚去。他抹把汗，说：“那肉别扔，虽有土腥味，可香，治寒胃呢。”

兰兰说：“香是香，可吃不得。一吃，獾猪油就从肚皮上渗出来了。”莹儿接口道：“再说，它只吃虫子，脏得很。”老顺吭哧道：“人家喜欢吃虫子，跟我爱吃兔肉一样，有个啥脏的？你们不吃我吃。老子肋巴都成搓板了，巴不得油从肚皮上渗出呢。”

第 六 章

嘉峪关口子上雷吼了，黄河滩落了个雨了。

1

兰兰去神婆家，学“斩赤龙”法。

这是个方便法门，炼好了，女子就断了月经。据说，月经不断，修行就有障碍，好容易练下点根基，一流血，功全没了，所以，女子修道，先得斩龙。那方法，说来简单：守神于膻中穴，心不外驰，魂不乱游，久而久之，气凝于窍，就能斩了赤龙。自上回流了娃儿，因情绪不好，也因下地干活，没休养好，下身的血水淅淅沥沥，从没断过。虽用过几副药，没顶大用，也没钱再治。后来，听妈说，凤香原来也是这号病，一修炼，嘿，病好了。兰兰想，反正不花钱，试试吧。

兰兰每天都修炼，乐此不疲。她需要“金刚亥母”，那孤单无助的心需要个依靠。

女儿的死，哥哥的死，总在提醒她一个事实：她也会死的。一想到死，巨大的空虚扑面而来。一茬茬的人死了，一茬茬的人消融于虚空之中，留不下半点痕迹。他们是掉进了深不可测的黑洞，还是被融化成了虚空？不知道。一想到某一天，自己也会像青烟般从世上消失，消失得无影无踪，她就会不由自主地哆嗦。

真“人死如灯灭”吗？灭了，就永远灭了吗？

若真是灯倒好，总会有人点亮它。可谁来点亮我那苦命的哥哥和女儿？谁能？

兰兰泪流满面，泣不成声。心中，她一声声发问，可回答她的，总是静默。静默过后，兰兰却更加顽强地发问。那个叫“死亡”的黑洞叫她恐惧。那里面盛的，莫非是那种叫“硫酸”的液体，会化了骨，化了肉，化了一切，最终将液体自己也化了，还原为那个巨大的黑洞？

亿万生灵进了黑洞，黑洞却依然那么空堂，听不到一点儿回音。《西游记》里的无底洞还有底。而你，“死”，莫非是真正的无底洞？

兰兰回答不了。谁也回答不了。金刚亥母便在命运中笑了。她告诉兰兰：那黑洞，不是无底洞，而是一个循环往复的管子，一头叫生，一头叫死。生命的水流呀流呀，忽而叫生，忽而叫死。生也是死，死也是生。生命的水，会永永远远流下去。

你的女儿引弟，仍在那管中流着，汇入无数无量的水分子中，忽而叫这个名儿，忽而变那个姓儿，忽而进这个容器，忽而入那个小池……“引弟”，不过是流入你的容器时暂时的名儿。

是吗？

是的。憨头也是。等到有一天，他们迷了的本性醒了，便会跃出管子。要本性觉醒的法儿只有一种，那就是：修炼。

兰兰于是修炼：盘腿打坐，静心调息，正身远虑，心不外弛，意观本尊形貌，心诵本尊真言。

莹儿哑然失笑。

笑了几次，莹儿就不笑了。她发现，兰兰是认真的。她一上座，就成唐卡上的亥母了。那份宁静，那份超然，每每叫莹儿不可思议。这种修炼，一日四次，修炼时，兰兰就那样凝成本尊。相较之下，婆婆就松懈许多。她只是上香，磕头，做些供养而已。

要本性觉醒的法
只有一种.
那就是 修炼.
兰々一上座.
就成唐卡上的亥母了.

莹儿无法理解兰兰为啥有这么大的变化。她不知道，几次死亡，已使兰兰换了个人。她经过了炼狱，烤问了灵魂，踏上了另一条求索之路。

2

这天，白福来叫兰兰回婆家。白福先软后硬，兰兰却软硬不吃。白福说："人嘛，谁没个错呢？以前，是我不对。有个再一再二，没个再三再四。你再原谅我一次，成不？"兰兰不说话，半闭着眼睛，像个泥胎。白福又说："人嘛，一个混世虫，较那么真做啥？"又说，"反正，我可是豁出去了。你好我也好。你不好，刀子哩，枪哩，我啥都干得出来"。又说，"弄不好，一个炸药包，啥账都结了"。

兰兰却起了身，伸个懒腰，长长地喊一声："妈——，我可打七去了。"然后，就朝金刚亥母洞走去。白福咬了牙叫："我看你上了天。"又进了小屋，对莹儿说："妈叫我带个话：这骚鸟好了，你也好。她若是狠下心给你娘家的脸上划黑道儿，那你也拾掇一下，跟我走。不管咋说，是换亲的。不信，还拿不住她。"莹儿淡淡地说："你去给妈说，你们的事少攀扯我。憨头死了，我还有娃儿哩。我生是陈家的人，死是陈家的鬼。你们想往娘家捞我的尸身子也成哩。"白福说："你也别唬我。咋说，你也是妈十月怀胎掉下的肉，你又不是从石头洼里迸出来的。妈的话，你不听？"莹儿眼里便含了泪，说："你去给妈说，我已死过一回了。叫我好生安稳一阵，成不？你们的啥账，你们自己结去。攀扯我做啥哩？"一见莹儿的泪，白福的心也软了，说："其实，我也知道你心里苦……要说，你还年轻，要把你的路走好，也不要太死心眼。妈其实还是为你好。"莹儿抹把泪："我的心我长着哩。我知道咋活哩，只求你们别太逼我。我有我的活法。"白福道："我不逼你，可妈难说。一提这骚鸟，妈就成气葫芦了，恨不得把她撕成八片儿。人家要真死了心，你也得听妈的。"莹儿待了一阵，又说："你去对妈说，若真还把我当女儿看待，就好生叫我自个儿活，少再把两件事往一块儿搅。成不？"白福说："啥两件事？

本来就是一件。她不过去，你能过来？这换亲，粗看是两件事，其实还不是一件？”莹儿抹泪道：“这么说，我连个安稳寡也守不了？自小到大，我没硬拗过妈。这回，我就铁心拗一次。你去给妈说，再不要软刀刀细绳绳割我了，叫我好生安分几天。”白福望莹儿几眼，嗓门忽地哑了：“成哩。妹子，我去说……我也大不了打光棍。没啥。真没啥。”往脸上摸几把，却摸下一把水来。

猛子妈在另一个屋里隐隐约约也听了些。书房和小屋间有个小洞，供猫儿进出，伏下身子，耳贴小洞，另屋里的动静能听个大概。越听，她的脸越白，又想到儿子憨头的死，泪也不由得流了出来。

“起外心咧！”她拖着哭音说。话一出口，连她也奇怪。她耳里明明听到的是莹儿铁心的话，咋一到她心里，就觉得她起外心咧？是不是她也觉得，兰兰一来，莹儿就得去？

“啥事？”老顺问。

“白福叫莹儿回娘家哩。”

“去不？”

“说是不去……可是能由了她？谁也知道是换亲。憨头又那样了。就算不那样，这边的回来，那边的也要走。规矩在那儿摆着。何况，憨头……呜呜呜……”她哭出了声。老顺皱眉道：“你小驴娃放屁自失惊啥哩？人家又没说走。到哪山，打哪柴。”

老伴抹把泪：“你想，人家娘家是省油的灯？兰兰一来，那口气，谁能咽下去？”

“叫兰兰回去不就得了。”

“回去？你个老贼，又想把丫头往火炕里撵呀。这回，浑身上下，连块好肉也没有。”

老顺冷笑道：“谁家的两口子不打架？你当新媳妇那阵，悬乎乎叫老子一脚踢死，你忘了？谁没个错呀？人家改了就成。”

老伴撒泼似的道：“改？三改四改，丫头早叫人家捶死了。我知道你是个黑心老贼，肠花五肚里都不干净。丫头不是你身上掉下的肉，就连死活都不顾了？”

“呸！”老顺大怒。他很想朝那黄脸上扇几巴掌，忍了几忍，才没出手。

听到动静，莹儿过来了。“又是啥事？刀枪矛子的。不能静一静？”

老顺气呼呼道：“莹儿，我也知道你的难处，谁都是娘老子养下的。你要想去，我也不怪你。”

莹儿明白他们拌嘴的缘由了，笑道：“这话说哪里去了？娘家是娘家，我是我。我还有娃儿呢。”

“就是。你个老贼。”老伴咆哮道，“人活着，为个啥？还不是为个养儿引孙，谁像你个老贼，活了个路断人稀。”

老顺笑了：“好，好，我承认我路断人稀。”又对莹儿说：“她怕你要走，正朝我撒泼呢。”

莹儿笑道：“谁又走呢？话总得叫人家说。”又意味深长地说：“我呀，撵我，也不走。”就出去了。

老伴才得了保证似的松了口气。许久，又说：“二十来岁，要说，守寡是嫌岁数小了些。咋说呢？大头妈也是二十来岁守寡的，不也过来了吗？”

“你守不？”老顺忽地来了气，“你动不动守寡守寡的。要是我死了，你守寡不？”

老伴又像给打晕了似的，眨眨眼，张张嘴，许久，才狠狠地说：“你以为你是个啥鸟？我凭啥给你守寡？我还巴不得你早死呢。想叫我给你守寡，你还没修下哩。”

“你当然。你当然。”老顺笑了，“那你以后少说守寡。那话儿难听。你一说，活脱脱一个阎罗王。”

老伴这才明白老顺的意思，鼓鼓嘴，想发作，不知又想到了啥，却笑了。“你个老贼，不叫守寡，安了啥贼心？我可想用驴笼头，换个头巾戴呢。”

这“驴笼头”，是月儿妈的外号。某夜，月儿妈悄悄打发媳妇替她去值夜守水，自己却睡在媳妇屋里。半夜，月儿爹溜上炕来，塞了块新买的红头巾，亲热了一番，说：“哟，还是我娃的东西好。那老嫁汉的，早成驴笼头了。”

第二天大清早，却见老婆子顶了那红头巾扫院子。老汉就问："老妖，你哪来的头巾？"月儿妈响响地回答："驴笼头换的。"

老顺晃晃脑袋，沉了脸，说："你咋能开这种玩笑？"话音没落，却又笑了，"老不正经。"

一说一笑，妈心里的疙瘩化了些。送走白福，就烫了面，炸了油饼子，给莹儿端了厚厚的一叠去。

夜里，妈思前想后，越想心里越毛，咋也睡不着了。按她的经验，莹儿妈不会善罢甘休，总会闹一闹的。而且，莹儿终究拗不过她妈。打折的骨头往里戳哩，毕竟是人家肚里掉下的。而且，自己总是心虚。不管咋说，叫人家二十来岁就守活寡，也觉得不是回事儿。叫她离去，又舍不得。她烙饼似的折腾到半夜，忽然想出个法儿，就捣醒老顺，说："肥水不流外人田。我思谋了一夜，像莹儿这种性子的，实在不多。白家终究要闹。守寡也不是个长久的法儿，能不能像人家那样……那样……小叔子招个嫂子？"

"睡吧睡吧。"老顺烦躁地说，"到哪山，打哪柴。你半夜三更，胡吱吱啥哩？"

老伴于是静了。一会儿，又捣捣老顺："我估摸，只有这法儿能留住莹儿。"

老顺却响响地打呼。

老伴再捣捣他："你想，兰兰一来，人家娘家终究要闹。毕竟是换亲，莹儿一走，可要带去娃儿呢。憨头连个根也没哩。"

老顺这才醒了。他大睁了眼，望很黑的夜，许久，问："谁？灵官？""灵官小哩。猛子吧。""屁。齐神婆已经问下了。人家那边都回了话儿，催着订婚哩。你叫我老嘴实脸的，说话不算数，人家骂松尻子货哩。"老伴静了一会儿，又说："那好办。猛子不是还有些事儿瞒人家吗？找个人一说，人家就不愿意了。"老顺说："宁拆十院庙，不拆一缘婚。谁会干这缺德事儿？""八字还没一撇呢，算啥婚？找个人，通个风，报个信儿，叫人家先说不情愿的话，既不得罪神婆，又能回了这事儿。"老顺想了一阵，觉得老伴的想法有道理。别的不说，能省下一疙瘩钱呢。

3

次日清晨，老顺去白虎关，叫来毛旦，叫他去挑猛子的婚。

毛旦一听，就龇出黄牙，吃吃地笑了："干这活儿？谁都比不过我。我不说别的，只说他和双福女人的那档子事。"老顺虎了脸道："别喧嚷太凶，闹个满城风雨……能不能换个别的理由？"毛旦说："成哩。也不能把猛子的名声弄得太臭，人家才活人哩。名声太臭，怕连个母的也拴不下。……我不说少的，只说老的。我就说：'哎呀，你们把丫头往火炕里推呢。别的不说，那公公，可不是平处卧的狗呀，扒灰，搞嫂子，当烧白头，啥没干过？活脱脱一个老叫驴呀！'成不？"

老顺狠狠朝毛旦脖里砍了一掌，"你咋能这样作践老子？不行！"又指指老伴，"说她吧。"

毛旦说："成哩，谁也成。我就说：'哎呀，你们想把丫头嫁那家？得先送少林寺里，嘿儿哈儿的，练成个武松才成。为啥？单说那婆婆，活脱脱一个母老虎，脾气又坏，人又邋遢。垢甲打得门响哩，抹布拧得水淌哩。屋里的龌龊能压塌炕，剩饭坨坨儿堆成了山。成不？"

猛子妈却笑道："成哩。作践成啥样也成哩，只要把这婚挑了。"老顺乐得咯儿咯儿笑："毛旦，你咋把她的底细摸了个清？你把这老祸害画了个活。你能当画家呢。"老伴也笑道："就是。想不到，你还是我们老两口的贴心人哩。不说别的，单是那老贼的嘴脸，就叫你认了个清。当姑娘那阵，若听了这几句，就是去当尼姑，也不会嫁到陈家门上来。"

毛旦得意地哧哩几声，又问："要不要把那驴笼头的事也安在顺爸头上？"老伴笑弯了腰："成哩成哩。"又对瞪圆了眼却忍不住笑的老顺说，"你可得给我生发个红头巾，免得叫人白背了名。"

老顺好容易才忍住笑："毛旦，你个贼砍头的，你咋作践这老妖也成，可别往老子头上扣屎盆子。就上回，凤香逃计划生育钻老子的被窝，叫人传了个疯狗扬尘。一提猛子，人就说：‘龙生龙，凤生凤，老鼠的儿子会打洞。’仿佛我也成那号货了。你一作践老子，天都要刮黄风了。”

“这事儿，我倒忘了。”毛旦笑道，“成哩。这事儿，总能给人家说吧？这总不算白嚼你吧？这可是有人经，有人见的。你人当百众的，明打明地搂了人家的媳妇睡觉。这事儿，别人可干不出，除了顺爸。”

老顺跳下炕，按倒毛旦，用鞋底重重地在他的屁股上扇几下，才笑道：“先给你打个记性，叫你知道啥该说，啥不该说。说好了，老子给你三十块的跑腿钱。说不好，我可要……要……挑你的懒筋哩。”

毛旦这才收了笑：“知道，知道。不就是开个门缝儿，放个风风儿，念个经经儿，能叫他想了去，不能叫他听了去。”

“这就对了。”老顺说。

猛子妈笑着端来油饼，美美地招待了毛旦一顿。

毛旦问明了地方，才挤眉弄眼地走了。

4

白福一来，莹儿心里就沉甸甸了。白福把一个她早已模糊的事实又提醒了：换亲。她知道妈的脾气，要强了半辈子，嘴要强，心更要强。兰兰一回娘家，妈定然觉得面子上无光，肯定要报复。其方式只有一种：叫她也回娘家，而且一定要叫她带上娃儿。对婆家来说，才是最重的报复。

一望娃儿，莹儿就觉得一切都有了意义。明知道，心中的希望只能是梦。但有梦，总比无梦好。婆家的环境虽也压抑，但总有许多能激起回忆的东西。而那回忆，总令她产生一种眩晕的幸福。就是在这小屋里，她和灵官有了第一夜。那是怎样刻骨铭心的一夜呀！灵官笨拙的吻，她机械而热烈的回应，沸腾的情绪，销魂的瞬息，灵魂的默契，无言的相思，都沁到这小屋的每一处了。这是莹儿灵魂中最美的角落，也是她最不愿意舍去的乐土。每到深夜，那门上的锁吊儿一被风吹动，她就觉得灵官要进来了。瞧，他在那儿蹑手蹑脚、东张西望呢；他屏了呼吸，涨红了脸，轻轻地推门呢；他进来了，带着月光似的一抹寒气，在蹭脚上的土呢；正伸出了摸索的手呢；他上来了……我的灵官。莹儿便痛苦又幸福地呻吟了。而后，泪流满面。

小屋，我的小屋。

这小屋的一切，都那么熟悉而温馨。好些画面晶出了，正朝莹儿笑呢：有灵官裸露的身子，有两人扭曲的肢体，有悄声没气的情话……说情话时，灵官便顶了被子，搂了她，贴在她耳旁说："悄点，那个猫儿进出的洞里，啥都能听见。"莹儿就说："听见就听见。"但除了控制不住的那几声呻吟外，两人总是悄声没气。后来，莹儿的印象中，最令她迷醉的，就是这悄声没气。悄声没气的笑，悄声没气的动作，悄声没气的情绪激荡，悄声没气的心跳和狂乱。这便是偷的魅力。一次，灵官悄声没气地说："妻不如妾，妾不如偷，偷不如偷不着。"莹儿就狠狠地咬他耳朵："你个挨刀货。偷着了，就不好了？"

一切，都发生在小屋里。

可现在，妈却要她离开小屋，回到枯燥乏味、整天吵呀闹呀的娘家。莹儿打心底里不愿意。

这儿有莹儿喜欢的一切。除了小屋外，还有后院。就是在后院里，莹儿第一次抛出了爱的绣球，灵官却落荒而逃了。每次想来，总觉得有趣……还有西湖坡，那可是莹儿的太虚幻境呢，一想，心里就涌出了花儿："白牡丹掉到河里，紧捞吧慢捞着跑了；人世上来了好好地闹，紧闹吧慢闹着老了。"冤家，你该好好地闹呀，咋像掉到河里的白牡丹了？我紧捞慢捞，你还是跑了……还有大漠，那是多么神奇的世界呀！灵官，你记得那个打沙米的夜吗？记得那冷清清孤零零的星星吗？你抱了我，想挡那砭骨的寒凉，却总是徒劳。记得那一夜，好冷。但那又是我生命中最热的一夜，知道不？冤家。

离了这一切，总是心不甘。

莹儿当然也知道，妈也不甘心。心头肉似的女儿换了个媳妇，却又飞了。儿子又打光棍了。可是，妈，为啥不叫我静静地活一阵呢？我多想静静地活一辈子。啥都不图，只带了这娃儿，悄悄地活着，等那个狠心的冤家。等来了好，等不来也好。一辈子能有个盼头，总比没有好。妈，你要强了一辈子，却连个盼头也没有。为啥不叫我有个盼头呢？妈。

莹儿忽而流泪，忽而沉思，不觉间，已午后了。因为炸了油饼，没做午饭，倒也清静。

嚼了几嘴油饼后，月儿来了。她已把录下的花儿都学会了。唱得虽不本色，但调儿是准确了。莹儿就打起精神，又教了几个花儿令：马营令，白牡丹令，尕马儿令等。月儿又录了。

录了几段后，莹儿便再也没兴致了。月儿看出莹儿心事重重，想问，又怕勾起她过去的痛来。正没趣间，猛子妈隔屋里喊："月儿，你来，我问你个事儿。"

月儿过去。猛子妈便口对她耳朵，说了与老顺夜里商量过的事儿，叫她探探莹儿的口风。

"你想，人家会同意吗？"月儿感到好笑。

猛子妈撇撇嘴："她有个啥不同意的，猛子还是个童身娃儿呢。"

月儿忍住笑，没揭猛子"童身娃儿"的老底，又问："猛子同意吗？"

"不同意？还由了他了。娶个媳妇，得牛大一疙瘩钱。他抱来，老娘给他娶个黄花姑娘。"

月儿点点头。回到莹儿小屋，她总想笑，也总想按猛子妈的吩咐探探莹儿的口风。不知咋的，却死活张不开口。

直到离去，月儿还是没探上个口风。

5

后晌，毛旦咋咋呼呼进了院子。一看那架势，老顺就明白：事成了。

果然，老顺还没问，毛旦的唾沫星子就进了一院子："哈，那个老插花，可吓坏了。我还没说完，她的脸就白了，嘴里乖乖乖乖地叫，头上的冷汗珠子骨碌碌滚……"老顺打断毛旦的话："你咋说的？"毛旦不答，却挑挑眼角，反问："你猜，我咋说？照你的心思儿，我该作践猛子？"妈忙说："咋能作践娃子，人家才活人。""就是呀。"毛旦说："我也是长心的。有心把猛子作践一顿，又怕将来没人给他当媳妇，只好委屈你们老两口了。"老顺道："该。这老妖，编排了一辈子人，也该着你把她编排一顿。时候一到，恶有恶报啊！"毛旦缩缩脖子，哧哩几声道："我也这么想过。可又想，光编排人家婶子也不公平。我可是个清官，不能拿偏刃子斧头砍人。要编排，老两口子都编排。反正，你们早成了脚后跟上的垢甲了，狠狠剐几下也没啥。"

"成哩成哩。"妈笑道。

老顺催道："你咋个编排法？快说。"

毛旦忽而抠指甲，忽而耸鼻头，忽而瞪眼睛，拿腔作态一阵，看到老顺要恼了，才说："我就说：亲家——我可是称她亲家哩。嘻嘻，你可把姑娘送到好人家了。那老公公可贤德得很，可会疼人哩。那婆婆，更没得说，可会替换媳妇子哩。"

"你咋这样说？"猛子妈嗔道。

老顺白老伴一眼："嘴夹紧！叫人家说。"

"我一说，那个老插花，眉毛都飞起来了，说就订婚，订了婚，过完年，就叫他往婆家拿人。我说：该。越早越好。那老两口儿，可是个有趣的人哩。老婆子去浇水，媳妇儿头疼，睡在小屋里。哎呀，这老公公看到媳妇子一个人在家，就去买头巾……"

老两口笑了。老顺道："屁。咋把这事安我头上了？"

毛旦道："我说，哎呀，那婆婆可是个鬼精灵，眉眼儿一动，就知道老头子的心思，就回来，叫媳妇子浇水去，自个儿睡在媳妇子的炕上。一会儿，老公公来了。你们笑啥，往下听……就摸上炕，给了头巾，后来就烧白头了。老公公说，哎呀，还是我娃的好，那老嫁汉的，早成驴笼头了。第二天，婆婆顶了头巾，扫院子。老公公问：哎！你哪儿弄的头巾？婆婆说：驴笼头换的。你说，这公公好不？可疼媳妇子呀。亲家，你的丫头去了，吃香的，喝辣的。丫头顶红的，女婿戴绿的。好不？"

老两口好容易才忍住笑："人家咋说？"

"咋说？那老插花，眼都直了，说，乖乖，这号老牲口，头想成个蒜锤儿，也不给他丫头。又问我：那老牲口叫啥来着？我说叫陈顺，人叫老顺。"

"唉呀，毛旦。"老顺说，"你少作践我两句成不？明明是人家干的，安我头上干啥？"

"人家不是挑婚吗？"妈笑道，"人家最后咋说？"

"人家骂神婆哩。"

妈吐吐舌头："乖乖，叫齐家干妈挨骂了。"

老顺说："那有啥？把那些退来的礼物给了神婆，还个情。"

老顺摸出三十块钱，给了毛旦。毛旦接了，嬉皮笑脸地走了。

挑了婚，又没得罪神婆。老两口轻松地笑了。

莹儿进了书房，老两口仍在笑。妈问："月儿说啥了没？"莹儿说："那丫头，是个话壳子，心里有一句，嘴里吐十句。""你咋想？"莹儿不解地望望婆婆，说："我想啥？……活人嘛，还是少想一点，想多了，脑子疼。"妈说："就是，啥都是顺其自然的好。"

"就是。"莹儿取了几块油饼，笑笑，给打七的兰兰送去。

莹儿并不知道，她已成了鏊板上的饼。

第　七　章

九里山前驴推磨，老鼠它拉不到洞里。

1

赵三正在井上，大声说话，一副粗豪的屠夫样儿。没治，他生在屠夫家，长在屠夫堆，又当了十几年屠夫，虽有了几个钱，不屠夫也由不了他。显然，他自个儿也想不屠夫，努力想优雅些，可屠夫味儿硬是从汗眼里往外冒。没治，生就的骨头长就的肉，想不屠夫，也由不了他。

那双福，倒叫钱熏出了几分文气。想当初，穷得精屁股撵狼时，也不过一个乡巴佬，后来，财发大了，到大地方，沾了些文气，就斯文了些，听赵三说笑时，便只是矜持地点头。但再矜持，猛子仍觉得一股恶心往外冒。那学来的，只是皮毛儿，里面的实质若恶心，有多好的包装，也掩盖不了恶心。

花球说："瞧那烧样，想当初，也不过是个生疤的土豆，一有钱，就牛气成金疙瘩了。知道不？听说，这几日，他出的金子，早超出了成本。再出，就是净赚了。要不，我们也弄个窝子？"猛子道："说得轻巧。你连骨头撕不满一盆子，拿啥开窝子？"花球叹口气。

两人到那涮金槽水口处，花球又去背双福涮过的沙。猛子眯了眼，看远处的山。那山，隐约在薄雾里，看似很远，但并不远，骑了骆驼，或步行，几个时辰，便能到那山上。那山，便是祁连山，蜿蜒千百里，扭呀扭呀，便扭出一道窄长的峡道。西边大山，东边大漠，中有小道，东扭西窜，人便称之为河西走廊。但猛子懒得管那些屌长毛短的事，他只是将胸中淤积的恶气吐出。他很想叫几声，但他知道，他一叫，别人就会将他当成叫驴之类的动物了。叫得有资格，人穷了一叫，别人就当你侵犯了他。

听得双福说：“花球，你打模糊，我也不说不叫打。可是，你别偷没涮的沙。”花球笑道：“我倒真想偷呢，不想偷是假的。听说，那夜有人偷沙，差点偷去几两金子？”赵三笑了，那笑也一副屠夫气，粗声大气地冲人。赵三说：“那穷命的贼，若偷去那沙，最少值千儿八百。可惜呀，有发财的心，没发财的命呀。”猛子听出他话里有话，估计他们怀疑是自己偷的。要说，河里打模糊的，现在就他二人。别人也可能偷，但涮来却没他们方便。猛子心里有了气，他最反感别人说他穷命，便说：“赵三，听你的话，你是好命了？既是好命，为啥老人说屠汉养儿子是充数儿呢？”赵三的笑一下子没了，支棱起脑袋来。虽然离得不近，猛子还是看到了赵三脸上鼓起的肉棱。“啥意思？”他恶狠狠地问。

“没啥意思。”猛子懒洋洋说。

猛子知道这话气得他够戗，心里暗暗好笑，但还是觉得对方那命穷的话刺痛了自己。先前，他觉不出啥，只要山芋米拌面填饱肚囊，就懒得想别的。可近来，他发现，那穷，已成尖刀了，时不时就刺他一下。当那“穷”字仅仅是影响生机时，也没啥。这世上，填肚子的东西有的是，或野兔，或野鸡沙米啥的。吃饱之后，便能懒洋洋晒太阳，也惬意，觉不出做人的沉重来。一旦那“穷”字超过一定限度，影响到做人的尊严时，就不能不正视了。当然，这“尊严”二字，他才放入心里不久。不过，那概念，只要一入心，就生根了，时不时就会探出刺来，扎他一下。

爹似乎是不怕穷的，老听他说：“穷是老子的活该穷。”这话，他说了一辈子，很坦然，一副乐天知命的架势。当由穷带来的磨难袭来时，爹虽也苦恼，龇牙咧嘴，坦然受刑，但很少怨天尤人。爹老说：“老天能给，老子就能受。”

他将那坦然的“受”，当成向老天示威的武器。猛子虽能感受到爹“受”时那份尊严，但还是不愿效法他。他跟爹不一样，老天不公时，他就会大骂：“老天爷，我日你妈！”

猛子不信赵三那话：“你没有发财的命。”他不信真有个叫赵公明的，是个溜尻子拍马屁的家伙，谁富了，就再扔给他一疙瘩金子。他不信。他待在家里，当然是谋不来一分钱的。当他带了兔鹰，抓几只兔子，到城里卖了，就是几十块钱。这钱，是他挣的，不是那赵财神赐的。赵三那财，是千百个猪呀、牛呀、羊呀的命换的，不信老天爷会安排你杀生害命。要是他真安排了，猛子又该操他妈了。

花球背来了沙。他放下袋子，吁吁喘气。猛子懒得闲言，取出金盆子，铲些沙，迎了水波，一下下涮。浮沙忽地腾起，在盆里旋几下，叫水带了去。涮的感觉很好，沙打旋时，有种流动的美，一晕一晕，茫无轨迹。那图案，一次次刷新，决不重复。浮沙一晕晕逐水而去。几块石子把盆底咬得咯咯响。猛子捡了石子，很想朝赵三扔去，但想归想，还是随便一扔。人穷志短，马瘦毛长，谁叫你自个儿穷呢？朝人家撒啥气？

几点黄星又露了出来。这晃前晃后，为的就是晃出这几星黄来。猛子吁口气，那黄光很叫人喜悦，但怪的是，心底竟腾起一股无明火来，搅得他心绪大恶。他手一扬，恶狠狠将盆子抛出。那盆划个弧后，溅在河水中。

花球嗔道：“发啥烧疯？”

猛子懒洋洋出了水，朝沙上一躺，长吁一口气，闭上了眼。花球仍在唠叨。猛子也不去在乎。许久，他一骨碌爬起，恶狠狠对花球说：“别人吃剩的，有个啥吃头？”

花球冷笑道：“有本事，你也开个窝子呀？”

2

猛子再次接受了花球的提议：去偷沙。花球的想法很实用：偷来半袋没涮的沙，若运气好，淘出几千块钱，再生发些，就能开个窝子。

大头又定了土政策，地皮儿又涨价了。谁要也成，一个窝子交五百元。钱虽不很多，可这仅仅意味着允许你在白虎关开井。这儿，撂荒几百年了。谁要是种辣子需肥沙，你哪儿掏也成。现在，大头定个所谓政策，就要收钱了。据说，市上也眼红了，正在订新政策。花球说："现在才五百，再过些日子，可就说不准了，五千？五万？嘿嘿，就看人家的嘴咋张。"猛子想，凭啥？就凭你大头舔乡长屁股当了村长？

但平心说来，真要淘出金来，五百元也值。可问题是，那五百元，仅仅是允许你在白虎关挖个四米方圆的朝天窟窿。挖个窟窿，得用人，人得吃饭，得发工资。虽说这地面旱得冒烟，可地下却似骚女人，稍一碰，就会汪洋成一片。这儿曾是水路，千年了，祁连山的雪水，就是打这儿流向大漠的。后来，上游修了水库，截了水，明水没了，暗水却还在地下咕咚着。你掏洞，碰到人家痒处，人家就会咕嘟着上冒。你要么被淹了老鼠，要么就得备下抽水设备。这设备，你朝凉州城的营业员龇龇牙，人家又不给你。手里没刀杀不了人呀，你个驴操的票老爷。

花球的提议不无道理。

入夜，猛子便背了纤维袋，和花球一起，摸向大沙河。才出门时，天上还有星星。那星星，睁个贼眼，贼嘎嘎笑。一入大沙河，星星就没了。那儿，到处是贼亮的电灯，哗哗地放光，一晕一晕的，直往脑中钻。还有那抽水机声、沙娃的叫骂声、窝铺里传出的猜拳声，都一团一团往脑中扑。

这世界疯了。

因怕有人偷沙，那堆沙处高挑起一盏电灯，不知有几百瓦，反正贼亮。别说往跟前趴人，飞来个马蜂都能扎眼。更可恶的是，那沙堆附近，竟冒出个小帐篷来，虽不大，可住几个人不成问题。那里面，说不准就有人举了木棒候着呢。

猛子吁口气，捣捣花球。花球半晌不语，忽见几个黑点，一跳一跳，在帐篷前出现。猛子认出，那是狗。因沙娃吃腰食时，懒得洗手，沙子就沾在馍上，吃时也懒得洗，剥了皮，随手一扔，便招来吃野食的狗。花球说：“我想了个法儿，装狗。”猛子还没弄清这话的含义，花球已融入夜了。花球一离开，那声响就大了许多倍，满天搅着。脑中也有好多机器吼。猛子有些灰心了，虽也不信命运，但仍然觉出有种巨大的力量正桎梏了他，闹得他干啥都不顺。

不知过了多久，花球摸来了。他们的窝身所在是一道沙岭，从大漠那头扭来，探入了白虎关。那沙丘想不到自个儿胡乱的一扭，会成就两个做贼的人。但猛子并无做贼的感觉。这很怪，他偷女人时，有做贼的感觉，偷别的东西时也有，唯有偷沙时没有。他眼里，这沙，跟这天，跟这地，一样，是大家的。虽然双福凭了你有几个臭钱，从地下掏出，但凭啥叫你独吞？就凭你屁股大，尻糟肥？

花球递过一张狗皮，说：“等会儿，披了，爬过去。咋看，都会当成来觅食的狗。”猛子破口而笑，见那些寻食的狗，倒真是没人注意，便说：“你爹老骂你贼坯子，看来真没骂错。”花球捣猛子一下，说：“你不贼？咋连人家女人也偷？等过了半夜，闲人睡了时，再去。这会儿，谁都睁了贼眼瞅你。虽披了狗皮，也容易露出马脚。”说着，将狗皮一铺，仰天躺了。猛子也躺了，这才又看到天，只是那灯光污染了天，天也没寻常那般明净。

花球道：“这日子，真没法过了，待在村里，跟坐牢一样。到城里打工，也像叫这世界抛到了角落，到处是钢筋，到处是水泥，啥都冷冰冰的，没一些人情味。你说，这日子，咋能活出个起色？”猛子道：“这世界真变了。先前，有口热汤，大家喝。现在，吃稠的人胀死，喝不上粥的饿死。这日子，明摆着过不下去了。以前，懵懂时，糊里糊涂，头一挨枕头，就打呼噜。可没治。这世界，不想叫你懵懂。这也扎你，那也刺你，虽没猛榔头砸你，但那针挑的滋味，也难受哩。有时一想，这样活一辈了，还不如去跳井。”他狠狠地抓几下狗毛，又说：“瞧，这村子，窝在沙旮旯里，也不知多少年了。它可是从来也不想去惹谁的，可没治，你不惹它，人家来惹你了。”

花球说：“听说市里要搞小城镇呢，乡上要去争。将来，说不准我们也有城镇户口了。”

猛子冷笑道："城里人都一群群地下岗，你城里人了，又能当个屌毛。"他一骨碌爬起，咬牙切齿地说："你要想活出个人，法儿只有一个，挣钱。好饭没盐水一样，好汉没钱鬼一样。那双福，当初穷时，叫村里人整得夹不住屁。现在，一有钱，连那野狗，见了他都摇尾巴。"

花球站起身，提了狗皮，抖几下，说："就是。为了弄钱，我都愿意当狗。……可惜，我不是女的，若是，我是不愿窝在这儿的。多少好女人，花儿一样，嫁个蠢汉，叫驴一样捶，叫褥子一样铺，才几年，俊没了，跟晒干的狗粪一样了。凭啥？一样叫人操，叫蠢汉操也是操，叫大款操也是操。弄好些，嘿，摇身一变，成富婆了，那牛气，不比双福弱。凭啥叫人家窝在这沙旮旯里，羞答答的玫瑰静悄悄地开？没用。没人欣赏的美，就不是美。"

猛子笑道："这话，叫村里人听了，不骂死你才怪呢。"花球说："骂归骂，等我一有钱，一个个又成哈巴狗了。""也倒是。这年头，笑贫不笑娼。""可凉州人是贫也笑，娼也笑，不笑中不溜。像我这种二杆子货，正是叫人笑掉大牙的角色。"

二人胡扯一阵，见河滩里的人渐渐稀了。有的井口已熄灯，这是那些才开掘的窝子。还有些井口挑灯夜战，三班倒。从井口中背出的沙石四下里乱倒，有的高成了山。整个河滩混乱异常。

双福那堆沙处的灯仍在亮，但那周围地势，高低参差，循了地势，隐身倒不难。两人披了狗皮，提个纤维袋，缩了身子，寻些洼处，向前摸去。

狗皮才着身，一股刺鼻的腥就扑向鼻腔。这狗皮定然没熟，上面定然也有些黑红的血污之类，但猛子懒得在乎。没治，你既想当狗，就顾不了太多。花球那话虽刺耳，却是实情。这年头，做人得有资格，当你穷得穿开裆裤时，尊严是个屌毛。他希望这次当狗能当出点起色，弄些沙来，淘出几颗金豆子，也能开个窝子，好吆五喝六地活几天。

二人猫颠狗窜，摸向目的地。以前熟悉的地面，早给弄陌生了，行来很是吃力，但二人不急，只要在明天日出前弄到沙，就大功告成了。去早去晚，都一样，只要别叫对方发现就成。花球的法儿倒不错，几米外望来，不仔细瞅，都当成狗了。要看出底细，必须到近前，但一般沙娃是不敢到狗跟前去的。听说前几日，有个沙娃想弄条狗吃，却叫狗咬了，害了狂犬病，正在凉州城里噢噢地叫呢。这一想，猛子倒害怕惹事的沙娃会飞来石头。这倒有可能。平日里，不管野狗家狗，猛子一见，总捡块石头投去，偶有打中，便开心十分。这一想，便觉得有石头飞来，呜呜破空，但抬头一看，方知是幻觉。

只是那电灯泡十分可恶，一波一波，扩散出乱毛似的光，直往脑中钻，一旋再旋，脑子就不是自己的了。那噪声虽也可恶，还倒好受些，也幸好有那噪声，若无它，此刻的心跳声，定然也涨满沙窝了。没法子，做贼虽也有些历史，可每次都这样，就像虽偷过多次女人，再偷时仍免不了心跳。这感觉，很是刺激呢。这年头，啥都往心上磨，心早成脚后跟上的老皮，木了。寻常的事儿，已很难激活它了。爹老骂他，说他比牛多个说话，少个尾巴，但没法子，只有新奇，才有刺激。这村子，这大漠，这风沙，自他落地时，就是这副嘴脸，再加上日复一日的劳作，困了睡，饿了吃，跟磨道里的驴一样，转了千百圈，想转出个新鲜的花样，也没那个脏腑。倒是这偷沙，平添了好些刺激。猛子打个激灵，觉得心上有了一股活力。

不知此刻几点了。管他呢，几点也成。但一想，要是有几双眼贼溜溜地盯那沙，并不很妙，就希望此刻也到半夜。猛子觉出腰的酸来，做人时并不觉做人的优势，当了狗才觉出还是做人好。不说别的，这当狗时的腰酸，是做人时不曾有过的。爬上双福女人横冲直撞时，虽也腰酸过，但那酸的同时，还有舒服，这酸却是纯粹的酸……不，还有疼呢。沙石硌得膝盖火烧火燎，定然出血了。猛子听出花球也在呼哧，还能听到狗皮有脆响。这生狗皮，都这样。幸好有那抽水机们的叫，否则，只这狗皮的脆响就会露出马脚来。猛子感到好笑：那觅食的狗会发出这号声响吗？

摸下沙岭，摸过乱石滩，到了水边。几十个抽水机在突突，原来的干河滩已汪洋出一片清凉来。要到那堆金光闪闪的沙边，先得过这水。可这是怎样的水呀？猛子手才探入，炸凉就溢满心了。夜气本就瘆人，要是再入水，不生病才怪呢。花球却下了水，他口中抽着气，唏唏哩哩，像患了感冒的老狗。

猛子想，管他，冰死了算，就也下了水。周身的汗眼打起了寒战，松紧了好几十回。他屏了气，摸了河床石头，以防滑倒。

正怕滑倒呢，那凉却涌了来，沿脚心，直往上蹿，还东扭西扭，仿佛蛇在骨髓里钻，瘆凉无比。机器的嘈杂声倏地没了。河水的哗哗声涨满了天，仿佛有无数的水鬼在笑，心一下酥了。幸好水面不太宽，那心的酥软才传至腿部，他已萎倒在彼岸。听到花球的骂声，不知在骂水还是在骂人。

感觉已有老长一段时间，从狗皮下探出头，见一些井口虽有人影晃动，但闲游闲逛者没了，估计时辰已近半夜。若真有守夜的沙娃，也可能入梦了。这一想，瞌睡虫趁机溜了来。猛子打个呵欠，他很想将那狗皮翻转过来，美美地睡上一觉。

两人狗一样爬向那堆向他们微笑的沙。还好，那高高突出的沙，造成了一抹明显的阴影，足以使两条狗不大白于光下。只是腰的酸愈加猛烈，仿佛折了。但那沙也荡来一晕晕魔力，两下相抵，就把难受消解了。

终于嗅到潮湿的沙味了。瞧，那沙中，金星乱冒呢。花球已开始往袋中刨沙，刷刷声洪水似的咆哮，还有心跳。怪，机器声跑哪儿去了？心却战鼓似的擂个不停，把胸腔也砸疼了。

抖开纤维袋，一把把刨。那浸透水的沙却火一样烫手。这感觉真是奇妙，比第一次弄双福女人时还奇妙万分呢。猛子心里欢欢地笑着。他仿佛扑进了浩瀚的乐里，尽兴地游呀游呀。他丝毫没发现几个黑影已绕至身后，一张逮鹰的大网悄然落下，像夜的降临那样不可抗拒。

3

棍棒雨一样落下，发出干燥或潮湿的声响。猛子觉不出疼。他知道是狗皮替他抵挡了大力，这便是生狗皮的好处。那晒干的血块和硬硬的干皮融为一体，成为猛子的铠甲。花球却直了声叫，不知是在虚张声势还是真的疼痛难忍。那叫声，跟前些年队里的一头疯牛一样，仿佛不是在使用声带，而是那满胸腔的声响一窝蜂喷涌而出，慌不择路似的。猛子很想制止他，他怕这声音会招来村里人，更怕看到爹那张老脸。他希望那棍棒落一阵后就放了他。他一边憋了气——这样会消解部分疼痛——一边探出手，摸那桎梏他身子的东西。他辨出，那是一张捉兔鹰的网。从那抡棒者的嘿哈声中，他辨出有北柱。前些时，北柱请他给绾个网，说要绾个兔鹰。这网，说不准就是他绾的那张。过去，他曾无数次地网过兔鹰。现在，又轮到别人网他了，真是好笑。

听得花球叫："北柱，北柱，你往死里打老子？"

棍棒住了，果然是北柱。他将那电灯泡移了来，照见一张血糊糊的脸。猛子将脑袋探出狗皮，见那血头，吃了一惊，叫："北柱，你打死人，可要抵命。"

这一说，四下里静了。

几双手胡乱撕扯许久，才将两人放出，猛子见花球脸上到处是青红的淤块，便感激狗皮的恩德。毛旦怪叫一声："哟，我们还以为是人呢？"花球气呼呼道："不是人，是你爹吗？"毛旦啐一口，说："花球，你还嘴硬。这下，不死也得叫你褪层皮呢。"猛子说："毛旦，你个溜尻子货。谁有钱，你就舔谁的屁眼！让开路，老子要回家了。先把你打我的记下，等哪天消闲了，我连本带利还给你。"

却听得一人道："说得轻省。做了贼，还有理了？"猛子见这人面生，心虚了。对付毛旦们，他连哄带吓，或能奏效，可对陌生人，就说不准啥法儿管用了。他想，索性溜吧。于是，他手后抖，腿前扫，将毛旦扔出老远。对方还没反应过来，他已蹿出老远。

花球的叫声却再次响起了。猛子这才发现，自己这一招并不仗义，就驻足回头，想："就是死，也索性死一块儿吧。"叫一声："谁再动手！老子可拼命了。"回到了那沙前，见花球萎在地上，四蹄乱蹬，抱腿的毛旦给弄得东倒西歪。想来花球也想跑，却叫毛旦逮住了腿脚。

几个沙娃朝这边移来。那陌生人高声问："董事长，这几个贼娃子咋弄？"

"按定的规矩办。"是双福声音。

猛子想，冤家路窄呀，我弄过他女人，落到他手，不脱层皮才怪呢。

毛旦们拽了二人，前拉后推，向井口处走。一道手电光射来，晃得眼疼。猛子估计是双福所为，遂怒目而视。四下里倏然静了，猛子虽看不到双福的脸，却感觉出他那双眼中射出了一种羞恼的光。猛子啐了一口。手电熄了。听得一人道："用不着披那狗皮的，一看就是狗。"这声音很陌生。一阵笑声炸起。毛旦的笑很是刺耳，他平时与猛子相处不坏，竟也发出这种笑？猛子很想朝他脸上砸几拳。他想，人咋是这样？几张票子就能卖了良心。但一想到自己的处境，不觉沮丧无比：人家，是在笑贼呀。

猛子估计双福会说出难听的话，可怪的是，他啥都没说。当然，他没说的，别人都替他说了。可他那双亮亮的眼，却在猛子心头晃。若是双福出了恶言，猛子会骂出世上最难听的话，包括他当过乌龟之类，羞辱他一顿。可他啥都没说。双福不说话时，反倒像夜一样，罩了猛子。猛子觉得对手无处不在，待要反击，却老虎吃天了。

猛子被推搡到井口上。他不知道双福所说的规矩是啥。是老规矩？还是新规矩？记得爹说，先前在祁连山淘金时，若发现沙娃偷金，是要被活埋的，但谅他双福也没那个胆子——不过也难说，这年头，啥事都可能发生。听说黑社会的杀个人就跟杀鸡一样。若是别人，猛子可能会告饶。没啥，大丈夫能屈能伸，认个错，没啥。可这是双福，一个强大的双福，一见他那庄门，猛子就感觉憋气。想当初，操他女人时，猛子就觉得有把刀在捅双福。向他认错，下辈子吧。

想来双福真定了啥规矩，几个沙娃熟练地绑了二人。花球叫："双福，你真要活埋老子？双福，老子的女人娃子由你养活。"双福不语。沙娃们却大笑。毛旦道："成哩，他不养活，我养活。我正愁没个涮饭盆子的呢。不过，你那婆娘，也得归我。"猛子很想朝那脸上踹一脚。他猛扭几下，扑向毛旦。几个沙娃却揪了他，丢入井中。

猛子朝黑里堕去，耳旁风狼一样叫。突出的木笼部件，都扑来咬他，身子火一样燃烧。我要死了。他想，他很想在死前多想一下，可那黑，那风，还有恐惧，把脑子塞得无一点缝隙了。黑猛地扑了来，把脑子捶得死疼，仿佛那是个大口，正往里吸一只飞蝇。嗓门不由得涌出一串声音。猛子不想叫，可那嗓门，却偏偏猛叫个不停，叫声撞入井底，又往上涌，像一粒粒石子打在心上。

忽觉背上一抖，倏地静了。猛子明白，他背上的绳子控了身子，也明白对方不是要活埋他，而是在玩一种游戏。听说，这游戏，也是专对付偷金的沙娃的，玩法是：弄个滑轮，吊个沙娃，在井中忽而上，忽而下，别说叫井壁蹭，只那忽闪，就叫人软了脊梁。

果然，脊背紧了一下，身子忽地上升，绳子一下咬入肉里，脏腑哗啦啦一阵闷响。猛子想，我要死了，觉得腹内也给震得一塌糊涂。井壁又来咬他，那些柳条杨木，平时一副文静模样，此刻，都张了獠牙，嬉笑着来咬他。这情景，像噩梦。他老做这样的梦，梦里有好多娃儿，一窝蜂围了来，揪他，咬他。他很想打死他们，却总也打不死他们。有时，才捏死对方，手一松，小孩又活了，龇了牙嘻嬉笑。这时的黑里，就环伺着许多小鬼，你撕一把，我咬一口，猛子甚至还听到他们的笑声呢。

花球的哭声隐隐传来。那哭声，想来很大，听来虽隐约，但它竟然盖过了耳旁的风声。这风声，似拍岸的惊涛。猛子估计花球在大声吼，边嚎边诉说，估计他在求对方饶了自己。一定是。猛子很想吼一声："你别求他们！"可心里却希望他们能饶过他。

才落井时，脑中只是一片空白。此刻，恐惧才一拨儿一拨儿涌了来。说不清怕啥，反正是怕。那怕，像酱油一样，把每个毛孔都腌透了。依猛子的性子，应该吼几句气壮山河的话，或是骂双福。骂啥话也成，不在乎内容，只要有骂的形式就成。可没治，一切都叫恐惧挤没了。倒不是怕死，此刻死倒没啥怕的，只是那恐惧无孔不入。说不清恐惧啥，这说不清的恐惧才是真正的恐惧。怪的是，脑中是一种异常清明的空白。那清明的空白，竟和恐惧合二为一，分不清谁是谁了。

一团亮向脑袋撞来。猛子知道那是井口，也知道有人正在看他的笑话。他很想说句服软的话，但嘴却不听命令，仍发出惊愕的叫。仿佛那嘴不是自已的，而是另外一个有生命的东西。随它叫吧！忽然间，清风一拂，绳子已将他提出井口。于是，他努力想稳住，腿脚却也背叛了他，软得跟面条一样。周围是一团大笑。那笑，打着滚，扑向自己，跟梦中的小人一样撕扯他。

北柱上来，悄声说："服个软吧。"他抬起身，表演似的说："董事长说了，有三条路，你选：一条，召集村里人，把你逮到家府祠，按家法办；另一条，按规矩，当半个月的沙娃，没工资；第三条嘛，你认个错。"

猛子闭了眼，深吸一口气。他努力地想，觉得想了许久，才明白了北柱的话，就说："当沙娃吧。"猛子懒得多说话。那恐惧，已把他所有的精力吞了个精光。他连呼吸的气力也没了。

他死也想不到，这一选择，差点把他送进了阴司。

第 八 章

落网的鹿羔羔绳头上缠，双眼里淌的是泪水。

1

月儿把猛子妈的想法告诉了兰兰。

兰兰马上就觉出这是好事：一是像莹儿这样的媳妇，打了灯笼也难找；二来，爹妈省了一番心，不再为那一疙瘩婚礼钱在炕上烙饼子了。爹那一边唉声叹气，一边翻过来掉过去睡不安稳的样子，成了印在兰兰心上的图案。自憨头一死，爹妈又愁猛子的媳妇了。自打猛子和双福女人勾搭，招来搅天的唾星后，给猛子娶媳妇就成了眼睫毛上的火，你不想入眼入心，还由不了你。所以，月儿一说，兰兰就觉得这是个好法子。女人嘛，说穿了，就是嫁男人、养儿引孙、围锅台转……像母鸡一样，下蛋是你的本分，想上天，还没那鹰的翅膀呢。一看穿，嫁哪个，还不是一样？当然，这是兰兰心里对莹儿的说辞。对自己，她有另一套说辞。也不奇怪，谁不是这样呢？

兰兰按妈的意思问了莹儿。

莹儿说："别开玩笑。"

兰兰笑道："谁开玩笑呀？人家都想方设法把相好的亲搅黄了，只等你一句话呢。"

莹儿这才明白了。怪不得，这几日，公婆老鬼鬼祟祟地嘀咕。她感到很好笑。而这好笑，一下子叫她觉出这话题的荒唐。但心底里，却奇怪地有种预感：今后，她的日子不安稳了。说不准为啥，但可以肯定的是：她即使想守寡，也守不安稳。

“你说呢？”兰兰笑着追问。

“别开玩笑。”

确实，莹儿没想过这个问题。对猛子，她没有好感，也没有恶感，就像看待庄门口的那棵沙枣树一样。那沙枣树，是“灵官家的”，猛子也是“灵官家的”。仅仅是这样。现在，突然冒出这个怪问题，她有些措手不及，而且从心底里产生了一种奇怪的怕。她不想继续这个话题了，但兰兰却是一追到底。

无奈间，莹儿笑问：“你说，你咋不在婆家待，到娘家来做啥？”

兰兰不解她为啥要问这，便说：“你是明知故问，还是真不知道？”

“别耍滑头，回答！”

兰兰差点要回答了，但她仍不想在莹儿面前说她娘家的坏话，仍疑惑她为啥问这。

这时，她看到莹儿眼里有一丝诡谲，忽然明白了。“你是说，我不愿做的事，却叫你做了？”

“不是吗？”莹儿笑了。

2

夜里，兰兰修炼完，妈便问：“月儿托你的那个事，问了没？……月儿那狼吃的，我叫她问，她倒把皮球踢给你了。”兰兰说：“问了。”妈急急地问：“咋说？”看妈发急的样子，兰兰感到好笑，便想逗逗她：“你想，人家会咋样？”“究竟咋样？”“你又不是不知道，你儿子的名声天摇地动哩。”

妈白了脸，“乖乖”一声，说：“怕的就是这哩，咋办？你好好说合一下。谁养的猪娃儿谁知道脾气。猛子虽有那档子事，可心眼儿实诚。又是个童身娃儿，强如人家的二婚头。”

兰兰长长地哟了一声：“蛇当然不知自毒了。你的身上掉下的肉，当然咋看都顺眼。可你脱开身子，想一想，女人活个啥哩？是图吃哩？图穿哩？都不是。是图人哩，对不？可那人又图个啥？图脸蛋儿？模样儿？身坯儿？都是，又都不是，但起码得正经，是不是？妈，你捂了心口子想想，你儿子是个正经人不？”

妈便白了脸，一语不发。

老顺黑了脸，说：“你个老妖。你热屁股溻到冷炕上。你愿意，人家还不愿意。婚可挑了，老子可要当甩手掌柜的了。”妈白一眼老顺，道：“哟，咋又是我一个人的事了？有好事了，是你的；有瞎事了，成老娘的了。你早干啥来？”老顺道：“你要不提猴猴拔蒜蒜，把老子从梦里捣醒，哪有这事？”妈说：“我叫你吃屎，你吃不？一个大男人家，咋一有不好的事，就往老娘身上推。你不是吊把儿的男人？”

看到爹妈犟嘴，兰兰却笑了：“行了行了，人家又没说不成。”

老顺笑道：“就是。我估摸，人家巴不得呢。像我们这么好的家，拨亮几副眼珠子，也难寻。”老伴哟一声，说：“就是。尤其你这样一个扒灰烧白头公公，更难找。人家也巴望着戴红头巾呢。”

兰兰也听过那驴笼头换红头巾的典故，想笑，又觉得妈在女儿跟前开这玩笑不妥，就说：“人家也没答应。”

“咋？”老两口又慨了。老顺嗔道：“有屁你往尽里放，成不？”兰兰说：“人家没说成，也没说不成。”

“那当然是成了。”妈欢天喜地了，“人家，那是害羞哩。当然不明说。”

老顺却疑惑：“真这样？”

兰兰笑道：“我又不是人家，咋知道？”

“成了成了，我估摸成了。”妈笑道，“不管咋说，猛子是童身娃儿，她是个二婚头。”

老顺却怒了：“有没别的屁放？啥童身娃儿？你那个爹爹，都成老叫驴了。

你还动不动童身童身的，也不怕叫人把牙笑掉？”

老伴瞪一阵眼，才恶狠狠说：“你才是个老叫驴呢。谁没个错？啊？！你难道是没节节子的好人？你好，咋也往人家炕头上摸？”

老顺脸上的肉棱儿突地显了，但看一眼兰兰，却咽了口气：“以后，你少提这些陈芝麻烂谷子。再胡吱吱，老子可不客气。不把你嘴里的牙涮下来，老子不姓陈。”

老伴也想钢牙铁口地回几句，但看老顺模样，怕早成燥火药了，就换了个口气：“你以后，也少说娃子。你一个当老子的，也那样说，叫娃子活人不？”

老顺阴阴地瞪一眼老伴，却一语不发，出去了。

兰兰劝妈：“你少揭人家的老疤。打人不打脸，揭人不揭短。小时候，为这，头打烂了拿草腰子箍哩。人家都抱孙子了，扯人家面皮干啥？”

妈鼻孔里长出一口气：“丫头，你不知道。这口气，老娘憋几十年了。心里说忍忍，可又由不了我。你说，活人嘛，我别的图不了，图个男人干净总成吧？”

兰兰皱皱眉头：“人家就错了一回。以后，再别瞎猫儿盯个死老鼠了。”

“我总咽不下这口气。”妈又长吁了一口气。

“你都这样，叫莹儿咋想？那事儿，天翻地覆了。谁不知道猛子的大名？”

妈于是木了，好一阵，才说：“就是。怕是人家心里真不愿呢。你好好开导一下。这贼爹爹，咋干这号没脸的事儿？”

3

次日一大早，白福又来叫兰兰。一见白福，兰兰连话都不想多说一句。感情这东西，一旦破了，比家具破了更糟。家具破了，还能凑合着使，感情一破，却连“凑合”的念头都不能容忍了。兰兰简直不敢相信，自己竟和这东西同床共枕了几年。她甚至恶心自己了，恨不得泡到涝池里洗上三天三夜。

白福瘦了许多，可怜兮兮的。这是他以前没有的。那原本合身的褂子，也一下子宽大了许多。白福一进庄门，兰兰就发现了这一点。她之所以发现这，并不是出于关心，而是她忽然觉得白福陌生了。那模样，有些怪怪的了，而且是无法容忍的厌恶的怪——尤其是那罗圈腿，走起路来，侉侉势势的。自己当初竟离开了花球，跟这东西结了婚，真不可思议。莫非，造成这事实的，除了给憨头换亲那个天大的理由外，真是命？

兰兰信命。她相信人有自己的人生轨迹，这便是“命”。但兰兰又不认命。听一个算卦的讲，命能转，时也会转，运也会转。那人说，他算过许多命，大多应验。极少不灵的，是修行人的命。修桥的，铺路的，放生的，行善的，命都比算出的好。无子的，可有子。无禄的，能有禄。灵官留下的书里，有本《了凡四训》。里面讲的，就是如何转化命运。兰兰能接受这道理。确实，啥都是心造的。有多大的心，就能干多大的事。双福的心比猛子大，双福的事业就大。白福长了白福的心，女儿就迟早得给糟蹋死。妈的心小，爹的心大，灵官的心里事儿多，孟八爷的心豪爽大气……这些人的心，决定了这些人做的事。人与人的区别，实质是心的区别。那命运，说穿了还是心。心变了，命也变了。积了善，成了德，心由小人修成了君子，那小人命自然就成君子命了。小人损人利己，君子舍己为人。小人万人讨厌，君子人人敬仰……一切，都随那变化了的心变化了。

所以，兰兰信命，但不认命。

有一个事实：在她并不知哥哥患了绝症时，就产生了和白福离婚的念头。这意味着，她已不再把换亲当成天大的事，而一任命运摆布了。经历了太多的沧桑，小女孩会长成女人。一个真正的女人，终究会正视自己的命运。她的命毕竟只有一次，用完了，就再也没了。她时时拷问自己：为眼前这人，值不值得把命赔出去？值了，就送你一生；不值，就要重新选择了。否则，便是白活了。生活中有许多白活了的女人，可兰兰不愿白活。哪怕几年，几月，或更短，她也要为自己活一次。

白福在书房里跟妈妈絮叨着。那声音，兰兰都不想听了。不用听，她也知道内容：一是软求，一是硬逼，软求告可怜，硬逼要拼命。仅此而已。白福肚里的杂碎她知道。他想玩个花样，也没个好脏腑。但兰兰觉得，还是打开窗子说亮话好，叫白福绝了心思，不再纠缠。她就进了书房，望着大立柜说：“你做的啥事，你心里清楚。叫我再进你家的门，下辈子吧。”话音一落，却又觉得自己说得不妥——即便下辈子，她也不愿进白福家的门——便补充道：“十八辈子，也休想了。我宁愿化成泡沫，也不想在你那个家里蹲一天。”

白福停止了絮叨，凶狠地望兰兰，用他一贯的那种表情。兰兰早习惯了，就像那个听惯了黔之驴叫的老虎，不再觉得对方有啥强大之处，便冷冷地笑笑。

“卖货。”白福从牙缝里挤出两个字。

妈却不依了：“白福，饭能胡吃，话可不能胡说，我的丫头咋卖了，你抓住了吗？”

“我羔子皮，换几张老羊皮。”白福提高了声音。他的意思是要拼命哩，要用年轻的“羔子皮命”，换兰兰爹妈的“老羊皮命”哩。兰兰仍是笑笑。白福已从扬言要杀她转到吓唬父母了，但兰兰认定他是吓唬。咬人的狗不叫，乱叫的狗不咬人。你白福，还没那个血性呢。真的，自打女儿被他冻死在沙窝里，他的精气和血性没了。梦中时时惊叫，觉得白狐又来讨命，还老梦见大盖帽啥的，时时惊悸。他像放了大半气的羊皮筏子，虽有个似模似样的外形，但碰不得，一碰，就觉出软塌塌来。而兰兰，则恰恰相反，她眼里已没啥怕的了。至多，她随了女儿去。死都不怕了，还怕活吗？

“成哩成哩。”妈接口道，“我们老两口，早就活腻了。你白福若能行个好，叫我们不再受苦，我给你磕头哩。早死早脱孽。你也用不着唬我们。”

白福一下子软了。

“大妈子，”他带了哭音，“你说，我还有啥活头？连梦里也没个安稳。要是你再不体谅，真不想活了。不说别的，连个盼头也没了。啥盼头也没了。”说着，他抽抽搭搭哭了起来。

兰兰却厌恶地耸起了鼻头。她的心凉透了。别说眼泪，就是他的血，他的死，也打动不了她了。她有些奇怪，自己是个心软的人，见不得人哭，见不得受伤的动物。一些别人看来很寻常的事，也能打动她。可独独对白福例外了。人说一夜夫妻百日恩，百日夫妻似海深，可她，对白福只有厌恶。那厌恶，如同对一堆浓痰的厌恶，除了厌恶，还是厌恶。哪怕有一点恨也好。有时，恨也是一种爱，可是没有。她只有厌恶。就是在这厌恶上，她才发觉缘尽了。爱是缘，恨是缘，厌恶则意味着缘尽了。有缘则聚，无缘则散。那就散吧。

“你别恶心人了。”兰兰耸耸鼻头。

白福停止了哭泣，恍惚了神情，可怜兮兮地坐在那里。看这模样，你很难想象，以前，他竟然是那样的凶蛮。那变化，仿佛差别很大的两种动物：先前是野猪，忽然，又变成病鹿了。

妈似乎心软了。望望兰兰，望望白福，想说啥，却终于没有说出。兰兰知道妈的心思。若白福不在场，她会说“浪子回头金不换”，劝她再考虑考虑。妈就是这样，她会无原则地被泪水打动。但兰兰却是铁心了。而且，这铁心，也是对白福好，叫人家重打锣鼓重开展，趁了年轻，再找一个，好好过日子，免得三拖四拖，倒耽搁了人家。

白福恍惚一阵，起了身，梦游似的出了书房，进了莹儿的小屋。果然，他一出门，妈就悄悄对兰兰说：“你再好好想想。”

“妈。”兰兰嗔道，“你再别给人家想头了。叫人家死了心吧。”

妈叹口气：“我是怕，怕……莹儿带了那娃儿去。那，可是憨头的根哩。”

“人家的娃儿，不叫人家带。能成？”

“胡说。”妈硬梗梗地说，“拼了老命，也不成。她守寡，我好生看待……当然，小叔子招嫂子，更好。她走，得把娃儿留下。”说着，话却变软了，眼泪涌了出来：“忽喇喇的，天塌了，真家破人亡了。”

兰兰知道，妈一提憨头，就止不住泪了，就转过话头，说：“悄些，听人家喧个啥？”妈立马便收了泪，侧了耳，却听不出个啥；就过去，关了门，伏下身，趴在猫洞儿上，一脸神探模样。

兰兰感到好笑。

听一阵，妈起了身，悄悄说：“没喧啥。那倒财子，没说啥，扯了屄声，掉尿水哩……唉！要说，也可怜。”

兰兰心软了。她厌恶白福当面的泪，却被他背后在自己妹子面前的哭打动了。一个男人，到了在自己妹子面前哭哭啼啼的地步，也确实有他的难处了。她差点要改变主意了，但一想那些隐在灵魂深处不敢触摸的事，心却突地又硬了。

“刘皇爷假哭荆州。”兰兰撇撇嘴。

妈却不满意兰兰的态度：“丫头，话不能那样说。谁都是人。谁有谁的难处，别人的笑声望不得。”

“谁望笑声呢？”不知咋的，兰兰的心也酸了。但酸归酸，那主意却仍在心里铁着。要糊涂，就糊涂一辈子。一旦明白过来，那糊涂的日子，就一天也不想过了。

莹儿进来了。看那模样，也似陪着白福掉了泪。她显得很为难地说：“妈叫我过去一下。哥说，妈的身子不舒服。”

妈的脸一下子僵了，半晌，才说：“你去也成。娃儿，我给你喂几天。”

莹儿的脸一下子白了。

4

吃过午饭，莹儿把院里铁丝上晒干的尿布儿收了来，叠得整整齐齐，交给婆婆；又去铺子里买了包婴儿奶粉和白糖，安顿了一番，才跟白福出了庄门。

一出门，莹儿的眼泪就涌了出来，咋擦也擦不干。路上有几个女人，都怪怪地望她。莹儿恨自己，但恨归恨，却仍是控制不了眼泪。

婆婆开始提防她了。

这是个不想接受却不得不接受的事实。这些日子，莹儿总感到身后有双眼睛。开始，她还怨自己太敏感。但今天，婆婆明确无误地告诉她：她已经不信任她了。怕她去了娘家不回来，把娃子做了人质。或者换个说法，你不回来也成，娃子你得留下。无论哪种，在莹儿眼里都是刀子，而且是直往心上插的利利的刀子。

这一来，她的预感证实了：她连个寡都守不安稳了。

坐在白福骑的自行车后面，莹儿仿佛梦游。凉风吹来，卷起尘土，已带了萧条的意味了。那萧条，也到心里了。莹儿很想哭，很想扑在一个人的怀里委屈地哭，美美地哭。可这人，不知游荡在哪儿呢？

太阳很亮，是那种惨白的亮。树光秃秃的，吊着许多飞来荡去的虫儿。对这虫儿，莹儿早不怕了，它上头也罢，上脸也罢，莹儿顾不了太多。心里有种很重的液体在晃，晃得眼里的一切都灰蒙蒙了。

过了村间的小道，进了那个乱葬岗子河滩，莹儿渐渐收住了泪。一种熟悉的感觉在心里滋生了。那感觉，像熨斗，熨啊熨，就把那沉重的液体熨成了温水。就是这千疮百孔的丑陋的河滩，曾给过她人生中最美的一个瞬间。这儿，她和他疯魔过，痴迷过，哭过笑过。就是在那沙山后面，他喘吁吁扑倒了她，把幸福的眩晕注入了她的灵魂。仿佛，那是不曾有过的美梦哩。真的，莹儿有时不敢相信，自己曾拥有过鲜活的他。要是那鲜活突然出现在眼前，她真会承受不住那巨大的幸福而晕死过去。

这想头，仅仅是这想头，也令莹儿绚烂许多呢。不知道那想头何时到来？为了这想头，莹儿愿等上一生哩。

有了这想头，她守的就不是寡，而是守想头了。能把想头守上一生，也是幸福的。

可一想临行前的那一幕，她的心又被揪了。当然，不是担心娃儿受委屈。婆婆有半辈子养娃娃的经验，还有对死去的儿子的爱，娃儿自然不会受委屈。莹儿无法接受的是，婆婆已开始提防她。憨头活着，她是“自家人”。憨头一死，她就成了“外家人”，是个待嫁的寡妇。她感到后怕的是，在这种提防中，她究竟能守上多久？能否守到那想头的到来？

不知道。

而且，那“提防”一产生，便会有一连串相应的行为，足以叫人心冷。

这日子，咋过？

莹儿不能不担忧。

漠风扬起了尘土，刮了过来。莹儿觉得，那风，刮进心里了。

5

妈一见莹儿，就搂了她哭。妈瘦多了，头发也花白了。妈是村里公认的厉害人。她厉害时雷鸣电闪，哭起来也惊天动地。她对憨头印象好，憨头一死，她搭了不少眼泪。她老用憨头的好，来反衬兰兰的坏，老说：一龙生十种，十种九不同。一娘养的，憨头那么贤良，兰兰却白披了张人皮。莹儿虽不觉得兰兰坏，但能理解妈。而且，她能理解所有关系不好的婆媳。养个儿子，从锤头大，养到墙头高，却娶了媳妇忘了娘。心里那口怨气，自然要往媳妇身上出。妈还多了对兰兰闹离婚的仇恨。那怨气，比别的婆婆更烈了些。

妈的哭也像她的笑，风风火火几声，就息了，问："那骚货，做啥着哩？"

莹儿见妈一不问自己，二不问娃儿，三不问其他人，却问兰兰，就知道她心上放不下的还是这事，便喧了兰兰。

"哼，就她，成仙哩？我看她变鬼，也变不上个好鬼，不是髭毛郎当的冤屈鬼，就是血丝糊拉的血腥鬼。"妈用牙缝，一字一句地说。

莹儿皱皱眉头："妈，你咋能这样咒人家？"

"咒？"妈一脸刻毒，"我还恨不得拿刀子剐她呢。你说，害人不浅的，半路里闹离婚。露水曳到半山坡。不成你早说，我花儿一样的丫头，哪儿换不上个好媳妇？现在，生米煮成熟饭了，丫头成了婆娘了，你又跳弹个不停。我说你小心，可别把膀筋跳断。你麻雀儿蹲了个葡萄架，髭毛郎当格势大。还想上天哩？也就是我的瞎窟窿娃子，眼窝里没水，才看上了你。要依了我的性子，第一次相面就过不了关。你还想当我的媳妇子，羞先人去吧！"

莹儿皱皱眉头："妈，你少编排人成不成？一辈子了，你眼里哪有个好人。"

"谁说没好人？我的丫头就是好人。天上有，地下没有。"

“谁身上掉下的肉谁疼爱。”莹儿说。

妈这才捞过莹儿，上下端详：“哟，比上回胖了些。丫头，你可要放心吃，别只顾俏巴，不敢吃饭，成个干猴儿了。你吃上个啥，娃儿吃的奶里就有个啥……噢，娃儿乖不？”

“乖。吃饱就睡了。倒是不闹。”

“不闹就好，养个娃娃脱层皮呢。我生你那阵子，肚子都吃不饱，哪有奶？叫你把血都咂出来了，真不容易。好不容易，从鞋底大养成个人，却给人当媳妇子了，真是憋气。盘古爷开天辟地，没遗下个养老丫头的习俗。若遗下，我可真舍不得把你嫁人。”说着，妈的眼圈子又红了。

“瞧，又来了。”莹儿笑道。

妈笑了，说：“娃子咋好，也没丫头贴心。就像白福，头吃个钟盆，却像盛了谷糠。一说话，就和娘犟嘴。”又悄声问，“人家待你好不？你婆婆。”

“好。”

“我不信。憨头一不在了，你可成外人了。要是住不下去了，到娘家门上来。老娘养你个老丫头。”说着，她留意地打量莹儿的反应。

“那成了啥？”莹儿笑了，“不管咋说，那儿还有我的精脚片印，还有责任田啦，我不信人家还撵我不成？”

“人家当然不撵。”妈撇撇嘴，“人家白得一个劳动力呢，丫头，话往明里说，那骚乌，若好好儿和白福过，你咋也成。婆家蹲也成，娘家来也成。要是那骚乌跳弹，你可得给为娘的长个精神。”

莹儿心里明白，马上要有些事儿发生了。依兰兰的性子，是铁了心要离婚的。兰兰一闹，她就安稳不了。咋这么个苦命？莹儿一阵难受。

妈仿佛看出了她的心事，劝道：“其实，你也别太死心眼。你才活人，路还长着呢。毕竟新社会了，又没人给你立贞节牌坊。”

正说着，爹进来了。他的又一个“大买卖”黄了。说是李宗仁在瑞士银行存了个黑匣子，钥匙却在中国，而且在某省某市某乡某村某人手里，凑上个三万元，就能从那人手里买来钥匙。有了钥匙，就能取出黑匣子，里面有几万根金条。爹就到处借钱，跟人凑够数儿，结果叫人一舌头掠了，连个影儿也追不回来了。

爹一脸皱纹，一脸漠然，一脸麻木，见了莹儿，也不打招呼。妈却绿了脸，斥一声，爹便出去了。“你说，丫头，就这号人，得‘想钱疯’了。我说，你也别大买卖了，先从地里刨几颗粮食吃吧，别成饿殍疯虱子了。可他，嘿！先骗了老娘的猪钱，后哄了老娘的黄豆钱，把亲戚邻舍骗了个路断人稀，却叫人喂了一个又一个抓屁。”

“行了，行了！”爹进来，声音很大地说，“你少编排老子成不？朱买臣还发迹呢！你别小看老子，老子这次瞅下了个古董，夜明珠。成了，给老子分个十万八万的。那时，我看你老嫁汉脸往哪儿放！”

“呸！”妈背朝老伴，用力拍几下屁股。“羞先人去吧。你找个牛蹄窝儿，撒泡尿照照。看你那尖嘴猴腮的一脸穷相，能不能闻上个带荤腥儿的屁？老娘倒了八辈子的霉，才头仰屎坑，嫁了你这么个惊毛骚驴……你跟风跑死马，把老娘的四千多花个精光。你挣的钱毛呢？拿来，给老娘多少解个心荒儿。”

莹儿爹涨红了脸，脖子上的青筋忽而鼓起，忽而落下。看那样子，只差往地缝里钻了。

“妈，你少说两句成不成？”莹儿嗔道。

莹儿爹缓过气来了：“丫头，叫她说。这号扫帚星，不见棺材不落泪，跟那朱买臣姜子牙的婆娘一个喋头。到时候，哼。”

“到时候？”莹儿妈冷笑道，“到时候，你也端一盆水，泼到地上，叫老娘收。怕是你有那个心，没那个运呢。”

“你个老妖，金银能看透，肉疙瘩识不透。”莹儿爹无力地辩解着。

“哟——，我把你从这头瞭到那头了，把你的拐拐角角都瞭透咧。头想个蒜锤儿大，你想钱，可人家钱想你不？”

“行了行了，妈。轻易不上娘家门，一来，就听你们吵架。”莹儿跺跺脚。

莹儿妈这才剜了老头子一眼，住口了。

爹已经大汗淋漓了。

6

黄昏时分，以保媒为生的徐麻子上门了。这麻子，丑陋不堪，一脸坑洼，鼻头如蒜，眼睛又近视得厉害，迷了眼瞅人，贴人家鼻尖上了，还分不清对方是男是女。徐麻子光棍一条，好喝酒，常提个酒瓶，串东家，串西家，保个媒，收点儿谢金，混碗饭吃。他和神婆不同。神婆融神婆、接生婆、媒婆为一身。他则专一，只保媒。其日常活动就是串门，打听哪家的姑娘大了，谁的男人死了，心中有了本账，便往光棍家去。保成了，谢他个二三百的。保不成，也少不了他的喝酒抽烟钱。

莹儿对徐麻子无好感。一则，爹的“大买卖”多是他提供的信息。他只图嘴头快活，并不染指，倒把爹拖进了债窝；二来，这徐麻子好酒色，一饮点酒，或一见女人，那颗颗麻子就放出光来，红得发亮，毫不含蓄。莹儿一见，就想呕。

徐麻子和齐神婆虽是同行，却不相忌，常常联手，互通信息。莹儿和兰兰的换亲，就是他们联手促成的。

徐麻子一进门，莹儿便猜出了他的来意。憨头尸骨未寒，便有人为她张罗男人了。她感到好笑。

因为徐麻子老提供骗人信息，莹儿妈对他格外不客气。莹儿爹倒是一如既往。他虽因徐麻子提供的信息背了债，但相信这麻子“心”是好的。徐麻子一进来，他就对莹儿妈说：“去，买包烟。”

莹儿妈朝他一伸手：“给我钱！”

莹儿爹不介意，又说：“再赊瓶酒。”

莹儿妈又一伸手：“给我钱！”

“说是叫你赊嘛！”莹儿爹望一眼徐麻子。

“我可没那个脸。你赊了人家多少？叫人家背后骂成个驴了，还赊？要赊，你赊去！你不要脸，我还要呢。”莹儿妈一脸尖刻。

徐麻子却笑笑："算了。我有烟哩。"掏出一盒，扔在桌上。

"又抽你的。店里的臭虫倒吃客哩。"莹儿爹过意不去。

"人家有哩。"莹儿妈缓和了脸色，"人家徐亲家才是个有本事的。"

"啥本事？拾个炒麦子钱，养个三寸喉咙息。"徐麻子说。

"馍馍渣攒个锅盔哩。"莹儿妈瞪一眼老头子，又酸溜溜道，"不像有些人，癞蛤蟆接了雷的气，口气大，可穷得夹不住屁。"

"你又来了，你又来了。"莹儿爹讪讪地笑了。

"行了。"徐麻子道，"你们少拌嘴。少年夫妻老来伴嘛……谁都忍两句……我无事不登三宝殿。有个话儿，说了，可别见怪。"

"说这话，就见外了。亲家，有话说到面里，有屁放到圈里。"妈也猜出了徐麻子的来意。

徐麻子眯了眼，瞅一阵莹儿，说："这丫头，我可是从小看着长大的。当姑娘时，就是从画上走下来的，红处红似血，白处白似雪。生了娃儿，还没变样子……听说……这个……不知道她有啥想法？"

莹儿感到好笑，却忽然产生了一股浓浓的沧桑感。几年前，也是这个麻子，为她和憨头牵线搭桥。几年后，一个死了，一个成寡妇了。又是这麻子，来为她和别人牵线。沧桑变化，以至于斯。几年后，又是啥样儿呢？

妈却稳稳地应了："她能有个啥想法？又不是旧社会，又没人给她立贞节牌坊。就是旧社会，那寡也不是人守的。听说，一到夜里，就把麻钱儿撒在屋里，灭了灯摸。我可不希望我的丫头熬。亲家，有啥话，你明说。"

"妈。"莹儿说，"人家才那个。你说这些话，不怕人笑掉牙吗？"

"笑了笑去。丫头，那是天灾人祸，又不是你丫头投毒谋害亲夫。人家死了，总不能叫你也死去。亲家，有啥话，你明说。"

徐麻子笑笑："就是。丫头，天要下雨哩，寡妇要嫁哩，天经地义。你羞个啥？……那个赵三，知道不？就是卖肉的那个，现在在白虎关开了窝子，对，就是他。说了个临洮女人，跑了，想另找一个。他早瞅上这丫头了。当丫头时，就瞅上了，头想成个蒜锤儿大。谁知，叫憨头独占花魁了。前几天，叫我打探一下。成的话，婚礼好说。”

莹儿的头一下大了。这时，她才知道，自己真贬值了。那赵三，酒鬼一个，而且不学好。那年，盖房子偷了公路边的树，扒了树皮，刚盖到房子上，就叫人抓住了，挂了牌子游乡。这号货色，竟想打自己的主意。可见，此莹儿已非彼莹儿了。即使等来了灵官，她也怕配不上他了。

莹儿的眼泪一下子涌了出来。

妈却没注意莹儿的变化，说：“那赵三，听说脾气不好，爱喝酒，爱打女人。那临洮的，就是叫打跑的。”

徐麻子笑道：“啥话还不是人说的。再说，牙和舌头，还打架呢。哪个两口子不打架？打到的媳妇揉到的面。打归打，好归好。天上下雨地下流，小两口打架不记仇。夫妻没有隔夜恨。你也是过来人。”

“也倒是。也倒是。”莹儿妈笑道。

“婚礼好说。人家说了，只要你们开个口，好说。……要说这年月，有钱是爷爷，没钱是孙子。这可是人家看上了莹儿。有些人想跟人家，人家还不要呢。听说，也有些黄花闺女……”

莹儿差点哭出声来了。她悄悄抹了泪，怕再待下去，真要痛哭了，就出了屋，出了庄门。

7

不知何时，下起了毛毛雨。那毛牛似的雨丝儿，为村子蒙上了一层朦胧的轻纱。一切都虚了。那山，那树，那村落，都虚成梦了。

莹儿娘家和沙湾的地貌迥异。娘家虽也靠近沙漠，但南面靠山。平日，山光秃秃的，泛出贫穷和苍凉来。一下雨，反鲜活了山，鲜活出一种朦胧哀婉的韵致来。莹儿索性由那雨丝去冲洗盈眶的泪，一时，脸上水光闪闪，分不清哪是雨，哪是泪了。

徐麻子一提亲，莹儿才真正明白了自己的处境。几年来，她连连掉价，从“花儿仙子”掉成“憨头媳妇”，再掉进“寡妇”行列里了。按徐麻子的设计，她还要继续掉价，掉成“屠汉婆姨”。跟上秀才当娘子，跟上屠汉翻肠子。莹儿没福当那娘子——她眼里的灵官可是秀才呀——但也不甘心去翻那血糊糊粪臭四溢的肠子。村里人向来看不起屠汉，一来脏，老和血呀粪呀打交道；二来杀生害命。人们的语气中便多有不敬了，别人养儿子是顶门立户，屠汉养儿子是充数儿。“充数儿”就是可有可无：有了，算个人数，没有也不要紧。反正，屠汉的儿子仍是屠汉。一个屠汉和百个屠汉没有实质的差别，仅仅是数儿的多少而已。就是这样一个屠汉，竟打发人来向她提亲。莹儿心里瘆怪怪的。

记得，灵官说，凉州女人的一生里，把六道轮回都经了：当姑娘时是天人，生在幻想的天国，乐而无忧；一结婚，便到人间了，油盐酱醋，诸般烦恼；两口子打架时，又成阿修罗，嗔恨之心，并无稍减；干家务时是畜生，终年劳作，永无止息；感情上是饿鬼，上下寻觅，苦苦求索，穷夜长嚎，而无所得；要是嫁个恶汉子，其身其心，便常在地狱道中了。漫漫黑夜，无有亮色，毒焰炽身，酷刑相逼，哀号盈耳，终难超脱。

莹儿觉得，自己真是这样。

她虽也有嫁灵官的奢望，但有时理性地想来，灵官应该有另一种生活。一和她结婚，灵官就会拴在这块土地上了。就像那风筝，无论飞多高，线头儿却永远扯在地上。他应该像鹰那样飞出去——虽说一想到这，她的心里就隐隐作痛，但她还是希望他飞出去，走自己阔敞的路。

莹儿希望的，是静静地走完自己的人生之路，就按目前的轨迹，带着娃儿，怀着企盼，掐碎浪漫，正视现实，实践自己的宿命。她只想对这个世界说：“请别打搅我。叫我一个人静静地活着。”

仅此而已。

莫非，就连这一点，也成奢望了？她真想问：“我究竟碍谁的路了？”

白福在不远处挖树墩。那是前不久放下的树，树大，根也大，也深。寻了根，挖下去，能得许多烧柴。白福光了膀子，在毛毛雨里痛快地干着，身上头上冒着蒸气。看到哥哥，莹儿的心更沉了。她明白，今世里，她的命运注定要和他连一起了。前面，是想也不敢想的路。

雨丝儿一星星下来，从脸上渗到心里了。心里有了潮湿的感觉，欲哭无泪。那感觉，愈来愈浓，浓到极致，就变成花儿了——

黑了，黑了，实黑了，
麻荫凉掩过个路了；
眼看着小阿哥走远了，
活割了心上的肉了。
早起里哭来晚夕里号，
清眼泪淌成个海了；
杀人的钢刀是眼前的路，
把尕妹妹活活地宰了……

8

哭一阵，唱一阵，天麻乎乎了。雨丝儿由沙沙变成淅沥了。莹儿梦游似的进了庄门。她听到徐麻子和爹正在猜拳。徐麻子直了声叫："六六顺呀！三星高照呀！五魁首呀！"莹儿知道，徐麻子喧的事称了妈的心。妈又给赊来了酒。

猜拳间隙，便是徐麻子自吹自擂的声音："放心，亲家。我好好坏坏也在江湖上混半辈子了，认个人还成。那赵三，别看是个粗人，过日子没问题。"莹儿皱了皱眉头，进了厨房。地上，有一摊鸡血，妈正在拔鸡毛。看来，妈认真了，要杀鸡谢媒哩。

莹儿冷笑一声。

妈边拔鸡毛边唠叨："这麻子，别看又麻又丑又瞎，也算是个有本事的人，吃香的，喝辣的。听说还维了几个女人。嘻，上回，麻子病了，又发烧，又呕吐，找神婆，神婆一算，说是他不该和一个身上来红的女人闹混，叫人家冲了。麻子承认了。你说，这麻子，雨打沙上地，翻哂石榴皮，光腚坐簸箕，一脸麻坑儿，却屁股上戳了一扫帚，百眼眼儿开哩。”

莹儿懒得答话。盆里冒出的热气带着死鸡身子独有的味儿，直往脸上扑。莹儿有些恶心，就离远了些，坐在灶火门上，望着红红的灶膛发呆。

徐麻子神头怪脸的声音传来了。他唱起了喝酒时的《尕老汉令》。这也是花儿的一种。为了助兴，猜拳间隙，时不时地，也会来上一段。莹儿不爱这《尕老汉令》，嫌它粗俗。这《尕老汉令》，就该徐麻子这样的人唱。要是他嘴里迸出“爱呀”啥的，倒辱没了这些词。

莹儿笑了。

妈见莹儿闷闷不乐，正想逗她开心，却听她笑了。她把莹儿的笑当成对那事的态度了，就说：“其实，屠汉也罢，啥也罢，还不是为了那三寸喉咙？我倒希望你爹爹是个屠汉呢，顿顿能见个荤星儿。我这辈子没个嗜好，就爱吃肥肠炒辣子。嘿，一提肥肠炒辣子，涎水都下来了。可没治，嫁了个拔毛没毛，喝血没血的塌头，倒八辈子霉了。别说肥肠炒辣子，连猪屁也不常闻。……要说，这也是你丫头的福分，窝窝儿还没凉，接后手的又来了。”

“妈，你少说几句成不成？”莹儿生气了。憨头咋说也当过你半个儿子，咋人情薄得连纸都不如了？

“好，不说不说。”妈拔尽鸡毛，燃了麦秸，把鸡放火上燎一下，又放在案板上，举了切刀，狠狠剁起来。

望着红堂堂的灶火，莹儿心里有说不出的难受，想：“人咋不如动物了？像黄羊，若死了一个，另一个宁愿死在枪下，也不愿舍那死者而去。而人，嘿！听，妈后面的那句是啥话。那是娘说的话吗？”

书房里传来更粗更野的猜拳。白福满嗓门喧个牛声，猜拳像吵架。白福也好酒，先前一喝点酒，就揍兰兰，打得她身上青一块紫一块的。……要说，也真难为了兰兰。女人，咋这样命苦？莫非这造命的，也欺软怕硬，不敢惹恶男人，才把弱女子的命往坏里造？

妈把锅里的开水装了，抹抹锅底，倒入清油。等油没了沫子时，妈把剁碎的鸡肉倒进锅里，嗞啦啦爆炒起来。这规格，接待贵客才这样。看来，妈认真了。

书房里传来刺耳的笑。白福的笑声最大。这个没心肝的。莹儿抹把泪，泪眼恍惚里，仍看红红的灶膛。怪的是，明明面对了红的火，心里却灰塌塌的。

“虽说儿大不由娘，可儿女不管多大，在娘眼里仍是吃奶的娃娃。三寸气不断，老娘的心就闲不了。老娘多活了几年人，鼻子里多钻了些烟，经的也多，见的也多。听妈的话，亏不了你。哪个娘老子不是为儿女好？”妈也不管莹儿是否在听，边炒鸡肉，边唠叨。

灶下无柴了，莹儿去院里取。院里很静。虽然有那猜拳声，仍显得很静。雨点儿仍滴着，又成毛毛细雨了。这是个睡懒觉的好天。填了热炕，斜斜倚了被儿，边打毛衣，边望熟睡的娃儿梦里也时不时鼓一下的嘴。火炉上放了砂锅，熬着米汤——炖羊肉当然更好，砂锅咕咚咕咚响着。身旁，那“秀才”哗哗地翻书。多好。这可是想都不敢想的奢侈呀。

那么，再降上几格也成：没了这猜拳声，没了这炒肉声，没了妈的絮叨……只有这雨，只有这静，只有那安详，只有这梦……莫非，这也成奢望了？

白福挖来的树根堆在庄门棚旮旯里，散发着潮湿的气息。莹儿拿几块碎些的。这湿柴不易着，着了却耐。就像她，感情不易“着”，一旦“着了”，就会“烧”很长时间。不像那烈火干柴，噼里啪啦一阵子，火冒个老高，却很快成灰烬了。莹儿当姑娘时，不像村里的女孩，心里忽而有这个，忽而有那个，她只有心里的那个。“那个”，现实里没有，只心里有，成她的图腾了。后来，嫁了人。再后来，心里的那个，和灵官合二为一了。这好不容易着了的湿柴，就很耐地燃了。

莹儿叹口气。

天虽下着雨，却没黑透，泛着青桔桔的白来。这样的夜，是典型的相思夜。若没有猜拳声，没有唠叨声，哄娃儿睡了，推开窗，迎进潮湿而清新的夜气，迎进那若有若无似真似幻的雨声，迎进那游丝一样曳动的相思。由了它们，在心里窖着，发酵，酵出很浓很醇的情绪，把心腌得醺醺似醉。那时的夜里，便会晶出灵官的眼来。那眼，带几分纯洁，带几分向往，带几分聪慧，带几分善良，静静地瞅莹儿。莹儿就由了他瞅，心里还说些怨他的话，骂这个不长心的冤家。多好。相思固然苦，可相思也实在美。人若没相思，就成木石了。但这相思，最好像这雨，牛毛似的细柔，飘来，若有若无，亦真亦幻。万不可成瓢泼大雨呀，那样，相思就成洪水了，会把人冲垮的。灵官刚出走的一个月间，相思是洪水。莹儿觉得自己是洪水中的游藤，时时要给那激流拽去。在相思的激流里，她游呀游呀，好容易才缓了下来，才觉得悠来荡去的命线儿成自己的了。

莹儿叹口气，抱了柴，进了厨房。一进门，那嗞啦啦的炒肉声和呛人的烟味，把雨夜给她的情绪又冲光了。她又回到现实中了。现实真是现实，无论你咋躲，也躲不出现实去。有时，仿佛躲出了，其实，那仅仅是肥皂泡似的幻觉而已。这泡儿，无论咋荡，无论多美，叫现实一碰，啪，就破了。想想，真是无奈。莹儿把湿柴放进灶膛，推几下风匣，湿柴就嗞嗞地叫了，边叫边冒水泡儿。望着水泡儿，莹儿又恍惚了，觉得自己也成泡儿了，在火中嗞嗞叫着，不一会，就连个影儿也没了。要真是泡儿倒好，煎熬一阵，便啥都没了。这“没”，是不是灵官常说的涅槃呢？那泡儿化成气了，是生呢，还是死？

莹儿头有些晕。湿柴燃了。水泡儿在嗞嗞地呻吟。湿柴的火焰很润，不似干柴那么燥。这很润的火烤着莹儿的脸，脸也烧了。妈的说话声还在响，但莹儿的心却叫呼呼作响的火焰涨满了。因为妈说的，还是那重复了无数次的话。就像她做的，也是重复了无数次的事一样。不用听，莹儿就知道妈会说啥，也知道妈在想啥。人说知子莫如父，其实知母也莫如女呢。妈是个啥人，莹儿太知道了。

爆炒了一阵，妈取来盘子，把黑红色的鸡肉舀到盘子里，又取过碗来，挑下几块鸡腿和马子肉，就端了盘，颠儿颠儿去书房了。书房里响起了徐麻子夸张的声音：“哎哟！亲家，你咋干这号子事？可真叫人过意不去了。”妈说：“哟，亲家，不就是个土鸡吗？自个儿养的。这扁毛虫，生来就是叫人吃的。

不叫你亲家吃，我养它做啥？”莹儿感到好笑。平素里，一提徐麻子，妈总是一脸不屑，不是讥他“雨打沙土地”，就是笑他“光腚坐簸箕”，或骂他不是个好鸟，女人身上来红也不饶人。今日个，转五百四十度大弯了，还把下蛋最厉害的芦花大母鸡也杀了。听那话，这鸡，只有徐麻子配吃。

莹儿感到好笑，却又突地悲哀了：妈，你咋也不问问我愿不愿意？莫非，你眼里的我，也只能配那屠汉？当初，你不是说你的丫头天上有地下没有吗？不是觉得除了当今圣上的大太子别人都辱没了她吗？后来，降格成了交换的物品。现在，嫁个屠夫，也得巴结徐麻子了。妈，我也是人呀。哪怕你问问我，叫我答复你一次，也算当了一回人。

莹儿取过灰铲，用灶膛里的败灰盖了火籽儿。她轻轻地拍那灰堆，却很怪地想起了婆婆的那个说法，心突突突跳了几下。眼泪却由不得涌了出来。狠心贼，她骂。泪花里显出灵官的脸来。挨刀的冤家。莹儿直视着那双眼睛。冤家，无福当你的女人，我就当你的嫂子。一个死了，还有一个哩。

她想笑，却不由得哭了。

在书房里传来的徐麻子和妈的欢笑声中，莹儿痛痛快快哭了一场。

第　九　章

一身的紫肉儿苦干了，腔子里挣下个病了。

1

没当沙娃前，猛子并不觉得沙娃难当。现在才发现，沙娃那口饭，并不好吃。他才干了半日，就觉得散了架。每个骨节，每个汗眼，都发出声来叫疼。但他并不后悔当初的选择。当沙娃再苦，也比在家府祠里受污辱强。按家法，若有人偷了东西，就逮到那里，召了族人，数出罪状，不论男女，都啐。猛子愿死，也不愿叫人啐。他知道，这事儿，双福做得出。他那口恶气憋许久了，早想找个机会出了——可没想到，沙娃如此之苦。

下木笼时，猛子发现，大地正吱呀乱叫着，拼命挤木笼呢。刚开窝子时，没用木笼，大地便狞笑着，一抖身，哗啦，几个沙娃就没命了。后来，就用木笼：将那粗木条，搭成井样，夹以柳条桦条。但大地是不甘心的，它咋甘心叫人在身上扎洞呢？它就挤，挤呀挤，猛子就听到那吱呀声了。但他仍硬了头皮下行，沿了绳做的软梯，脚一动，绳也乱动，晃呀晃呀，脑子就晕了。但别的沙娃不在乎，大地虽在叫，绳梯虽乱扭，但他们不在乎。猛子也是长了卵蛋的，人家下木笼，你就得跟上。

一股潮湿气扑鼻而来。那气味，阴阴的，有股霉味，已有潮湿的迹象了，但还没出水。这是新开的窝子，离见底还有老长一截。这是最苦的时候，你见到金子的希望很渺茫。你只有出臭力，将那沙石装入背篓，再沿了绳梯，颤巍巍上去，倒到那人造的山上。

因井底小，一班四人：两个背手，负责背沙石；锨家往筐中装沙石；那镐手王秃子，则抡了镐，疯子似的画弧，把那整块的大地，弄成一堆狼藉的碎末。初见王秃子仇恨的眼神，猛子的脊梁上一阵阵发冰。他觉得土地爷一定会疼的。那长可盈尺的镐头边往土里戳，边叫出碜牙的声响。那声响塞满了井，撞得猛子牙根发酸。若在平时，他会捂了耳朵，但今天，他想看看自己的耳朵能忍耐成啥样。……你个驴日的耳朵，老子能忍，你也就忍一忍吧。他想到双福那发亮的眼睛，里面装满了嘲弄。猛子冷笑一声，啐口唾沫，背起装了沙石的背篓，上了绳梯。

锨家定然想讨好双福，在背篓里装了超量的沙石。猛子早就发现了这一点，但他不怕。他眼里的锨家也是双福。你能装，老子就能背。只是那绳子入肉太深，简直能觉出疼了。猛子抖抖背篓，上了绳梯。

那绳梯，用两道粗棕绳，中间横以木棍，在空中乱颤。背篓也随了绳的晃撕扯身子，才上了几步，猛子就觉出腰疼了。那疼，波晕似的扩散，很快就荡至全身，但猛子赌气地想：叫你疼，叫你疼，你个驴日的腰。

抬起头，一个亮亮的方块里有好些人头。猛子知道他们在望他。他们定然也知道锨家做的手脚，也定然知道猛子的难受。猛子便恶狠狠上了几步。这几下，仿佛把体力耗尽了，他有种虚脱的感觉。口里很渴，太阳穴轰轰地叫，肩上的绳子吱呀着用力。猛子想，要掉下去了。他不敢朝下望，他自小就有恐高症，朝下看，他怕手会自个儿松了。

他屏了息，咽口唾沫，口里虽无唾沫，他还是咽了口唾沫。他想，双福你个驴日的，老子偏不尿你。一想到双福，身上却奇怪地有了一种力。他努力地攀几下，然后俯在横木上，喘口粗气。他觉出危险了。这时候，手脚要是不听他的使唤，他就会飞堕而下，像山上滚洼的老牛一样，滚成一堆烂肉。

他奇怪地想到了爹。爹老说：“你能给，老子就能受。”爹说这话时，是

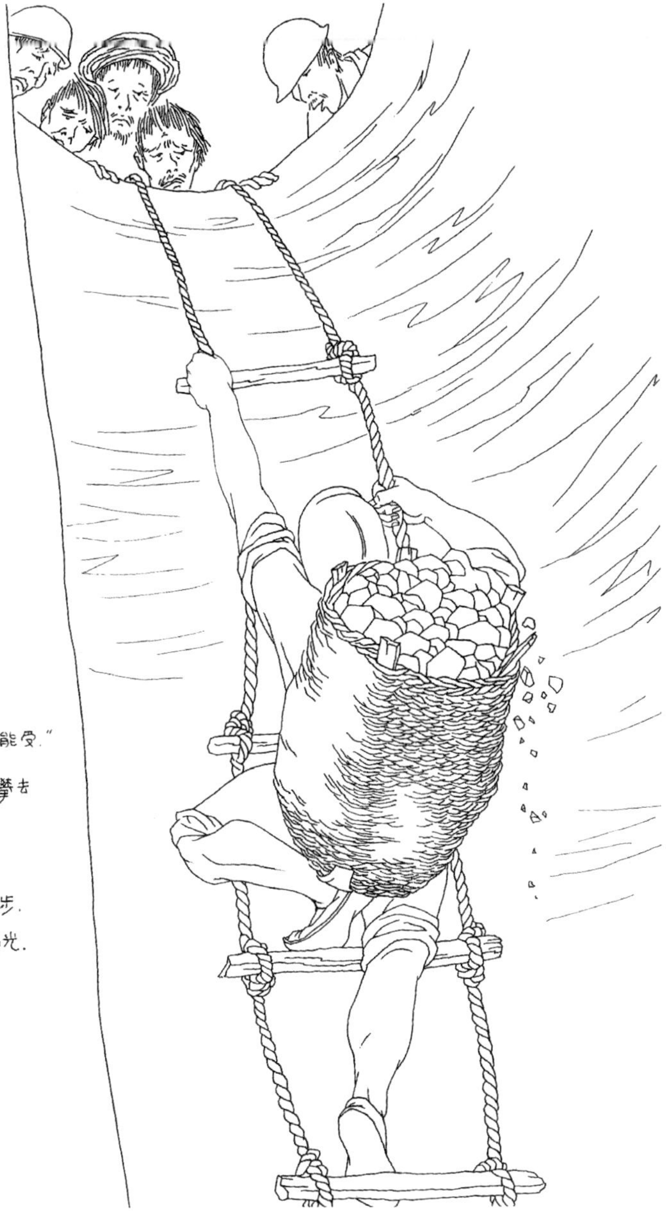

爹老说

“你能给，

老子就能受。”

猛子努力向上攀去

……

借了这力道

他一步一步，

接近了那亮光。

针对老天的。怪的是，双福就有种老天的感觉。猛子很讨厌这类比，但没治，双福硬要成老天，猛子也没治，便也想：就是。你能给，老子就能受。他这时才明白了爹的心。爹原来一直和老天较劲，就像自己跟双福较劲一样。

“上呀！”花球在井上喊。他已背了一回，“第一回，都这样。”

猛子努力向上攀去，攀一下，骂一声。他较劲儿似的咒骂。怪的是，每骂一次，脚下就多了份力道。借了这力道，他一步一步，接近那亮光了。

忽然，猛子感觉到有双手在拽他，想把他拽离绳梯。一种恐惧腾起了。他想，莫非，我命里该当摔死鬼。他想到自己在猪肚井睡过豁子女人，豁子就是摔死的。这一想，头发倏地奓起。他差点松手了。他努力地扭过头去，朝身后啐了几口。这是妈教的驱鬼法。听得井下吼：“你吐啥骚水！快上！”是锹家的声音。猛子笑了，再啐几口。

再挣几步，已到井口。花球上前，提了背篓，拉上猛子。听得花球骂：“呔！锹家，上这么多沙，往死里整人哩。出了人命，你可要抵命。”

一股清风扑来，天把蓝也倾泻了下来，灌入猛子身内。那是异样地清爽，从里到外的爽。每个汗眼都叫：“爽呀！爽呀！”远山上浮朵白云，那白，耀目呢。猛子觉出，生命真好。

北柱过来，说：“双福说了，谁不想干，可以回去，只要认个错就成——当了沙娃的面。”

花球望猛子。

猛子啐了一口，说：“不就十五天吗？老子干！老子有啥错？”

2

身体里定然有些古里古怪的东西，它能预感到突现的灾难。记得，木笼塌时，猛子身上的肉狠劲地跳了几下。当时，他还在井外，迎了风头，狠劲吸气。那风，从沙漠那头吹来，爽极了，吸不了几口，脏腑就亮透了。这时，大腿处有块肉起劲地跳，砰！砰！腿里仿佛有个兔儿在弹腿。

他想，木笼该不会塌吧？

但他还是下了井，因为双福和掌柜们正起劲地说笑呢。猛子能觉出，双福定然在用眼的余光扫他，那是他的习惯。猛子恶狠狠吐口唾沫，下了井。

到井底，那锨家正嘲弄地望他。这一班中，锨家是头儿，他的权力最大，想整你，就给你多上些沙，就能挣得你伤骡子似的喘气；想体贴你，手下就能留点情；到井底时，最有可能捡到金子的，也是锨家。所以，锨家多是掌柜的亲信。那抡镐的，叫“把式”，地位仅次于锨家。到清底的时候，把式瞪了贼眼乱瞅，说不准也会发现金子。背沙的叫“背手”，是窝子里最苦的人，干一班下来，骨架都散了。

猛子很厌恶这锨家，这人若是当了官，比世上最坏的官还坏。他心中的刁钻，早渗到了脸上。时不时，他总要找个理由喝神断鬼。那神态，比省委书记还牛气十倍。猛子很想揍他。

记得，木笼就是在那时塌的。

吱扭声忽然大了。猛子以为是幻觉呢。他已适应了乱颤的绳梯，周身的疼也给汗洗了个精光。猛子知道，那疼，暂时躲进了骨髓，正发酵呢，等它一释放，立马就能吞了自己，但还顾不上想它。他只想做好眼前的事。他是实了心干活的。此刻，唯一能显示他尊严的，只有干活了。他不想磨洋工。当然，即使他想磨蹭，也没有机会，一到井下，锨家就噌噌几下。因第一次上得太多，差点出危险，锨家不敢再整他，每次装三锨多一些。一上那软梯，猛子就憋足了劲，一猛心上蹿。他发现，那绳梯，越上得快，越显省力，一磨蹭，自家的身子也要欺负你。那百十斤的重量，全靠手抓脚蹬呢。不过，猛子也不想磨蹭了，他想试试自己，能否干沙娃的活。以前，虽也参加田里劳动，但那活轻微。这背沙，却真是将吃奶的劲也使了。他想试试，能否超过过去的自己。以前，他是个混世虫。后来，经了好些事的他不想混了，只想好好活几天人。既知道活人得吃苦，那就从当沙娃开始吧。

但他没想到，木笼会发出那样的叫。才入底，就听到那吱吱声越来越大。先是一阵吱吱声，声音很大，像无数只巨鼠在叫，十分瘆人，开始有沙下泻。

正在井底撒尿的花球惊叫 :“天呀，木笼要塌了。”

“夹嘴!”把式王秃子喝道。

猛子正嫌花球嘴臭，说那不吉利的话，却听得那吱吱声越来越大。沙子雨一样下落，一股震动从上面传下，已到身边。妈呀，真要被埋了，猛子想。他很想抬头看看，但沙土水一样下泼，脑子嗡了一声，一片空白了。恐惧却一下抓住了心，耳旁的锹家疯了似的叫，王秃子也在闷吼。花球哭声顿起，他是有机会出窝子的，猛子下来，他就能上，但他偏要在井底撒尿，木笼可等不了他。人家大地硬挤，木笼已撑得筋疲力尽，就轰然合拢了。

耳旁是各种声响，分不清啥声音。那混合的声响猛擂脑门，黑倏地挤来压来，很有质感。猛子闭了眼，仍能觉出那是稠稠的胶质，混了土，混了灰，混了绝望，混了恐惧。腿下身边都在抖动，这感觉和地震时一样。小时候，他遇过一次地震，大地像老母猪抖虱子似的晃。他和灵官互抱了，啥都没想，只是颤抖。平时觉得死很遥远，那次才觉得死就在身边。过了些日子，又觉得死遥远了。死一遥远，他又成混世虫了。没想到死偷偷跟定了他，稍不留意，就朝他龇一下牙。这次也许真要死了，他想。怪的是，心里虽有恐惧，更多的却是不甘心。那不甘心，仅仅是感觉，是一团混沌，没个清晰的思路。只觉现在死了，有些不值得。

接下来，是一阵更大的震动。猛子抱了头，觉得细石子打到胳膊上。他想 : 完了。脑中一片空白了。纤尘弥漫。耳旁叫出几串咳嗽。听得有人惨叫，接着绽起哭声。猛子听出，是花球的。

“妈呀！”花球叫。

沙石终于静了。顶上的木笼仍在叫，猛子不敢抬头，但觉得天没了。巴掌大的那块天肯定没了。猛子小心地睁开眼，却啥也看不见。这时，他才觉出了恐惧。恐惧是块巨大的空白。那空白，能盖了好些东西，天呀，地呀，心呀。恐惧时，啥也没有，只有那遮天盖地的空白。

渐渐地，心从空白里晶出了，才发现那稠稠的黑，已挤压了来。那黑，有很强的质感，撞得他脑门发疼。耳中有面大钹，使劲敲，咣！咣！咣！他抱了头，蹲下，想：随你吧，老天。

一个人扑来，和他抱在一起。又是一个。分不清是谁，也用不着分清，只要是人就成。在巨大的灾难降临时，只要有人和你拥抱就是最大的安慰。人这个概念，在死来临时最显珍贵。

各种声响息了，黑却更浓。花球的哭声没了。谁也不再出声。他们显然叫突降的灾难吓呆了，还来不及理性思维。但猛子觉出，那合拢的井并没完全下堕。木笼上的檩条柳条们担了大部分沙石。那下泻的，仅仅是从缝隙中滑过的细沙。这一发现，很令他欣喜。他捏捏掌中不知是谁的手，问："没事吧，你们？"

听得王秃子闷闷地说："啥没事，叫活埋了！"

花球说："亏了那木笼。"

猛子松了口气，但觉得胸腔很闷。那黑里，定然还有乱飞的纤尘，真够戗。但心头轻松了许多，想，幸好井不很深，若打到水层，这会儿，早淹成水老鼠了。

花球说："不要紧，上头会叫人挖的。"

王秃子冷笑道："就这点儿空气，等人家挖出，也不过几个尸身子。"

这一说，猛子浑身酥麻了。就是，咋没想到这？就那么一点儿空气，你吸，我吸，就没了。不说人家挖不挖，就算挖出，也早死僵了。听得花球又抽泣了。在凝固的胶质般的夜里，那声响很叫人发堵。猛子嗔道："你掉啥尿水？一个大男人，死就死，怕啥？"花球抽泣道："女人才生娃儿……"王秃子冷冷地道："你是怕人家没人养活？你瞧，这世上光棍多，哪见剩寡妇的？"一句话，噎得花球不再出声。

一只相对柔软的手摸了来，猛子辨出是花球的，就捏一捏。花球萎倒下去，倚了猛子，喘起粗气。

"死吧。"王秃子咕哝道，"谁都死吧。"

觉得脚部有潮湿的热感传来，猛子一摸，觉出黏来。他怀疑是花球刚才撒的尿。一股刺鼻的腥却扑了他一脸。"秃子，打个火。"叫了几声，才听一声很大的响。光里显出土头土脸的王秃子。花球瞪着恐怖的大眼。

就了火光，见手里那黏，竟显黑红。“血！”花球叫。猛子早看到萎在一旁的锹家。王秃子定然也看见了。光倏地没了，黑又稠稠地挤了来。

“打亮！打亮！”猛子叫。

亮又醒了，凑近锹家，见他已没了半个脑袋，红的白的汇于一处，在凹处汪了。亮一抖，又熄了。

一股酥麻，从头顶荡向四肢。猛子打个寒噤，手在另一旁的沙中蹭几下。一股恶心涌向心头。

“猛子！”花球叫。黑里伸来一只手，猛子接了，使劲捏几下。“真死了？”花球哆嗦着问。王秃子说：“头都没了。想活，也由不了他。”

猛子很讨厌他。听那语气，锹家成阿猫阿狗了，就气呼呼说：“亮了火。”王秃子说：“只剩一点儿油了。”猛子恶狠狠说：“亮了！”几声不情愿地咕哝后，光亮又涨满了井。

头顶仍黑洞洞的，看不清塌成啥样了。想来那塌处，距井口不远，依稀可见粗木，横里斜里地织了，定是它们撑了力，将下堕的沙石们托了。

拨拨锹家身子，仍软乎乎的，但想来真死了，除非半个脑袋也能活。剩下的半张脸木木的。方才，这脸还挂满了刻薄。此刻，半张脸没了，刻薄也没了，只剩下带着半个脑袋的身子萎在血水里。猛子发觉，那死，成人的影子了，只要一有机会，就突现了。

就了亮，花球爬离了锹家。他紧挨锹家，那石头，若稍拧半个身子，进阴司的，便是他了。但花球看来没想到这一点，他只是怕尸体。那种怕，从他抖动的身子里荡出，荡入不大的空间，发酵着。

猛子挪挪身子，蹲了，熄了打火机，另两人也凑了来。那黑将尸体盖了，但白的脑浆红的血仍浆在脑中，一波波打旋。猛子觉出恶心。怪的是，恐惧却溜远了。他想，要是那石头砸了我，此刻，我到哪里去了？

一种很怪的感觉溢满了心。每次经历死亡，那感觉就倏然而来，脑中啥都没有，只有那感觉。那感觉里瞧世界，都变样了，钱财呀，名声呀，女人呀，都淡了。先前心里多重的东西，都轻飘飘了。若在以往，此刻他会恐惧的。可那感觉酵在心里，连那尸体、脑浆、污血都跟他毫不相干了。他只是想，要是那石头砸向我，这会儿我在哪里？

花球狠劲地捏他的手。他手上老茧不多，容易辨认。猛子知道他很恐惧。先前，猛子也这样。一次去医院，见一骷髅，他毛发倒竖。后来，死的人多了，才觉出那骷髅自己也有，它如影随形地跟定了自己。真没个啥怕的。恐惧虽溜远了，另一种感觉，却不知不觉地漫上心来。那便是不甘心。

真不甘心。这样死了，人会说，死得该，谁叫他当贼呢？猛子是不想以贼的身份死的，早知在今日要死去，不如在跟偷猎者搏斗时叫对方捅上一刀。这时，他才明白人的死，比人的活重要。此刻他死了，便是该死的贼。那时他死了，便是烈士啥的。人还是那个人，死法不同，价值就不一样。这一想，就有些后悔头脑发热，跟花球来干这营生。当然，他当初并不认为自己是贼。这沙，不姓张，不姓李，谁有本事谁弄，可也挡不住有些舌脏的，骂他是该死的贼。爹妈养了他二十几年，背个贼名去死，真不值得。

他想，要是他真死了，妈会哭的。妈可不管他是做贼还是当英雄，只要他死，妈就哭。爹却不一样，爹会恨铁不成钢地骂几句，也可能掉几滴泪。猛子不稀罕爹的泪，妈的哭声哭相却一下塞满了脑子。想到妈会那样哭他，猛子很感动。但同时，又感到一种揪心的疼。

妈会咋活呀？他想。

井底静了，黑将啥都淹了，心跳和呼吸声涨满原来就不大的天空。他看不见另两人，但能觉出他们的绝望和恐怖。这时候，死几乎成了必然。那挡架沙石的木笼，一旦乏力，成吨的沙石就会倾泻而下，埋了自己；或是，有个贼溜溜的石头溜出桎梏，带了风声坠下，脑袋就不做主了；再或许，那沙石间若是没了缝隙，凭底下的那点儿空气，也支持不了几个时辰。前几日，另个窝子里就有被捂死的沙娃。

隐隐传来一阵嘈杂，定然是井外的。不知外面乱成啥样了？是不是惊动了村里人？一定会的。那毛旦，准会咋呼，还有别的多嘴的沙娃。河川里有许多看热闹的，定然会将这消息传到村里的。这会儿，妈不知咋样伤心呢？

“呔！”花球朝上吼了一声，声嘶力竭。

“别叫了，听不到的。”王秃子冷冷地说，“这会儿，外头炸翻天了。”

这倒是，猛子想。

3

静了些，一种巨大的嗡嗡声响了，说不清是不是幻觉。这嗡嗡应和了心跳。猛子长长地吁了口气，他口中虽说不怕死，但死真降临时，仍有些不甘心。猛子一想，这辈子仅干了几件事：操了双福女人，经了憨头的死，跟孟八爷去过猪肚井，和豁子女人睡过觉……就这些。生命的二十多年里，留下的，仅仅是这样几个片段。莫非，这就是灵官所说的人生价值？

花球问：“猛子，你想啥？”

猛子道：“我想，这辈子白活了。想一想，当初，真该多干些事——当然是好事。现在想干，也晚了。算了，活不了多久了，哭也没用。你说，要是还有活的机会，最想干的事是啥？”

花球说：“出去，看一看，看看外边的世界究竟是个啥样儿。你呢，王爸？”王秃子咬咬牙说：“拿个炸药包，将那些坑过人害过人的官儿都炸了。反正是个死，要死，大家一齐死。”王秃子因为穷，窝囊几十年了，谁也瞧不起他，加上超计划生育，时不时就有乡上干部去他家抢粮。

猛子笑了：“我也老想呢。可炸了一个，上来一群，照样坑你。”花球说：“听黑皮子老道说，人家该坑。人家是啥转世的？是打的那批土豪劣绅，你分了人家的田，共了人家的产，人家投了你的胎，讨债来了。”

胡扯几句，谁都懒得再说话。猛子萎倚在井壁上，想，要死了。一切都像做梦。过去，现在，将来，都是梦。那死，想来也是梦，但死后的自己，是啥样儿？是真有来世，还是啥都没了？若有来世倒好，大不了再活一次。若是泡沫般从世上消失了，那就真不甘心。老娘十月怀胎生下他，还没干成啥，就死了，跟没生有啥两样？他很后悔自己没好好念书。以前他以为，念书是没用的。后来，念了高中的灵官和念了初中的他在一起翻土块时，他一点也感觉不出念书有啥优势。后来，灵官溜出了沙湾，去了一个未知的所在。他自己，仍在翻土块。生活如磨盘一样，一圈一圈，老在那轴上打转，变化的，仅仅是那张娃娃脸变成了汉子脸。现在，又跟老鼠一样，给闷到了井底。早知这样，真该去看看外面，看看那个把灵官引诱出去的花花世界，究竟是啥模样。现在，他跟盆盆子下面的蛤蟆一样，活呀，死呀，都在那巴掌大的天底下折腾，真有些不甘心。

他长吁一口气，晃晃脑袋，将妈的哭脸从脑中晃去。既然要死了，也不想那不高兴的事了，但妈的脸硬往里挤，便又想，哥死了，弟弟杳无音信，自己要是再出事，真要妈的命了。心头一噎，眼泪涌出了眼眶。他极力不发出哽咽声，只一下下咽那泪水。听得花球的喉头也时不时咯噔一声。

“要死了。我才活了二十几岁，没活出个名堂呢。”花球抽噎道。

猛子想，这倒也是。要是这会儿死了，真成糊涂鬼了，活得没眉没眼的。能想起的，就那么几个瞬间，跟没活区别不大。早知这么快就死去，真该多做些事的，或者，多念些书——早知道这么快就死去，他会好好念书的。以前，觉得念书没用，生就刨土吃的料，念多少书，也叫土吃了。可这死，说来就来，心里却仍是混沌一团。念了书，可能会明白些……真有些不甘心哪。

真想知道生死的秘密，死是啥？爹老说，人死如灯灭。灭了就灭了吗？那灯苗儿，本来燃个不停，风一来，忽地灭了。那灭了的灯苗儿到哪儿去了？真啥都没了？活蹦乱跳的一个人，说没了就没了？真泡沫一样消失了？真不甘心。他倒宁愿相信有来世，哪怕进入地狱经受那毒焰，也比泡沫般消失好些。贤孝上说地狱有十八层，有刀砍的，锯锯的，火烧的，石砸的……成哩，啥也成，只要有就成。多大的痛苦，也比啥都没了强。

三人都不再出声。猛子瞪大眼，看那黑，想从中看出点亮来。可没用，那黑，是啥都没有的黑——连黑也没有，只有一种感觉。身后的井壁，身旁的人，依稀有质感，是自己仍活着的证据——“证据”这词儿，还是从灵官那儿偷来的呢——要是这回真死了，坟头就是他活过的证据。不，他连坟头也没有。按规矩，没生儿育女的人，是没资格住棺材垒坟头的。他只配给捞到远处的洼里，架个麦秸，烧了；烧剩的，填狗肚子或是狼肚子。村里人管这号人叫“大死娃娃”。

一想自己一生的结局竟是当“大死娃娃”，猛子便受不了。随了这茬人在日后的死去，谁也不知道曾活过个猛子，谁也不知道！就是现在，猛子活过的证据，就是曾睡过双福女人、后来偷沙、后来叫埋到井下……就这。就这轻飘飘的几件事，就成了他活过的证据。

早知这么快死去，他会多留些证据的。当然，留些好的证据，比如修桥铺路、帮帮人，干些妈眼里的善事。若有可能，他会尽量帮那些孤寡老人。灵官说得对，人的价值，就是人做过的事。成仙成圣，成妖成魔，都由人自己做。可惜，明白得太晚了。记得，灵官说，死亡是最好的老师，明白了死，才会明白生。若不是被埋到井下，将要死了，他是不会想这些平时看来纯属扯淡的事的。

脚下黏黏的感觉很浓。猛子知道，那定然是锹家的血，或是脑浆。他懒得想它，但此刻想到锹家时，眼前却仍显出那张刁钻的脸，还有那刻薄的表情，还有白的脑浆红的血。此外，啥都没有。也许，这便是锹家活过的证据了。要是他知道片刻之后，会有一块石头飞下，会削了他的半个脑袋，他定然会笑的，定然会把自己好一些的形象留在世上。

死亡是最好的定格，把一切都定格成了永恒。

4

黑里是不知昼夜的，说不清过了多久。只觉得肚里很饿，那不是一般的饿，是心被吊起来炽烧的饿。懒得说话，明知要死了，话也就死到了腹里。人都死了，话也没啥用。话和屁一样，这头出了，那头消失了，跟没说一样。

花球倒是说了些事后诸葛亮的懊悔话，叫王秃子臭了一句，就哑了。臭得好。这时，啥都别说，说也没用，反倒懊恼了心，就叫心浸在这黑里，啥缝隙也别露，直到那张叫“死”的大网罩住自己。既知那结局的必然，就没必要自寻烦恼了。好好地度过死前的时光吧。反正，谁都会死的。

明白了谁都会死的猛子仍噎得发堵，身虽浸透了黑，心却注入了灰色。那是迷茫在旷野的感觉，四顾无人，满目萧然。身虽无风的感觉，心却明显觉出了冷风。他仿佛读懂了以前的憨头。憨头死前，想来也和自己一样。那时，啥都帮不了你，情人、朋友、父母、子女，都与你毫不相干。你必须自个儿面对那非来不可的东西。

所以，让心轻松些吧，犯不着跟自己过不去。

又想，这世上，所有的人都难免这结局。为啥在活着时，不轻松些呢？既然终究得死，那所有的争斗，所有的巧取豪夺，所有的烦恼，都没有意义。想到自己以前和人有过的纠葛，猛子懊悔极了。

那时真傻。他想，那时，他执著眼中的一切，啥都争，不惜以命相搏。那争来的小利和可怜的满足，早烟消云散了，那争时的凶相和锨家的刻薄一样，留在世上，叫死定格了。

他长长地叹了一口气。

花球也叹口气，说：“我还没活明白，就要死了。你说这世上，有没有老天爷？”猛子说：“管他呢，有他没他一样。”王秃子说：“以前，我是信有的。若没个老天爷，叫人咋活？谁也欺你，你连个申冤处也没有。一想有老天爷，才好受了：怕啥，老天爷长眼睛呢。可现在，我早不信他了。”

“为啥？”花球问。

“我睁了几十年眼睛，瞧呀，瞧呀，老天爷就是不开眼。瞧，那坑人的，害人的，骗人的，欺人的，都成了人上人，吃香的，喝辣的。像我，知道不？我连个鸡都没杀过，从不和人红脸，可善了个啥结局？差点没裤子穿了。要不然，我会当沙娃？”花球说：“我倒希望有个老天爷。”他呻吟道，“老天爷，救救我吧，我还才活人呢。”

猛子臭道：“叫啥！叫得人心烦。”

王秃子应道：“就是。养养神吧，说话费力气呢。”

“饿死了。”花球叹道。

那饿，真越发汹涌了。算来，最后一顿饭已经很久远了，是“转百刀”拌面，很后悔没多吃一碗。此刻，一想那稠稠的饭，就溢满了口水。这念想，分明成了一种折磨，肚肠仿佛疯狂地搅动了，说不出的难受。猛子有些羡慕锨家了：瞧人家，死得多利索，不留神，半个脑袋就没了，怕连痛感也没有呢。这饿，这黑，这等死的感觉，哪一样，都不是人受的。人最怕的，不是死，是明明知道死的不可挽回，而不得不等它的那份无奈、恐惧和焦虑。

这是最要命的。

听得王秃子猛吸几口气。“怪？”他咕嚅道。打火机亮了，光又涨满世界。那恶心的尸体又扑进眼里。

“熄了！”猛子厌恶地说。黑得久了，那亮，扎得眼疼。那死人，则扎得心疼。王秃子却不顾，他四下里照，终于照着了一样东西，他轻轻摇摇。猛子认出，那是水泵。井下到十米后，就要备上水泵，以防出水后来不及抽。王秃子说：“瞧，养命的这点儿空气，正是它赐的呢。”他将打火机伸向泵头。那火苗儿，倏地偏了。

花球叫道：“这下，死不了了。”猛子也兴奋了。他站起来，摸摸那胶管，觉得它比世上所有的女人都美。风缕的感觉从泵头缝隙中浸出，清凉到心里了。王秃子说：“别硬晃。弄塌了上面，命也不做主了。”借了光，猛子看到了头顶。几条横担的檩条弯着，一处柳条已兜了下来。那里面，定然盛了致命的沙石。更要命的是，一块牛犊子大的石头叫檩条桎梏了，仿佛吹一口气，它就会坠下来。猛子倒抽一口冷气，水泵带来的兴奋没了。

王秃子口对泵头，发出兽叫。那声响，顺了这水管，想来能传到上面。花球也将脑袋凑过去吼。

叫几次后，两人寂了声。一个声音就溜了下来：“你们没死？”花球朝上吼：“你才死呢。”一阵乱糟糟的声响。一个说：“别怕，我们救你们。”王秃子说：“救个屁，先弄些吃的。饿死了。顺水管流。弄些稀的，别堵了管子。”猛子笑了，想："这秃子，脑袋倒开窍。"就补上一句："弄些面糊糊，清一些。"

说罢，猛子小心地看着上方。

亮光没了，那大石却在心里摇晃。

第　十　章

南山的黑云绾疙瘩，雷响电闪着白雨发。

1

猛子们重见天日时，已是六天后了，这是别人后来告诉他的。幸好，那个备用水管为他们输送了氧气和流质食物。双福带领沙娃，斜刺里打个斜巷，避开木笼担架之处，直通井底，才救出三个活人和一个死人。

猛子们被蒙了眼，背往村里。黑蹲了太久，骤然一见强光的话，眼会瞎的，就在眼上蒙了几层黑布。但日光还是穿透黑布猛扎眼球。那是耀眼的红，猛子觉得那红光遍布天地。身子有种火烧的感觉。耳旁仍在喧嚣，风声人声还夹杂着妈一声紧似一声的发问。猛子想下来自己走，但那厚脊背还是挟持了他，弄出沉重的脚步声。

猛子知道，这几日，村里定然翻天了。虽然老有沙娃死，但村里人一下叫埋了四个，就意味着四家可能会同时发丧，这是从没有过的事。但猛子懒得想，若真死了，也就死了。要是活着，也就用不着自找不愉快，想那没意思的事。但猛子诧异地发现，他们的被埋和被救引起的喧闹，很快就被白虎关的大喧闹淹了。机器们仍在轰鸣，沙娃们仍在忙碌。他们的死与活，已不是最引人注目的事了。大家的目光，盯的是那冷冰冰却又火热万分的砂金。

进了家，躺在炕上。家中熟悉的炕粪臭立马叫他感受到家的温暖。他长伸四腿，尽情享受解除了桎梏的那种舒适。这舒适，熨得灵魂都瘫了。妈一声声地问他想吃啥。爹时不时咳嗽一声。呛人的旱烟味侵了来，勾起他久违的一种感觉。

吃一点拌面汤，他解下蒙眼布，并没觉出那光的刺目来。他发现，妈关了门，拉了窗帘。屋里有好些人，都不说话。

许久，听得一人叹道："唉，财是命，命是财呀。"妈说："穷了穷一些过。这事，咱不干了。这几天，妈搭的眼泪，没一桶也有一盆呢。"猛子心里发堵，想说话，又不知说啥好。

缓了几日，猛子才下了炕，腿有些发飘，两鬓处嘣嘣跳着，脑门也疼。妈知道他想去撒尿，就递过一个脸盆。猛子拨开妈的手，摸索着穿了鞋。经过一段时间的过渡，他估计眼睛能适应光线了。谁知，才一开门，那扑入的亮光仍扎疼了脑子。他忙捂了眼。

"咋了？又咋了？"妈扑了来。

"没啥。"猛子闭上眼，只留隐约的一条缝，顺墙根走向庄门外。一入光地里，仍觉得有万千金针，直泻而下。他怕那光亮扎瞎了眼睛，胡乱找个地方，撒了尿。

隐隐地，仍可听到白虎关有机器的喧嚣。一听那声音，他心中腾起一股奇特的恶心，心也痉挛了几下。他挪到墙角堆麦草处，蹲下。暖融融的日光亲热地围了来，一下下舔他的心。

"猛子！"

猛子听出是白狗的声音，胡乱嗯一声。白狗说："我也想弄个窝子。"猛子厌恶那话题。此刻，他一想窝子，胃就立马痉挛。几日里，他就靠吃流食养命。那流食，挟了水管中的沙、脏物和橡胶的气息，印入灵魂了。一想起，就想呕。

白狗说："这年月，饿死胆小的。瞧那双福，三倒腾，两倒腾，成气候了。"

猛子皱皱眉头。他觉得很累，很想一个人静一静。太阳光正舔他眼皮，舔出很红的辉煌。心却仍在井下的黑里浸着。一切，都像做梦。

妈的声音传来："白狗，你少挂络他。我们，天生刨土的命，就刨土吧。你成龙变凤，你自个儿担承。想拉垫背的，到别处去。"

白狗笑道："给你个狗头金，却当砖头扔。婶子，你不识好歹。"妈说："你升天入地，我管不住。别老跟猛子骚情。这回，叫花球一撺赶，差点把小命送了。"

白狗破口笑道："人家花球妈，也正怨猛子呢，你倒怨他。"

猛子笑了。那事儿，真说不清谁撺赶谁呢。

白狗拍拍屁股，说："那事儿，你想好。知道不？市里要在沙湾搞小城镇了。不说别的，只这白虎关，就是个金疙瘩。到时候，地面比金子贵。那时后悔，就是正月十五买门神了。"

妈半开玩笑地斥道："快走，快走。你这旋风一来，我的头就疼。"白狗打着哈欠走了。

猛子懒洋洋倚在麦草上，任阳光往身上泼。每根骨头都酥了。他啥也不想，只想叫日光融化了。

缓了许久，他去了花球家，得知花球恢复得很快，已进了城，说是去弄钱了。猛子又想起跟他一块被埋了的王秃子，就想去看看。平时里，人与人也觉不出啥，可一经了那难后，人就变了。不管咋说，他和王秃子是同生共死的人。

才转过墙角，见王秃子家围了一堆人。一打听，原来是他没交上水费和计划生育罚款，乡上带人来叼，拉走了王秃子的所有吃粮和几件破家具。虽然国家免了农业税，可乡上的水费却长了，比农业税高出好多倍呢，王秃子交不起，才当沙娃的。

猛子后来怀疑，那惊天血案的种子，正是在那天种的。

2

乡干部走后，王秃子女人的干嚎声压住了白虎关的机器声。孟八爷劝一阵秃子女人，劝不断哭声，只好安顿几人，叫看着些，以防女人想不开寻了短见。他回家提了些面，叫王秃子一家先糊个口，又去了老顺家，想叫猛子妈去开导一下。猛子妈和老顺斗了一辈子嘴，练就了一副好口才，大的用场没派上，劝人却是把好手。村里人有闹别扭的，她一去，总能化了干戈。

孟八爷一进老顺家，见老两口一脸光彩，问啥好事。猛子妈把莹儿站娘家回来答应嫁猛子的话说了。老顺又喧了毛旦挑婚的事，孟八爷笑得眼泪都夹不住了。

笑一阵，他问："兰丫头的事咋办？"

猛子妈说："丫头吃了秤坨铁心了。宁死在娘家门上，也不回去。"

"这可麻烦啦。明明是换亲的。你不去，人家不闹？"孟八爷一脸忧色。

"那种事儿，两厢情愿的话，刀子也砍不断。"猛子妈说。

孟八爷沉吟道："这事儿，要说是个好事。嫂子招小叔子，也顺。你们省下了一疙瘩钱，猛子也有了那肚儿不疼的娃子。媳妇子也是人梢了，面子和心肠都好。可白家，不是吃素的。尤其那母老虎，呵一口气，天都变色哩。兰兰不去，人家能咽下这口气？"

老两口脸上的笑渐渐没了。

"你去喊媳妇子，我问个实落。"孟八爷说。

莹儿正给月儿教常用的几个花儿令："黄花姐令"、"大眼睛令"、"尕肉儿令"。月儿学得快，已能似模似样地唱了。叫莹儿惊喜的是，月儿能随口现编词儿，而且很是顺溜好听。美中不足的是，那词儿文了些，把花儿应有的那种原汤原汁冲淡了。正说话间，婆婆叫她，莹儿就过去了。

一见孟八爷的正经样儿，莹儿就知道他要问啥。她不喜欢这个话题，但她更不喜欢徐麻子的话题。两下相较，倒是前一个能接受些。毕竟，它和灵官沾了边儿。

"你真愿意？"孟八爷问。究竟愿意啥，他没说。

莹儿点点头。

"人家闹咋办？你可想好。毕竟，是自己的娘家人。"

莹儿迟疑了一下，又点点头。

“开弓没有回头箭。可不要前爪子有劲，后爪子没劲。”

莹儿脸上的肉棱儿一现，又点点头。

“这事儿，成就成。不成，也不惹那个骚气了。人家可是童身娃儿。一不成，身价就掉了。人会说，哟——，猛子叫一个寡妇子也没看上，难听。”

最后一句，很刺耳。但莹儿知道这是实话，又点点头，就出去了。

“成哩。”孟八爷吁口气，“这媳妇子，顺眼，性子是坦了些，可不是那号惊毛骚驴。”又问：“灵官那娃子，来信儿没？”

“没。我估摸，该来信了。”老顺说。妈却轻轻叹了一口气。

孟八爷又叫猛子妈瞅个空儿，去劝说一下秃子女人。猛子妈嘴上答应，心里却想，我自己的事都火烧眉毛了，哪有闲心劝人家？但她还是去了王秃子家，送了半袋面，说了半骡车话。

但猛子妈心里隐隐有个预感：那白家，是不会善罢甘休的。果然，晌午饭刚吃过，莹儿妈就来了。一进门，她就“亲家亲家”地叫了个亲热。然后，喊明叫亮，要请丫头站娘家。

老顺皱皱眉头，没说啥。猛子妈却发话了：“哟，亲家，才来，咋又去？”

“站娘家，站娘家，得站几天。亲家，上回，没带娃儿，丫头的身子和心分了家，站也站不安稳。绕遭了一下，就回来了。这回，带上娃儿，叫丫头尽了性子，住几天。”

老顺呼地站起，一语不发，出去了。

“不成。”猛子妈笑道，“娘家又不是常站的。”

“你也知道这一点呀？”莹儿妈阴了脸，哟一声。

猛子妈明白她是指兰兰，就转了个话题：“那娃儿，人家里站不惯。上回去你家，不是又拉又吐的？”

“那算啥？谁家的娃儿不是稀屎拉大的？”莹儿妈脸上已没有方才的那种貌似真诚的笑了，明显带了嘲笑，“谁的丫头不是娘肚子里掉下来的呀？人家的，能常年累月地赖在娘家。我的，难道就是专门给人家当驴的？”

猛子妈也不客气了："谁当驴了？你喊来问问，当个太太地侍候哩。冷了，放到热处。饿了，饭端到头底下。皇娘娘也不过如此吧？"

"皇娘娘就好。"莹儿妈的语气缓和了些，"我也不是跟你嚷仗来的。明说了吧，你的丫头来，我的丫头就去。你的丫头不去婆家，我的丫头就回娘家。换亲的规矩，在那儿摆着。你不丢底，我还典脸呢。"

猛子妈的脸一下子灰了，灰一阵，却哭出声来："怪就怪憨头这要债鬼。"

一提憨头，莹儿妈的脸色缓和了，看那样子，也要陪亲家搭眼泪了。但猛子妈却望了她一眼。这一望，莹儿妈马上认为，这哭憨头，是亲家的一种手段，脸又倏地绷硬了。

兰兰做完了功课，进来，淡淡地说："妈，嚎啥？嚎又嚎不活？"却没望婆婆，也没打招呼。

一见兰兰，莹儿妈遭烫了似的，涨红了脸，一句话也不说了。她出了书房，进了小屋，裹了娃儿，捞了莹儿出门。却发现，老两口如临大敌地守在门口。

"放下娃儿！"猛子妈厉叫，"丫头是你的！孙子可是我的！"

一看那阵势，莹儿妈又进了屋，把娃儿放在炕上。也许是放重了些，娃儿大声哭了。莹儿也哭了。

"哭啥？不争气的东西。人家的丫头，是娘养的。你是打石头洼里迸出来的？"莹儿妈直了声叫。

老顺垂了头，蹲在台沿上。猛子妈早已泪水涟涟了。兰兰木然了脸，又进了北屋。

莹儿妈又捞莹儿。莹儿一甩手，哭道："妈，你叫我好好活几天，成不成？"

"人家叫我好好活不？你说！人家叫我好好活不？人家的人，能体谅娘老子，你为啥不能？"

莹儿不再说话，只是哭。娃娃哭得越加厉害。猛子妈进去，抱了娃儿，边哄娃娃，边流泪。

"这人，真没个活头。"老顺咕哝一声，摇摇晃晃站起，向庄门外走去。

猛子妈抱了娃儿赶上，悄声道："你哪里去？人家叼娃娃，我可没治。"

“哟，没王法了？”老顺说。

“王法也向了人家。娃娃是人家生的。”一听这话，老顺住了脚步，又回来，坐台沿上。

小屋里，传出莹儿妈的声音：“哟，理由都给了人家了？人家的丫头站娘家，是天经地义，想多久，就多久。我的，连门都不叫出了？”

“走！走！叫人家走！”老顺跳起来，吼道。

“就不叫去！”猛子妈尖声说，“我的媳妇还不由我了？”

“我的媳妇咋不由我？”

一句话，又把猛子妈噎住了。老顺指着老伴，骂道：“你个老祸害。人家想走，就叫人家走。你能捆绑住吗？”猛子妈却拧了脑袋，一语不发。

却听得莹儿哭着劝：“妈，你先去，行不？叫我歇两天，再去看你，行不？您给我一点面子，行不？”

“不行！”莹儿妈厉叫，“人家，软刀刀细绳绳，往死里弄我哩。我发啥慈悲？反正，两条路：要么，你跟为娘的走；要么，我就不走了。既然陈家好，老娘也赖下不走了……”

“好啊，欢迎，欢迎。”猛子妈胳膊拢了娃儿，拍几下巴掌。

却听得莹儿妈说：“……叫人家大婆子小婆子地要。”

“话往好里说！”老顺吼道。他不明白，这婆娘的话是啥意思？“大婆子”明摆着。这“小婆子”，究竟指谁？是她自己？还是影射莹儿？说他当公公的想霸住儿媳妇？不管哪种，传出去，都是笑料；就吼道：“走吧，走！……老妖，你叫人家走，你霸住做啥哩？天下的女人，又没叫霜杀掉。”

“叫人家说。”猛子妈提高了声音，“成哩，成哩。欢迎。你当啥也成。小婆子也成。大婆子也成。妈妈也成。你能说，老娘就能受。”

“屁！屁！”老顺吼道。

“这话，可是你说的。”莹儿妈出了小屋门，捞了老顺手腕，几下，就拽到书房里了，一手却解起扣子，“小婆子就小婆子。老娘就当个小婆子。只要你老家伙中用。”

“丢开！丢开！”老顺直了声叫。

孟八爷闻讯赶来，一进书房，见老顺正和女亲家纠缠在一起。女亲家一手捉老顺的腕子，是怕他逃跑；老顺一手又捉了女亲家的手，怕她解扣子脱衣服。

孟八爷破口大笑：“哎呀，这么精彩的戏，该上春节联欢晚会了。”一见他进来，两人才丢手了。

老顺已给这女人折腾得筋疲力尽了。莹儿妈身子胖大，瘦小的老顺降不住。若不是孟八爷赶来，真不知闹出啥尴尬事呢。接着，月儿爹们也进来了，都“亲家亲家”地劝。

孟八爷却止不住笑，望一眼老顺，望一眼女亲家，时不时就迸出一串夹杂了“哎哟”的笑。老顺晃晃脑袋，也笑了。莹儿妈却铁青了脸，一副刀枪不入的模样。

“亲家亲家两亲家，尻子里入个榔头把。”孟八爷打趣道，“亲热得拉不开了。”

莹儿妈却气呼呼道：“你们评个理儿。我来请我的姑娘站娘家，可人家不放。坐牢也有个放风的时间呢。你们评评，我该不该请姑娘？”

“该，该。”孟八爷笑道。

“你是请吗？”猛子妈抱了娃儿进来，插言道，“你怕是刘皇爷借荆州吧？”

“听，听，啥话？”莹儿妈撇撇嘴。

“啥话？好话。你肚子里的杂碎谁不知道？憨头虽不在了，可是明媒正娶的。你想领就领，欺陈家门上没人哩。”猛子妈啐道。

“我的丫头是你明媒正娶来的，你的丫头是我偷去的？”女亲家反唇相讥。一下，又把猛子妈噎住了。

孟八爷笑着打圆场：“谁都温和些。话里少些火药味，都有些岁数了，咋都是惊毛骚驴？该！该！我说你们都该。请的也该。留的也该。请的，是当娘的本分，叫丫头到娘家站两天，热热火火喧几天。娘儿俩亲热亲热，把肚里拐拐角角里的牢骚倒一倒。”

“她有啥牢骚？当个皇娘娘地伺候上。”猛子妈冷冷地说。

“夹嘴！”老顺斥道，“叫人家说。”

“请的也该。”孟八爷笑道，“留的嘛，也该。为啥？要是你是泡臭大粪，人家早用铁锹铲了，扔出去了。还留啥？还不是婆媳们有感情，才舍不得叫去……几天，也想呢。我知道，莹儿丫头孝顺，妈妈叫得像炒麻籽儿似的，一声比一声脆和。婆婆嘛，也当个自家丫头一样看待媳妇子，舍不得叫去……几天也舍不得。也该。”

莹儿妈白孟八爷一眼：“那人家的姑娘站娘家，黄鹰一样，一放出，就不见回窝。也该？”

孟八爷语塞了。他发现，这婆娘不简单，每句话都在老弦上抠。这事儿，咋说也是理短：你的丫头一站娘家，就不叫回去；人家的，想站，却不叫去；就说：“兰丫头呢？也叫回去。”

猛子妈却扯长了声：“回——去？一回去，怕是连个囫囵尸身子也见不着了。多少回了，悬乎乎死掉。那丫头，死也不踏白家的门。”

“听，听。”莹儿妈冷笑道，“就人家的，是娘养的。”

“你为啥不说你的爹爹是个坏种。”猛子妈回了一句。

“你的爹爹呢？坏了坏，你给我的丫头配一个。”莹儿妈这话一出，老顺就黑了脸。看那样子，竟似要吞了女亲家。猛子妈也白了脸，呆一阵，又“要债鬼，要债鬼”地哭起憨头来。

孟八爷厌恶地望莹儿妈一眼，说：“这就是你亲家的不对了。打人不打脸，揭人不揭短。你咋能说这话？”月儿爹们也“就是就是”地应和。莹儿妈自知说错了话，气焰低了些。

但孟八爷知道，莹儿妈说的，也是实情。白福再坏，还是个男人。憨头虽好，却早做鬼了。幽冥两路，显然跟莹儿配不成夫妻了。想到老顺老两口说过的那个话题，想，也好，就顺坡下驴，索性挑明了，就说：“不过，人家白亲家说的，也不是没道理。憨头毕竟不在了。莹儿也年轻，叫人家守寡也不是回事。你老顺想留人家，名不正，言不顺，叫人把牙笑掉了。白亲家的话虽不中听，却中用。你好哩坏哩，给人家配一个。灵官还小，就猛子吧。出的不出，进的不进，倒省了许多麻烦。”

莹儿妈慌乱了："我可没那个意思。"

“意思嘛，没有了，就叫它有。”孟八爷笑道，“你刚才也挑明了，我们同意。他们老两口的思想工作，我做。”

这话一出，连孟八爷自己也得意了。听他的语气，这主意，是莹儿妈想出的，老顺们还得他做工作。这下，老顺们有面子了：事成了，是孟八爷劝说成的；事不成，是老顺们不愿意。外人听来，也不丢人。

“不成！不成！”莹儿妈却钢牙铁口。

“咋不成？”孟八爷笑道，“白亲家，别不好意思。我看成哩。老顺不成，也由不了他。咋不成？好事。亲上加亲。谁也知道谁的底细，丫头也不受罪……唉，养女容易，嫁人难呀。金银能识透，肉疙瘩识不透。有些人，看起来人眉人样，却是蛆肚子坏肋巴。丫头嫁过去，过不好日子不说，弄不好，还叫人呜呼死了。这种事多哩。有些当娘老子的，图个钱呀，财呀，把丫头错嫁个不学好的。结果，把丫头送阴司里了……亲家的主意，不出不进。好！谁的肠肠肚肚，一看就明白，倒也放心。”

孟八爷歪打正着，倒把莹儿妈说动了心。徐麻子介绍的赵三，她也听说过，虽有些钱，可爱嫖风打浪，不是个好货。她是图那彩礼的。有了彩礼，兰兰真跳了槽，她好歹还能给儿子弄来个母的；但心里却在嘀咕，怕丫头过去受罪。娘心里，亲的还是丫头，知疼知热的。那白福爆仗性子，不时炸她一下。日久天长，虽习惯了，但对儿子的感情却淡了。叫莹儿嫁个不学好的去受罪，娘也不放心。猛子常到她家帮兰兰干活，牛一样能苦，心也不坏。莹儿嫁了，倒也不会受罪，就沉吟道："这……这……"

“没‘这’头！”孟八爷见莹儿妈动心了，口气愈加干脆，“就这么办！”

“可丑话说在头里。”莹儿妈说，“媳妇子得回婆家。”

“好说！好说！”孟八爷口气很硬地说了个模棱两可的词。猛一听，似打了保证，其实，也没给个一定。孟八爷想："先答应，再慢慢劝兰丫头。"他叫一声："老妖，发啥呆？宰鸡儿！"

猛子妈呆了好一阵，才把娃儿塞给老顺，欢天喜地地去抓鸡了。

孟八爷却取笑老顺和莹儿妈："你们俩日后亲热时，得分个场合和时辰。"

俩亲家都红了脸，不好意思地笑了。

3

不多时，猛子妈就把爆炒的鸡肉和野兔肉端了上来。要说，刚生了气，是不该吃肉的。按凉州人的说法，癌就是吃肉生气才得的。但没肉，清汤寡水的，显不出热情来。为了不闹腾出癌来，孟八爷叫猛子妈炖好了酒，边吃肉，边喝酒。酒肉是朋友，互相消解，就无大碍了。

莹儿抱了娃儿，到书房里来了。看得出，她心情极好。这结局，出乎她预料，很使她高兴。倒是兰兰仍不赏面，仍窝在北书房里坐禅。孟八爷知道她们婆媳俩尿不到一个壶里，硬拉在一起，反倒败兴，也不去叫她。老顺老两口、孟八爷、莹儿妈、莹儿坐在一处，边吃肉，边喝酒，好不热闹。

许久了，老顺老两口没这么高兴过，老是患得患失，既怕莹儿飞了，又怕她带走娃儿。既悲死别，又怕生离，心老是攮成个酸杏蛋儿。孟八爷一番口舌，便扭转了乾坤，解了他们的心病。他们都很高兴，一次次给白亲家夹软肉。看那一脸春风，仿佛方才没吵过架似的。

吁了几盅酒，孟八爷兴致大增。他酒风好，时不时地，就听到他开怀的大笑。那开怀的笑配上微微泛红的脸，使孟八爷年轻了许多。白亲家酒量也好，几盅酒一下肚，便没了拘束，话也多了。

孟八爷有意叫这氛围升华，就喝了三杯酒，要行个新酒令。这三杯酒是资格酒。谁要行新酒令，得先喝三杯，才有资格。三杯酒一落肚，孟八爷就说出新酒令了。

这酒令，叫《两个小蜜蜂》。孟八爷就比划着教：唱"两个小蜜蜂"呀，行令的两人得伸出两个大拇指；唱"飞在花丛中呀"，双拳变掌作飞翔状；"飞呀，飞呀”，再飞翔；而后，或伸两指，或出拳，或伸掌，分别代表剪刀、锤子和布。剪刀剪布，布包锤子，锤子砸剪子，一物降一物。胜了的，伸出手掌，遥遥作势，打对方耳光。对方作被打状抡头甩耳，口中发出挨打的呻吟。做错动作的，喝酒。

这些，没啥，莹儿妈很快就习惯了。

叫她为难、也最惹人发笑的是两人出了相同的手势，这就叫“西厢”了。“西厢”时，两人必须马上噘嘴唇，向对方飞吻，啧啧有声。

孟八爷做得极为逼真，把莹儿妈飞吻得一脸通红。莹儿妈却扭扭捏捏，被罚了几次，便死活不行这令了。

这一手，惹得莹儿笑疼了肚子，猛子妈也笑得喘不过气来。老顺强忍着，但还是时不时嘿嘿几声。

这一令，便把气氛推热烈了。

再饮一阵酒，谁都到兴头上了，孟八爷便不再劝酒。他要搅酒场子了。凉州人饮酒，讲究的是对方不吐，意味着没招待好，所以最忌讳主人劝阻，败了酒兴。孟八爷却讨厌喝得吐天哇地。一喝到酒酣耳热，他便要搅酒场子。只是他这一搅，不但不败兴，反添了无穷乐趣。

孟八爷善唱，那声嗓，那味儿，和他的人品一样呱呱叫。他最擅长的，是“凉州小调”，也叫“小曲儿”。小曲儿多，如《十里亭》啦，《放风筝》啦，《王哥放羊》啦，把凉州人生活的各个方面都涉及了，浩如烟海。这回，孟八爷唱的是《闹五更》，说的是姑娘初嫁到婆家第一夜的经历。

孟八爷的嗓门是惊人的好——

姑娘二十一，打发到婆家去；
一根葱的那个身坯儿，越看越稀奇。
一更里照明灯，来了个铺床人；
核桃和那个枣儿哟，啪啦啦满炕滚。

莹儿抿嘴笑了。这场面，她当然熟悉。娶她那夜，闹洞房的人一走，娶亲的会兰子就来铺床了，念叨了一些吉利话，把核桃枣儿扔了一炕。这核桃，代表娃子，枣子代表丫头，祝新媳妇子女成双哩。

二更里吹灭了灯，小俩口嘴套上亲；
有心说两句知心话，又怕有听床的人。
听下了听下吧，小妹妹不怕他；
盘古爷遗下的，有那个听床的人。

这“二更”，莹儿没经过。憨头硬着身子，面朝墙，僵了一夜，没敢碰她。第四天夜里，他才摸索过来，但开始了，也结束了。后来，莹儿才知道，憨头患了阳痿。北柱们猫在窗外，听了几夜床，却连个声气儿也没听到。一想这些，莹儿的心阴了，憨头的脸又浮脑中了。苦命人啊。她想。

三更里月儿升，小哥哥把脚儿蹬；
小哥哥你不要蹬，尕妹是明白人。
解开了贴身衣，露出了白肚皮；
胳膊儿搂得紧，嘴唇儿甜蜜蜜。

屋里人都笑了，除了莹儿。这镜头出现时，已到婚后几年的某个夜里。那“小哥哥”不是憨头，而是灵官。那夜，灵官游过了月色，游向了她，在她的生命的港湾里，荡出了幸福的涟漪……这时，她心里又溢上一股浓浓的相思，异常强烈。望着娃儿的那张小灵官脸，酸涩的感觉涌上心头，又涌上眼睛，脸上便水哗哗了。她伏下身，亲亲娃儿，趁势在娃的衣袖上擦了一下。

四更里月偏西，架上的鸡娃儿叫；
骂一声扁毛虫，你叫得太早了。

莹儿抿抿嘴，偷偷笑了。那夜，她可真这样骂过呢。那一夜，她没有睡，怕一闭眼，天就亮了，就使劲搂了灵官，一下下咬他。这咬，不是驱他的睡意，而是情不自禁的撕咬。她还想把他吞肚里呢。可是，“四更里的月牙儿撇西了，架上的鸡娃儿叫了。手儿里摇来嘴儿里叫，你去的时候儿到了。”灵官只好悄声没气地穿衣，悄声没气地下地，悄声没气地回身咬咬她，悄声没气地融入夜色了……

五更里月儿落，高兴地睡了个着；
下巴儿顶着了，哥哥的汗散窝。
小叔儿去踩门，喊着却不答应；
隔窗儿捣了一木棍，新媳妇才惊醒。

莹儿抿嘴笑了。这五更，虽没在新婚之夜发生，虽推迟到几年后，虽换了“哥哥”，莹儿听来，仍很亲切。和灵官次数不多的几次整夜的相聚里，他老背过身子睡，莹儿就在背后搂了他，下巴儿顶在他脑后的汗散窝里，研墨一样，把他研醒，再研出他的激情来……这编曲儿的，可了不得。这细节，他咋知道?

记得，那个枯燥宁静的新婚之夜的早晨，灵官来踩门。按规矩，婚后第一天，得小叔子踩门，门踩开，新婚夫妇才能出去。那天早晨，莹儿很早就醒了。憨头也穿好衣服，垂下脑袋，坐在那里。听到敲门声，开了门，灵官进来了。那时，他还是个学生娃，还是个典型的毛孩子。莹儿不会想到，日后，这个毛孩子会闯入她的生活，填充了她的巨大空虚，又制造出更大的空虚。

灵官进来了。他仿佛很羞，垂下眼睑，端一盘叫“炉扣子”的食品，不说话，背过身，手从头顶上一扬，把食品倒进身后莹儿张开的衣襟里。这，便是踩门了。

记得，她把炉扣子放在桌上，取出红纸包，包里有二十块钱。这是给小叔子踩门的礼行。灵官接了，就出去了。……谁知道，他不但踩了门，后来，还踩了人呢。莹儿抿嘴一笑。

孟八爷的嗓门越加兴奋，被激起的笑声也越大——

小姑儿去踩门，鼓着尕嘴儿笑；
新媳妇撇撇嘴，丫头你不要笑；
等你给上个婆婆家，好不好你知道。

这一节，更没了。小姑儿兰兰，是和她同时入洞房的。莹儿过来，嫁兰兰的哥哥憨头。兰兰过去，嫁莹儿的哥哥白福。就这样。这就是她们爱情的归宿。

公婆和妈妈被《闹五更》逗得越加开心，笑个不停。莹儿心里却淤了泪，渐渐地，泪涌到眼里了。她背过身子，悄悄地抹了。

听了这《闹五更》，心头的喜悦没了。那心思儿，一被勾起，就汹涌成浪了，竟鸦片烟瘾犯了似的想起灵官来。突地，想到自己和猛子的话题，心狠狠抽动了一下。

"冤家，到时候，你再来踩门不？"她忽然对灵官产生了强烈的怨恨。是怨他出去呢，还是怨别的？不知道。但想到日后再一次的踩门对灵官造成的伤害，她快意地笑了。

4

这喜庆气氛一直延续到次日。亲家们打开窗子说亮话，把猛子和莹儿的事摆上了议事日程。憨头已过百日。百天一过，礼上就说得过去了。人死后，最重要的七七一过，百日就是个坎儿。活着为人，死了为神。百日一过，憨头在阳世的一切都了了，成神了。

老顺老两口很是高兴，这一下，一石二鸟，把心里的疙瘩解开了。莹儿妈也很舒心，虽说她老和兰兰吵架，可心里，她还是承认兰兰不坏，另娶一个，也不一定能赶上她。再则，莹儿的后半生也有了依靠。这猛子，在她看来，比憨头要灵泛些，又是个童身娃儿，面子上也好看，就高高兴兴地走了。老顺给包了两只野兔子。

莹儿的心绪却很复杂。她既为摆脱了徐麻子的纠缠而轻松，又为嫁猛子而沉重。虽说理性告诉她：这样最好。嫁灵官，是没影子的事，可自己又不能不嫁。与其嫁别人，离开灵官的家，不如嫁猛子，继续当灵官的嫂子。但心头，却总是为自己浮萍一样无法自主的命运而沉重。妈妈一离去，也没必要强作欢笑，复又闷闷不乐了。

月儿便来陪她。

月儿几乎把莹儿知道的花儿令都学会了，欠的是火候和不可缺少的那份质朴。有了这质朴的心，才能唱出花儿应有的原汤原汁。任何矫情都会叫花儿变味。变了味的花儿，也许叫“歌儿”。或者，称啥也成，但不是花儿。

花儿是啥？“花儿本是心上的话，不唱时由不得自家。钢刀拿来头割下，不死就这么个唱法。”这就是花儿。唱花儿，必须对人生有特殊的感悟。否则，口一张发出的，是干巴巴的乐音，而不是曳血带泪的花儿。花儿里有笑，是含泪的笑。花儿里有泪，是带笑的泪。这里，只有心灵的体悟，而无需语言的诠释。带上了理性色彩，就不是花儿。

对这些，月儿似懂非懂。

于是，莹儿便唱起来了。心里有浓浓的相思，口一张，便自然流出了——

一对儿鸽子飞起了，
崖根里它吃了水了；
明明白白地糊涂了，
眼睛里活见了你了。
大河沿上的牛吃水，
眼看着四山里雨来；

睡梦里梦见尕哥哥，
又说又笑地醒来。

莹儿如泣如诉地唱着。爱流泪的她，这回没流泪。她把泪都变成花儿了。倒是月儿流泪了。她仿佛明白了花儿。这花儿，没有大喊大叫的寻死寻活，流出的，只是一种淡淡的相思，一种雾一样淡烟一样朦胧的相思，诉说着明白时的糊涂，清醒时的恍惚，梦中的惊喜……它隐去了相思带来的惨痛和失落，没有爱呀恨呀，死呀活呀，但有哪部世界名著，能写出如此真切的相思呢？

唱完许久，月儿还浸在那旋律里。她仿佛读懂了莹儿的心，她想问，莹儿却又眯了眼，沉浸在另一种旋律里了。她的眼里涌出了泪，声音激烈而绝望——

白纸上写一颗黑字来，
黄表上拓着个印来，
有钱了带一个笑脸来，
没钱了挂一匹布来，
有心了看一回尕妹来，
没心了辞一回路来，
活着了捎一封书信来，
死了着托一个梦来……

莹儿再也唱不下去了，伏在床上，嚎啕大哭。望着痛哭的莹儿，月儿想劝，却忍不住流泪了，索性也伏在莹儿肩上，哭了。

一种奇怪的直感袭向痛哭后的莹儿：那事儿，怕不会那么简单。

第　十　一　章

青土坡里的白蚂蚱，蹬嘎蹬嘎地蹦哩。

1

兰兰在打七，就是在七天里啥都不想，啥都不干，万缘放下，一心念金刚亥母心咒。

唐卡上金刚亥母踩着莲花日月，拿着法器。那些图案，都是象征，比如，莲花象征清净无染，月轮象征慈悲，日轮象征智慧……但万千象征，说到底，都离不开那个“善”字。兰兰自心里有了善，心里的花球也远了。因为那种接触，不符合善的原则。所有的鲜活追忆，都成昏黄的暗晕了。

金刚亥母洞不大，一次打七，只能盛七八个人。期间，不能外出（除了大小便），不能进人（除了送饭的），不能说话（除了开示的），不能偷懒……总之，有好多“不能”，叫禁忌。

和兰兰一同打七的，是月儿妈、王秃子、会兰子、凤香、花球、黑皮子老道等。花球本不想受苦，但听说兰兰也参加，就替换了他妈。黑皮子老道是带经的。他声音浑厚，一念，嗡嗡响。由他带经，谁也服。

打七，一天打四座。每座两个时辰，一动不动；下座后可以走动，边走，边诵心咒，但不能说话。吃饭一茬换一茬，睡觉也一茬换一茬。每天睡觉的时间，不能超过四个小时。

七天里，金刚亥母的心咒是断不得的。

村里人在金刚亥母洞里打了地铺，还放了凳子。能盘腿的，坐地铺上，不能盘腿的，坐凳子。除了吃饭睡觉外，或闭了眼，或睁了眼，或大声，或小声，把那心咒串成珠儿，串上七天。

就这样。

2

兰兰笼罩在一种奇异的氛围里，周身沐浴着圣光。那看似寻常的心咒，诵来，竟荡到灵魂深处了，一晕一晕，像温馨的海水冲刷礁石一样，清洗着兰兰的心。往昔的一切都化了，烦恼呀，痛苦呀，甚至期盼呀，都散了，不留一点儿痕迹。那散了的，还有心，还有身子，还有那个叫兰兰的概念。时不时地，就只有空灵了。有时，空灵也散了。

黑皮子老道很会带经。他的声音柔和，浑厚，随木鱼声一字字迸出。这所谓的经，就是那心咒。但就是这寻常的十几个字，伴了木鱼，伴了磬儿，伴了檀香，伴了一脸的肃穆和一心的虔诚，就成了一泓温暖的甘露，荡呀荡的，就荡化了身，荡化了心，把一个沉重的“我”消融到奇妙的韵律中了。

兰兰的生命需要这韵律。在心里盛满了苦难，盛满了泪水，淹没了希望的时候，这韵律，便该在灵魂里响了。兰兰不管它是佛还是仙，只将它当成那个“善”字。真主也罢，上帝也罢，梵天也罢，佛陀也罢，想来都逃不过这个字去。

在“善”字的洗涤下，心中的苦没了，恨消了。一种特殊的情绪渐渐滋生。这情绪，像黄昏落日的余晖，一洒上万物，世界便成另一种样儿了：有了一份宁静，有了一份超然，有了一份慈悲，有了一份豁达……这许多个“一份”，便构成了一份觉悟。这，便是打七的目的。

这许多份“量变”引起的“质变”，便是修炼的终极目的：或以宁静而求智慧，或以虔诚向往净土，或以超然逍遥于世，或以慈悲利益众生，或以觉悟达到涅槃。是为正修。

若其形虽同，而其目的，却发生异化，以利众之名而行私利之实者，便成邪法。

正邪之别，仅在一心。

3

入关不久，打七者都露出了本来面目。

凤香们是图红火的。按凉州人的话说，是“热闹处卖母猪肉”的，却想不到这红火不那么好瞧。新鲜劲儿一过，乏味和疲惫随之袭来，呵欠连连，便迷瞪过去，梦起了周公。会兰子显得很虔诚。她是死了心要修炼，却由不了身体。平素里，她想睡多久，就睡多久。这只睡四个小时的打七，令她心有余而力不足，就显出一脸的恼苦，时不时打个呵欠，再狠狠地喊几声咒。本意是想驱瞌睡，谁料却像吵架了。

花球也很失望。他之所以来打七，纯属是为兰兰而来。花球想，一群男女整日整夜在一块儿，总该发生些故事的。他既怕兰兰和别人发生故事，又希望自己是故事的主角。没想到，进入关房后，竟是如此之苦。除了瞌睡，他腿疼，腰疼，浑身的骨节都错了位似的难受。更叫他失望的是，兰兰竟然是眼观鼻，鼻观心，虔诚修炼，面若圣女，望都不望他一下。这倒不怕。若没别人，他自会有手段鲜活了她。可苦就苦在时时睁着几双眼睛，连睡觉也得轮换。为保证咒声不断，就是在轮换睡觉时，同时诵咒的，也不能少于三人。这一来，他连个打飞眼的机会也没了。

王秃子口中虽念念有词，但那双贼嘎嘎的眼睛却忽而瞅这个，忽而扫那个。那神形，不像来修炼，纯属是监督这几个狗男女来了。

王秃子很能坐。除了吃饭睡觉，他一直盘坐在墙角里，时而一脸阴沉，时而露出若有所思的阴笑，时而作恍然大悟状，把花球们弄得很不自在。

兰兰不掺一点假地诵咒，跟她干农活一样。一天过去，她的嗓子就哑了。那呵气似的诵咒声，也是实打实地不掺水分。她把做啥都当成种地一样，从不干“人哄地皮，地皮哄肚皮”的事儿。

黑皮子老道有坐静基础。平素里，祭个神呀，发个丧呀，捉个鬼呀，向来是以有功夫的人自居的。自不会在村里人面前塌了架子，坐得似模似样，诵得也似模似样。

黑皮子老道是真心服那金刚上师才皈依的。他亲眼见过上师的神通。他是想长功夫，想学两手，才皈依了佛门。

4

两天后，黑皮子老道叫月儿妈带经。

月儿妈的瞌睡马上没了。她要强了一辈子，却没要强出个眉眼。当姑娘时，她比花儿还俊。原指望，嫁个当大官的，或是挣大钱的，最不济，也要嫁个城里的英俊少年。谁想，却嫁了个月儿爹。那月儿爹，表面温顺，不像个爹毛人，可一遇个女人就爹毛了。那桃花运，是惊人的好。原指望，叫白狗们念个书，成个气候，谁知都不是走正路的货，一见书便一脸蠢相，干起邪事倒浑身机灵，又绝了她的望。幸好，月儿出脱得人模人样，也爱念书，虽没考上学，但女儿的命全在一嫁，倒也叫她添了些希望。不过，一想自己的一生却又心虚。……啥都说不准。天底下，啥怪事儿都有。那瞎仙不是唱吗？“原指望上朝堂，当娘娘，谁料想进了烟花院。”所以，仍是心虚。她一辈子没露过脸，憋了一肚子气，娶了儿媳，就和她们比个高呀，见个低呀，时时压她们一头。谁料想一分家，各搅各的勺子，各过各的日子，你想再压，也没了理由，心里更是憋气。

这带经，虽也不是个太露脸的事，却总是打七者暂时的头儿，就扯了嗓门，狠劲地带。她有口无心，硬生生把老道带出的纯正咒声带拐了音。

王秃子笑出声来。

老道纠正了几次，月儿妈也着急地想纯正，但嘴却忘情地拐了音。老道只好叫兰兰带经。月儿妈便讪讪地笑了，阴阴地望兰兰。

咒为心声。兰兰的心宁静，那咒音，马上就纯正了。兰兰音色好，有种金属似的余音，一放声，脆生生袅袅。黑皮子老道又着意用浑厚的男低音共振着配合。不多时，多人就融成一个旋律了。那旋律荡呀荡的，荡了杂念，荡了睡眠，荡了打七的房，把一切都荡没了。

渐渐地，兰兰宁静到了极致。那咒声，反倒嘈杂了。口就随了宁静的心，一声低似一声。后来，只剩下心在诵。后来，诵也没了，心也没了，啥也没了。

许久。

等下座的磬儿响起时，他们才吃惊地发现，这刹那的静，竟过去了两个小时。

5

第三天早晨，王秃子忽然不辞而别。

他实在忍受不了在他眼里纯属扯淡的勾当了。他眼里，老道的故作高深莫名其妙，兰兰的虔诚莫名其妙，月儿妈酸溜溜盯兰兰的眼神莫名其妙……总之，一切都莫名其妙。

他是看在了神婆保过娃儿的份上来打七的。他想，来世还远着呢。近的是女人的病、娃子的裤子，还有叫乡上催了几十次的计划生育罚款。就算真有末日，真有瘟疫，他也不怕。世上人多，他们叫瘟了，王秃子也情愿叫瘟。犯不着在这里受罪。更何况，他根本不信月儿妈拐了音的心咒能把他送上佛国，也不信蓝汪汪飘几朵白糊糊云的天上能住人。要不是看神婆面子，他连洞门也不进的。……结果，哟，看了许多景致。想不到，耳鬓厮磨了多年的邻居还一人一副嘴脸呢。

在那个墙角里，王秃子冷眼观了两天，啥怪相也见了，啥嘴脸也瞅了，啥声音也听了，啥世面也经了……谅他们，再也弄不出新花样了。再说，腿也疼得要断，眼皮儿也硬往一块儿合，就想溜出去，搂了病婆姨，美美地睡一觉。婆姨再病，总是婆姨，总比这儿看洋相活受罪强，就溜了出去。本想给神婆打个招呼，又怕那老妖耍泼，就偷偷溜出了金刚亥母洞。

神婆正从外面进来，一见大惊："你咋……"

"女人病咧！女人病咧！"不等神婆说啥，就一溜烟不见影儿了。

这下，祸惹大了。

这打七，等于闭关。按规矩，能死在里面，不能中途退出。打七，为的是消业。在六道轮回的苦海里，人忽而是张三，忽而是李四，忽而是老虎，忽而是毒蛇……千世万世的，造了许多业。这业就像是毒，积在心里身里，时候一到，就会算个总账：善有善报，恶有恶报。你插了翅膀，也躲不过那个报去。所以，修行先得消业，消业必须受苦。打七是最好的消业方法，腿疼呀，腰疼呀，乏困呀……都在消业。打七最忌讳的，是有人中途退出。谁若提前退出，他的业呀，罪呀，就一股脑儿泼在其他人身上了。王秃子还不知道这呢，若知道，他怕是连牙都笑掉了。

更糟糕的是，那关房门上贴满了符帖。你上厕所外出，因口诵咒，心不外驰，倒也无妨，而一中途退出，那符织就的保护网就开洞儿了。候在门外的魔们，就趁机进来，给你带来很大的麻烦。你"道高一尺"，他"魔高一丈"。弄不好，你便"走火入魔"了。

黑皮子老道如临大敌，一脸紧张。他左手掐雷印，右手捏剑诀，一脸降妖伏魔的愤怒相，口中边咕噜着降魔的心咒，边把那黑豆撒打开来，噼啪直响。据说，这便是"撒豆成兵"的法术。肉眼凡胎看来，那只是乱滚的豆子，而在神魔鬼怪眼里，便是天兵天将了。接着，他不顾禁忌，讲了"人去业留"的说法，以警诫留下的人，叫他们不能再中途退出，免得害了别人。谁知，话没落，月儿妈第一个叫了："这么说，他秃子的罪，要叫我们受了？"

凤香说："就是，真便宜他。"花球说："把他抓了来。"会兰子说："那我也出去，把业留下。"已有五人犯禁语戒了。

黑皮子老道黑了脸，冷冷地说："你们嚷啥？秃子只是留下了业。他带去的，是啥，知道不？”

“啥？”几个女人问。

“以后就知道了。”黑皮子老道高深莫测地笑了。

既如此，人们心里的疙瘩才化了。对老道的能为，打七者都知道。祭神，他是主祭人；发丧，他是高功道人。梦表时伏在供桌上，一脸焦黄，真像死了。都说，那时，老道的元神已到天宫里送表去了，留在人间的，只是个尸身子。梦完表回来，元神入了体。那黄皮子死人，才又成黑皮子老道了。都那么说。据说，他的元神进过金刚亥母的舍利塔，叫护法神打了一巴掌，胸脯上黑黑的一块。谁都见过那块青印。虽说是败在护法神的手下，但老道元神外游的事，还是传遍凉州了。现在，他虽没说出王秃子的破关会招来啥祸，但那笑，谁都知道是啥含意：“天机不可泄露。”

怀着对王秃子的痛恨，大家接着修炼。

6

看来，王秃子一破关，真招来了魔。

这一点，大家都感觉到了。首先是睡魔，思维呀，眼皮呀，都像浆住了。一不留神，眼皮就往一块儿合。花球趴在被子上打起呼噜。凤香成了吃食的鸡，头一下下前啄，嘴里的咒也停了，却强撑着不往地铺上躺。月儿妈倚了墙，一缕涎液从嘴角里垂下，伸缩成亮亮的一线。会兰子在地上来回走动，走走停停，走的时候，似乎醒着，停的时候分明睡着了。能站着睡觉，也是人家的能为。

兰兰也困了。但她采用了许多法儿，不使自己堕入梦里：一是双盘了腿。这一盘，两腿撕裂般疼。疼了好，一疼就不瞌睡了；二是跪，等身体习惯了双盘，麻木欲睡时，兰兰就取开双盘的腿。那一取，腿就折了似的，就又能清醒一阵了。她忽而起，忽而跪，忽而走动，忽而睁大眼睛，大声诵咒。兰兰的嗓门虽哑了，但声音更大了。她想，大不了，诵死在关房中。与其猪一样活，不如为觉悟死。

每座前，黑皮子老道都要左手掐雷印，右手捏剑诀，金刚怒目，降一阵魔。但那魔，终于没能降伏。

另一个有魔的标志，是有人又生异心了。

因兰兰取代了月儿妈的带经，招致了她的忌妒。她把那比老男人还要老的嗓门扯长，怪声怪气地诵咒，而且顽强地拐了音。不一会儿，人们便不知不觉地随了她念，反倒模糊了本来的咒音。月儿妈边诵，边怪怪地望兰兰，兰兰知道，她开始较劲儿了。

最叫兰兰担忧的，却是会兰子。她有着盲目的虔诚心，精神又十分敏感。这类女人，很容易变成神婆。她完全沉浸在自己的境界里，诵咒时，一脸虔诚，饱含深情，泪流满面，情不能抑。仿佛金刚亥母是她死去的老娘，而她则是个哭灵的孝女。时不时地，她就要站起来磕大头，磕一阵，就浑身哆嗦，抖出一脸幸福的红晕，却又忽然嚎啕大哭。

会兰子第一次哭时，谁都吓坏了，便停了诵咒，一下下掐她人中。黑皮子老道摆摆手，说："不要紧，自发功。"大家才知道，这也是"功"。月儿妈于是也想和她在这"功"上较劲，便也立起，一脸虔诚，只是无泪。后来倒是抖了，脸上却无幸福的红晕，反倒抖出牛喘来。她倒在炕上，哎哟几声，没有再试。

会兰子除了抖，除了哭，还时不时怪叫。兰兰很反感，恶狠狠说："请你自重点。这是道场，不是驴马市场。"

会兰子便臊红了脸，痴坐一阵，再也没发过"功"。

7

那魔，终究发作了。

一夜，被月儿妈们替下来休息的兰兰死活没睡意。她分明瞌睡到极点了，却奇怪地没睡意。忽然，咒音停了，月儿妈怪怪地笑了，而后，会兰子也笑。

兰兰半睁了眼，见两人正咬了耳朵嘀咕。跟她们一拨的凤香已睡成死猪了。月儿妈说："我不信，我治不了一个黄毛丫头。老娘活了多半辈子，还没叫个黄毛丫头辱臊过呢。你带得好，老娘就搅。"会兰子说："哎呀，她说我时的那个凶呀，活活一个母老虎。我还没见过那么狠毒的呢。以前，我还以为兰丫头文静呢。"月儿妈说："文静个啥呀？贞节烈女的王宝钏，胡萝卜背了几背筐。那骚鸟，小小儿就不是个好货，跟花球勾勾搭搭。到婆家，也不安生。听说，和队里的小伙子有一腿，叫人家撵出来了。……反正，这七，我是不想打了，我要捣他个乱。我忍不下这口气。"

兰兰听得头皮都发麻了。没想到，自己眼里神圣的修炼，她们却这般儿戏。那咒声绝不能停，但她们早停了。更想不到的是，月儿妈竟对自己恨到这地步了。既然这样，你们为啥不在自家的大书房炕上睡大头觉，到这里受啥罪？

又听得月儿妈说："明天，我就叫花球和她挨了睡。等他们一那个，我们就一顿棒子打出去，叫她脸面扫地，看你还牛个啥？"会兰子说："人家也不一定那个。"月儿妈说："咋不那个？棉花见了火，还能不着？"会兰子说："反正，花球的眼睛可贼勾勾的。她不那个，花球也要那个。"月儿妈说："管她那个不那个。我们说他们那个了，他们就那个了。谁还去摸他们究竟那个来没？"会兰子说："这样，有些太那个了。人家，可是在娘家门上哩。"月儿妈说："谁叫她那么狠毒来？瞪我的那一眼，我死了也忘不掉。"

兰兰出了一身冷汗。她和花球老道们一班，一换班，也不管挨了谁，倒下就扯呼噜。要是叫人家辱臊一顿，真跳进黄河也洗不清了。她很奇怪，自己不就是带了回经吗？对会兰子的那声吼，也是为了大家的修炼呀，竟惹得她们痛恨如斯。兰兰感叹道，连修行者都如此，何况那些俗人。

正吃惊呢，两人叽咕了好一阵，到了叫兰兰这拨人的时候了。月儿妈过来，在兰兰脸上轻轻拍几下，亲热地叫："起呀，妖狼吃的。睡得尻子里都没脉了，能修个啥？"

兰兰虽吃惊她的态度，但还是很响地打个呵欠，咕噜一声："瞌睡死了。"

8

次夜，困极的兰兰才下座，便堕入梦乡。她在天空里飞，想上天就上天，想入地就入地，那份逍遥，是醒着时没有的。忽然，一双手将她拉回地面。她一惊灵，醒了。胸膛上竟真的有双手，正在动作呢。那手柔软绵长，动作也细腻，她觉出是花球。当姑娘时，一跟他相约，他就这样黏她。一种熟悉的感觉立马扑来，淹了心。潮热腾地涨满身子。正想回应呢，却忽然记起正在打七。天呀，她打个哆嗦，推开那手，悄声说："你干啥？正打七呢。"花球很粗地喘着气，说："别怕，他们都睡了。"兰兰这才发现，咒声早断了。没想到，在自己眼里神圣的修炼，别人竟视同儿戏。她想：你们想睡觉，为啥不到大书房炕上去？到这里来做啥？她的心倏地灰了。

那手却仍在摸索，兰兰恼了，狠狠地揪它一下。要不是身旁有人，她会扯下脸皮，狠狠说他几句。真是的，这是啥地方呀，你以为是大沙河里呀，也不怕护法神惩罚你？

忽觉几人压了来，把她和花球压在一起。听得月儿妈说："绑了绑了。这对狗男女，到关房里鬼混来了。"兰兰就想起昨夜听见的话，吓出一身冷汗。她想解释，却不知说啥好。

"叫他们穿上衣服。"月儿妈说。

兰兰想，她没脱衣服啊。

听得会兰子应："现在穿上了。"

兰兰这才明白他们在演戏。花球挣扎几下，骂："老子又没干啥，你压我干啥？放开。"

灯亮了，几双黑眼睛扑了来。兰兰啐道："羞先人哩。昨夜里你们喧的，我都听到了。"会兰子红脸了，扭过头去。月儿妈却说："听见啥？老娘说啥了？路不平，众人铲呢。你在亥母洞里鬼混，还不叫老娘说？"花球啐道："老骚货，你白嚼啥？我们干啥了？"月儿妈说："干了啥，你自己知道。打！打出关房。”她望着会兰子。会兰子却倏地垂了头。月儿妈虚张声势地叫了几声，便讪讪地寂了。

花球冷笑道：“就你们这号修行人呀？呸！”月儿妈脸红了，却冷笑道：“你好得很？咋在关房里干那驴事？”花球黑了脸，上前，冷不防，扇过一个耳光。月儿妈狼嚎一声，扑天抢地起来。黑皮子老道顿足道：“天的爷爷，这是关房呀。”

月儿妈边哭边叫：“他们在关房里干驴事，我一说，他就打我。活不成了！活不成了！老娘这辈子还没叫人动过一指头呢。老娘也有墙头高的儿子哩，谁没长手呀。”她边扯哭声，边拧鼻涕，出了关房。

黑皮子老道拧眉顿足，却没阻挡。

凤香煞白了脸，推花球一把：“你快跑，那白狗，可是混蛋一个，他一来，天翻地覆哩。”花球脖子一梗，说：“我也是长毛出血的，头打烂了拿草腰子箍。谁怕他？”他虽嘴硬，却仍是出了关房。

兰兰知道，这一闹，真臭名远扬了，心却木了。几年间，经了太多的事，心上包了层茧，好名坏名，也懒得在乎了。但想到打七不圆满，坏了缘起，心就突地悲了，想：我的命咋这样苦，连个七也打不圆满。她虽懊恼，但还是坚持着做完会供，才回了家。

兰兰一进家门，妈就告诉她，村里翻天了，都在说她和花球的“驴事”。兰兰略一解释，妈就恼了：“我去找这老妖婆，这还算人吗？”兰兰淡淡地一笑：“算了，嘴长在人家身上，咋说咋说去。”却担忧花球：白狗混蛋一个，花球揍了她妈，他怎会善罢甘休？

正忐忑呢，不想，花球媳妇却闹上门来了。她披头散发，一脸血污，拽着一路哭声，到了庄门上，也不管有人没人，先褪下裤子，撒了泡尿——凉州人眼里，这是最大的辱臊了。老顺气绿了脸，庄门是财门，最忌阴人脏物。正懊恼哩，女人已上了沙枣树，她取根绳子，绾个扣子，一端系树上，一端套脖子上，往下一跳，立马就翻起了白眼。老顺急了，抱起女人身子，一刀割断绳子。哪知，那女人缓过气来后，冷不防从怀里掏出螺丝刀，插进自家喉咙。她插得很深，又乱搅了一气。看得出，她是真不想活了。老顺们忙将她送进医院，折腾了几天，她的命虽保下了，脖子却歪了。

老见那歪脖子女人阴阴地望老顺家庄门，兰兰心里直发毛。

她想，脸丢到娘家门上了，还有个啥活头？

第　十　二　章

黄扣结下的撒渔网，网不到清水的浪上。

1

安抚了花球媳妇后，孟八爷进了老顺家，想劝兰兰回心。他红口白牙，答应了莹儿妈，就得兑现。老顺也希望丫头能回婆家。花球女人那一闹，老顺又是破财，又是丢人，身心疲惫到极点了。丫头要是再待下去，不定还会闹出事来。他认定啥都是原配好。男人“休前妻，没饭吃”。女人更糟糕，要是挑三拣四，挑花了眼，准没好果子吃。老先人就说：“瓜里头挑瓜，临完了挑个苦瓜。”所以，他对孟八爷说：“你好好劝劝她。你那嘴，死人也能说得夹不住屁。……就是，跳弹啥哩？咬了牙，三忍两忍，一辈子就了活了。”

兰兰却木着脸，一副任你剐杀的模样。孟八爷忽然没了底气。

猛子妈明白兰兰的心。作为过来人，她太了解丫头了。若不是涉及到憨头，她不会叫丫头嫁白福。若不是又涉及到猛子，她会嘴上使上三吨力气，叫丫头离婚。但现在，看丫头吧。

兰兰脸上带着修行人特有的淡然，先开口了：“我知道，白福干活厉害，是个庄稼好手；我知道，赌博和打女人不是啥大毛病；我知道，啥都是原配好，头餐面好吃；我知道，活上一天是两半日子，眼一眨，一辈子就过去了。”她问孟八爷：“你有没新鲜些的？”

孟八爷出乎意料地张开了口，说不出话。

兰兰望一眼妈，淡淡地说："你们当娘老子的，除了拿丫头换，再没个别的本事娶媳妇？"说完，一语不发，出了书房。

孟八爷望望老顺，说："没戏了。"老顺这才明白：兰兰真铁心了。他们忙活了多日的事儿，叫兰兰几句话，就搅黄了，猛子妈一急，又流泪了。

静一阵，孟八爷发话了："丫头说的，也有道理。猛子又不是没人嫁。丫头给哥哥换了，又给兄弟换。想想，也不是回事儿。那钱，总能生发。"妈抽泣道："不是钱的事儿。"

"她是舍不得叫媳妇子去哩。"老顺叹息道。

"人家也不想去……这么好的家，哪里去找？"妈抹去泪，"不过，咋说呢？只要人家双方愿意，钢刀也砍不断哩。"

孟八爷明白她的话：兰兰不过去，由了她去。只要猛子和莹儿两人愿意，莹儿妈也没法。……这想法，不是没道理。大官也管不住女儿嫁穷汉。秦腔里有好多这种事。娘老子嫌贫爱富，姑娘却私订终身。问题是，人家，那是有爱……那个情的。猛子那愣头，会不会盘弄女人的心？不过，这事儿上，也是金银能识透，肉疙瘩识不透。有些灵丝丝的女儿心，偏叫愣头钓了去……就说："这话，倒也是的。"

老顺望望老伴，望望孟八爷，一脸惘然，却听得老伴又说："要不，先叫他们圆了房再说。生米做成熟饭。"老顺这才明白了老伴肚里的牛黄。"呸！吃屎哩。人家一个寡妇，你欺着叫人家死哩？我还以为你能迸出个啥好屁。"老顺耸着鼻头，望老伴，像望一堆狗屎。

老伴涨红了脸，撒泼似的道："你有啥好屁？放一下，我听听。"

孟八爷笑着劝一阵，对老顺说："她说的，怕是最好的法儿呢。""好啥？缺德哩。""缺啥德？霸王硬上弓了，当然缺德。两厢情愿了，不就是好事吗？感情这东西，虽说抓不住摸不着，可没它不行。没感情硬来了，就成强奸了，就犯罪了，碰到风头上，乓，一颗铁大豆，把本也赔了。有感情了，多坏的事也是好事。明明是个见不了人的丑事儿，也成风流韵事，成交桃花运了。

这事儿，没边没啥的。那界限，就是感情。要是猛子和媳妇子有了感情，她‘老插花’拿个铡刀，也砍不断。硬砍，我们还告她干涉婚姻自由哩。白福和兰兰，没感情，你硬捆，也犯法哩。就这样……这法儿，也不妨试试。一夜夫妻百日恩，百夜夫妻似海深。要不了几天，再没感情的，也拉不开了。”

老顺这才不说话了，但一想莹儿妈，心中总是歉疚。人心都是肉长的，将心比心，总是内疚。

2

妈瞅个空儿，把莹儿答应招小叔子的事，告诉了猛子。猛子却一脸漠然。明明是自己的事，却又觉得是别人的。怪。

妈乐滋滋地说：“这事儿，谁都没意见。莹儿妈也同意，就这样定了。”

猛子这才认真了妈的话。说实话，对莹儿，猛子只把她当成嫂子。莹儿对他的吸引力，远没双福女人强烈。猛子喜欢野些的，露些的，浪些的，胖些的。这些，莹儿都没有。莹儿清秀，清秀就显得单薄，缺了双福女人的那种跳突突的性感；莹儿含蓄，含蓄了就呆板，没有那种叫人心里直晃势的浪劲；莹儿清凌得像气，仿佛不食人间烟火了，形象就因之虚了，少了那种实在的强烈的诱惑。他只喜欢女人身上有一骨碌一骨碌的肉。一笑，那肉浪浪地跳。搂到怀里，那肉便浪浪地乱滚。最好，再急里骨碌地跳弹，再由他降伏后浪叫一阵。对，就是这种。

莹儿却不是。

但很快，猛子还是动心了。他知道，当个贼女人——也就是城里人说的情人——浪些的好；当个女人——也就是老婆，还是莹儿合适；但也不好明里说啥，只说：“急啥？我还小呢。”

妈破口笑了，啥也没说，但猛子觉得她说了好多话。想当初，他被双福捉了奸，爹打他，他一句话就差点把爹噎死：“有本事，你给我娶啊，打老子，算啥本事？”现在，爹妈要给他娶，他却说：“还小呢。”一想，连他自己也忍俊不禁了，就搓搓脑袋，笑了。

妈笑道："这事儿，就定了。你可别给我翘羊头，我按下这头，那头却起了。"就出去了。

妈一把话挑明，猛子就想见莹儿了。他想看看这个将要做他媳妇的，变成啥样儿了。可莹儿却窝在小屋里，连个面也不闪，时不时地，听到她逗娃儿的声音。那声音水性十足，温柔到了极致，竟在土牛木马似的猛子心中也温柔出一种旋律了。刹那间，他浑身燥热，出了门，进了北书房。

兰兰已把北书房改造成佛堂了：窗上，蒙块黄布；墙上，挂块红布，里面供着佛像。条桌上，献着枣儿、花糖和几个软儿梨，燃着香，点了清油灯。兰兰正在桌前的蒲团上捻一串珠儿，捻一个，嘴动一下。那架势，叫猛子感到好笑，就打趣道："哟，女神仙。"见兰兰不接茬，理也不理，便觉得没趣，退了出来。

猛子出了庄门，随性走去。忽听得一阵花儿，循声望去，见月儿正在沙丘上练唱。月儿练得很投入，把个颤音练了又练。听一阵，猛子就烦了，笑道："成了成了，羊都吓惊了，还以为狼来了呢。"月儿见是猛子，鲜活了脸。猛子喜欢月儿的笑。月儿的笑很灿烂，是一览无余的灿烂，是雨后晴空似的灿烂，是少女独有的灿烂。猛子接触过的那些女人，缺的，就是这灿烂。他忽然有点"爱"月儿了。这一"爱"，心奇怪地晃势了。心一晃势，就想到自己和莹儿的事来，想：还是"姑娘"好呀。

月儿问猛子："你妈给你说过个事儿没？""啥事？"猛子装糊涂，但明白她已知道那事了。

"好事。"月儿又笑了，笑一阵，却眯了眼，望远处。好一阵，才叹口气："可惜了。"

"啥可惜？"猛子的心又晃势了一下。月儿痴痴地皱了眉，说："女人，命咋这样苦？"

月儿似笑非笑地望着他，望一阵，却将视线转到了远处。开始，她的眸子里只是茫然，渐渐有了潮气，渐渐又凝了几滴泪。她忽然唱了——

黑了黑了实黑了，
麻荫凉掩过个路了；
眼看阿哥走远了，
活割了心上的肉了。
黑烟的大锅里烙馍馍，
蓝烟把庄子儿罩了；
杜鹃儿啼来血水儿淌，
不死就这么叫了。
不信摘不下星星来，
不信揪不下月来；
不信喊不回春风儿，
不信叫不出血来。

唱不了几句，月儿就一脸泪光。那花儿，也成哭诉了。

猛子发现，这“姑娘”，咋疯疯癫癫的？忽而笑，忽而哭的，莫名其妙。

“还是莹儿好呀。”他想。

3

听到猛子的声音，莹儿像听到鸡叫一样，说不上是喜是悲，只是听到了一个声音而已。那份淡漠，连自己也吃惊。虽说她答应了嫁，但嫁就嫁吧。女人生来，就是嫁人的。嫁谁也是嫁。两嫁相较，能嫁个好一点的，也就算好命了。既然谁都觉得自己应该嫁猛子，那就嫁。守寡，在别人眼里，反成怪物了。先前，女人不守寡是怪物。现在，守寡倒成了怪物。反正，女人稍不注意，就成怪物。那就平顺些活吧。守着个盼头，总比没盼头好。

现在，莹儿又多了个盼头。一见娃儿，莹儿心里就溢出一股奇妙的感情。

这感情，竟和跟灵官接触时相似。她吃惊了。说不清她是把对灵官的爱嫁接到孩子身上呢，还是她当初就将灵官当成了孩子？或者，女人对男人的爱，本来就掺和着母爱呢？莹儿说不清。那感觉，倒也不因说不清而淡了，反倒温水似的荡开来，荡呀，荡呀，就荡满身心了。

吃晚饭时，莹儿发现，猛子怪怪地望她，让她很不舒服。她倒是希望他和以前那样，望她跟望兰兰一样。现在，那眼神怪怪的。莹儿很不舒服。

洗了锅，喂了猪，莹儿懒得看泡沫电视剧，就进了小屋，反扣了门。逗娃儿玩一阵，乱想一阵，又为月儿备一阵课，想想下次该教的那些花儿令，就脱衣睡了。娃儿的皮肤很嫩，搂在胸前，莹儿感到了一种母亲才有的温馨，渐渐迷糊了。

不知过了多久，莹儿觉得有个东西在捣自己。她一下子惊醒了。手一摸，觉出是个木棍。从一端光滑的质感上可以断定，这是她常使的那个榔头把。窗子上本来有玻璃，后来，不小心弄碎了玻璃，就糊上牛皮纸遮风。那榔头把弄破了牛皮纸，探进来，伸伸缩缩，一下下在被儿上捣。

幸好娃儿挨窗睡了，不然，棍儿在嫩脸上捣一下，怕是个青印呢。

“谁？”她问。

木棍儿停止了动作。莹儿明白，是猛子，别人做不出这事。

“我。”一个压低了的声音，果然是他。

莹儿的身子一下子发紧了。她很紧张，传出去，丢人哩。这挨刀货，咋能干这号事儿？她大着胆子问：“啥事？”许久，才听到猛子压低了的声音：“有个事儿，急事。”

莹儿当然明白他说的“事儿”是啥，心奇怪地放松了。她捉了棍儿，慢慢往外推，说：“有啥事，明天说。”她很想狠狠说两句，又怕对方难堪。

“我可翻窗子哩……我可从门头窗里进哩。”那声音颤抖着，变了味儿。

门头窗没安钢筋，进个人没问题。莹儿的心怦怦地跳了，很害怕，却又奇怪地觉出了婆婆隐在夜里窥视的眼睛。这一想，心又静了。“你进，我可喊了。”她说。

“别。那事儿，你不是也点头了吗？”

莹儿皱皱眉头。这时，她才奇怪地厌恶起那事儿来。那事儿就是为了这“事儿”。莹儿厌恶心大盛。她压低嗓子，一字一顿地说：“现在，我，还是，憨头，女人。欺，负，寡，妇，算，啥，东，西！”

木棍凝了一阵，慢慢抽回了。静了许久。

莹儿“看”到了猛子那尴尬至极的脸，心又软了，缓了语气说：“馍馍不吃，在盘儿里放着哩。”这话的含意是，我迟早是你的人，急啥？

一阵窸窣，进了西书房。

莹儿大惊，这愣头，和爹妈睡一屋，竟敢摸来干这事？

4

猛子颠手颠脚地摸上炕，觉得自己要羞死了。第一回叫女人拒绝，令他无地自容。想到憨头，他羞得恨不得用刀捅几下胸膛。

憨头消失之后，猛子的羞愧淡了，但仍不理解，那算啥欺负？从双福女人身上，他知道，女人渴望男人……世上，竟有拒绝男人的女人？

他想不通。

满以为，那榔头把一捣，得到的，是惊喜的迎合。那门，会倏地大开，扑出两坨软软的肉来。谁料，热屁股溻到冷炕上，还叫人不咸不淡地说了一通。

羞死了。

猛子屏息，听听屋里动静。爹是睡死了的，那呼噜，响几十年了，丢进火里也得三分钟才能烧断。妈没声音。猛子记得，他忍着乱蹦的心下了炕，摸出门时，妈是有声音的，是一种轻微的咝咝声。在呼噜声和咝咝声的鼓动下，他才敢大了胆子，赤了脚，到小屋门口，推了几下，推不开，才取了榔头。

现在，妈的咝咝声没了。莫非，她醒了？一想妈醒了，猛子又觉得脸上着火了，恨不得一头扎进地狱的油锅里变成白沫。真羞死哩。

也许，妈一直就没睡。夜里，电视上有个当娘的不同意女儿嫁个工人。

妈说：“那娃子，傻瓜一个。生米煮成熟饭，还能由了那老妖？”爹却臭了一句：“谁都养儿女哩。你的姑娘叫人拐了，你咋样？”记得，妈怪怪地望了自己一眼。

但猛子溜出去拿榔头，不是为了“生米煮成熟饭”，而是突然想到了一个镜头：莹儿坐月子时，为怕受风，不敢外出，就在院里圈个席子，倒些灰，叫她撒尿。席子上有个洞。一天早上，猛子从洞里看到了一个白屁股。……今夜，一睡下，白屁股就奇怪地在脑中恍惚了。而且，这不是双福女人的，不是豁子婆姨的，明明安了莹儿那张清秀的脸。他一下子就着火了。

真没脸见人了，他想。一是没脸见莹儿。一个锅里搅勺子，低头不见抬头见。这夜里的尴尬，白日咋面对？二是怕见妈。妈要是醒着，在黑里睁大了眼，瞅他出去，听到那些话，又见他灰溜溜归来。嘿，真羞死哩。

猛子咬牙切齿地恨自己，恨得牙花子都酸了。

5

次日，却一切照旧。莹儿一如既往地做家务。妈一如既往地忙里忙外。爹一如既往地托了鹰出去。他又逮了三只鹰，为挼它们，老顺忙了个驴死鞍子烂，常常是丢下红鹰，托起黄鹰，候的是青鹰，连肩膀架子都肿了，便老是喝神断鬼。这是他的老毛病，一干活，眼里就没好人，不是打丫头，就是骂娃子，或是专跟“老祸害”过不去，口舌不断。一辈子了。

倒是妈和兰兰有些异样。吃过早饭，妈到北书房里和兰兰嘀咕。忽听兰兰大声说：“我不说！这事儿，想想都脸红。你一个当娘的，咋说得出口？”妈边说：“不说就算了，歪啥哩？”出了屋，见猛子望她，妈一脸慌张。

猛子明白：妈知道夜里的事了，叫兰兰劝他“往好里学”。脸腾地发烧了，赶紧去抚弄架上的鹰，倒叫鹰狠狠啄了一下。“这骚毛。”猛子讪讪地骂。

这鹰的架势，叫他想到了莹儿的拒绝。连这毛虫也欺负自己了，还了得。他突然心绪大恶，去厨房里切块萝卜，戴了皮手套，上前捉了鹰。鹰尖利地叫着，扑打着翅膀啄他。因为有皮手套的保护，猛子由了它啄几下，将萝卜狠狠塞入鹰的口中，迫它咽到嗉里。要不了多久，鹰会很难受。那时，它就会可怜兮兮地咕咕叫。活该。谁叫你欺负老子？涝坝大了鳖也大了？人家喝神断鬼，是占着人家是爹。你是个啥？屌毛。猛子心里平顺了些。

惩治了鹰，出了庄门，却见花球来找他。到近前，花球悄声说："嘿，娶个女人套了个罐，生个娃娃上了个绊。真是的。上回那娘们一闹，奶受了影响，娃儿吃不饱。爷爷叫生发个兔子，给娃儿催些奶。走，我和你捉一个去。"

"你得问爹，不然，又会把骂我个贼死。"

"问了……就是他叫我来的呀。他叫我带那个上过兔子的黄鹰。"

猛子这才信了。进庄门时，见莹儿提着猪食桶过来，见了他，也不望，径自向猪圈走去。猛子脸火一样烧了。

老顺的声音传来："你去归去，腿可得利索些……"

"知道，知道。"老顺话没说完，就叫猛子截了，"玩鹰玩老了，还用你安顿？"他这是借这话题掩饰自己的窘态呢。说完，偷看一眼莹儿，却见她专注地看猪吃食。猪的嗵嗵声很响。猛子吐吐舌头。

花球看出了端倪，大声道："莹儿，猛子可偷眼看你呢。小心人家夜里摸上你的炕。"莹儿不接茬。花球讨个没趣，推猛子一把。两人便进屋，取鹰，找了个兔子头，进了沙窝。

猛子托着鹰，一路踢柴棵，踢得尘灰乱飞。连踢了十几个，也没踢出个活物来。

"兔子不会藏这儿。这儿常来人，早惊跑了。"花球说。

"谁说的？哪儿都有。上回，我家后墙的芨芨墩就藏着一个，是个尕兔子，没经验。我正出来喂鹰，它出来了，嘿，正好，一送，就把鹰送身上了。兔子鬼，有时脚踩到它身上，它也不叫。去，折个长柴，赶一下。"

花球跑过去，扭断一根长柴，一下下扫那柴棵。忽然，草丛里蹿出一个灰丸，一眨眼，就到远处的沙丘上了。

"嘿，兔子。"花球大叫。

猛子手一抖，送出鹰。鹰翅划气声很响。一眨眼，鹰兔已在沙梁上扭一起了。沙窝里响起兔子凄厉的孩子似的惨叫。“嘿！嘿！”猛子蹿了上去。

鹰一爪刺进兔子腰里，另一爪插进兔子头部，尖喙啄得兔毛乱飞。猛子取出兔子头，递给鹰，鹰啄起兔头来。猛子趁机从鹰爪下换出兔子，装入帆布包，扔在沙坡上，说：“嘿，这家伙拳势好得很。爪子尽在要害上。”

出师顺利。两人兴致很高。花球用长柴继续扫荡。不多时，又赶出一只兔子。

这显然是只狡兔。逃命时，它不是一味亡命，而是时时留意箭一样逼近的鹰。待鹰爪将要插进它的脊背的瞬间，便倏然转身。鹰一下子蹿出老远。待它转过头来，兔子已变成一个灰点。

“嘿！嘿！”猛子大声地叫。

鹰又射了过去，再一次逼近野兔。

野兔忽然弹向空中。鹰又一次扑空。它一飞冲天。

“这个脓包。”猛子骂。

“哎哟，跳那么高。没见过兔子能跳那么高。”花球喘吁吁道。

鹰被激怒了，盘几圈，闪电似的扎下。很快，鹰黑丸般弹起，滚下沙坡，翅膀扑扇着，发出惨叫。兔子却溜下沙洼，消失了。

“糟了。”猛子叫。

到跟前，鹰已瑟缩成一团，惨叫着，全没了那雄视一切不可一世的神态。“蹬了。这鹰完了。”猛子脸色灰白，“爹不骂死我才怪呢。”他伸手在鹰嗉上一摸，手上一片血。

“几天就养好了。”花球安慰道。

“伤是养好了，可鹰完了。它再也不上兔子了。以后，见个死兔子都鬼了。你想，兔子那么大劲，上个沙坡，嗖嗖嗖的，叫它蹬一下，了得。再说，蹬的又是嗉子，那儿最受不得疼。”猛子唏哩着，抱起鹰，捋几下，又捋出一片血迹和几声惨叫。

“兔子。”花球叫道。

一只兔子在山坡上扭动着。这是从沙坡上的布包里跑出来的。它的腰折了，拖着后半截身子，拖出长长的血迹。

猛子抱着鹰，过去，手一抖，把鹰送到兔子身上。鹰却尖叫一声，逃难似的躲向一旁，瑟缩着。“瞧，完了。它再也不敢上兔子了。”猛子沮丧地说。

他捞过兔子，狠狠摔几下，说：“嘿，你的命倒大。”

6

果然，没等猛子说完，老顺就跳了起来：“你个吃屎货。你是干啥吃的？你为啥不撵？”“撵了。”猛子嘟囔道。“你为啥不喊？”“喊了。”“放屁。老子放了几十年鹰，叫兔子蹬了几回？你天生一个吃屎的货。务息一个鹰容易吗？这是地道的好鹰，义气，拳势又好。”

猛子不敢强辩，低了头，由他骂。

花球说：“那个兔子贼得很。嘿，一跳那么高。我还没见过啥东西能跳那么高……”老顺白花球一眼。花球便住了口。

“算了。”老伴说，“人家又不是故意的。是兔子蹬的，又不是人家蹬的。”

老顺吼道，“他们是干啥吃的？撵紧点，不信兔子能缓过劲来？”

“哟，那个快法。”花球说，“嗖一下，就老远。我估摸，火车也没那么快。三撵两撵，都喘不过气来了，还是差一大截子。”

“大声喊，惊动惊动，叫兔子顾不上蹬。”

花球道：“喊了。嗓子都喊哑了。你听，现在还哑呢。”

“那是个老兔子。”猛子悄声辩解。

“老兔子？”老顺指着猛子鼻子，哆嗦着嘴唇，“老兔子？老子没抓过老兔子？你以为老兔子就不得了？”

“上回，你叫蹬掉的……那个……也是老兔子。”猛子低声说。

老顺朝猛子啐一口，“你再嘴犟？糟蹋了鹰还有理了？上回我碰的那是个啥吗，啊？是个兔王。”

花球说：“我们碰的，也是个兔王，那个长，那个大，一蹿老远。”

老顺说："我碰的那个才是真正的兔王。不然，能叫它蹬了鹰？"不觉间，老顺的语气已变成争兔王了。老伴笑了："都是兔王，都是兔王。不就一个毛虫吗？嚷啥哩？嚷也没法了。"

猛子知道父亲的气出得差不多了，就拿些纱布，出了门，包了鹰的伤口。鹰可怜地叫着，缩成一团，体形竟似突然小了一圈。神态也极为萎靡，似惊坏了的麻雀。猛子抚抚鹰羽。鹰低唤声声，像在诉苦。

刚包扎完鹰，兰兰出来了。花球一见兰兰，眼睛一亮。猛子知道他们的故事，想借故挪开。哪知，兰兰却对猛子说："我有事，要给你说。"花球以为兰兰找他呢，谁知她却像见了路人似的冷漠，心便灰塌塌了。听兰兰那话，和逐客令差不多，就告辞了。猛子进屋，捞过抓来的兔子追出，扔给花球。

猛子估计妈给她说了啥。想到夜里的事，他懊恼极了。丢人。他晃晃脑袋，有些怕见兰兰了，真怕她冷了脸，教育他一通，叫他下不了台。但低头不见抬头见，躲也不是办法，只好跟了她，到院墙后头。

四下里很开阔，可看到远处起伏着颠簸而去的大漠。大漠上方，是一疙瘩一疙瘩的云，翻腾出奇形怪状来。猛子任目光游了去，心里却在等兰兰说出那些难听的话。谁知，半晌，等来的仍是沉默。一扭头，见兰兰也眯了眼，任目光飞翔。许久，才听到她不易察觉的叹息。

兰兰明显变了。没有了大喜，没有了大悲，脸上超然了许多。她发话了，声音木然，很是机械："妈叫你生米煮成熟饭哩。怕那个'老插花'生事。"这"老插花"是"老妖"的形象称谓。老了，头上仍插个花，妖妖道道，招摇过市，老不正经。这里指莹儿妈。

"啥熟饭？"猛子问。话音才落，他便明白了。村里人老说，生米煮成熟饭，丫头成了婆娘。夜里，他就想做那熟饭呢。莹儿却说："馍馍不吃，在盘儿里哩。"

兰兰又说："那事儿，缺德。你可不能当牲口。"猛子的脸腾地烧了，以为她知道夜里的事了。他恨不得找个地缝钻进去，就算借给他个胆子，他也不会干那事了。像那鹰，只叫蹬了一下，就再也不敢上兔子了。

听得兰兰又说："给你明个心。我可是铁心了。娘家门上不叫蹲了，我就走。死到哪里算哪里。那白家的门，我是死也不进的。"

"谁又撵你呢？"猛子说。他见兰兰的脸比铁还硬。这表情，在双福女人脸上也老出现，便想："这女人们，咋一说变脸，就换个人呢？驯顺起来，猫一个。硬起来，嘿，怕是比发威的野猪，还硬手几分呢。"

兰兰眯了眼说："那事儿，强求不得。强扭的瓜不甜。你别听妈的话……反正，我是铁了心的。尸身子也不愿进白家门！你可把你的路走好，不要露水曳到半山坡。"说着，一扭身，进了院门。

猛子愣了半晌，才明白兰兰的意思。那话儿，翻译明白些就是：她死心了，白家不会饶她。不饶，就要往娘家拉莹儿。一拉，他就是和莹儿结了婚，也会"露水曳到半山坡"，半路里打光棍。

那事儿，麻烦着呢。猛子想。

他干咽了一口唾沫。

第　十　三　章

狂风打给的磨盘子转，青龙呀白虎呀叫唤。

1

莹儿妈显然明白，兰兰不是省油的灯。几天后，她又来了，目的很简单，探个实信儿：兰兰究竟是个啥心？亲家热情的招待是糊心油，三糊两糊的，就把她本来明白的心墁糊涂了。一回家，“高人”一点拨，她才发现自己忘了最不该忘的一件事：问兰兰的打算。问明白，你仁了，我仁；你不义了，我也不义；人心换人心，八两换半斤。于是，这次来的目的很明确：要么，兰兰回婆家；要么，莹儿站娘家。

这次，叫白福捎了她来。软的不成，就来硬的。

莹儿妈一进门，猛子妈就毛了。这“老插花”，怕是又生事咧。面子里，却比上回更亲热地迎上去：“哟——，亲家。”

“门槛都踏折了。亲家，你可别烦。”莹儿妈心里虽暗，却也是一脸灿烂。

“哟，亲家，烦啥？不对亲戚是两家，对了亲戚是一家。我的家就是你的家。这回，你一定要多住几天，我们两亲家好好喧喧。”

莹儿妈心里嘀咕：“亲戚不亲戚，还得看你的活妈妈哩。”却说：“不成哩，老牛不死，稀屎不断，倒猪喂狗，还得我四股子筋动弹。人家爷父两个，当甩手掌柜的，只有吃饭的肚子，没有想事的心。我当老丫头的，三寸喉咙气不断，就得动弹。哪有你亲家消闲？”

“谁消闲？老乳牛养了九个牛，事事都离不了老乳牛。一样，一样啊。”

老顺皱皱眉。对这一套，他腻透了。两人都怀了刺猬心，嘴上却偏要抹蜂蜜。但他更头疼这婆娘的去而复来。这夜猫子进屋，怕不是吉兆。他简直有些怕她了。这是典型的“母老虎”。骂，骂不过人家。人家啥话都能出口，平常人眼里疙里疙瘩想想都脸红的脏话，在她口里跟榆树面糊糊一样顺溜。那榆树面糊糊，看似一大碗，一吸，一碗就都溜进肚里了。这婆娘吐脏话也一样，口一张，就是一大摊，你别想和她对骂。打，更吃亏。轻了，人家就一手解你的扣子，一手解她的裤带，把你往炕上逼。重了，她索性不顾脸了，把裤子往腿弯里一丢，露出白屁股，锅头上撒尿，把被子当地毯，把你作践个乌烟瘴气。听说，这是她的杀手锏。白福队里，没有不怕她这一招的。

“肥猪也哼哼，瘦猪也哼哼。你有这么好的男亲家，还说这些话？不怕伤了男亲家的心？”莹儿妈边说，边望老顺一眼。

老顺知道这是向他打招呼了。自上回两人闹过后，老顺想想都尴尬，就胡乱应几声，戴了皮手套，托了鹰，叫过猛子，叮嘱几句，叫他不要出去，才出了门。哪知，他还没走多远，北柱家的大丫就撵了来：“顺爷，不好了。打伙伙捶了。”“哪儿？”“你家呀。妈叫你去挡呢。”

老顺的头大了。

2

他进门时，大战已息了。

白福满是鼻血。猛子脸上是几道血口子——后来才知道是莹儿妈抓的。俩亲家脸上也是血道，是长指甲的战果。看那局势，也没多激烈，屋里并无大的破坏。

据老伴后来说，那白福，不看眼色，话嘲得很，猛子放恼了，按了白福，捶驴似的揍。莹儿妈急了，扑上去，一抓，猛子脸上就五个血口子。猛子妈也急了，一抓，莹儿妈脸上也几道血口子。莹儿妈一还手，猛子妈脸上也几道血口子。

就这么简单。

莹儿捂了脸哭。兰兰却木然了脸，一脸淡漠。白福黑了脸，阴阴地望猛子。猛子鼓着嘴，望天。

莹儿妈的声音很大："啥理，都给你们了？你的丫头能常年累月在娘家门上，我的丫头连站一次也不行？"老顺一听，倒也有些道理，就恶狠狠瞪一眼猛子。猛子却在望天，根本不和他对视。

庄门外，有许多看热闹的娃儿。老顺想："丢人死了。好狗不咬上门的客。传出去，叫人把舌头都嚼烂了。丢人不如喝凉水。"就过去，唬几声娃儿们，关了庄门，又过来对莹儿妈说："亲家，声音小些，丢人哩。"

莹儿妈反倒提高了嗓门："丢啥人？你们的脸比城墙还厚哩。怕啥？老娘好好歹歹，也算个亲戚，上了门，你没个好心有个好话，没个好话有个好脸，反倒上头上脸地打人。白福，你过来，叫他再打。看他把你囫囵吃下扁拉下来。"

白福却一语不发，只阴了脸望猛子。望一阵，却推了自行车，出门去了。因这两个活爹爹在一起就免不了刀枪矛子地干仗，老顺没阻拦，由他去了。

莹儿妈又把枪口对准了哭泣的莹儿，嘶了声叫："你嚎啥？不争气的丢底典脸鬼。你瞧人家姑娘，哪回不向着娘老子。就你这个要债鬼，一点也不给娘长精神。"

老顺道："亲家，你可不要当搅事棍棍子。当大人的，是压菜缸的石头，能压就压哩。"

"啥？"莹儿妈尖声反问，"说的比唱的好听。我问你，你咋压的？你压得好，你的活妈妈为啥跳弹个不停？"几句话，就把老顺噎住了。他像缺水的鱼儿一样开合了几次嘴，却没说出啥来，就恶狠狠瞪一眼兰兰。

却听得兰兰冷冷地说："你还叫咋压？若不是爹压服，你的活爹爹早进了监狱，早吃铁大豆了。别灶王爷不知道自己的脸黑。他干了啥事，你心里也有数。别太逼人，兔子急了也咬人哩。”

莹儿妈慌张了，四下里望望。那张银盘大脸紫了红，红了紫，变换几次，却突地爆出哭声来。

她的哭声是悠长而绝望的。这个要强了一辈子的女人，却没一点儿要强的资本。丈夫是公认的塌头，没啥本事，却不安分，时时受骗，落下一屁股两肋巴的债，至今还执迷不悟，乐此不疲，像闻到腥气的瘦狗一样东窜西颠。儿子更是败家子，好赌不说，脑中像缺了根弦，时时惹祸，和人一有个碟儿大碗儿小的拌嘴事，人一下就能捏住她的嘴。莹儿又不遂她的心，不跟她回娘家。一身的要强，化为一腔的怨愤，突地喷出了。嚎哭声中，还时不时夹几句控诉。她坐在地上，扑天抢地，涕泪交流，遍身尘土。一股股纤尘，随拍地声弥漫开来，直往洞开的屋里扑。莹儿抹去泪，上前拉几下妈，倒叫她狠狠臭了几声。

看到一向要强从不服软的亲家竟如此失态，老顺慌了手脚，就捣捣猛子妈，示意她去劝劝。但老伴恶狠狠瞪了他一眼。显然，她还记恨方才亲家那一抓呢。那一抓，着实不轻，几道血痕从她眼下直通下巴——悬乎乎把眼珠子抓掉——腮帮上斜刺里又是一道。这一道，显然是拇指的功劳。这些，加上那恶狠狠瞪他时肌肉的扭动，就显得滑稽异常了。老顺忍了几忍，才没破口笑出。

家里早闹得不像样子了。女亲家手拍地面，尘土飞扬，嚎哭声更是响遏行云，村里人多半都听到了，定然也开始了挤眉弄眼的叽咕。平时不睦者，定会说些很难听的话。猛子扭曲了脸，莹儿在呜呜，兰兰一副吊死鬼相……

莹儿妈越哭越勇，哭声直蹿云端，再悠悠地婉转下来，呜呜几声，诉说几句。就这样，周而复始，循环往复。好不容易有个宣泄的机会，正好痛快一场。你不劝，我哭一阵，也就算了。你一劝，老娘偏要哭出更高的水平。哭声便越大了，拧鼻涕的频率也更高。时而，她拍几下地。时而，再拧一下鼻头，脸上满是泥水，加上猛子妈赐的那几个血道儿，便成凉州人常说的“三花脸”了。

渐渐地，白亲家的哭声变味儿了，碰头抢地，时泣时诉，竟变成哭丧了。

孝女在灵前哭丧时，就是这种哭法：大张了口，长长地嚎，尽量悠长，尽量凄惨，边嚎，边诉说爹妈的好处和自己的悲痛。嚎一阵，说几句，那嚎，便成了说的伴奏了。猛子妈最擅长这种哭法。这种哭在亡灵前，自能赢得啧啧称赞，但在其他场合，就最为晦气了。人家又没有死人，你哭啥丧？

猛子妈这才发现，亲家的嚎哭不仅仅是宣泄，更是武器了。她自己，也曾把它当成武器。别人欺了你，打不过，骂不赢，就一路嚎哭了去，在对方家里哭丧。若想更厉害些，你可以在地上打过滚后，再上他的大书房炕，铺开被儿，在上面哭丧。还有更厉害的，就到灶火门上哭丧，再撒泡尿。这一来，哭声便冲了灶王爷。女人的尿又最为晦气。这一家，定然要败运了。

村里人把这种哭法叫“糟蹋”。

看来，莹儿妈是糟蹋陈家来了。要是她铁了心来糟蹋你，那可真麻烦。你骂又骂不过她，打又打不得她。打她一下，她就上吊抹脖子，撒死拼命。她既然横下心来糟蹋你，早就不怕死了。

这一招，是凉州女人的杀手锏哩。

老顺知道，这“母老虎”要是来这一手，可真是头疼事。正懊恼间，却听到大头的声音：“咋？俩亲家唱大戏吗？”大头进了庄门，劝：“行了行了，亲家。亲戚道里的，有啥话，好好说。”他的声音满院子响。

“正好，你给评个理。”莹儿妈边嚎边说，“人家的姑娘……呜呜……能站娘家……我的丫头……呜呜……连个门也不叫出。”听得猛子粗声大气地说：“谁说不叫出？能挡了？”

“夹嘴！”妈呵斥猛子，“亲家，娃娃吃奶哩。等娃娃离过脚手，她站多久也成。”

老顺一听，这话，咋又变味了？猛子的话，有点“撵”的味道；老伴的话，则是：等娃娃离过脚手，她改嫁也成。就赶紧出门，说：“话往好里说，话往好里说。”

“去！去！再拉，老娘死给你看。”莹儿妈又在“臭”劝她拉她的莹儿。

猛子出几口粗气，一跺脚，出了门。

3

夜里，猛子一进家门，便发现出事了。爹拧了眉头抽烟。妈抱了娃儿抹泪。兰兰木然了脸，倚在门框上。

莹儿叫娘家人抢走了。白福带了人，扑进来，二话不说，劫了莹儿就走。

这戏，在换亲的家庭里常演。人们看来，天经地义。你不仁，我不义。你不来，我不去。人心换人心，五两换半斤。谁也放不出半个响屁。

那娃儿，却叫妈抢了下来。白福们没硬抢。硬抢，要出人命哩。因为老顺拿了把铡刀，立在门口，黑了脸说："你拉大人，没说的。但娃儿留下！不然，不砍下你们的血葫芦，老子不算人！"

一个说："成哩，留下！白福，这娃儿，用不着你要。人家留人根，天经地义。儿子随娘，也是天经地义。看哪个更天经地义些，叫法院断去。"就留下了娃儿。

猛子一进屋，心就不由得憋了。可怪的是，同时也奇怪地轻松了。自那夜叫莹儿轰出后，一进自家院子，心就不自在了。她这一走，心倒奇怪地自在了些。说不准啥原因。那夜后，猛子最不敢触摸的，是憨头。莹儿的话很利，一下，就扎心里了。是的，人家还是寡妇呢，人家还是憨头媳妇呢。真羞死人了。那是最叫他尴尬的事。一想，就想用脑袋去撞石崖。

那夜后，莹儿也很少和他对视，看不出她的心绪。先前，他以为，女人都喜欢"那个"。北柱老说："女人长的狗心，谁弄了谁亲。"他就怀了热热的心去捣她。谁知，热脸溻上了冷屁股。……羞死了，真想一头栽进井哩。去年叫双福捉了奸，也没这么羞。因为那时他心里有股气，气一咕嘟，羞也没了，怯也没了，反倒咕嘟出英雄气来。因为他面对的，是财大气粗的双福。你越厉害，越能显出你是条汉子了。而那夜，他是——按莹儿的说法——去"欺负"一个寡妇。老先人就说了，世上最缺德的事有四种：套白狼，打闷棍，踢寡妇门，挖绝户坟。说是一旦干了，立马遭报应呢。

人虽叫抢了，但猛子毕竟是小叔子，不好说啥，既不能带人去白家抢嫂子，叫人笑掉大牙，又不能劝兰兰换来莹儿给自己当老婆。只觉得这白福欺人太甚，活人眼里下蛆哩。但实在也没个打他的理由。明摆的，人家占了理。是你家的人先毁约不去。人家抢，在村里人眼里，也天经地义哩。

猛子估计，爹会大发雷霆。哪知，老顺望都没望他。妈抹阵泪。娃儿一哭叫，她就忙颠颠收拾奶壶去了。倒是兰兰的木然很扎眼。那眼珠，好长时间不动一下，仿佛成木偶了。

但一想，那白福，也实在太嚣张了。不管咋说，猛子也是长骨头长脑髓的汉子。你这么一闹，叫他咋再在人面子上走？猛子大张了鼻孔，喷一阵横气，捞个铁锨，就往外扑。妈追了出去，趁猛子开庄门的当儿，拦腰抱了猛子。猛子挣几下。妈的身子拨浪鼓一样被甩起了，却死活不丢手。

“松开！妈。我做了这个畜生。”

“先人，别给老娘惹祸了。叫我安闲些活几天。”妈带了哭声。

老顺出了房门：“松开，叫他先把娘老子做了，你再成龙变虎去。你头吃上个杂碎盆子，干正事没溜子，动不动就刀枪矛子的。你捂住心口子想一想，你有多好？好狗不咬上门的客。”

猛子这才灰溜溜回到屋里。

老顺阴阴地望一眼兰兰。显然，他把这账算兰兰身上了。她若是乖乖回婆家，哪有这事？爹反对兰兰跳弹。爹说，活人了世混日子，多一事不如少一事。

于是，老顺的脸更黑了。一腔子的牢骚，开始顺着嘴里腾起的烟上翻。那喉结，虽动了几动，却终于没有咽下上翻的话：“丫头，老子可说清楚。白家你不去，成哩。你吃屎喝尿，老子管不了。老子也没指望你换媳妇。可那花球也不是个好货。现在，村里人嘴里早风搅雪了，说啥话的都有。咸的淡的，黑的红的，都往外冒，要多难听，有多难听。老子丑话说到头里，你嫁谁也成，可必须是个老老实实务息庄稼的。歪门邪道的，给我滚得远远的。明日个，把上房里的那些亥母呀啥的玩意儿收拾掉。不然，老子给你收拾。”

兰兰却淡了脸，许久，冷冷说道：“爹，你干脆明说，叫我再给你换个儿媳妇得了。扯那么远干啥？我修行，又不是今天的事，以前你为啥不说？单单白家抢了人才说？我没遂你的心，你朝亥母撒啥气？我真不明白，一屋子男人，为啥都没个卵蛋似的，指望着一个弱女子呢？没我，你们还断子绝孙不成？那么多心思，为啥不往发家致富挖穷根上动？就算我连骨头带肉叫你们卖了，又能值几个钱？”

“放屁！”老顺吼了起来，“你扯哪儿去了？没你，老子也活了几十年。离了狗屎，还不种辣子呀？”

兰兰冷冷说道：“我换了一回，牲口一样。想叫我再当牲口？我可不愿意。能养起，就要生发着给娶。老指望丫头，也不是回事儿。”

“夹嘴！”妈喝了一声，又哭了起来。姑娘几句话，就戳到他们的痛处了。老顺黑了脸，张了嘴。那嘴干干的，似黑洞了。猛子则涨红了脸。确实，一个大男人，连个女人也娶不来，想靠姐姐换，真丢死人咧。

却听得老顺吼一声，扑进北书房，将供台上的亥母唐卡呀，供品呀，香炉呀，几下掠了，扔到院里，边用脚踩，边直了声喊：“老子……老子……谁指望……你换亲卖钱……老子……老子……是看不惯这歪门邪道……老子……老子……”他“老子”了半天，却再也说不出一句囫囵话了。但看得出，他气坏了，已失去了理智。若兰兰是男人，他定然会用棒子招呼。对兰兰，却下不了这个手，只好把怒气迁到兰兰最看重的东西上。他眼里，这比用棒子揍人更解恨。

果然，兰兰惨白了脸，眼睛倏然深枯枯了。她望一眼爹，许久，才一字一顿地说：“这……些，你，能，毁，掉。”她指指自己的心窝，“这，里，的，你，能，毁，掉，吗？”

她梦游似的起身，梦游似的走过去，梦游似的跪下，给老顺磕个头，叫声：“爹。”又给妈跪下，磕个头，叫声：“妈。”然后缓缓起身，梦游似的飘向庄门。

“哪里去？”老顺骇极似的叫。

兰兰不语，轻轻飘出了庄门。身后，传来老顺狼嚎似的哭。

兰兰进了金刚亥母洞。

第 十 四 章

乌云遮住了满天星，一阵阵雨来一阵阵风。

1

莹儿哭哑了嗓门。她想孩子。

娘家弥漫着一股烦躁的气氛。白福整日和那些狐朋狗友泡在一起。爹又将目光转向古董，整天跑揭墓贼家。

母亲却老和徐麻子嘀咕，话题仍是那屠汉赵三。徐麻子带赵三上过门，那模样，胖，油，头似猪头，一喝酒，鼻子就成了红皮蒜头。那大形势，和大头相似，但少了豪爽，多了蠢笨。莹儿一见就反胃。她明白，妈之所以把赵三夸成天上也少有的稀罕物件是因为他有钱。宰猪杀牛十几年了，那四寸宽的刀儿都成柳叶儿了，腰里自然鼓了。现在，赵三又在白虎关开了金窝子，据说发了好些横财。他放出风来，为莹儿不心疼钱，要是能带上那娃子的话，价码还会长一倍。因为，儿子难得，胡子难得。赵三的前妻就是不生养被他打跑的。没儿子，他心中总是没底，更难保日后能生个吊把儿的。有了那个腰不疼的娃子，打个喷嚏，都理直气壮似的打雷，价码当然要长了。

莹儿妈却说："你怕啥呢？我的丫头能生一个，就能生十个。"她知道，叫丫头站娘家是天经地义，牙口硬几下，没人敢放响屁。可那娃子，是憨头的根，人家拼了命，也不会放的。那夜，她亲眼见过女亲家扑上来叼抢娃儿时不要命的模样，心里总是很虚。再说，她的心虽硬，但还没硬到把人家娃子抢来卖钱的地步。

徐麻子却说："那娃子，明溜溜是你丫头的。你去问问法官，爹死了，娃儿跟爷爷奶奶，还是跟妈？明摆的。国家在法律上都规定了，天经地义。"

"是吗？"莹儿妈疑惑了。她不信法律会规定把人家的"根"抢过来。徐麻子说："骗你，我祖坟里埋的是老叫驴。"莹儿妈才有些信了。但信归信，一想要从女亲家手里把娃儿弄过来，心里却没底。不，不是没底，简直比登天还难，就说："那老妖拼命哩。那娃儿，比她的命还重要。丫头站娘家，都不叫带娃儿……算了。那娃子，你头想成蒜锤子大也不行。娃子金贵。你想娃子，人家也想娃子。再说我也抹不下脸，人家死了一个，我再去抢另一个，叫人听了，像啥话。"

"那是你丫头的，咋算抢？"徐麻子道。赵三给过他口风，要是真能弄来娃子，给他两千块。这数字，多出单纯的媒钱好几倍，他自然要极力撺赶。"娃娃跟妈，天经地义。你活活地把吃奶的娃儿从奶头上揪下来，才缺德呢。"

这一说，莹儿妈就动心了。几天来，莹儿老哭，老嚷着要去给娃儿喂奶。那奶子，更是胀，一胀，就把莹儿的眼泪胀出来了。妈虽狠心地不叫她回去，心中却也疼她。看到她黄缥缥失去水分的脸，总是难受，就说："你去打问一下。若真是法律上规定了，也是个说法。"

徐麻子笑道："早打问了。推磨的不会，拨磨的会。我问的那个，还是个律师呢。他说这案子，要是他接了，准给你一个囫囵娃子。"

"乖乖，又得花多少钱？"

"不叫你花。人家赵三出，花多少，都归他。再说，人家隔三间五，就请法庭上的人喝酒。炒面捏的熟人呢。他也问了，没问题。只要你们同意，他叫人写个状子，递上去，就受理。"

"同意，同意。"莹儿妈欢快地说。天上掉下个元宝来。原以为娃子是人家的，谁知"法"上是自己的。真叫她意想不到的高兴。但一想到憨头死后女亲家悲痛欲绝的模样，她就有些不忍心了；再一想女亲家和她吵架时立眉红脸的泼妇相，心立马又硬成石头了。就这样，她忽而不忍心，忽而成石头。变了几次，明摆的利益占上风了。更想到了白福养娃子的那份艰难，若丫头过去，养不下个儿子，怕又要受孽障了，就说："亲家，有你哩。你看着办吧，成了，亏不了你。不成了，也不怨你。原不指望能要来娃子。你不提，我还在鼓里蒙着呢。"

"灯花儿拨了，灯才亮哩。"徐麻子笑道，"别的，不用怕。怕的是你丫头心软。到法庭上，千万不能当松屃子货。"

"不会，不会。这丫头，想娃儿，都有疯了。"

2

莹儿真要疯了。

娃儿老在耳旁哭喊妈妈。莹儿的心都碎了。

徐麻子一来，她就出了庄门，沿了村间小道，径自走去。小道上溏土很多，但莹儿不顾。由你染吧，染了鞋，染了袜，染了裤腿，染了心。

心真似叫溏土染了，老灰蒙蒙的。思维也不清晰，恍恍惚惚，如在梦中。少女时的憧憬是梦，少妇时的沉重是梦，寡妇时的凄酸也是梦，还有那幸福——那是怎样叫她销魂的幸福呀！——也是梦。梦中的一切，总在飘忽，云里雾里的，难以捕捉。甚至，这痛苦，这骨肉分离的痛苦，也不那么清晰，不那么实在，仅仅轻烟似的罩了心，恍儿惚儿的，把现实罩灰了。

小道旁的树秃着。那树叶儿，全叫风卷了，枝丫儿刺向天空，很是扎眼。麦子割完了，地里一片狼藉。心里也一片狼藉。那狼藉也成梦了。远处的人恍惚了，近处的人也恍惚了。有问询的，莹儿只含糊地应几声。她不再是过去的那个莹儿了。她只是个寡妇，是个叫现实扯了线在乱风中浮游的风筝，还是个母亲——想到"母亲"一词，她的心抽动了一下。奶胀得慌，可儿子却在别处喊饿。这"母亲"一词，是否在嘲讽她？

这小道，久违了。

念书时，她常来这儿背书，常幻想将来。那时的将来，是五彩缤纷的。有时，她赶了羊来，倚了那树，读些叫她少女的心沸腾的书。“将来”真美。她渴望“将来”，呼唤“将来”。

她当然想不到，在“将来”，她会换亲，会嫁憨头，会成寡妇，会做不是母亲的母亲，会像牲口一样叫人卖，会没有了“将来”。从生命的这头，她能瞭到那头。母亲的现在，就是她的将来。只是，因为读了书，构画过“将来”，心里比母亲更苦而已。

风吹来，冷清而萧索。这秋风，能卷了树叶，卷了尘土，卷了浮草，可能卷了我心头的灰色吗？能卷了我梦里也难以摆脱的憋吗？干脆，你把我也卷走，到那天涯海角，或是无影无踪，或是卷成碎末，消失在这大漠里吧。秋风，听得到吗？狠心的你，咋只会冷清地呼呼？

莹儿无声地哭，尽情地哭。命运真好，还为她保留了一块能尽情地哭的天地。

伏在树干上，哭一阵，又眯了眼，望阴阴的天。她很羡慕林黛玉，能有个潇湘馆，有个紫鹃，有个嘘寒问暖的宝哥哥。她是《红楼梦》中最幸福的人。该经的经了，该享的享了。等那大厦忽喇喇倒的时候，却早走了。在人生最美的时刻，走了。质本洁来还洁去。真是幸福。听说，西子湖畔，还有个叫苏小小的，也是在最美的时候死的，叫历史欷歔了千年呢。她们真好。命运，咋对她们如此奢侈呢？

不远处，便是大漠了，便是她无数次咀嚼过的大漠。这儿往北，便能到一个所在。那儿，有莹儿心中的洞房呢。在那个天大的洞房里，黄沙一波波荡着，荡出了她生命里最难忘的眩晕。……灵官，狠心的冤家。你是否忘了大漠？忘了那个曾用生命托了你，在孤寂中浮游的人？……她已变了，少了玫瑰红，多了沧桑纹。再见时，她已不再有当初的容颜。冤家，可知？

这大漠，一晕晕荡去，越荡越高，便成山了。听说，沙山深处，有拜月的狐儿。它们虔诚了心，拜呀拜呀，拜上百年，就能脱了狐体，修成人身。……

这大漠，
一晕々荡去，
越荡越高，便成山了。
听说
深山深处，有拜月的狐儿，
它们的虔诚心，拜呀，拜呀……
拜上千年，就能脱了狐体
修成个人身。

可人身有啥好？你们狐儿，有国家保呢，谁来保我？

那拜月，能脱了女儿身吗？若能，我就拜他个地老天荒，修成个自由的狐身。能不？说呀，秋风？

那可爱的引弟，就冻死在沙山旮旯里。莹儿的心一下下抽动。灵官说引弟命苦，说别的女人虽苦，还能生存，而引弟，连这权利也给剥夺了。……冤家，又胡说了。还是早走的好，明摆的一个结局。咋走，也走不出命去。早死早脱孽。长大有啥好？嫁人有啥好？生存有啥好？

有时想，还是不出生好。可这，由不了自己。等明白了，已有了人身，便也有了无穷的烦恼。听兰兰说，信了金刚亥母，就能到空行佛国，再不到这五浊恶世上来了。真的吗？莹儿希望自己信这些，可心里总是疑惑。就像清醒者不理解梦游者一样，她也无法理解兰兰。

还是走吧。由了脚，载了心，任它走去。走到哪儿，算哪儿。

3

在一株黄毛柴旁，莹儿驻足了。秋霜掠了百草，黄毛柴也干了。不远处，几个女人在捋黄毛柴籽，边捋，边大声地说笑。莹儿很羡慕她们。生活无疑是苦的，她们也无疑是乐的。也许这人生，就是这苦啊乐啊构成的。记得，她读过几本佛书，书上说苦有多种，有生苦、死苦、爱别离、怨憎会……好多苦呢。那时的她，晕乎在幸福里，觉不出啥苦。后来，她才渐渐体会出苦了。不说别的苦，只那“爱别离”，就叫她苦不堪言。昼里夜里，身心都浸在苦液里。后来，有了娃儿，娃儿一笑，她又乐了。那小脸上的酒窝是她幸福的开关。开关一动，心就哗地流出幸福。可一离开娃儿，又苦了。睁眼闭眼，总听到娃儿的哭，总是揪心，总是六神无主。妈老说，忍几天，忍几天就好。可那几天，是多么漫长呀，真正是度日如年了。要是那“忍”后，有个好结局，也好。可又不。这是明明白白的生离，死别似的生离，活扯了心头肉的生离。太阳都成个黑球了。

莹儿又无声地哭起来。

自“爱别离”后，娃儿就成了莹儿的一切。望了娃儿，她便会想起那销魂的幸福。虽说，回忆之后，终究是失落。可那回忆的过程，总有燥热，总有眩晕，总感到幸福的波晕激荡了心。回忆许久，心也被激荡许久。当然，从回忆里出来，回到现实时，那种空荡实在难耐。总想搂了那鲜活的身子，销魂地闹啊。……记得不？那花儿咋唱来着？“人世上来了好好地闹，紧闹吗慢闹着老了。”老了，知道不？我老了，等你回来时，我怕成老太婆了。一想，心就难受，噎噎的，想呕，可又呕不出啥。若是能把心呕出来，多好。没心的人好，像这些捋黄毛柴的女人，不正在说笑吗？

这人生，究竟是苦，还是乐？似乎不全是乐，也不全是苦。思念是苦，可那冤家，若是飞到这儿，搂了我，不乐死才怪呢。莹儿偷偷笑了。一想那冤家，心绪就大好了。阿哥是灵宝如意丹，阿妹是吃药的病汉。真是这样。这花儿，把啥心都摸透了。

“莹儿，来。”一个女人远远地喊。

这是她当姑娘时的朋友，叫香香，就过去了。那几个女人，也住了手，望莹儿。“你可瘦了。”香香说，“先前，可真是仙子，红处红，白处白，一掐，出水呢。”

“老了。”莹儿淡淡地笑。

“老啥？狗大个岁数。”女人们都笑了。

香香认真望一眼莹儿，说：“啥都看开些。该前行时，还得前行。”

这“前行”，是村里人对“寡妇改嫁”的雅称。这些日子，人老问：“你前行啊不？”她就说：“还没那个心呢。”人就劝：“该前行时，还得前行啊。”凉州人看来，人生同走路：当姑娘时，和父母走；当媳妇时，陪丈夫走；丈夫死了，前行，再找个伴儿。

“听说，徐麻子给你说和赵三呢。那赵三，可钱多。听说，他还在白虎关开了金窝子，也红得很。”一个红脸女人说。

“糟蹋了你，别理他。”香香笑道，“跟上秀才当娘子，跟上屠汉翻肠子。

跟了赵三，真辱没了仙子。”

红脸女人道：“女人嘛，谁没叫辱没？多俊的姑娘，也叫人当褥子铺……不过，那赵三雇了人呢。你真去了，也不一定翻肠子。一进门，就成掌柜哩。”

香香说：“听说那赵三，可是个酒鬼。一喝点尿水，就喝神断鬼打女人。前一个，就是叫他打跑的。”

“听说她不生养，”一个说，“赵三心闷了，才喝酒。以前，他不好酒，倒是好赌。每年正月，提上一包钱，四乡里撵场子。可刹车也好，赢了，那一包。输了，也那一包。”

“听，听。”香香笑了，“又是屠夫，又是酒鬼，又是赌鬼，真辱没仙子了。订了没？若订了，吹灯！天下男人又没叫霜杀掉，哪儿找不上个公的？若前行的话，也要找个好的。性子好，样子好，家业好，再读过书，才不辱没了莹儿。”

红脸女人瞪香香一眼，道：“话往好里说。宁拆十院庙，不拆一缘婚呢。”香香吐吐舌头，问：“订了没？”

“哪里啊？”莹儿笑了。这香香，憨大心实，没心机，一说话，就袖筒里入棒槌，直来直去。念书时，她们常睡一个被窝，嘀咕些小秘密。后来，香香糊里糊涂叫一个二杆子弄大了肚子，只好嫁给了他。

“那就算了。”香香说，“反正你岁数也不大，碰上个好的再说。”

“啥好的？”红脸女人道，“男人，都一样。还是实惠些好。省得像我们，地里刨了，还得到沙窝里刨。人家赵三，拔根汗毛，比我们的腰粗。听说，想嫁赵三的，涌破门哩。要说，也是个实惠婚姻。”

莹儿道：“别作践我了。那样子，一看就恶心。你们一提，我都反胃了。”

红脸们不再说啥，只一下下捋那柴头。捋一把，往袋中扔一下。一股黄毛柴独有的味儿弥漫在空中。香香却问：“你是不是早有下家了？心里有了人，看别人，自然反胃了。”

“哪里啊？”莹儿笑了。心里却道，“当然啦，还是个秀才呢。”说一句：“你们捋，我回了。”

说笑一阵，莹儿心里轻松了些。怕她们再提赵三，就撇下她们，斜刺里走去。这儿黄毛柴多，沙丘上到处都是。老鼠洞也多，莹儿一踏上沙坡，沙就乱了，细瞧，却是一群老鼠在穿梭。莹儿不理它们，眯了眼，望远处那磅礴而去的沙岭。太阳不热，风吹来，反显凉爽了。莹儿走过布满鼠洞的沙坡，上了沙山顶。这儿柴棵少，没有鼠洞，很是干净。莹儿坐了，眯了眼，任思绪随眼飞了去。

天边有几朵云，很白。天也很蓝。这是典型的秋高气爽的天气。在这样的天气里，心情好是应该的，闷闷不乐反显别扭。莹儿就着意鲜活了心，望望天，望望沙漠，望望那些劳作的女人。

熟悉的环境，勾起莹儿熟悉的感觉来。要是此刻，灵官和她也一块儿说笑，一块儿捋柴籽，才算不辜负大好的天呢。若那样，叫“理想”见鬼去吧，叫“将来”见鬼去吧，最美的是现在。回眸一望，抿嘴一笑，把万千言语都融入了。只叫那默契化了你，化了我，化了这天地。

灵官，可知？人世间最美的，不是高屋，不是权势，而是心灵间的那份默契，那份温馨，那份宁静。你的知识害了你，你的追求迷了你。你放弃了最该珍惜的，却去追逐虚幻不实稍纵即逝的。值得吗？灵官，拥了一个鲜活的身子鲜活的心，仰在沙上，观星星望月亮的，过一辈子，多好。或是，在一个大雪天里，在炉上羊肉锅的咕嘟声里，你拥了被看书，我倚了你打毛衣。那聪明的娃儿，则在炕上搭着积木。多好，你跑啥？冤家。

瞧，这天多大，这地多大，还窨不下你那不安分的心吗？你奔，奔上天大的前程，奔到你盼望的将来，又咋样？你能拥有这至纯的爱？你能观赏这宁静的美？你能享受那纯美自然的天伦之乐？若能，你也用不了奔，你手一伸，就能接过去。若不能，你的奔有啥意义？灵官，念书害了你。当然，也害了我。瞧那些不识字的妇女，活得多好，一把把捋，一声声笑，好个快乐。真后悔念书。念书有啥用？真为驱散愚昧？可那愚昧，驱散又如何？反倒更痛苦了。倒不如叫愚“昧”了心智，糊糊涂涂，快乐一生去。

闭了眼，昧了心智，啥都好。谁叫你我睁了眼呢？这眼，一旦睁了，就再也难闭了。

莹儿由了那心绪飞去。虽泄了心头的许多话，却又拽来了泪，心又噎了。明知在这秋高气爽的晴天里，还是鲜活了心好，可心偏要噎，莹儿也没法。

索性，放了声，哭它一场。

就哭了。

4

一进家门，妈就告诉她徐麻子的话，莹儿很反感，说："妈，若嫌我吃了你的饭，我就出去。不信，这么大个天下，还缺了我的一碗饭。"妈说："你咋能这么说话？咋说，你也是娘身上掉下的肉。你的事，娘不操心，谁操心？"莹儿说："那闲心，你还是少操的好。我大了，也长心哩。我的事，叫我自己料理一回，成不成？""你会料理个啥？叫人家卖了，还头三不知道脑四呢。陈家的贼心，明摆着：他的丫头，再卖一回。我的丫头，叫他白收拾去，像拾掇破鞋底儿一样。头想成蒜锤儿了。你的丫头是十月怀胎，我的又不是十天半月掉下来的。"莹儿皱眉道："妈，你少说两句。一进门，不是听你骂这个，就是听你骂那个。"

莹儿妈噎了似的，张合了几下嘴，眼里却涌出泪来："你也这样说我？老贼说，小贼说，现在，连你也说了。我天不亮就爬起来，忙活到半夜，为的啥？还不是为你们儿女？现在，连句话也不叫我说了？成哩。丫头，你大了。翎毛儿干了，翅膀儿硬了。涝坝大了，鳖也大了。嫌老娘聒噪，你给指一条路，刀路也成，绳路也成。老娘脖子一伸，腿一蹬，啥心也不操了，由你闹去。索性，把那老贼也捅了，给白福也喂上老鼠药，你带了这家财，跟那个猛榔头娃子过去。"

莹儿泪流满面，却啥话也说不出来，就扑进小屋，哭了个失声断气。妈的声音却依然响着："放心，老娘也活不了几天了。肚里的那个疙瘩也长了。说不准，也是你死鬼男人的那号病。老娘想操心，老天还不一定叫我操哩。

你急啥？”

爹说：“行了行了，少说些成不成？丫头都成那样了，你还嘲兮兮地说啥哩？”

“谁的样子好？老娘也没吃成个紫头萝卜。老娘怕也叫风卷跑哩。成哩，你老贼当个好人，把丫头送到陈家门上去。可娃子的媳妇子你生发。”

“成哩成哩，那古董……”

“呸！”老汉话没说完，就招来一脸唾沫。

“羞你的先人去吧。你大买卖小买卖地囔了几十年，屄疯犯了似的。也没见囔来个麻钱儿，反倒把老娘的猪钱黄豆钱菜籽钱倒腾了个精光。你还有脸再古董古董地叫？我看你天古董，地古董，不如跌个坐咕咚。热屁股溻到冷地上，叫土地爷把你的屁眼塞住，少再支吾……”

老汉涨红了脸，口半张，手指老伴，半天，却倏地泄了气：“你个老妖，嘲话说了半辈子……你少欺老子。金银能识透，肉疙瘩识不透。要是老子发了，非……”

“把老娘囫囵吃上，扁屙下来！”莹儿妈啐道，“老娘把你从前心瞭到后背了。吹大话，放白屁，老娘承认你是个家儿。干正经事，你连老娘的脚趾头也不如。”

“好……好……”爹把脖子一缩，阴了脸，一副好男不跟女斗的模样。

莹儿妈也懒得痛打落水狗，瞟老汉一眼，哼一声，望了小屋，说：“那徐麻……亲家，也是个好心。那娃儿，本是你自己的。你自然得要来。你丢下，谁养活？那两个老鬼，土涌到脖子里了，说不上哪天就咽气。那猛子，天生一个愣头，连自己都管照不好，整天惹祸招灾，说不准哪天犯事，不是叫关班房子，就是吃铁大豆。那灵官，连个屁影儿也没有。生不见人，死不见尸，连他的娘老子都指望不上吃他的热饭，娃儿能指上？那小祸害，迟早嫁人。你的娃儿，你不养谁养？就算猛子们心好，看在憨头的份上养活娃儿，可人家的女人愿意吗？人家又不是‘带肚子’、‘车后捎’，又没在娘家门上叫人下了种，凭啥没过门就当妈？宁务息个榆树子，不务息个侄儿子。你咋能指望人家替你养娃儿。怪事。就是个亲爹，另娶了女人。娘后了老子也后了。何况，本来就不是人家亲生的。不信猛子灵官会为娃儿，跟女人争个红头黛脸。”

莹儿木呆了脸。初时，她还反感妈的话。渐渐地，妈的话打动了她。她不能不承认妈说的是实话。村里人把不是亲生的叫“抱疙瘩”。“抱疙瘩”受孽障的，比比皆是。人常说，云里的日头，后娘的指头，最是歹毒的。

莹儿听过凉州小调《哥哥劝妹妹》，妹妹受不了婆婆的气，想寻短见。哥哥便劝。劝的内容很多，莹儿忘不了其中一句：“天爷要是刮上一个旋涡儿风，小娃娃没个妈妈孽障得很。”那冬天的旋涡儿风，四下里乱窜，蹲到哪儿都避不了风。衣服单薄了，就只能抱个膀子，在墙角里瑟缩了。那场景，莹儿一想，心就哆嗦。

妈的声音又响了：“长痛不如短痛。一咬牙，啥都解决了。人家法律，在那儿摆着哩。娘养儿子，天经地义。你前怕狼，后怕虎，最终受罪的，还是娃儿。再说，你一个心，又分不成八瓣儿。你也拽，我也捞，东一块，西一片，光操心，就把你操成个猴相了。我看，一句话，你同意，叫人家断去。法院断给谁，就是谁的。”

这时，莹儿才发现，自己已给妈引岔了路。妈东搅西搅，把她的心给搅浑了。仿佛，她已接受了妈的安排。有争议的，仅仅是娃儿。

好容易，莹儿才从妈营造的氛围里挣出。……为啥老想到要离开娃儿呢？那寡，也是人守的。她是嫁出去的姑娘，泼出去的水。在村人眼里，守寡也天经地义哩。只是，兰兰不来，妈不会放她去。换亲就这样。一个绳儿，拴两个蚂蚁，谁也别想自个儿乱跳弹。但兰兰是兰兰，自己是自己，大不了，回到婆家，分家另过。自己当牛做马，给白福苦出个媳妇钱，赎出自己的身子来。但这想法，又是多么天真啊。一家人地里刨一年，也见不了几个钱。那一疙瘩媳妇钱，想想都头晕。看来，自己真成风筝了，牵线的是妈，那线绳儿是钱。

但莹儿也怨不得妈。明摆的，兰兰不来，白福得另娶，得花一大疙瘩票老爷。白福毕竟是二婚，女方图不上人了，就要图钱。妈把她许给赵三，不也是图钱吗?

妈的嗓门大，响不了几声，莹儿的脑子就浑了。自进了娘家门，妈的声音老响。那飞动的嘴唇也老在脑里闪。时不时地，莹儿的脑子就浑了。脑子一浑，啥都模糊了。但模糊不了的，是奶子的胀。一胀，总能扯出娃儿哭声。那哭声，一声比一声高，一声比一声厉，一直扯出莹儿的泪来。

她抹去泪，叹了口气。老觉得，有根绳子，纵纵横横地捆了心，叫她无片刻的轻松。但那想法却越来越凸出了：她不想从“灵官嫂子”变成“屠汉婆姨”。飞出的鸟，总有回窝的时候。她等。

那就嫁给猛子吧。兰兰回来，好。不来了，叫婆家出些钱，再给白福娶一个。这钱，算她借婆家的。将来，由她变驴变马苦着偿还。她想，说明了，猛子一定会同意。

她决定说服妈妈。要是妈不同意，她就不吃不喝，以死相胁。

5

后晌，风开始乱叫。沙子一绺子一绺子在天上蹿。听说蹿到太平洋去了，听说迟早会填了太平洋，听说联合国着急了，给了中国好多钱，专门用于治沙。还有许多“听说”，莹儿也不去管它。只是一见风，莹儿就想到凉州小调中的“旋涡儿风”了。娃儿在风中瑟缩着。眼大大的，脖子细细的，像电视上的“小萝卜头”。怪。娃儿还不会走路，咋会在风中蹒跚地来去呢？那腿，麻秆似的，身子摇晃着，在沙上踩出一长串歪歪扭扭的脚印。莹儿的视线便模糊了。她想到了一张照片，两岁的灵官正在吮指头，小鸡鸡露在外面。……她心里又有温水似的东西荡了。只是这感觉，很短，荡不了几晕，又息了。

不想那冤家了。莹儿想。

说不想，可心总是不由她。那一幕幕销魂的场面又出现了。莹儿卧在炕上，面对了墙，时而甜晕，时而悲凄，时而微笑，时而切齿。

瞅个机会，莹儿说出了自己的打算。妈一听，就躁了。妈一躁，就吊了脸，立了眉，啥话都往嘴外迸。这时，莹儿就怀疑自己也是个“抱疙瘩”，不是妈亲生的。妈的话难听，认定她已和猛子“那个”了，骂她“老的嫩的都想啃”。莹儿气蒙了，但莹儿不回骂。妈毕竟是妈。世上无不是的父母。想骂了，叫你骂几声。想打了，叫你打几下。谁叫你是妈呢？只是那眼睛不争气，泪一个劲儿外涌。嘴倒争气，胸腔里的呜呜一冒上来，就叫嘴咽下去了。莹儿就木了脸流泪，时而，咯叽一声，咽下要外喷的呜呜声。

然后，莹儿就蒙了头，面朝墙，绝食了。这一手，莹儿不常用。小时候，娘不叫她上学了，说“丫头天生是外家狗，白花钱”，莹儿就用过这一手。后来，妈松了口。这一回，她是铁了心的，妈要是真不松口，她就饿死。活到这个份儿上了，死反倒是解脱了。

风在窗外。一块蒙窗的塑料纸鼓荡个不停。先前，这儿安的是玻璃。后来，妈和爹打架，妈把大立柜上的镜子和窗户上的玻璃都打了个精光。打了就打了。蒙了塑料纸也一样。只是起风的时候，那塑料纸就疯了，一鼓一鼓，啪啪地响。也好，反倒时时压息了风声。

妈进来了。还有一个人。从那丝丝络络的清痰声上可以听出是徐麻子。对他，莹儿很是厌恶。他老涎了那双贼眼望她。一次接开水时，还趁机捏了她的手，仿佛他眼中的守寡女人都是饥不择食的货色。平心而论，莹儿也想，尤其在夜深人静想到与灵官“闹”的场景时，莹儿也渴盼再和灵官“闹”一场。但那对象，只是灵官。女人怪，心若真盛了一个人，就再也无别人的立足之地了。但要是命运逼她接纳猛子的话，她也只好接纳了。这就是女人。

一只手抚在她额头上。从质感上辨出，是徐麻子的。妈的手很粗糙，锯齿一样。徐麻子的手很绵，是典型的游手好闲不干体力活的手。莹儿很厌恶。她真想朝地上吐口唾沫，说：“哪儿来的破头野鬼？”可她又抹不下脸来。她只是伸出胳膊，用力挡去，用力量的强度来显示自己内心的不满。

“没发烧呀？”徐麻子讪讪地说。

要说，徐麻子也是个人物呢。没这号人，村里就有许多不便。比如，你的丫头大了，看上了张五的儿子，你就不能自己问。一问，成了当然好。不成，就叫人打了脸，丫头的身价也掉了，就叫人抓了话把："哟，那丫头，送货上门，人家还不要呢。"别的小伙子也会说："哟，那货，张五的儿子都看不上，我能看上？"有了徐麻子，他就把话吆远了，给你东提一个，西说一个，探你的口风，或是夸姑娘，或是想个法儿，叫张五开口求他。这一来，反倒变成张五求女方了。徐麻子这才打个口风："成哩，亲家。我给你打问一下。成了，是你娃子的造化。"但徐麻子的讨厌之处在于以己度人，他以为赵三好，就以为莹儿也喜欢。他以为寡妇难熬，就以为莹儿也一定想男人。他以为是好事，就不择手段地撮合了。

听得妈说："谁说没发烧？放着那么好的掌柜娘娘不当，偏要钻那个稀屎洞子。那个猛榔头娃子有啥好？小小儿，就和双福女人明铺暗盖。你嫁了，能有好果子吃？"

妈一说话，就能戳到要害上。那猛子，最叫莹儿难以接受的，就是这了。先前，与己无关时，一想那事，便当成笑料。于今，一想要嫁他，心里总是别扭。莹儿自小就追求完美。一个东西残缺了，宁愿不要它。可那赵三，难道就完美了？自己呢？在别人眼里，不也残缺了吗？妈老说"破锣有个破对头"，那么，我就当那个破对头吧。

徐麻子说："那事儿，也没啥。好男儿采百花呢。问题是，兰兰来不？她来，你就去，没说的。不来，规矩在那儿摆着。你哥又不能打一辈子光棍。人活着，可不能光顾自己……兰兰可放出风来了，宁尸身子喂狼，也不进白家的门。"徐麻子的话，也是见血封喉。

"进，也，不，要，她。"莹儿妈一字一顿地说。

莹儿想说："那没妹子的人，都打光棍了？五尺高的汉子，自个儿不去挣钱娶媳妇，叫妹子换，不嫌丢人？"但她只是咽了口唾沫。这些话，说了没用，还不如不说的好。

"养儿养女没用。"莹儿妈说，"还是计划生育好。生的多，操的心多，流的汗多，苦成个驴，却没个贴心贴肉的。谁都有吃饭的肚子，无想事的心。就我一个老鬼，有一天蹬腿了，你们还饿死不成？"

莹儿想说：“那些没娘没老子的，也没有饿死。你为啥不省些心，叫儿女也按自己的性子活一次？”明知这也是没用的话，也咽进肚里。

徐麻子道：“有些事，也不能由了儿女的性子。哪个娘老子不为儿女好？毕竟，人家多过了几个八月十五。没经过的见过，没见过的听过，没听过的想过，多少有一些老经验。”

莹儿心里冷笑：“老经验是多，可这日子，咋越过越紧窄了？咋连个媳妇也娶不起了，还得一次次拿女儿换？”但她只是叹口气。这些话，还是埋在心里好。明明是大实话，妈会当你抬杠呢，反倒气坏了她。

“就是。”妈得意了，“这日子，打我的舌头上来了。我说这世道越来越坏了，日子越来越不好过了。为啥？人心坏了。瞧，人心一坏，天也坏了。刮黑风，起黄风，飞沙走石的……听说，狼也反了，沙湾的猪叫狼吆了，羊叫狼咂血了……以后，日子还要苦哩。”

莹儿心道：“那你的心呢？是善呢，还是恶呢？你说人心恶了，天就坏了。那你为啥不善些？”可进一步想，就难用善恶的标准评价妈了。妈的想法做法，对儿子来说，似乎是善的。平心而论，妈有妈的难处。女儿终究得嫁人。儿子终究不能打光棍。家里却一贫如洗。地里刨出的，至多混个肚儿圆。妈也是为了生存呀。上学时看《骆驼祥子》，她最恨小福子的爹。那老头，恶口恶言地埋怨小福子不拿自己的本钱养活家。现在，莹儿才理解了他。她相信，要是爹妈能想出别的法儿，就不会这么逼她了。小时候，妈最疼她，爹也最疼她，从不叫她受太大的委屈。

这几天，爹外出得格外勤，带来的讯息也总是激动人心又虚无缥缈。莹儿知道，爹在安慰她。爹没出口的话是：“等爹倒个古董弄上一笔，你想干啥也成。那赵三算啥？”爹瘦得很快，尖嘴猴腮了。十年前，爹算过一笔账，得出个结论：“种庄稼白种，苦白受，至多混个肚儿圆。”自那后，爹就不再把改变命运的希望寄托在土地上。大买卖是他的梦想。没有了它，爹就没了活头。所以，他总是乐此不疲地上当，津津乐道地构画，把自己的未来设计得比“极乐世界”还美。

莹儿的泪一下子涌了出来。

许久了，她老想放声为爹一哭。

6

徐麻子和妈你一句我一句，劝说了半晌，像拿棒在冷水上敲，没起大的作用，就出去了。

屋里倏然静了。

莹儿绝了几顿食，有些饿了。但这把戏既然开始了，就得继续下去。这是“黔之驴”的最后一击了，若唬不住妈，只有任其宰割了。所以，她一下下为自己打气。

想来好笑。第一次听到她和猛子的话题时，她感到好笑，觉得那想法辱没了自己。现在，它却成为命运的奢侈了，须以绝食相胁，才可能实现。想想，真是好笑。世事无常，以至于斯。

……明知将来，也不免无常，但她还是愿忍受一切苦难，以守候那心中的净土，等他回来。回来，又咋样？她不去考虑。她只完成这个过程吧。人生，重要的是过程，而非结果。生命是个过程。爱情是个过程。一切，都是过程。因为所有的结果，只有一个：死亡。万事万物，都是无常的，永恒的只有死亡。那我就守了这过程，迎接那永恒吧。

泪又溢出了。流吧，有泪流，也是幸福的。怕的是，不久，连哭的心绪也没了。那时，生和死便没啥区别了。趁现在还能流出泪来，多流些。

哭了一阵，觉得尿有些憋。莹儿爬起身。头有些晕。她用手指拢拢乱发，取过镜子。镜里出现的，是一张黄缥缥没有血色的脸和一双通红的眼睛。莹儿取过毛巾，仔细擦擦。她不想叫村里女人看出她的伤心来。当初，她可是“花儿仙子”哩。现在，落毛的凤凰不如鸡。明知这是人所共知的事实，但她还是努力鲜活了脸。虽说那鲜活仍掩不了憔悴，但掩不了就掩不了吧。有些鲜活，总比没有好。

下炕，穿鞋，穿了外衣，出了门。院里，纸片乱飞。天空仍黄蒙蒙的。树在风里摇摆得慌。莹儿身子有些软。她扶了墙，一步步挪出去。

路过旮旯时，莹儿听到了奇怪的响动。似乎是徐麻子的喘气声。妈的声音很轻，但听来清楚："放心，不来。那两个死鬼，不到黑不进屋。"徐麻子喘吁吁道："咋没水？"妈笑道："你得哄呀……早背了。许多年没这事了。一见那老鬼，就没那心思了。"门扇被挤得吱扭乱响。

莹儿一阵恶心。腿一软，身子趔趄了，萎倒在门前。那门，被莹儿无助的手撞了一下。屋里顿时寂了。她脑中嗡嗡叫着，挣扎着起身，出了庄门，才拍打了一下身上的土。

风很大。一股股劲吹而来，迷了眼，也迷了呼吸。莹儿背了风，喘一阵气，想："她咋能干这事？"想到爹的可怜样子，她有些恨妈了。

方便后，莹儿在风中静了一阵。心里的风盖过了心外的风。那乱摇的枝条也摇进心里了，心很乱。远处的天上，黄云滚滚。看来，这风一时半时停不了。可怜那沙子，由风吹了，无规则地飘零一气。但风终有寂的时候，沙也终有静的时候，但自己的心和身，何时能静呢？

待了好一阵，莹儿发烧的脸才正常了。她有些怕见妈了。素日里，老见她钢牙铁口地夸自己正经。今日个，妈分明在贿赂徐麻子，好使他尽心尽力地成全那"好事"。依妈的性子，定然看不上那张恶心的麻脸，可她……莹儿真为她恶心。方才那一跤，一定惊了他们。咋见她的面，成了一个难题。

她忍了几忍，仍不由得一阵恶心，干呕几声，只呕出几个嗝来。

"莹儿——"

扭过头，见爹抱了膀子，在风里走来。身后的风沙，一股股卷爹的脊背，把爹的身子都刺小了一半。那几根黄胡子被风肆虐了，在爹的脸上耀武扬威。一滴青涕悬在爹的鼻头。一根草绳勒在爹的腰间。这样子，活脱脱一副乞丐相了。

莹儿很想哭。

爹却笑了："丫头，我那事儿，有九分成了。成了，给那老妖一万，叫她别再逼丫头。我的莹儿，画上的人儿，啥时候这么委屈过？丫头，谁也不嫁。等买卖成了，我养你个老丫头。”

莹儿的眼里涌出了泪，背了身，用力眨眼。那泪，飘风中去了，不知去向。

爹老这样。“九分成”了一辈子。可爹的心，莹儿懂。爹也能体谅她。莹儿鼻腔一酸，她差点答应爹嫁赵三了。卖了自己，叫跌绊了一辈子的爹过几天清闲日子。

“走，屋里走。这风，可利呢。脸上一有水，就叫风吹皴了。”爹伸出手，抹去莹儿脸上又滚下的泪珠。

莹儿这才记起了那响动。叫爹撞见，多难受呀。爹可怜。妈可怜。自己也可怜。她轻叹一口气。爹又劝了：“愁啥？丫头，活人还能叫尿憋死？皇天不负有心人呢。我不信别人能搞大买卖，我连个炒麦子也捡不来。只要捡来一颗。只一颗。嘿，就够你丫头吃一辈子了。走，走，屋里走。”

莹儿听到妈特有的大嗓门远远传来，才跟爹进了屋。妈在厨房里响着锅碗，说些不着边际的话，声音很大。莹儿明白妈的意思：“老娘方才可没做啥呀，老娘正做饭呢。”莹儿望望爹叫风吹得发青的脸，鼻头一酸。

进了屋，上了炕，依旧躺下。爹用他独有的大话语气喧那个“九分成”的大买卖：“嘿，那是个猫儿眼。哪面看，那猫儿眼都会朝你转。嘿，夜里也放光。听说，那是当初财主逃往台湾时，给贴身丫环的礼。几十年了，好容易才保存下来。你猜，咋保存的？你做梦也想不到。人家盘到锅头里。锅头用了几十年，那猫儿眼也藏了几十年。人家要四十万，不多。我给他引的下家。说好的，两头各抽三万谢我。这回，六万一到手，丫头，你吃香的，喝辣的，穿红的，挂绿的，由你。给那老妖一万，塞住她的嘴，叫她少跟个破头野鬼一样毛搔你。给她两万也成。我拿上两万，也到白虎关开个窝子，说不定，也能挖个金疙瘩呢。剩下的两万，丫头，我给你，你咋花咋花。不想前行，你就一个人过。不受气呀。你想吃就吃，想睡就睡，把那娃娃养大，中个状元，你说不定还能当个诰命夫人，凤冠呀，霞帔呀，多威风。”

莹儿笑了，想，也不想太远了，只等那冤家来，望一眼也成。却想到那响动，心倏地暗了，觉得爹很可怜。

“又是啥大买卖？”徐麻子的声音。

一阵恶心。莹儿捏捏喉咙，就是这张恶心的麻脸，方才……她努力不去想它，却听得爹欢欢地打招呼：“哎呀，徐亲家，哪阵风把你刮来了？”

“西北风。西北风。”徐麻子也欢欢地应。

莹儿想，他是否正偷偷地嘲笑爹呢？这号货色，仿佛啥事都没做过似的，无耻透顶了。她很想看看那张麻脸上的芝麻眼里会发出怎样厚颜无耻的光，却又怕自己忍不住恶心。

她想：“妈也不嫌恶心……。”

爹又欢欢地喧那猫儿眼。徐麻子仍欢欢地应和。吹捧不了几句，爹就不知道高低了。那话，越加吞天吐地地大了。爹的外号“大话”，就是这样得来的。

妈做熟了饭，端进书房。莹儿仍不吃，腹内虽奇饿，但她咬了牙。她知道，自己只有这点儿尊严了。一失去，就连说话的份儿也没了。

爹仍用那“大买卖”劝莹儿。妈虽尖刻地嘲弄他，他却热情不减。莹儿落泪了。

7

夜里，依旧喝酒。徐麻子是个典型的酒鬼，一见酒，连命也不要了。

莹儿肚里火烧一样难受。怪，肚里早无食了，咋似火烧呢？不管它。这饿，不管它，它也奈何不了自己。只觉得猜拳声很是刺耳。尤其徐麻子那曳着老痰的含糊的声音，鸡毛一样在嗓子里搔。那一粒粒麻子，定然也放光了，红得发亮。老这样。爹仍是吞天吐地地喧大买卖。白福则含糊了舌头，说些不着边际的话。当然，他眼里赵三好，有肉吃，有酒喝，有钱花，比猛子强了百倍。

妈若有所思地纳着鞋底，很少说话。这反常，说明她已经知道莹儿发现了她的丑事。她不敢和莹儿对视。莹儿也不去望她，实在聒噪得耐不住了，她就挣扎着下炕，去了兰兰以前住的小屋。

腿软，步儿发飘。心的折磨和绝食，已使她虚弱至极了。她挣扎着上了炕，捞过被儿，一躺下，就喘吁吁了。莹儿大睁了眼，望那黑夜。那黑夜，时不时地，就叫闪电撕破了。而后是一串炸心的雷声，然后是泼水声。那水声涨满天地，又涨满了心。莹儿就由了那泼水声去涨满心，省得别的情绪趁虚而入。风也大了，时不时吼几声，仿佛是狼嚎。莹儿迷糊了心，由风嚎去。

此刻，那冤家在哪儿？会不会被淋坏？这念头，突地又冒上心了。没治。那冤家，成水中的皮球了，硬按下去，稍不留意又会冒出来。冒出来就冒出来吧。那就想你，想你这个冤家的脸，想跟你在一起的时光，可脑中的你却捉迷藏了。你的脸呢？你的可爱呢？你的鲜活呢？躲哪去了？咋费尽了心力搜索，脑中却一片空白？倒是那脑中的轰轰，由隐而现了。冤家，别躲呀。莫非，连这点儿奢侈，也不愿给我？那就滚远点吧。叫我的心死去。死呀，这狗心。

屋里突地亮了。一声炸雷。屋里的掩尘纸被震得哗哗作响。莹儿的心却木着。莹儿想，由你炸吧。索性，你炸了这身子，炸了这心，炸了这世界。她见过一种闪电，骨碌碌滚，一股硫黄味，碰着啥，就烧啥。那年修金刚亥母寺，村人捐了粮，捐了钱，叫大头贪了些。夜里，那滚动的闪电就找去了，扑进屋，旋一转，把顶棚上的掩尘纸烧了。大头急了，顶了会兰子的血裤头，才保下了命。莹儿没贪过钱，却贪过比钱比命更珍贵的东西，那就由你炸吧。炸吧，把身子炸个粉碎，把心也炸成粉来，把这个莹儿炸没了，融入虚空，融入黑暗。或者，哪儿也不融了，索性消失得无影无踪。

隔壁的猜拳声大，都满嗓门噎个声音，爹仍是超人的热情。徐麻子拉长了舌头，酒一喝高，他就这副孬样。妈也有了说笑，仿佛啥也没发生过一样。由你们笑去吧。我等这天雷来炸吧。你炸呀，炸呀！咋又悄声没气了？

那泼水声随狼嚎似的风声越加猛了。想来那地上，已水流成片了。天也罢，地也罢，已没了界限，都叫水淹了。水真好，把啥都能淹了。那花儿不是唱“眼泪花儿把心淹了”？淹了就好。可又没真淹去，只是泡了。心咸咸的，闷闷的，噎噎的，反倒比不淹难受。

妈几声很脆的笑传来，把风雨泼息了。莹儿皱皱眉头，想到爹那张沙枣树皮似的脸，心里噎得慌。爹这一辈子，图个啥？上了一辈子当，却没悔个心。也好，有梦做就好。不像妈，老怨天尤人，老是个气葫芦。因为她已没了梦。没了梦，活得就苦。自己也像爹，明知道盼的一切，是命运给你的“当”，可她还是愿意上当。有梦，总比无梦好。可就连这可怜的梦，现实也总是搅，叫她做不囫囵。梦给搅得支离破碎，心也就破碎了。

那黑重重地压了来。黑色的雨死命地泼。以前，那黑色的心里，还有几个亮点。此刻，那亮点也不见了，许是叫心染黑了。

口很渴。有点儿水喝，当然好。可莹儿绝食呢。那水，自然也该绝了。莹儿不想骗自己，要是连自己也骗，真没个活头了。要绝食，就真心实意地绝，把那水也绝了。大不了一死。死，真没啥可怕的。一想日后的活，反倒不寒而栗。

冤家，你一拍屁股，走了个干净，却把一个巨大的空虚留给了我。好个孤凄。我知道你闷，你憋，可你躲开的闷憋，又占据了我的心。只是它更强大。在一个弱女子的心里，它们是为所欲为了。弄得连那首花儿，也懒得唱了。记得不？就是那首：“杠木的扁担闪折了，清水呀落了地了；把我的身子染黑了，你走了阔敞的路了。”那“阔敞”，原是“干散”，可我还是改成了“阔敞”。这是我的祝愿。相信你的路，会越走越阔敞的，而我，已没了路。那落地的清水儿，染黑了我的身子，也染黑了我的心。听，这泼水声，就是那落地的清水呀。冤家，把天都染黑了呢。你这瞎眼的天，虽用那闪电划呀划的，但终究还是叫黑染透了。冤家呀，前世的冤家，今世的冤家，来世的冤家。

那闪电，越来越稀了，渐渐不再肆虐。风却不弱，依旧在。夜奇怪地重了，把猜拳声压了，把说笑声压了，把莹儿的眼皮也压了。

莹儿堕入了浓浓的黑里。

8

觉得黑愈加重了，开始扭动着撕扯自己。莹儿醒了。身上有只手，在乱抓。

浓浓的酒气扑面而来。那喘息，带着咝咝声。这是老气管炎患者独有的喘息。是徐麻子。

“妈呀——”莹儿厉厉地叫。

“叫啥？”徐麻子压低了声：“他们睡了。给，这是钱，买个头巾。”莹儿觉得手里多了卷纸。她一阵恶心，扔在地上。“滚开！”她骂。这麻子竟如此放肆。莹儿气软了。她想翻起身，狠狠甩出一击耳光，却是有心无力。“滚开，老畜生！”这是她懂事以来第一次骂人。

“忍忍，忍忍。只一会儿。就一会儿。”徐麻子喘吁吁道：“不信你个棉花，见了火不着。”他索性扑到莹儿身上，撕她的衣服。

“爹——”莹儿厉厉地叫，带了哭音。她听到隔壁有动静了，先是男声，后是女声，却终于寂了。

“哥——”她哭喊。声音把风雨都盖了，却刺不破隔壁的寂。

“他们，知道。怕啥？拔了胡萝卜窝窝儿在哩。又不是黄花闺女。明日个，给你买个裤子，成不？好料子。我说话算数。骗你，我得大背疮。”他把莹儿的两只手背了，压在她身下，开始解扣子。

“呸！”莹儿哭了。一只手已按上乳峰了，自己的手却被压在身下。她连挣一下的力气也没了。另一只手开始解她的裤带。

“哇——”莹儿突地爆发出哭声。那声音，不像人声，连那手也给惊住了。她把所有的力气都运到喉咙上。此刻，这是她唯一可行的挣扎方式了。

“乖乖，别哭。”徐麻子慌了，用手去捂莹儿的口。莹儿趁机抽出了手，抓了一把。徐麻子显是疼了，又背了她的手。莹儿觉得酒气又近了，有东西开始扎脸。一股恶臭喷了过来。

“妈——”莹儿叫。这声音，把夜都撕破了，咋叫不醒妈呢？莫非，他们真默许了？真不敢得罪这麻子？真怕坏了家里的好事？莹儿绝望了，连一丝儿挣扎的心也没了。还是死吧。死吧。她无助地哭了。

那酒味却循声搜来了。莹儿一阵反胃。忽然，一丝亮光进了莹儿绝望的大脑。她狠狠咬去。

一声兽似的惨叫。

莹儿冷静了。在所有的呼救无济于事后，她反倒冷静了。“滚开！”莹儿含糊地命令。

“嗯——嗯——”对方也含糊地应。

她松了口。一道闪电亮了。她看到那张扭曲的脸。听到一阵很响的呻吟和抽气声。“滚！”她斥道。

含糊的呻吟远去了。

莹儿一阵恶心，呕了几下，却呕出了眼泪。她索性哭了。她哭着穿了鞋，出了门，走到院里，在滂沱的雨中大哭。

恶心浸入每一个毛孔了。心里塞满黏物。这下，身子真黑了。雨，泼水似的往身上落。泼吧。洗吧。把那脏洗去。莹儿张开口，边哭，边接雨水。身子很快湿透了。衣服贴身上了。她真想脱光衣服，叫雨从里到外清洗一遍。心里却在不停地呻吟：“冤家，我脏了，比茅厕还脏了。再不叫你碰了。”她爆出一阵吓人的大哭。

雨是彻天彻地了。闪电没了，雷声没了，倒是雨知心贴肺地泼着，洗刷着一切。

9

莹儿进了书房，拉亮了灯。徐麻子无耻地打着呼噜。爹醒着，妈也醒着。白福是无心无肝的鼾声。莹儿木着脸，谁也不望，说：“我可到陈家去了。”爹叹口气。妈迟疑了一下，坚决地说：“不行！”

莹儿耸耸肩，冷笑道：“我想去，可不是像你说的，老的嫩的都想啃。”她用下巴扬扬徐麻子，“人家，才想呢。”

妈一下子软了。

莹儿出了庄门。四下里仍黑。雨小了。风却凛冽得紧，一直泼进心里。莹儿打个哆嗦。鼻头痒痒了，怕是要伤风了。这倒不怕，心头卸下了一副重担哩。想不到会这么快出了娘家门，原打算以死相胁呢。只是那恶心，已印到灵魂深处了，稍一触及，便想呕。

那雨中隐现的小路上充满了泥泞。这也不怕。摔几跤也没啥。人生来就是摔跤的，除非瘫子和死人。莹儿不怕摔跤，倒是怕那恶心会永久印在心里。真是恶心。她已用水涮了百十次嘴，但恶心依旧。配不上你了，冤家。她哽咽一声，泪突地涌入眼眶了。

一股风吹来，裹着雨，泼在脸上。莹儿脚下一滑，摔倒了。泥泞沾了半边身子。倒是不冷，身子仿佛木了。心却没木，那恶心，醒醒地蠕动个不停。

不知道啥时候了。半夜，还是凌晨？这并不重要。在凉州人眼里，夜是鬼的世界。鬼就鬼吧。怕鬼的，是以前的莹儿。现在，没啥怕头了。那鬼，会吃人吗？会撕衣服吗？会做那些人常做的坏事吗？不会。那有啥好怕的？最怕的，是人，是那些人模人样却不长人心的人。莹儿甚至有些怕爹妈了。夜里那戏，他们扮演了啥角色？不知道。还是不知道好。知道了，就失去爹妈了。权当你们真睡了，睡成了死猪，总成吧？

莹儿又哭出声来。

闪电许久没出现了。也好。那光明，虽亮，能一下子照亮路，照亮世界，照亮心。可一熄，却牵来更黑的夜……索性就黑成一块吧。成凝固的一块，混沌了天，混沌了地，混沌了心。

这闪电，多像那念书呀。利利的一道光，一下就照亮人生了。她看到了前途、未来、幸福……可叫现实一压，就倏地熄了，把啥都罩黑中了。还不如索性就黑了的好。不奢求幸福，就没有痛苦；不渴望光明，就不嫌弃黑暗；不构建未来，就不埋怨现在。真像那寓言了。那混沌，本无七窍，原也活得逍遥。叫多事的智者凿了，反倒痛苦死了。真的，不念书多好。糊涂了生，糊涂死。

冤家，你也是闪电呀。在生命里亮亮地一闪，闪出炫目的美，却又倏地熄了。亮过后的暗，是那样的可怕。早知如此，你还是不出现的好。那时，我已认命了，我会认命做憨头媳妇，认命做寡妇，认命前行，认命叫现实撕扯去。也许，后来就木了，觉不出苦了。那香香们，不也活得挺好吗？冤家，你可害苦我了。

莹儿哽咽了一下。泪又模糊了双眼。模糊就模糊了吧，反正也用它不着。夜把啥都隐了，那路，却在心里延伸着。闭了眼，也不会偏离。

上了大路，泥泞少了。沙地有沙地的好处，那雨早渗了，踩上去，不再有泥泞。路旁有棵沙枣树，黑黝黝似鬼影。这儿常闹鬼。据说，有时的焦光晌午，就能看到一个红衣女鬼。这树上，吊死过几个女子，都穿着当媳妇时的红衣，就闹鬼了。莹儿不怕。不就是个女鬼吗？你成了鬼，也是个女的，有啥好怕的？可心却怯了，就到路中间走。听妈说，路当中，有道煞。这煞，鬼怕神惊，是老天爷专为夜行人设的。那就走中间吧。中间好。爹常说："马太快，牛太慢，骑个毛驴儿走中间。"

沿了路，一直儿走去。天似乎亮了些。路旁的树渐渐稀了。这些年，伐得厉害，把那翠绿，变成房子呀，家具呀。变就变吧，莹儿管不了许多。树稀了，阴森味也少了。沙丘呀，沙洼呀，柴棵呀，都模糊了，模糊成朦胧的夜了。也好，把啥都隐了，把女鬼也隐了。说不准，她们正笑自己呢，笑自己活得恓惶。……这有啥好笑的？当初，你们也和我差不多。现在，你们好了伤疤忘了疼，望别人的笑声，不道德。这一说，她们就害羞了。莹儿笑了。去吧，知错就好。你们自由了，脱孽了，是你们的造化，取笑别人，就不该了。我是昨日的你，你是明日的我，你有个啥炫耀的。

雨小了。由暴雨而中雨，由中雨而小雨了。东方的亮色，渐渐浓了。那亮，如洇在宣纸上的墨水一样，由小渐大，由淡至浓，一下下舔那夜幕。夜就慢慢地化了。由你化去吧。不化也好，凝成一块也好。在莹儿看来，一样。只是在昼里，自己这落汤鸡样，会勾来许多眼里的问号。想想，也怪难堪的。当初，是"花儿仙子"呀。现在，成夜行的孤鬼了。孤鬼就孤鬼吧。到哪山，打哪柴。只要不怕掉牙，由你们笑去。

却倏地想起爹来。小时候，她一哭，爹就手忙脚乱，恨不得摘下星星，从不曾委屈了她。现在，爹变了。夜里，隔壁的那男声，明明是爹呀，却叫妈喝息了。爹呀，好可怜的爹。你咋能眼睁睁叫女儿受辱？那徐麻子，不过是个媒人，就能叫他活人眼里下蛆。这世上，比他牛气的，多啦，你唯唯诺诺，还有活路吗？爹，苦命的爹。我知道你苦，心里苦，对不？好饭没盐水一样，好汉没钱鬼一样。人穷志短，马瘦毛长。你也是牙咬断了，往肚里吞，对不？爹，我知道，穷把你的脊梁骨抽了。是吧？爹。莹儿又哭出声了。

那么，妈呢？你可是个要强的女人呀。胳膊上跑得马，拳头上立得人。咋也变了？妈，以前，你穷是穷，还有些底气。你常说："穷是老娘的合该穷。"那口气，天都吞了的。现在，你"底"也丢了，"气"也散了，啥也没了。那么强大的你，咋一下子就软了？

莹儿抹把泪。她很后悔那句伤妈的话。心一下下抽了。真不长心。她想，妈已经够苦了。叫那恶心的徐麻子……可自己，竟拿锥子捅她的心。真不是人。莹儿用力咬嘴唇，怕已咬烂了，就狠狠呸了一口。她这是呸自己。真想跑回去，跪在妈面前，一下下磕头，磕出血来，请她原谅。她差点要转过身去了，可还是忍了。明知道，这一出来，也许会改变命运的。为了那个冤家……冤家呀，只有伤母亲了。

莹儿像母狼一样，长长地嚎几声，噗地跪倒，朝娘家方向，一气磕了许多个头。

起身时，才发现自己跪积水中了。没啥。这泥呀，水呀，不过污了衣裤。一水洗百净，终究碍不了啥事。但自己那话，却叫妈当不成妈了。妈呀，原谅我。

莹儿边哭，边跌撞着走。这段路，不很平，多坑洼，走得稍快些，便成跌绊了。不要紧。摔倒了，爬起来；摔青了，会复原；摔烂了，会痊愈；摔死了，更好。那心里的痛，却难消了。恨爹娘时，一股气蒙了心智。醒来，却觉出爹妈的苦来。若重活一次人，莹儿就会闯天下去，创业，挣钱，叫爹妈微笑着享受去。可现在，晚了。莹儿只能眼睁睁望着，一任爹妈像瓶中的毒蜘蛛，你咬我一口，我咬你一口，仇人似的折腾。

全是那穷害的。

莹儿这才理解了灵官的出走。他做的，不正是她盼的吗？

天渐渐亮了。只是，她不知道，等待她的，又会是啥？

第 十 五 章

白蜡杆子紫红的幡，风刮时它自己倒哩。

1

兰兰在金刚亥母洞里修行。

她闭了眼，在坐静观修。她已进入了空灵状态，心外无身，身外无心，一点灵光，恍兮惚兮。那心咒，在心头反复地滚。

兰兰觉得生命里有了神。

是什么？神就是神。无所不知，无所不能。有祸，神替你化。有罪，神替你灭。有苦，神替你消。有病，神为你治。神是救星。神大慈大悲，救苦救难。贫穷者可求神赐福。弱小者求神保佑。无子者求神赐。久病者求神治。落难者求神解救。发迹者感谢神恩。杨柳枝净水瓶，滋润着兰兰干涸的灵魂。山丘般的香灰里，掩埋着兰兰充满希望的心。

神还是裁判官呢。神高悬明镜，洞察秋毫。善有善报，恶有恶报，不是不报，时候没到。时候一到，远在儿女近在身。行善者，终究能感动神灵，降福于你——哪怕是死后——作恶者，最终免不了神的谴责——哪怕报应在他第二百代子孙身上——那恶，抗他作甚？有神呢。举头三尺有神灵。神会洞察一切，了却一切。

于是，兰兰觉得体内多了一种力，在鼓荡，在喧啸，在冲撞，心却越加空灵了。这空灵，是轻易追求不来的，仿佛没了心，没了意，是无有云翳的虚空，是无有波纹的静水，是宁静中的超然，是窥破虚妄后的洞悉。

那空灵，渐渐荡开了。身没了，心没了，眼前的一切都没了，都往一个巨大的虚静里堕去。那虚，是无我无物的虚；那静，是无波无纹的静。却又是灵光闪闪，并不昏沉。一点灵性，恍兮惚兮，悠悠荡荡，无处不至。没有语言，没有内容，没有一点渣滓，没有半缕污垢，没有贪婪，没有索求，只有倾诉，只有心的裸露和倾诉。

兰兰静极的灵魂在流淌。由你淌吧，流吧。那不是兰兰，兰兰已空灵了。身奇异地空灵，心也奇异地空灵，没有杂念，没有念想，没有自己，没有“没有”。那神也罢，仙也罢，是遥远到心外的事。那是没有翅膀的飞翔，是柔若无骨的线条，是随心所欲的挥洒，是无嗔无怒的倾诉，是无怨无争的展现。现在，她明白了，这便是空灵的作品。

兰兰沉浸在酣畅的宁静里，心静止了。渐渐地，她体验到乐了。渐渐地，乐也没了，只有空灵。这空灵，融了苦，消了忧，解了愁，止了痛，把浊世化成了天国。莫非，这便是金刚亥母的坛城？这飘逸，这虚无，这静空，这灵动，真是个绝好的所在呢。

一股奇妙的香，沁入骨头了。多像大沙河里的沙枣花呀。一股股香味、果味、酒味、诸种的供品味一齐涌来，扑来。兰兰有种醺醺的醉意了。莫非，这就是受供？黑皮子老道说，神受供的，不是形，不是质，不是色，不是味，是那供物的性。那“性”，一如人的灵魂。此刻，兰兰仿佛明白了。渐渐地，所有的感觉也溶入空灵里了，只有那点儿灵光在闪现。

好个酣畅淋漓呀！虽空灵到极致了，兰兰仍品到了酣畅。真的。那空灵的酣畅，才是真正的酣畅呀。她真想唱，想跳，想向虚空里飞去。那躯体，早盛不下空灵的酣畅的倾诉了。那天空，怕也盛不下呢。

盛不下就盛不下吧。那空，本不是叫谁随便盛的。倒是它能盛了万物。静极了，空才显现。空极了，才有灵光。那灵光，莫非便是智慧了？人不是说“定能生慧”吗?

以前，打七坐静时，兰兰也有很静的感觉。有时，静极了，她会不由自主地做一些手势。这手势，寻常人不懂，黑皮子老道却说是“诀”。兰兰不懂啥是诀，黑皮子老道就问：“你知道天线不？没天线，收音机杂音大。这诀，就是那天线。你一插，心就通神了。”兰兰于是知道了诀。

兰兰跟黑皮子老道打过几次七，渐渐对他有了好感。他庄严，能干，啥都懂，加上行如风，坐如钟，气派得很。任谁见了，都不由得生敬。他虽也灌顶不久，但兰兰对他很是尊敬。

自皈依了金刚亥母，兰兰心里充实多了。以前，空有个人样儿，却无个人心，老叫外物牵了心跑。那身子，跟行尸没啥两样。黑皮子老道说，他的祖先会赶尸，能作法叫死尸走路，能到千里之外。那么，以前的自己便是尸了。赶那尸的，就是心。现在，她降伏了心。灵魂和形体才算合一块儿了，倒也过得充实。

兰兰知道，爹眼里，修行不是正经事。土里刨食最可靠，别的全是瞎胡闹。除了庄稼、土地、农活等祖宗常干的营生外，爹眼里的所有的事都是“瞎胡闹”。妈是信金刚亥母的，但她的信是功利性的信。她希望这信，能给她带来好处，比如消灾，比如发财，比如交个好运。最差了，也能在下辈子投生个好人家活个好人。而兰兰，则有更高的念想。她脑中有许多想不通的问题，读书也不明白，问人也不晓得，那就修吧，等明了心，见了性，大彻大悟，就不再有扰心事了。

自心中有了金刚亥母，兰兰心清了，欲寡了，啥都看淡了。她眼里，一切都是吹了气的猪尿脬，叫心的风吹了，诱得肉体去撵。撵了一辈子，挣个贼死，追到的，仍是啪的一声，闻到股骚气而已。兰兰索性就不追它了。谁愿意，就追去。反正，兰兰是看透那虚幻了。

看透了虚幻，许多痛就木了。比如，女儿的死，原是透心彻肺的痛，现在缓和多了。明知道，人一生下，就奔向死。十岁是死，百岁是死。鹿活千岁，也终有一死。死是永恒的归宿，活倒是暂时的偶然。通脱地想来，实在没啥痛苦的。这是麻木呢，还是超然呢？兰兰却分不清。

现在，摆在她面前的，只有一个问题，那便是找个身的归宿。心的归宿已有了，身却仍是肥皂泡呢。金刚亥母也罢，修炼也罢，都解决不了她的生机。

那白福，早挤到心外了。今生，她宁和一头猪挤猪窝，也不愿和白福排大炕。花球虽约过几次，兰兰没答应。因为，他有女人有娃儿，再和他纠缠，就不道德了。灌顶前，她还希望能和花球像情人一样交往。灌顶后，这念头就消了。她想，自己的修行，就从还了别人的男人开始吧。那媳妇，也苦命呢。

2

早饭后，月儿向莹儿辞行。她已托同学在兰州的花儿茶座里寻了个差事。她已学会了常用的花儿令，所欠的仅仅是火候。莹儿真心希望月儿出去闯一闯。近来的一切，叫她换了脑子。若重活一次，她也会有另一种活法。但现在，晚了。像那公驼，小时候，用个小木桩拴，它也挣不脱。长大了，即使能挣脱，它也不动那心思了。莹儿也一样。但她终于明白了，没读几天书的丈夫为啥在临死前要逛文庙。每每想及，莹儿便泪流满面。这是最叫她心碎的镜头。……莫非，踏上黄泉路之前，他才明白了这一点？

可惜迟了。

莹儿明白，自己也迟了。她像一片黄叶，在起伏的海浪上颠簸，已由不了自己。那就随波逐流吧，叫命运之水，载了自己，游呀荡呀，到哪儿的码头，就上哪儿的岸。但她还是赞同月儿的出去。

告别了莹儿，月儿又去金刚亥母洞见兰兰。兰兰虽不说啥，但心里不以为然。她不信月儿出去，能找来啥幸福。幸福是啥？是感觉。吃饱了，喝足了，穿了绫罗绸缎，骑了高头大马，照样恼苦得想拿刀抹脖子。而叫花子夫妇，讨来片面包，你推我，我让你，凝眸相视，会心一笑，也无异于仙人了。对幸福，兰兰的解释是，看的越多，知的越多，幸福越少。心贪了，烦恼就来。念头多了，额头的皱纹都上得快。就这样，木了心，灭了智，由那宁静占据了心，是何等的乐事呀！

但对月儿的出去，兰兰并不说啥。鸡往后刨，猪往前拱，各有各的活法。幸福是道百味菜，看你有个啥胃口。想去了，你就去吧。想来了，你再来。只是，来的你，已不是去的你。你心高了，命薄了，欲望多了，满足少了。到最后，按黑皮子老道的说法，“三尺白布掩腐尸，一抔黄土盖枯骨”，一个土馒头，把啥账都了了。细想想，那所有的奔波和追求，有啥意义？

兰兰想，仅仅过了三四代，人们就忘记祖先了。三四辈后，子孙也将不记得我们。一茬一茬的人生了，一茬一茬的人死了，一茬一茬的人留下的，是一茬一茬的空白。这许多茬空白，合成了巨大的虚无。谁能解释，人活着，为了啥？

月儿，去就去吧。兰兰想，也许，这人生，本无个目的，也无啥意义，只有过程了。体验这过程，便是历练人生。一团团云的价值，就在于划过虚空，现几个图案，再无影无踪。那鸟儿，嗖的一下，飞过虚空，那扇动的翅膀，能留下痕迹吗？但你还是飞吧，留不下就留不下吧。重要的，是那过程。

修道者，想来也这样。形如枯木，色如死灰，定心灭智，苦苦追寻，有几人能羽化飞升？那些所谓的修成者，今在何方？也许那成功，仅仅是参透了巨大的虚无。

去吧，月儿，去参透虚妄，去历练过程，去寻觅灵魂的安宁。

3

老顺很恼苦。

因为，关于兰兰和花球的闲话越来越多，句句扎耳，十分难听。还有人将她跟黑皮子老道也扯在一起糟践。老顺甚至觉得没活头了。人活脸，树活皮哩，叫丫头一折腾，祖宗都羞成红脸关公了。

真鬼迷心窍了。

先前，兰丫头对老子知疼知热贴心贴肺，咋一修行，一行善，反倒六亲不认了？莫非，也像《封神榜》上的苏妲己那样，虽仍是那个旧身子，魂灵子早成妖精了？

老顺找孟八爷吐一阵苦水，心却丝毫轻松不了。

“随缘吧。”孟八爷说，“你又不能钻进人家心里把她的想法抓出来。这世上，最难转的是心。释迦佛呀，孔圣人呀，说到底，还不是为了教化人心？可教化了几千年，人心倒更坏了。”又说，“兰丫头没盼头了，抓根稻草，就当成救命的船了。”

老顺叹道：“细想来，那丫头，也真命苦。自小到大，她没经过几件顺心事：想念书，可老子只有四两油，供她，就供不了娃子；大了，又得换亲，换个可心人也成，那白福，偏偏又不是个好货；只有引弟是个盼头了，可又死了。真没盼头了。”

孟八爷道：“人就活个盼头，穷了穷些，有盼头就好。没盼头，就跟牛马一样了。兰丫头没盼头了，她正想再有个盼头，正好，遇上金刚亥母了，就合铆了。也成哩，人活个啥？心。幸福也是心，痛苦也是心。心幸福，人就幸福；心痛苦，人就痛苦，跟别的关系不大。千万富翁照样跳楼，穷汉照样高兴得成天喊秦腔。楼里软床上的富人恼苦得睡不着觉，窗外的硬土地上却卧个穷汉做好梦。啥都全靠这个心。至少，兰丫头有盼头了，那空落落的心有了个主儿，对不？”

老顺问：“这么说，她信那亥母是好事？”

孟八爷道：“所谓邪法正法，不在于说得多动听，区别在于正法是利益众生，邪法是害人。正邪之分，全在于心。听说，那金刚亥母法，倒真是藏传佛教的法门。那金刚亥母洞，市里也下了批文，是正规宗教场所。没啥的。”

4

次日，又一拨儿人要出关了。他们一出关，猛子妈就准备入关打七。入关时，须在鸟雀归巢之后。虽名“打七”，却有九天：第一日，傍晚入关；最后一日，上午出关。中间圆满七天，故名“打七”。

自第一次灌顶以来，金刚亥母洞从没空过，你进我出，络绎不绝。据说，不打七，不算真正的修行，死神一到，神识无主由业牵，就难免再入轮回。多打几次七，修些定力，临终时就能到佛国。所以，没打过七的猛子妈老做噩梦。梦里，老见泥浆翻滚，化为大火，焚烧自己。神婆说：“你打一次七吧。”猛子妈说：“干妈，七当然得打。不打七，也不算修行人。可那娃儿，你不能叫人家趁机抱了去。”神婆说：“放心。一打七，护法神护你哩。她想抱，也怕由不了她。”猛子妈放心了。傍晚时分，她又悄悄叮嘱了老顺父子一番，入关房了。同入关的，还有会兰子、月儿爹、兰兰等。

老顺简直腻透了。这老妖，纯粹是吃饱了撑的。自兰兰脱胎换骨六亲不认后，老顺对那修行没一点好感。老伴在家中的一切勾当都令他厌恶，比如，每天早晚间，老伴总要在亥母神像前燃蜡，上香，磕头，打哈欠，念叨。后面几种无碍大局，唯那燃蜡，分明是糟蹋钱。一根蜡两毛多钱，就算三天点一根，一月就是四五斤麦子，加上香，再加上别的供物，她一人就浪费十多斤麦子。此外，每到初一十五，还要随心供养。这一“随心”，不知又随心了多少。多的没有，但至少随心了几包烟钱和几瓶酒钱。与其搞这号名堂，还不如供养他烟酒，叫他也尽兴乐呵一阵。可每次，他吁两盅酒，老伴就怨他贪尿水儿。你那亥母，不知贪了我多少“尿水”呢。那酒，可是五谷精华哩，喝了，长骨生肉。那蜡，一燃，就啥都没了，有啥好处？老顺很生气。某次，老伴又搞所谓的“灯供养”时，老顺就骂：“把那么个屌，点啥？”老伴吓坏了。那蜡，是供金刚亥母的，咋成屌了？就说：“别乱说，有罪哩。”老顺说：“有个屌罪。”老伴怕还会扯出他无数的“屌”来，不敢再言声。

不几日，师兄弟们都知道了老顺把供金刚亥母的蜡叫“屌”，都说他造罪，都好心好意地劝他，连老顺一向看不起的月儿妈，竟也一本正经地劝他：“以后，你就说：那灯，叫多供一会，多积些功德。”老顺冷笑道：“也没见你供出个啥名堂。”月儿妈说：“咋没名堂？我那月儿，不是到兰州了吗？那花儿茶座，不是谁想去就能去的，又轻闲，又体面，多少人想巴望，还巴望不上呢。天下有多少念书人，连个屁事也干不上。娘老子不给积德，怪娃儿干啥？”老顺大怒，说：“啥意思？你的意思是灵官没考上大学，是老子没给他积下阴德？”月儿妈说：“我可没说。”但背过老顺，她却说：“这号事，可说不准。要说，那灵官，化学脑子，学啥通啥，咋考不上？”言外之意，仍归罪于老顺了。

老伴这次打七，也有为后人们积些功德的意思。这意思，她才透露，老顺就恼了，恶狠狠道：“风刮倒了，赖天爷哩。他自己没本事考学，赖娘老子干啥？”

老顺想，闹不好，也有人把大儿子的死说成是老子亵渎神灵的缘故呢。难说。这一想，心里很是烦闷，就去地里转。这是他的习惯，每次闷了，就去地里转。一见那肥得流油的土地，就觉得有种很大的东西冲了心中的烦闷。

到了西湖坡，见孟八爷拿个铁锨，在挖地呢。老顺问：“那活儿，你干啥？你儿子孙子一大堆，用得着你挖地呀？”孟八爷叹道：“老牛不死，稀屎不断呀。瞧，多肥的地呀，插个牛尾巴，就能长出牛犊子呢。可他们，为啥就不喜爱？知道不？花球想撂荒呢。他说种地种不出金子来。……瞧，都叫那金子弄疯了。多好的地呀，你撂荒，老天能饶你？”老顺叹道：“猛子也嚷嚷呢，说种地不划算。他们咋长脑子？连土地都不爱了。我说娃子，等你嘴里饿出干屎臭来，你才知道，土地是头号宝物哩。”孟八爷说：“听大头说，那个开发商瞅定了西湖坡，又到市里去活动了。我说，这西湖坡，是沙湾最肥的地，说啥也不能卖的。”

“就是，卖了喝风呀。……全是那白虎关惹的骚。”

说完，齐叹了一口灰楚楚的气。

5

午后，有两年没见过面的徐麻子上门了。听说，他正给莹儿介绍对象。若传言属实，那他这次是探试来了，老顺就不冷不热地待他。对徐麻子，老顺从骨子里看不起。因他不是正儿八经的庄稼人，尽干些不守祖业的勾当。

但因他和神婆联手，成全过莹儿和兰兰换亲，老顺也不好抹下脸，给他个下不了台。

“哟，这老崽，几年不见，咋越活越年轻了？”每次见面，徐麻子就说这号话。老顺明知道他在扯淡。他想，年轻啥？几年前，老子脸上还光堂呢，现在成老沙枣树皮了；但心里还是很受用，夸自己年轻，总比催自己死好听。

“年轻啥？老了，半截子进土了，哪像你，日日有酒，顿顿见肉，体子跟叫驴似的……啥风把你刮来了？”老顺半是迎合，半是嘲讽。

“黑风。”徐麻子睁着那双咋睁也是缝儿的眼睛，四下里瞅瞅，问：“女亲家呢？”

“打七去了。”话一出口，老顺就有些不好意思，仿佛那打七，跟偷呀抢呀成一类了，心里不由骂老伴。

“哟，她也灌顶了？”徐麻子又眯了眼四下里瞅，“媳妇子呢？”

老顺说：“在哩。”喊一声：“莹儿，沏水。”

听得厨房门响了一下，莹儿的声音传来：“爹，我去给妈送饭。”

那声响，往庄门外去了。

老顺只好自己取个杯子，给徐麻子沏了水。他仔细打量徐麻子，发现他竟然年轻了，那麻子，颗颗发亮；又闻到他身上的酒味，馋一浪浪卷来。他知道，酒瘾犯了。也正好，趁老伴不在，乐呵一下。可惜，这乐呵的对象，不大称心。酒逢知己千杯少，话不投机半句多。和徐麻子这号人，浪费钱呢。

正沉吟，却见徐麻子已从衣袋里掏出一瓶酒来。老顺说：“哟，亲家，我这儿有酒哩。你想喝，明说。这样，真见外了。”徐麻子说：“一样一样。我的，就是你的。”又朝另一个衣袋里一掏，竟掏出一疙瘩东西。老顺嗅到一股他熟悉的肉味。打开，嘿，竟是猪蹄子。

这下，老顺真过意不去了。方才，“亲家”进门时，自己还不冷不热，又嘲又讽。瞧人家，又是酒，又是肉的。伸手不打笑脸人，便为自己方才的冷漠惭愧了。若有莹儿妈的口才，早有一番热情洋溢的表白了。自己口拙，也说不出那号肉麻话，便说：“店里的臭虫倒吃客哩。”

徐麻子笑道："你咋成女人精了？我和你，啥关系呀，还分啥你我？"

这一说，老顺倒忘了过去对徐麻子的不佳印象，真将他当老朋友了。发现这一点后，他自嘲地笑笑，想，还是老先人说得好，吃人的嘴软，拿人的手短。

老顺接过徐麻子递来的猪蹄子，口才凑去，一线涎液已溜出口外。若不是他吸得快，真丢人咧。老顺一生，无太大的嗜好，只喝酒、吃肉、挼兔鹰、抽烟而已。在肉里，他最贪猪蹄子，一想，就流口水；可这不比兔肉，挼个鹰，就能猎来，得花钱呀。一个猪蹄子，五六块钱，一想，就只能咽口唾沫。今日个，瞌睡遇到了枕头，好我的徐亲家哟！

"吃，吃。烂得很，我叫他多卤了一个小时。我的牙口不好，你可能嫌烂些。"徐麻子说。

"正好，正好。"老顺边咕嚅，边含糊地说。这肉，不但味儿可口，那口感也合心，真是过瘾。自上回，孟八爷买过几个猪蹄，过了回瘾后，那猪蹄，除了在自家养的猪身上见过外，梦也没梦见过。今日个，真过年了。老顺想，那老妖一打七，就有人送猪蹄，立竿见影了。以后，想啃猪蹄了，就叫她去打七。一笑。

一个蹄子，三下五除二，就溜进肚了。老顺抹抹嘴，他后悔吃得太快，没多嚼，可肉一入口，胃里就伸出手来，往下拽肉，他也没法。他意犹未尽地拌拌嘴，见徐麻子又指另外一个，就坚决地摇头，说："我饱了。徐亲家，你吃。瞧，我成店里的臭虫，倒吃起客了。"

徐麻子说："肉铺里，我先消灭了两个。这两个，是给你带的。"老顺很想一口气吞了它，但还是咽了口唾沫，说："饱了饱了。亲家，你吃。"徐麻子不再让他，说："也好，给媳妇子留下。这猪蹄，勾奶呢，奶娃娃的吃了，奶足得很。"这号话题，当公公的不好迎合，老顺就没吭声。

两人猜一阵拳，徐麻子带来的酒就见底了，老顺坚决地取出了上回喝剩的半瓶。才开瓶，却听到徐麻子哭了起来。老顺说："徐亲家，醉了？"徐麻子不答，仍是哭，鼻涕眼泪，抹个不停。老顺很讨厌哭声，他虽不是个迷信罐子，但还是忌哭声，认为它会带来晦气，就皱皱眉头。

徐麻子哭道："亲家，我难受几年了，一想，心上就刀刀儿戳哩。我对不住你呀。"老顺吃了一惊："你咋说这种话？""真对不准你呀，我是好心办坏事呀。""啥坏事？"徐麻子却不说"啥坏事"，只是哭，神头怪脸地哭。

一个男人，咋能这样哭？老顺又皱皱眉头。虽然吃了他的猪蹄子，还是厌恶他了。

"憨头，我对不住你呀。"徐麻子又哭起死去的憨头了。一哭憨头，老顺心里的厌恶倏地淡了，有股热热的东西涌上，他也想哭呢；却听得徐麻子哭道："亲家，我不知道，那白家人，心这么黑。"

这一来，老顺更摸不清头脑了。片刻间，徐麻子哭了三个内容，正想探问，徐麻子却住了哭声，抹把泪，叫："亲家，喝酒，喝酒！"

老顺一肚子狐疑，陪了几盅，问："白家又咋了？"他以为徐亲家那"对不起"的，是传说中的他正给莹儿介绍对象的事，就说："没啥，有女百家求，你是吃这碗饭的。"这一说，又勾起徐麻子的伤心，他抽泣起来。老顺怕他又神头怪脸地哭，就说："喝酒，喝酒。"徐麻子哭道："这酒，我咽不下呀。一想你那么好的儿子叫我害了，就恨不得碰死。"

老顺又狐疑了，想，那憨头，明明是患肝病死的，咋成他害的了？才要问，徐麻子却说："知道不？白家瞒了我。那姑娘，白虎带刺呀。"

"啥白虎带刺？"

徐麻子不管，却叫："毒呀。利利地害了憨头。"

这下，老顺听出点眉目了。听那口吻，莹儿是白虎星，克死了憨头。那白虎星，老顺懂，村里人也懂，就是女人没阴毛。据说，这号女人，最不吉利，男人别说碰，一见，就倒霉透了，娶了白虎星的，肯定短命。那"带刺"是啥？老顺懒得问。幸好没别人，一个公公，和别人谈这号事，叫人把牙笑掉了。就是，你管人家的阴毛干啥？

徐麻子却解释了："那带刺，就是只有一根毛，最毒，男人碰了，必死无疑。"

老顺耸耸鼻头，厌恶地看徐麻子一眼，虽带了酒性，晕乎乎的，他还是没忘自己的身份。这号话，听外人说时，都嫌瘆人，何况公公；就说："喝酒，喝酒。"

徐麻子长叹一口气："都怨我，等知情人告诉我时，已经结婚了。要是早知道，那媒，我是死也不会保的，害得憨头早早儿，就走了。"

老顺道："徐亲家，喝酒就喝酒，莫可提荆州。叫人听了，牙笑掉哩。"他对这号神神道道的事向来是半信半疑，不像老伴，信出一脑袋棱儿来。何况，就算真那样，死的已经死了，人家还要活人呢，传出去，叫人家咋见人？

徐麻子却仍在唠叨，内容越加不雅。老顺恼了，一拍桌子，说："这酒，你喝不？不喝，老子可收了。那种闲屁，少放。"

徐麻子显然带了酒性："闲屁？好心得不到好报。我可是好心的，开始，我还想，那丫头，人温顺，想说服你，进的不进，出的不出，叫猛子娶了；可一打听，才知道是这号事儿。"

老顺明白了：这徐麻子，是带上使命来的。这行为，就是所说的"挑婚"了，这边挑拨，那边说合，他也打发毛旦干过这事，就冷笑道："你的好心，我领了。干你这号事儿，我也是老手呢。"他手伸进喉咙，哇哇哇吐几口，也没吐出啥来，就喘息道："老子怪自己吃了你的脏东西。滚吧！老子不和你计较。正好老婆子打七，不然，她会啐你一脸唾沫星子。"

徐麻子见老顺撕破了脸皮，索性也抹下脸来，说："啐我干啥？我又没把丫头往人家怀里推，又没叫女人往男人窝里滚，啐我干啥？那黑皮子老道，可老的嫩的都想啃呢。你掏尽耳耵，去打问打问，谁不知道？那打七的把戏，骗别人还成，能骗了我？男的女的，没日没夜一块儿滚，棉花见了火，不着才怪呢，还有脸给人说？"说着，他一把抓起放在桌上的纸烟盒和剩下的那个猪蹄子，走了。

6

老顺气得身子都抖了，明知才吃了肉，生不得气，一生气可能得癌，还是忍不住发抖；但神志还清，知道吃了肉，生了气，得用酒解，就边生闷气，边喝闷酒。

猛子进来，见爹一脸通红，正呼哧着粗气喝闷酒，问："那徐麻子，惹你生气了？那老牲口，一出庄门，就一路冒怪声，胡传混说。看那样子，也喝醉了。"

老顺软了舌头，说："你快去，把那麻子的腿砸折，把那骨头砸绵，快去！你不去，就不是我做的。"

猛子笑了："爹，你少喝些，那酒里的话，梦里的屁，管它干啥？"老顺斜了眼睛问："你去不去？不去，不是老子的种。"猛子取过来酒瓶，拧了盖，说："你一喝点酒，就这样。妈的饭送了没？"

他这一问，老顺心上给一粒石子打了一下，才记起老伴叮嘱过的，叫他看好娃儿；才记起莹儿好长时间不闪面了，就说："不好了，那娃儿，叫她抱走了。"猛子笑道："人家，在庄门上哩。你悄些说，叫人家听见。"

老顺出得门来，步儿也不稳了。脑中，有个东西猛砸脑膜，轰轰地响。好在有肉垫底，那酒却不上翻，心里也很明白。远远地，见徐麻子正指手画脚地嚷嚷，就吼："呔！麻子，有啥屁，在老子的面里放来。"徐麻子见老顺踉跄而来，就踉跄而去。

老顺想："啥白虎带刺，狗屁。"又想，兰丫头，一点也不给娘老子长脸，脸往娘家门上丢。他觉得肚里的气腾地起了，很想揪住兰兰，抡圆巴掌，一下下往她脸上甩。长这么大，他还没打过丫头呢，可这会儿，却想打——不是想打，是真要打，丫头若在跟前，那脸，定然早肿了。不要脸的东西，听见没？那麻子，说啥来着？你干事，人家刷老子的脸……听，人家说啥？男的女的一块儿滚？棉花见了火？

又想起，那兰兰，就是打七后变的。打七前，还低眉垂首，一脸温顺；打七后，就六亲不认了。……那打七里，莫非真发生了啥事？那次，兰兰倒真和黑皮子老道在一起。骚鸟。一想黑皮子老道，老顺心中的气开始鼓荡。此刻，若见了那黑鬼，他会扑上，咬住他喉咙，一下下咂，咂出腥热的液体来，像狼咂羊血那样。就这，还不解恨呢。

又想到了老伴。这老妖，竟也去打七。打七？这会儿，一经徐麻子提醒，说这词儿，味儿就不对了。老顺努力地想跟老伴一块儿入关房的人：会兰子，是个骚货；还有谁，他没打听，但月儿爹也许有，他是啥人？不提别的，只“红头巾换驴笼头”一事，早名扬天下了，是地道的老不正经。他为啥趟这浑水？莫非，真像徐麻子说的，往“着”里燃棉花？难说。这一想，月儿爹那张老脸突地现眼前了，渗出一股老不正经的恶心味儿，正望老伴呢。

恶心。一股火腾地暴燃，在胸腔里啸卷。

老顺呼哧呼哧地喷一阵气，很想捡个石头，朝那恶心的脸上砸。他费力地四下里寻，却发现有几人正望他。一个问：“顺爸，醉了？”一个说：“打个醉拳。”老顺想，胡说，我咋能醉？脑中那钹，仍在敲。耳膜上也添了面鼓，开始擂了。胸中的火气都往四肢上荡，步儿虽不听使唤，劲儿却显得很足。

他捡个石头，摇摇晃晃，往前走去，一路大叫：“杀人！”

路人笑了。一个说：“这顺爸，咋要酒疯？”老顺说：“你才要酒疯。”却发现，那舌头竟也大了许多。他扬扬石头，那说话的人，就吓得后退。这人很面熟，但脑子浆住了，记不起他的名字。

“走走走走走啊走，走到九月九……”一个娃儿唱。

老顺就踩了那调儿和节奏，走向金刚亥母洞了。

“杀人！”老顺叫。

没人理。没有护关的。那门上，有张纸片儿在风中荡，上面画些怪模怪样的字。老顺上前，一把扯了，狠狠一脚，踏开了门。一股齐整的诵咒声扑来。

“杀人！”老顺又叫。他四下里一扫，就看到老伴们了，都睁大了眼。咒声也倏地停了，十几只眼睛诧异地望他。“你咋进来了？出去！出去！”老伴气急败坏地叫。

“出去？”老顺想，“叫我出去？没门。”就说：“棉花见了火，哪有不着的？”他举了那石头，绕个圈，说：“你们，男人女人，一窝里滚，像啥？”腹里的火气虽足，舌头却不争气，发出的声音，软不拉沓的，竟真像醉汉了。

“醉了，他醉了。出去！捞出去！”会兰子叫。

老顺扬扬石头，会兰子赶紧住了口。老顺想，我才不往你头上扔呢，那脑袋，一下，就开瓢儿了。没劲。他费劲地四下里望望：一个平常的洞窟，几个平常的地铺，一个平常的唐卡，点着平常的灯，供些平常的水果……就这些？兰兰就叫迷了？老顺感到很滑稽，觉得有睡意袭来，他打个呵欠。

“出去！出去！”老伴厉叫。那口气，像喝儿子。

老顺想，偏不！他费力地想：自己进来，总该做些啥？提起手，望望石头，又打个呵欠。他很想睡觉，却想在睡觉前，把石头安顿个地方。他发现已有人朝他走来，一急，就把石头扔向供桌。圆石咕噜噜滚着，撞到了许多东西，竟将金刚亥母的牌位砸成了两截。

那两人上来，才抱住他胳膊，老顺却跳入睡里了。

他甚至听到了自己的鼾声。

第　十　六　章

黄鹰黑鹰打一战，闪断了黄鹰的翅膀。

1

这天，兰兰很早就醒了。她奇怪地梦到了老顺。爹远远地望她，眼里淌几行泪。这图像很清晰，很抓心，就醒了。天还很黑，洞里常有的潮湿味没了。她发现。人很容易被骗，啥地方，进去腌一顿，就不辨香臭了。刚来时，还觉得洞里的潮湿味很浓。几个时辰后，啥味也没了，这就好。但爹的脸，老在脑中忽闪，心就噎了。对爹，她有太复杂的情绪。自小儿她亲近爹，爹对她，比兄弟们疼爱。她后来答应换亲，除了不忍叫憨头打光棍外，还不忍看爹的愁脸。那些日子，爹老叹气，爹偷偷望她的脸，可又不逼她，她就想："算了，为了爹，把这辈子豁出去。"才点头的。

后来，在生活的教育下，她成熟了。她发现，爹并不像她小时候想象的那样高明。爹很愚，老做些很愚的事，老说些很愚的话。好些话就不入耳，心就不由自主地抵触了。没法。兰兰不想抵触，心却要抵触。比如，爹叫她和白福凑合。她想，凑合就凑合吧，可她想凑合，心却一点儿也不想凑合。再比如，爹不叫她信金刚亥母，兰兰想，不信就不信，又不中吃，又不中穿，可心却说：不信她，再信啥？一辈子没个信的，也活不出滋味来。而且，那信也上瘾：开始不信，然后半信半疑，后来信了，再后来，按爹的话说，就“信出一头疙瘩”了。对兰兰的变化，爹觉得意外，觉得不可思议，跟换了个人似的。这有啥奇怪的？人总会成熟的，心总会长大的。有冬眠，就会有惊蛰；有种子，就会生芽儿。那心，不时时在变吗？心变了，人就变了。

可兰兰终究不能从心里抹去爹。爹的影儿，在心上刻二十几年了，想一下子抹去，也不现实。那影儿，一显出，心就凄酸，老觉得爹养大了自己，白养了。没叫他好好享几天福，自己不配做女儿。可这世上，配做女儿的又有多少？自己也是精屁股撵狼，连块遮羞布也没有。连生存，都自顾不暇了，老叫逐在身后的生活车轮，撵出狼狈的惶恐来。只有在遇到金刚亥母后，才算为自己活了几天人。至少，心是宁静充实了，不再像以前那样空荡，不再茫然四顾无有依止。可爹你流啥泪？

两行泪悄然流下，被兰兰悄然抹去，再咽下涌到喉间的哽咽。这情绪，近来少有。别人眼里，自己一定是六亲不认了。可那认六亲的前提是听话，一听话，兰兰就不是人了，就成了六亲们叫她充当的角色了。在那个既定的生活磨道里，兰兰已转了千百圈。那时，她多听话，可生活也没因她的听话显出它该显的艳丽来。现在，兰兰不求艳丽，只想宁静，宁静到啥也不想。经历了暴风骤雨，她只想找个宁静的港湾，静静地歇一歇。爹，你哭啥？

梦里的爹带来的情绪渐渐远了，兰兰又恢复了平静。据说，那六道里的众生，在无休无止的生命轮回里，都当过自己的父母。修行得道后，就能把众生父母都救度出来。为了生生世世的父母，就委屈一下现世的父母吧，连那佛教的多少宗师，也六亲不认呢。

兰兰心里诵着咒。这样，走过漫长的路，却没走；经了好多事，又没经；听到许多声音，又没听；说过啥话，也没说。这样好。一诵咒，许多东西都退远了。经的东西都成了描空的彩笔，虽也一下下画，那天空里，却无一点儿影子。

兰兰喜欢默诵心咒。诵久了，心就飞向一个开满桃花的岛上，身边是轻柔荡漾的海水，耳旁是温馨吹拂的清风，那水和风，就化了身心，把“我”融入了辽阔的江天。

这生存的所在，就随即变了。潮湿没了，零乱没了，烦躁没了，多了平和，多了宁静，多了超然，多了清凉。那祖师咋说来着？“安禅不需佳心水，灭却心头火自凉。”这觉受，被称为“禅乐”。

如果说兰兰的最初修行，仅仅是绝望了现实，想在虚幻中追寻寄托的话，到现在，已变为贪禅乐了。这禅乐，非言辞所能形容，非凡欲可以体验，非金钱可以购买，非权势可以索取。至此，修行者有乐无苦。听说，有人把宗教比为鸦片，这是行家之言。那禅乐，确如吸食鸦片般飘忽，迷离，甜晕，不过多了份清凉和宁静。

有人把修行人当成了符号，而妄加分析，而忘了他们首先是人。是人，就有精神。每个人，都有一个精神世界。这世上无两片相同的树叶，也无两个相同的人。面对一个个活生生的人，所有分析，都显苍白。治万般心病，得用万般良药。但这话，兰兰存在心里。是非以不辩为解脱，你有你的千般计，我有我的妙消息。

她闭了眼。眼皮是世上最大的东西，一合，就把世界盖了。盖了好，那入眼的，多烦恼之诱因。那入耳的，入鼻的，入舌的，触身的，都是烦恼。《西游记》上，那猴子打的六贼，便是这六个。《心经》不是说“五蕴俱空”吗？“色不异空，空不异色”，“受想行识，亦复如是”。那眼见，耳闻，鼻嗅，舌尝，身触，都会引起贪心。有求皆苦，无欲则刚。兰兰就无求了，那爱情，不可得，我便不求；那富贵，无踪迹，我便不想；那理想，已成空，随它去吧。而我，弃了小爱换大爱，取了小贪换大贪，爱那金刚亥母，爱那六道众生，贪那空行佛国，贪那永恒的涅槃之乐。

一股浓浓的悲袭来，热浪随之涌上心头，涌出眼眶，脸上就凉刷刷了。这感觉，每每在极静时涌来，淹了心。据说，这意味着悲心大发。那观世音菩萨，就因悲众生之苦，常洒泪珠。无数泪珠，化为无数度母。那唐朝的文成公主，就是绿度母的化身。又据说，许多大成就者，每想众生受苦，多痛哭流涕。按这说法，兰兰便是进步了。但这悲，却老是搅心。兰兰于是知道，自己的悲，并不是大悲，而是发自心底的某种情绪。那情绪里，老晶出爹老树般的身影，心顿时就乱了。

兰兰这才知道，自己六根没净呢。

2

自老顺坏了那次打七的缘起，村里说闲话的多了。有的说，那金刚亥母，连自己的牌位都护不住，叫老顺一石头砸成了两截，咋能保佑村里人？有的说，那护法神，连个关也护不住，咋能挡住末日的火风和猛兽？大头也三番五次进洞干涉，动员人们不要迷信，要劳动致富。好些人的心，就叫白虎关引了去。毕竟，那儿有黄灿灿的金子。打七者明显少了。洞里常住的，只有兰兰和几个女人，但多数时分，女人们都在闲聊。

这天，兰兰正在持咒，凤香进了洞窟，悄声说：“你爹叫你。”兰兰不应，自那次出了家门，她怕见家人，虽也想，可怕见。开弓没有回头箭。既出来了，死在外面填狗肚子，也不想进去看人家脸色。嫁出的姑娘，泼出的水。而且，自己又是灰头土脸地进门，土脸灰头地出门。那爹娘的影儿，虽时时在脑中忽悠，但总叫兰兰晃没了。只有在不经意的恍惚里，爹妈才偷偷袭来，拽出她满腔的酸热来。

“你爹叫你。”凤香又说。

兰兰说：“你带个话，就当我死了。”凤香说：“人家好心来看你。去，见一下。”兰兰说：“你说，就当我死了。”凤香冷笑道：“没见过这号当女儿的。你修个啥？难道有不孝的修行人吗？”

兰兰打个哆嗦，才慢慢起身，出了洞。远远地，就听到土地庙传出爹的声音，心中有股奇怪的情绪涌动了。她很想哭，却听到父亲的话了：“我养了她的身子，养不了她的心。就当我白养了。”

听到这，兰兰心头涌上的酸热突地没了。

兰兰极力不去望爹。她垂下眼帘。她感觉到爹射向自己灼热的视线了，听到爹熟悉的气管的嗞嗞声。听得爹说：“丫头，回家吧。北书房给你收拾好了。”

兰兰木然了脸。她很想看爹的脸，不知他是否瘦了？这是老萦在心头的问题。但她又提醒自己："挺住。你一望，心就软了。心一软，就得听爹的摆布。……那白家，是死也不能再进的。"她于是木木地站着，心里诵起心咒。心咒一诵，爹没了。爹虽在前面站着，但爹没了。爹鼻孔里的出气声却分明粗了，利利地扎她的耳膜。平常时分，一有这预兆，家里准有人遭殃，多是妈。兰兰很怕爹。心咒虽刷子似的急急扫着，把关于爹的讯息扫了出去，但兰兰还是很怕爹。要是她看到爹的脸，说不准会流泪的。于是，她硬了心，转过身，说："我进去了。"

身后，传来老顺的怒吼："你死了死去吧！"

老顺气坏了。

为这次会面，他准备了许久，主要是感情准备。老伴也劝了他多次。老伴说："你捂住心口子想一想，你当了回老子，对丫头做了些啥？"老顺就"捂住心口子"想，才渐渐发现了自己的不是。别的不提，至少，他没和丫头谈过心。换亲时，丫头哭，老顺说："哭啥？哪个女的不嫁人？姑娘生下，就是嫁人的。"结婚后，白福打兰兰，兰兰一哭，老顺就说："嚎啥？打到的媳妇揉到的面。哪个女人不挨打？你妈，还悬乎乎叫老子一脚踢死。"孙女死了，兰兰一哭，老顺就劝："也许是那丫头的命吧。这号事，世上也有哩。"兰兰闹离婚，老顺撇嘴道："好男儿采百花，好女儿嫁一家。还是头餐面好吃，忍一忍，就是一辈子，离啥？"就这样，每次，他都以长辈的口气教训兰兰，从没问过："你咋想？"老伴一骂，老顺就想：对呀，她心里咋想？心病还得心药医。就充满希望地来谈心。谁知，热屁股溻到冷炕上了。

他最气的，是兰兰的冷漠。毕竟是父女，折了的骨头连着筋呢。况且，父女俩不见面，也有些日子了。自那次，兰兰一甩袖子，进了金刚亥母洞，老顺只在梦里见过兰兰三回，一回是侧面，两回是背面。虽不能说梦萦魂绕，但那想，是肯定的。老顺钢牙铁口，宁叫"想"在脑里捂臭，也不叫它左右了脚。这回，推金山，倒玉柱，老子给你下话来了；老子厚了老脸，自打嘴巴，见你来了；老子前趋三步，你也该迎来两步；老子下个跪，你也该还个揖；老子塌塌架子，你也该低低脑袋，可瞧她，连个眼皮儿也没抬。是可忍，孰不可忍？

月儿妈笑了：“你叫啥？真死了，你的鼻子都拧歪了。”老顺叫：“老子才不呢。那号无义种，连老子都不认，白来人世一趟。”

老顺把莹儿给他的包儿扔进洞里，转过身，下了山。一股风吹来，黄叶和纸片儿啸卷着，还有尘土和一种说不清的臭味。这些，都进心了，心就糟透了，似乎比听到大儿子患癌症时还坏。那时，只有悲痛；现在，还夹了乱七八糟的一堆。天毛了，心也毛了。

“早知这样，当初生下，一屁股压死，喂狗。”他想，“还是计划生育好，生得越多，越烦恼。”

身子没一点力气，倚了那小树，老顺看看天。满天的云在翻滚。那声吼，把体内所有的能量耗尽了，也把对兰兰的怨恨泄了大半。

“丫头瘦了。”他想。

他发现，自己竟又牵挂那“无义种”了，不由呸一声，想：“我真是个没起色的货，人家都六亲不认了，你还挂牵啥？”

他恼恨地晃晃脑袋，晃走脑中不该有的念头，又摇晃了身子走。“回吧，管她呢。”他想，“人家都不认你。你想她干啥？无义种。”

远远的，大丫拽了北柱的胳膊走来。大丫仰了脸，对北柱笑语着。

老顺很羡慕北柱，想：瞧人家……人家咋养的姑娘？是不是人家命好？一想命，他又想起家里发生的一连串事儿来了。他发现，那事儿，真像排了队似的，一个没完，一个又来了。但想想村里人，才发现谁家也有事儿，还有比他更坏的……

他想，望前瞭，不如人；往后瞭，人不如。

这一比，老顺心里才轻松了些。

3

老顺身上的肉嘣嘣嘣跳了一夜。根据经验，那肉一跳，准没好事。他怕丫头听了那句“死了死去吧”后想不通，真寻了无常。次日一大早，大头也叫他去说服兰兰回家，那洞里聚的人一多，大头就怕出事，老顺就和老伴去金刚亥母洞。

兰兰先看到了妈。妈老了，鬓角的头发白了，眼球跌进崖里，颧骨高突，皱纹密布，鼻洼里汪着清涕。妈是个爱干净的人，向来注意形象。那清涕，就很扎眼。

爹垂了头，坐在椅子上，没望她。从感觉上，兰兰觉得他还记恨自己。但兰兰理解爹，爹是个老实人。爹即使在恨铁不成钢时，仍会爱自己。有多恨，就有多爱。

兰兰很想扑入妈怀里哭。这镜头，在不经意时，就会在脑中显现。可现在，兰兰的心里木了，木得像没有黄毛柴的沙洼。那哭的念头也没了，就垂下眼，等妈发话。

听得妈说：“你瘦了，吃得饱不？”兰兰说：“能”。妈问：“睡呢？挤不？”兰兰答：“不挤。”

妈却说：“我们想通了，那婚，你想离，就离。天下的好男人又没叫霜杀掉。离了，你嫁人也成。不想嫁，妈养你个老丫头。家里又不缺你一碗两碗的饭。”

老顺望着脚尖，也说：“我想通了。你们的事，老子不管了。老子又不能跟你一辈子。我想通了。”

兰兰觉得很怪：这话题，明明是自己的事，却觉得与己无干。但爹的话，是对自己离婚最开明的态度。爹已向自己妥协了。怪的是，她心如死水，不起一点波纹。

老顺又说：“丫头，你瞧，想通了，回去，重打锣鼓重开展，好好过日子，想咋就咋，老子也不逼你。”

妈高兴了，说：“对，那金刚亥母，心里有就有，也不在形式。”老顺没说啥，但那堆皱纹动了动。

兰兰说：“你们先去，叫我想一想。”

她转身进了洞，心里突地悲了，想：“我想不通，我行个善，修个行，碍了别人啥路？”泪哗地流了一脸。

4

兰兰哭了一阵，把心头的淤积泄了，心空荡了许多。她一有了牵挂，安详氛围就没了。这修炼，需要出离，要是掺了别的情绪，觉受就成了日光下的霜花儿。咋修，心也静不了。

亥母，救救我。

自见了爹，兰兰没了宁静，没了空灵，没有那笼罩在心头的神秘氛围。诸般烦恼，趁机袭来。

神婆也按爹妈的心意劝她。自打大头代表政府一干预，神婆的狂热也渐渐退了。也许她发现，当人们真正信金刚亥母时，就不信她了。神婆生意是越来越淡了。她的舌头像安了轴承，话也由了她的需要说。兰兰想，神婆虽当了神婆，看来并不信神。那神婆，仅仅是个职业而已。

金刚亥母洞失去了以前的清静。三个女人一台戏，多了是非。每日里，都为些鸡毛蒜皮闹别扭。那原本人迹罕至的岩窟，现在成了传闲话的所在。兰兰和黑皮子老道的闲话就是从那儿传出的。

渐渐地，由信仰而生出的那晕圣光没了，人们都露出了本来面目。修行者已分为几派，为争一些小名小利，各派间常生事端。打七也停了，每天只是应卯似的修上一座。多数时辰，都在闲聊。

兰兰想，人真是怪物，高尚时比啥都高尚，卑劣时比啥都卑劣。前些时，谁都是节妇烈女，都庄重了脸，虔诚了心，只差向亥母剖腹表忠心了。那高贵一旦倒塌，却一个比一个龌龊。

新奇感一过，诸般热恼趁机袭来。月儿妈第一个生了退转心，并开始影响别人。她不想吃的饭，一定要撒进沙子的。也许她想：要是真有报应的话，也是法不治众的。

众人既生了疑，后来的修炼，感觉就与以前不同了。念那心咒，也全无感应。

凤香悄声说："那感觉可没了。想来金刚亥母怪罪了，把功收了。"月儿妈说："人家金刚亥母，才不在乎呢。人家成佛了，再在乎，就跟俗人一样了。"

兰兰暗笑，想：她是为自己铺路呢。她很想说："人家金刚亥母，当然不跟你一般见识。可那护法神说不准，稍稍使个坏心，你这辈子就完了。"这话，以前神婆老说。哪知，这次，神婆却说："那话儿，看咋说。佛法讲究一切随缘，也没见哪个不信的着了祸的。"

兰兰明白，她要打退堂鼓了。想当初，神婆接受灌顶，并不全是信仰，只想借此谋些福来。兰兰想：亥母呀，看看你的弟子们，咋是这副嘴脸？心突地悲了。

兰兰想，这信仰，说牢实，比铁牢实。说不牢实，一风就卷倒了。但扪心自问，大头们一吓唬，自己竟也泄了底气，不由长叹。……瞧，洞里的一切都扎眼了。当初，金刚亥母占了心，荆棘窝也成了净土。现在，人不顺眼，境不顺眼。霉味时时旋来，空气也很潮湿，黏糊糊带点儿腥味。这空气，不知在月儿妈们的肺里旋出旋进多少次了，一想，兰兰就反胃。看来，与其说是亥母度人，不如说是人需要亥母。有她心里实落，没她心里空荡。那是心里的大树呢，大树底下好乘凉。心里有了亥母，烦恼就没地方放了。

可现在，一切都变样了。

月儿妈问神婆："亲家，你天眼开，你说实话，有没个金刚亥母？"这话，若在以前，是十分的大不敬。神婆沉吟道："这话，看咋说。信则有，不信则无。说没有吧，人家的香火燃了千年。说有吧，谁也没见过。"

月儿妈来了精神："谁也没见过？"神婆抿抿嘴唇，又说："也有人见过，或在禅定里，或在梦里。诚心念那心咒，倒有不少灵验，有病的病愈，求啥的应啥。可不应验的，也多。这事儿，我也嘀咕呢。"

兰兰的心灰了。这些日子，亥母已成为生命支柱，苦也由她，乐也由她，生也为她，死也为她。是她，给了宁静，给了超然，为她苍白的生活添了色彩。为此，她感激神婆，视神婆为导师。可如今，神婆竟说出这号话来。若是连神婆都嘀咕，别人会咋想？

兰兰流出了泪。那泪，泉一样涌，咋擦也擦不尽。

5

老顺打发猛子来接兰兰。兰兰梦游般出了洞。她步儿发飘，心里空堂堂的。她想："要是真没亥母。一切都没救了。"她有些后悔上回对爹的态度。那天，爹一定气坏了。现在想来，不该。她很想见爹，又怕见爹。见了爹，她不知说啥好。这辈子，多次伤爹的心了。老是内疚。可越内疚，就越把自己包裹紧了。这循环，也成恶性的了。

一出洞，兰兰就望见了很蓝的天。

猛子默默地望兰兰。兰兰发现，猛子瘦了，黑了，嘴唇上有了胡茬。那模样，越来越像爹了。这一发现，很使她难受。她不知道，他的未来，是不是也跟爹一样苦呢？

村里变了好多。白虎关的热闹到处传染着。噪音扑了来。以前虽有噪音，但金刚亥母在心头坐着，圣洁的光熨着心，也熨着眼中的世界。这会儿，一切都灰塌塌了。外面的世界很精彩，但那是人家的世界。空气倒很清新。这是唯一叫她感到清爽的东西。

迷迷瞪瞪，踏上回家的路。熟悉的感觉扑面而来。当初，在婆家受了委屈回娘家时，最先熨心的就是这感觉。毕竟是家乡，那独有的味儿，早渗入血液了。

孟八爷、花球和那个病恹恹的媳妇正在修渠。兰兰装着没看见。

孟八爷却远远叫了："兰兰，你爹来瞭过几回呢。那老崽，嘴硬心软，见你来，怕成撒欢的骡子了。"

兰兰低了头，急急地过了。

第　十　七　章

阴间的闪电阳间的雷，惊走了催田的布谷。

1

莹儿和兰兰牵着骆驼，出了村子。

莹儿想给自己挣赎身钱。她说，爹妈也有难处，等挣够哥的媳妇钱，妈就不会逼她了。兰兰说，那赎身钱，也有我的一份。天塌下来，咱姑嫂俩顶。开始，莹儿想挖獾。兰兰说，挖獾虽能弄钱，但两个弱女子，肯定挖不过逃命的獾，而要是爹们一搭手，钱就进妈的眼了。莹儿又说，那就捋黄毛柴籽吧，但兰兰说她坐月子时，染了麦毛子，一碰柴灰啥的，身上就出红疙瘩，能痒死人呢。

姑嫂俩又想了好些法儿，都需要本钱。女人的身子虽也是本钱，但她们都不想变坏。兰兰就说，一勺子舀一疙瘩金子的事，也别想了。……要不，我们到盐池去驮盐？乡里人贪便宜，都吃那盐呢，一碗盐换一碗麦子。天长了，日久了，馍馍渣就能攒个锅盔。……因为花球媳妇老歪了脖子在村里晃，兰兰也想谋个“眼不见为净”的营生。莹儿就说，成哩，走一站算一站吧。

老顺却不放心。他说，沙窝里有坏人哩。要不，叫猛子跟你们去？兰兰说，算了，自己吃饭自己饱，自己修行自己了。我们做的业，还是叫我们自己消吧。

兰兰明白，要是猛子一掺和，钱又成“家里的”了；就说，放心，丢了骆驼，由我们两个大活人顶当呢，我们剐了肉，卖了骨，不信还换不上个骆驼钱？这一说，爹就叫煮山芋噎了似的，干张了一阵嘴，再也不好说啥了。

姑嫂俩的“家”，就驮在驼背上。因为来时要驮盐，“家”很简单：不过是灶具、被窝、水和吃食而已。为了一次多驮些，莹儿吆自家的驼，兰兰也借了峰驼。她本想多借几峰，老顺说，成了，这一次，就当去探路。又说，以前驮盐，只要给看盐的几只兔子，人家就会给你装一驮子，现在说不清了。你们预防着带些钱。姑嫂俩就进了城，卖了獾油，作为本钱。莹儿想，这钱，就当是借婆婆的，等卖了盐后，再还给她。

出了村子，东行数日，就能到沙漠腹地。盐池也是海子，就怀在沙漠的肚子里。不定哪年哪月，这沙漠想来是大海，后来，地壳变了，有的海水搬到了别处，有的就叫日头爷吸光了，盐就晶在海子里——这是兰兰乱想的，不知道对不对。兰兰想，对不对并不重要，重要的是想。世上好些事，你咋想，就会成咋样。比如那佛国，谁也没见过是啥样子，你可以由了性子想，你喜欢它成啥样，它就能成啥样。佛说，万法唯心造呢。

很小的时候，兰兰就跟了爹去盐池。记得，她陷入驼峰后，沙山就忽而俯了，忽而仰了，随了驼峰，梦一样恍惚着。恍惚一阵，兰兰就真的入梦了。有时，枯黄色的梦里，也会响起三弦子的声音。那声音很苍凉，仿佛沉淀了太多的苦难和血泪，总能引起心的痛楚。它承载着痛苦，盛满了血泪，孕育着希望，向往着未来。那未来，虽隐入黄沙间隐隐升腾的雾气中，海市蜃楼般缥缈，但那向往本身，却总能感动兰兰。

步行一阵后，姑嫂俩骑上骆驼。驼行沙上的感觉缓慢而厚重，沙坡的波动更明显了。驼毛暖融融的，很像母亲的怀抱。巨大的安全感在心里洇渗开来。莹儿想，骆驼真好。它甚至比妈好，比婆婆好，比生活里的人都好。在这个不安全的世界里，它给了自己一份安全感。莹儿想，兰兰想到金刚亥母时，想来也这样。人一生下，就被抛入了陌生和孤独。谁都需要一份安全感。她自己，不也在守候那份依怙吗？

沙漠很大.
那起伏远去的黄色的波纹.
仿佛轻柔的风.
总在抚慰灵魂.

莹儿老喂骆驼，跟骆驼有了感情。骆驼很乖，每次喂它，它总要亲莹儿的手。它的眼睛很清澈，那儿盛满了理解，盛满了慈祥。它望莹儿时，目光显得那么忧郁。莹儿明白，它真的读懂了自己。在有时的恍惚里，她也会将骆驼当成那冤家。她就跟它对望。那深如大海的眸子，仿佛要将自己吸入。莹儿真想融入其中。

骆驼好。沙漠也好。沙漠很大，那起伏远去的黄色的波纹，仿佛轻柔的风，总在抚慰灵魂。自跟那个冤家闹混之后，莹儿常想到灵魂。她明白，当一个人想到灵魂时，痛苦就开始惦记他了。记得当姑娘时，她混混沌沌。虽有梦想，但很恍惚，那时她不懂灵魂是啥，灵魂也自个儿安睡着。她当然想不到，日后有一天，灵魂会醒来，搅得她六神无主。

沙岭扭动着游向未知，也如梦魇般的漫漫长夜。驼铃被漠风扯成了绸丝，一缕缕远去了。近的是驼掌声，沙沙沙响着，梦一样虚朦。兰兰时不时斥一声，因为驼总是抡头甩耳，想挣脱羁绊。但主人煣成的榆木圈很厉害，它穿入鼻圈，拴着缰绳。猛一拽，疼就直溜溜钻入驼脑，拽出浊泪来。

不过，谁也没有想到，那群龇着獠牙的豺狗子，会躲在命运的陌生角落里，正阴阴地瞅他们。

2

所谓驼道，其实是一块块绿洲间的那条线，它可以划在车马走的路上，也可以划在没有人烟的沙漠里。沙漠里的驼道多是阴洼。风将浮沙卷进阳洼。阴洼里的沙子，不定沉积多少年了，踩上去就瓷实些。见阴洼宽了些，兰兰扯了骆驼，跟莹儿并排了走。她的鼻尖上有了汗，眼角里现出了隐隐的皱纹。记得以前，兰兰是很受看的，妈才答应换亲的。妈觉得两个女儿差不了多少，谁家也不吃亏。现在，兰兰丑了，皱纹爬上眼角了。莹儿想，自己想来也一样。一丝伤感游上心来。她想，还没好好活哩，就开始老了。

兰兰用围巾擦擦汗，眯了眼，望望远处，轻声说："你不用担心。愚公还能移山呢。只要有两把手，钱总会挣够的。”莹儿不说话，也眯了眼望远处。

兰兰扬扬头说，瞧见没，那跟天连在一起的沙山？一过那沙山，就算过了头道沟。再过几道沟，就能看见盐池的。莹儿明白，兰兰轻松地说出的“沟”，走来，却跟到天边一样的遥远。以前，她虽进沙窝打过沙米，但那只能算在沙窝边上旋，连一道沟都没过呢。一想要去远到天外的陌生所在，莹儿真有些怕呢。

兰兰看出了莹儿的心事，她拍拍挂在驼背上的火枪和藏刀。

怕在沙窝里遇到狼，兰兰带了火枪。兰兰会打枪。小时候，嘴馋了时，她就会偷出火枪，趴在涝池边的麦草下，等渴极了的沙鸡子来饮水时，就轻吼一声，扣动扳机。撞针就会弄醒火炮儿，火炮儿就会引发膛里的火药，火药就会变成火，裹了枪里的铁砂，钻进才飞向空中的沙鸡子的肉里。沙鸡子肥，肉香，用铁钎穿了，放火上一烤，便有浓浓的肉香溢出。兰兰说，你怕啥，有枪哩。我带了两葫芦火药呢，还有一斤多铁砂，还有十几颗钢珠子。遇上狼了，就喂它几颗钢珠子。

一听有狼，莹儿心慌了。她连狗都怕，何况狼。却又想，怕啥？与其这样受煎熬，还不如喂狼呢。看透了，真没个啥怕的。想当初，没遇灵官前，生活虽也单调，可她觉不出单调。虽也寂寞，她也觉不出寂寞。她一生下，就在这个巨大的单调和寂寞里泡着，混混沌沌，不也活到了二十多岁吗？可自打遇了那冤家，单调和寂寞就长了牙齿，总在咬她。她想，要是真遇了狼也好，早死早脱孽。

夜里，进了一道沟。沟里多草，也叫麻岗。麻岗里有水草。驼们吃上一夜，草汁也够次日的消耗了。兰兰发现，麻岗的绿色比以前小多了。听说，祁连山的雪水是个相对的常数，它虽因气候变化而稍有增减，但平均值相对稳定。那点儿雨雪，能养活的绿洲，也是相对的定数。上游的绿多了，下游的绿就少。千百年间的所有开发，仅仅是绿洲搬家。现在，上游开了好多荒地，麻岗里的绿就少了。

姑嫂俩卸了驮子，支了帐篷。那所谓帐篷，是几块布缝成的，能多少遮些风，但不能挡雨的。好在沙漠里轻易见不到雨，谁也不会将防雨的事放在心上。兰兰将几根木棒相搭了，将布甩了上去，四面压进沙里，中间铺了褥子。莹儿则将骆驼拴在草密处。按说，应盘了缰绳，由骆驼随性子吃去，但她怕骆驼跑得太远，会耽搁次日的行程。就想，叫它们吃一阵，再勤些换地方。出了门，啥事都小心些好。

姑嫂俩拣些干柴，燃了火，就着火喝了点水。莹儿有些乏，说随便嚼几嘴馍馍算了。可兰兰说，不行，出了门，吃的不能含糊。你今个含糊，明个含糊，不觉间，身子就垮了。有好些出不了沙窝的白骨，就是这样“含糊”死的。她叫莹儿躺在火堆边，叫她边休息边入火，自己则取出脸盆，挖些面，做了一顿揪面片。

吃了面片，天已黑透了。莹儿很喜欢月夜，但老天不能因为她的喜欢，不按时令将月亮搬了来。兰兰已点了马灯。那团光晕虽小，但光总是光。有光就好。莹儿想，自家的盼头不也是生命的光吗？它虽然小，但没它，生命就黑成一团了。记得，她看过个电影，写一群生活在纳粹刀影下的犹太人，死亡时时威胁着他们。他们看不到一点儿希望，好些人就自杀了。为了给人们希望，电影的主人公就编了好多谎言，说自己有台收音机。他每天都给人们编出希望的谎言，好些人因此活了下来。莹儿想，这个故事太精彩了。无论咋说，生命的最终结局都是死亡。那是不可变更的绝望。人总该给自己设想些盼头的。莹儿想，那些宗教，是不是也是觉悟的圣人给人们编造的善意谎言呢？她想，是否真有佛国并不重要，重要的是叫人们相信：那生命的彼岸，是个美丽的永恒的世界。自己不也是这样吗？好些东西，究竟如何，谁也说不清。

黑很浓地压了来，马灯的光瑟缩着。灯光真的很弱小。夜的黑将兰兰的话也压息了。莹儿想，她定然也在想一些沉重的话题。她知道，兰兰心里的苦不在她之下。记得，兰兰自结婚后，就没离开过苦难。相较于她，自己似乎还算幸运呢。毕竟，占据她的心的，多是苦乐交融的相思。不像兰兰，现实打碎了一切。

莹儿抚抚兰兰的脸。不想，竟摸出一手的水来。兰兰在哭。莹儿问，你在想啥？兰兰屏息许久，才说，那天，爹听了我的话，该多么伤心呀。我不配当个女儿。莹儿的心热了，说，你别想那事了，爹早忘了。兰兰说，他忘了是他的事，我却总是内疚。细想来，爹一辈子，真没过几天好日子。当女儿的，真有些对他不住。莹儿说，人生来，就是这样。爹不是老说吗，老天能给，他就能受。真的。谁的生命里没苦难呢？老天能给，是老天的能为。你能受，却是你的尊严。

兰兰抹把泪说，要是驮盐能挣好多钱，我想带爹妈进城，叫他们尝尝下馆子的滋味。妈最喜欢吃炸酱面，一想，就流口水。

这一说，莹儿也想起了妈。妈又开始牵动她心里最柔弱的那根弦了。妈最爱吃猪大肠炒辣子，每次一提，也是口水直流。她想，无论如何，这次驮盐回来，先买些大肠和辣子，去看看妈。这一想，那念想的势头越来越强烈，就想到了妈的许多好处，越加懊悔那天的话了。

莹儿提过马灯，出了帐篷，挪挪骆驼，将缰绳接长些。这样，骆驼吃草的范围就大了许多。她看到好多质感很强的星星。也许因了空气纯净，沙漠里的星星比村里的大，也很低，仿佛手一伸，就能摘下来。

回到帐篷里躺了，还时不时听到兰兰的叹息。莹儿怕引出她更多的伤心，也不再问她啥，只说早些睡吧，明天还要赶路呢。

3

莹儿将手电放在枕头下，吹熄了马灯。因老惦记着要给骆驼换吃草的地方，她就提醒自己不要睡得太实。在沙漠里赶路，得叫骆驼吃饱。虽然驼峰里贮备着脂肪，但那是万不得已时才用的，不能动不动就叫人家消耗贮备。

莹儿怕失眠，就极力不去想那些刺激心的事。好在疲惫也来帮她的忙，没用多大力气，莹儿就迷糊了。她梦见自己也夜宿在沙窝里，跟那冤家在一起。梦里，他只是冷冷地望她。莹儿想，他是不是嫌我脏了呢？她很难受。这一想，她又发现徐麻子朝她色迷迷笑着，边笑边舞弄着冰凉的爪子摸她的小腿。

她惊叫一声。这一叫，她就醒了。她觉得真有个东西在摸她的小腿。她狠狠推兰兰一把，亮了手电。

兰兰一骨碌爬起来。莹儿说，有个东西进了我的裤了。兰兰一把抢过手电。莹儿觉得那东西仍在一蠕一蠕地动。莹儿惊叫，妈呀。兰兰说，你别动，别动。……好了，我揪住它了。

兰兰抽出了那冰凉。她尖叫一声，抡圆了胳膊。木架啪啪着，一阵摇晃。兰兰抡了那东西，往木架上摔打。这是帐篷里最实用的法儿了。莹儿怕她将木架打散，提醒道，你往地上打。

兰兰喘息道，你点了马灯。她的嗓门也在颤抖。莹儿摸出火柴，好容易才划着火柴，却见兰兰已瘫软在被窝上了。

亮光照着兰兰手中的东西。那是一条蛇，足有茶杯粗。莹儿平生最怕这瘆虫，腿早软了，忙叫，扔了，快扔了。兰兰喘几口气，说，它死了，死了。

果然，蛇头早碎了。木架上尽是蛇血，被子上也淋漓了好多。莹儿问，它咬了你没？咬了你没？兰兰叹息道，我不知道。兰兰的手上尽是血，但不知是蛇血还是人血。

兰兰在被子上擦了几把。莹儿用手电一照，见兰兰小臂处有个小口，正在喷血，不知是不是蛇咬的。就安慰道，不要紧，这是无毒蛇。

莹儿听说辨别有毒或是无毒，要看那蛇头是不是三角形，是三角形就是毒蛇，椭圆就无毒。她用手电扫视那蛇，却见蛇头早碎了，已看不出本来形状。她想，要是有毒，可就糟了。莹儿很怕兰兰死，要是她一死，在这天大地大的沙漠深处，一个人咋过呀？这一想，莹儿又觉出了自己的自私。她想，我咋能只想着自己呢？

兰兰醒了似的，把蛇扔到帐篷外，哭道："我要死了。"

莹儿说不会的不会的。她捞过兰兰的胳膊，死命地吸。那黏腥的液体进入口腔时，莹儿想到自己嘴里也有好些口疮，有些已溃烂了。要是蛇有毒，自家也会中毒的，却想，管他呢，先吸了毒液再说。

吸了一阵，觉得要是真有毒，也早叫吸尽了。莹儿住了口。她想到，应该再看看帐篷里是不是还有蛇。她将被子扔到外面，仔细搜查。虽没发现别的蛇，却见有些蚱蚱虫们正惶恐地逃。

搜寻一阵，莹儿才放心了，但仍担心那蛇有毒。她问兰兰手臂是不是发麻，兰兰说胳膊只是木，倒觉不出麻。倒是莹儿觉得自己的舌头麻了。

兰兰说，这事怪我的。来时，爹掏了好多烟屎，我放在塑料袋里，忘了取出。

兰兰取出烟屎，叫它散发那怪味。爹说蛇虫的鼻子尖，一闻烟屎，就会逃远的。话虽如此，姑嫂俩还是放心不下。她们一同出去，又将骆驼牵到草多处拴了，重铺了被褥，却谁也没了睡意。直到东方的亮光照进窝铺时，才稍稍眯了眯眼。

4

日光照进帐篷时，莹儿才醒来。头有些疼，嘴里倒没明显异样。兰兰露在被外的胳膊有些肿，好在肉皮倒没黑，莹儿放心了。

她出了帐篷，一见杯口粗的蛇尸，心收紧了。她想，幸好她醒了。听说，以前打沙米时，有个女人的下身里进了蛇。她很是后怕。蛇长晃晃躺在沙上，沙上麻着黑血。她很佩服兰兰，要是自己，怕真没这份胆量。就算她有勇气抓住蛇，身子也不定会瘫软的。

骆驼卧在沙洼里反刍着，四面还有草，说明骆驼吃饱了。沙洼里有好多洞，不知是老鼠洞，还是蛇洞。夜里宿营时，天已暗了。她想，以后，要选个好些的地方，最好是能远离这号洞。

兰兰醒了。她搓搓胳膊。莹儿问，你胳膊麻不？兰兰说，你别怕，那蛇的毒不大。兰兰说她的神志很清，要是中了大毒，会影响到脑子的。莹儿说，也倒是。但那肿得发亮的胳膊还是叫莹儿倒抽冷气。兰兰说，那蛇虽无大毒，但也不是无毒，可能多少有点儿毒，不要紧的。这一说，莹儿又慌张了。

兰兰拣些干柴，燃了火，又找个长柴，穿了蛇身，放火上烤。莹儿知道她要烤蛇肉吃，一阵反胃，就说，要吃你吃，我可不吃。兰兰笑道，这是黄龙爷赐给你的好吃食，你不吃，人家不高兴。兰兰说她吃过好多野食，比如刺猬，比如黄老鼠，比如麻雀。她说最好吃的是刺猬，肉一丝一丝的，很香。

兰兰加些柴，火焰围了蛇欢叫，蛇肉发出嗞嗞声。莹儿闻到了一缕香。一想这个发出香味的家伙竟钻进她的裤子，她还是不由得打个哆嗦。兰兰说，蛇肉香，但做不好的话，会腥气逼人的。她说诀窍是不要叫肉沾铁器。要是煮食的话，最好用竹刀。但啥做法，都没烧的好吃。莹儿望着兰兰那肿得发亮的胳膊，说，也好，它咬了你，也该你补补身子。

兰兰撕去黑皮，投入火中，说这些祭黄龙爷。她撕下一块蛇肉，递给莹儿，莹儿说我不要。兰兰笑道，你可别后悔呀。说着，她在肉丝上撒些盐，仰了头，夸张地张开口，将蛇肉顺进嘴里。从兰兰的表情上，莹儿相信蛇肉很香。兰兰说，你真该吃些的。细算来，人的好多习惯，其实是毛病，就说你那洁癖吧。你无论咋洁，其实还不是惩罚你自己？见莹儿不语，兰兰又说，我们改变不了世界，但我们至少能改变自己。这一说，莹儿动心了。她想，就是呀，这些日子，自己不是变了好多吗？有些是自己变的，有些是叫生活赶的。不管愿意不愿意，她都在不知不觉地变着。她就说，你少给我一点点，我尝尝。兰兰却撕了一大块。刚一进口，莹儿觉得它跟以前吃过的肉不一样，但那异样，还在能忍受的程度内。待她吃了几块，竟觉出奇异的香来。姑嫂俩就取些馍，就了蛇肉，竟吃出了饱嗝。

上路后，她们都骑了驼。那骑驼，也不是轻省活儿。有经验的骑手不会直愣愣骑，不会拿自己的尾骨直直地跟驼脊骨硬碰，他会将尾骨错向一旁。莹儿没经验，约到中午时分，就觉得尾骨火烧火燎地疼。兰兰就从自家驼上取下褥子，垫在莹儿的屁股下，又教了她一些要领。兰兰安慰道，不要紧，谁刚骑时，都这样，过几天就好。又说，你别享福不知福，等驮了盐来时，你想骑，得先看人家骆驼有没有力气驮你。莹儿想，就是，我得锻炼锻炼。她走一阵，骑一阵，屁股虽好受了，但小腿肚子又刀割一样疼了。

5

晌午时分，姑嫂俩遇了两个老牧人。他们赶着一群叫日头爷舔得有气无力的羊。一个问，哎，你们是不是狐仙？兰兰笑道，真有狐仙吗？那老汉道，有呀，上回，我们在边墙下，见个红衣女子，正在梳头。我们一抡鞭子，她就尖叫，头一声还在边墙这儿，第二声已到十里外了。不是狐仙是啥？

兰兰笑道，我也希望是狐仙呢，可狐仙们不要我们，我们只有当剑客了。她拍拍刀枪。老汉笑了，说，要是拿个烧火棍，就成了剑客，沙洼就成剑客窝了……要小心呀，今年是豺狗子的天年，有个麻岗里尽是豺狗子，撒麻籽儿似的。小心别叫抽了骆驼的肠子。莹儿虽没见过豺狗子，却不由得一哆嗦。她的印象里，那是很阴的动物，它远比狼们可恶。莹儿不敢想象肠子叫豺狗子叼住后会有啥感觉。

兰兰却拍拍枪，说，豺狗子也是肉身子，怕啥？那老汉讪讪地说，有枪当然好。另一人却说，最怕的，倒不是豺狗子。你们这么俊的两个，也不怕叫人家起歹心。那些放牲口的，可比牲口还野呀，还是小心些好。另一个说，就是，常年累月，见不上个母的人，难保人家不起歹心。前一个又说，就算人家不起歹心，身子也会起歹心的。那些挨枪的，事罢了，才明白已做了挨枪的事。莹儿明白他们说的是实话，心不由得咚咚地猛跳。

兰兰却说，不怕，我会过好些毛贼，走不了几趟拳，我就能拨灭他们的灯。兰兰说的是行话，“拨灯”是指弄瞎对方的眼睛。这话，孟八爷们老说。莹儿感到好笑，心里仍不由得发虚。

一老汉笑道，既然姑奶奶有那号本事，我们还磨啥牙？又听得另一个悄声说，人家敢进沙窝，想来真有点本事的。两人嘀咕着走了。

莹儿说，人家说的，也不是没道理。兰兰叹道，要是有别的活路，谁愿进沙窝呀？不过，毕竟是太平世界，不信他们还没了王法。话虽如此说，两人还是停了下来，弄些锅煤子，抹黑了脸。从兰兰的脸上，莹儿看出了自己的丑陋，觉得好笑，心却突地悲了。她想，挨刀货，瞧，你把我害成啥样儿了。

因为有类似的担忧，进沙窝时，两人就没带很艳的衣裳，只挑了厚实的耐脏的。单从颜色上看，倒也不扎眼。为了防日晒，又都带了草帽，戴了头巾。头巾的颜色跟衣服一样，也很俗气。若在几十米外看，是分不清男女的。兰兰就说，以后我们一见人，就吆远些，别叫人看出我们是女的。莹儿却说，那盐池上的人，眼又没瞎。兰兰说，盐池上的人多，狼多不抬羊，不会出事的。话虽这么说，两人却总是心虚，走了好一阵，谁也不想说话。

为了壮胆，兰兰在枪里装了火药，怕走火，她没敢安火炮。她将枪背在身上。莹儿则拿了藏刀。这下，胆子真壮了些。

翻过又一架高到半天的沙山，就算进了二道沟。沙生植物渐渐多了。途中有好些骆驼的骨架，一见那骨架，骆驼就会抡头甩耳一阵。看来它们也跟人类一样，最怕死了。一见骨架，莹儿也暗自心惊。有些白骨，不知在沙漠里放多少年了，颜色都灰了。有些却是新死的，骨上还带着肉丝呢。听说近些年沙窝里老闹狼祸。莹儿很怕狼，也怕豺狗子。尤其对后者，她总是不寒而栗。“豺狼虎豹”中，豺占首位，想来有它的道理。她老想，要是自己是骆驼，叫豺狗子抽了肠子，会有怎样的疼痛？可怕的是，那瘆人的画面硬往脑子里钻。她甚至能感觉到肠子的抽动了。

一想豺狗子的可怕，莹儿就想打退堂鼓。兰兰说，与其说我们是去驮盐，还不如说在探一条路。世上虽有好多路，有些我们不想走，有些不适合我们走，我们总得找一条自己能走的路。

姑嫂俩下了驼，将骆驼牵到一丛草边，叫它们忙里偷闲地吃几口。又取下水拉子，就着水，吃了些干馍。因为天热，蒸馍馍上有了霉点。为防止馍馍长黑毛，兰兰将馍馍分成两份，用纱巾兜了。这下，漠风能自由地出入纱巾，就能带走潮气。

太阳还很高，还能行一段路，两人又出发了。按习惯的路程安排，今夜应该在下一个麻岗里夜宿的。但因昨夜遇了蛇，莹儿心有余悸，她就提出不在麻岗里过夜。麻岗里潮湿，多长虫。她说最好选个相对干燥些的沙洼，那儿只要有沙秸们就成。两人可以少喝些水，多少给骆驼一些，以补充不能吃水草的损失。兰兰说，按说，在沙窝里，要先照顾骆驼的。有它就等于有了一切。要是没了骆驼，你真是叫天不灵叫地不应的。但兰兰能理解莹儿。任是谁，叫蛇钻一回裤裆，也会那样做的。兰兰说，也好，走到哪儿算哪儿，只要有沙秸就成。反正沙窝里不掏店钱，迟一天早一天，问题也不大。

6

也许那两个老汉说的是真话：今年是豺狗子的天年。出了麻岗不到一里，兰兰们就见到一个死驼。它躺在沙梁上。老听说沙漠里有野骆驼，莹儿也分不清它是家驼还是野驼。听说野驼是国家保护动物。又听说，腾格里沙漠没有真正的野驼。虽有些无主的驼，但那是跑到沙漠里的家驼，并不是严格意义上的野驼。

那死驼很瘦，峰子软塌塌地萎在沙上，跟老婆婆的奶子一样。它的鼻孔里没有木圈，也没拴过缰绳的迹象。就算它不是真正的野驼，至少也在沙漠里野多年了。

这驼显然是新死的，看那样子，肠子真叫啥抽了。沙滩上的那摊血很扎眼。这一番惨相，比蛇进被窝更叫莹儿害怕。她握紧了刀子。兰兰却下了驼。她叫一声，财神爷呀，你送钱来了。见莹儿疑惑地望她，兰兰解释道，你知道，一张骆驼皮值多少钱？没等莹儿回答，兰兰说，上回我家那牛皮，卖了三百多块，还是个犊子。瞧，这驼虽死了，皮倒没啥损伤。莹儿说，再值钱，也不是你的。兰兰说，它是无主的驼。爹说，早年，从驼场里跑出了好些驼，它们在沙漠里养儿引孙……性子早野了。孟八爷套下过一峰，可咋驯，也驯不熟，还咬人踢人，只好又放了。

兰兰指着死驼的鼻孔说，要是家驼，这儿早没毛了。莹儿说，也倒是。

兰兰说，这驼有病，跑不快，才叫野兽抽了肠子。不过，你瞧，皮子倒没叫扯烂。要是我们不剥，过不了一夜，皮就叫野兽扯得七零八落了。兰兰说，反正，老天爷给你赐了一张驼皮，你要不要，那是你的事。我想，它总比牛皮值钱吧？

兰兰将骆驼拴在沙米棵上，说，先叫骆驼吃草，我剥了这皮。要是盐池上要皮子，我们就卖了。要是他们不要，我们就驮回去卖给皮匠。说着，她从莹儿手里要过藏刀。莹儿见藏刀长，剥皮嫌笨，就从包里掏出把小刀。这是憨头买来的保安腰刀，很利。

莹儿想，看来，老天也同情我们，这皮子要是卖了，也等于驮了回盐。她想，也好，要是各路儿都来些钱，凑起来就快些。又想，妈呀，你以后可别再逼我，瞧，我正给你弄钱呢。这一想，泪又想往眼眶外涌，莹儿仰了头，将泪重又顺入泪袋。

莹儿知道骆驼不好剥，平时，几个壮汉才能剥骆驼。其难度不在于剥，而在于给死骆驼翻身。兰兰说，不要紧，我们又不要肉，到时候，叫两个骆驼帮忙扯几下，不信两个活骆驼，还翻不了一个死驼。莹儿笑了，说，听你的口气，好像是职业屠汉似的。一说职业屠汉，她想到妈硬要她嫁的那个屠汉赵三，不由得皱皱眉头。

兰兰绾了袖子，挥挥手，驱赶苍蝇。死驼上趴的苍蝇虽不多，但很大，差不多有蜜蜂大。最扎眼的，是它们绿色的头。它跟萤粉一样发出绿幽幽的光。莹儿嗅到一股腥味，有些反胃，却想，行呀，忍忍吧。为了活人的尊严，你总得付出些代价。想到当初她是那么的爱干净，连丈夫的汗臭也受不了，现在却不得不忍受这驼尸的腥臭。她想，生活是最好的医生，它会治好你的所有毛病。……瞧，不觉间，她已将以前的洁癖当成毛病了。生活真厉害。

兰兰皱着眉头，寻找着最佳的剥皮角度。那模样，很叫莹儿感动。在这样一种人生里，能有个跟你风雨同舟的姊妹，真是不幸中的大幸。

兰兰说，还是先开剥肚皮吧。她用刀子一下下戳软处。莹儿怕一刀下去，会喷出散发着恶臭的粪来，便掩了鼻子。还好，刀子入肉后，却只是冒了几个气泡。莹儿有些恶心，她有心去望天，又觉得对不住兰兰。兰兰紧皱眉头，拉动刀子。那刀真是好刀，跟小船划破水面似的，死驼的肚皮上开了一个口子。

忽听一声厉叫。莹儿还没反应过来，剖开的肚皮处已弹出一个黑球。兰兰一躲，脚被驼后腿绊了一下，身子倒在沙上。黑物在空中扭身一下，又扑向倒地的兰兰。莹儿叫，用刀子戳！兰兰边直了声厉叫，边用刀戳那怪物。莹儿扑向火枪，一把捞过了枪，却仍是手足无措。别说她不会开枪，就算会开，那喷出的火，也定会伤及兰兰的。又见怪物虽然不大，跟狸猫大小相若，却敏捷异常。兰兰舞刀猛刺，虽没刺中怪物，倒也护住了要害。

用枪托砸！兰兰叫。

莹儿虽害怕那怪物，但见兰兰十分危急。怕归怕，她还是抡了枪托，砸了过去。怪物一弹老高，发出厉叫，落地后只是龇牙耸身，并不敢前扑。兰兰趁机翻身，从莹儿手中夺过枪来，压了火炮子，不等她扣扳机，怪物却厉叫而去。真像那老汉说的，头一声还在耳旁，第二声已到远处的沙洼里了。

兰兰软在地上。豺狗子。她说。

话音未落，刀口处又弹出了几个黑球。瞬息间，已弹到远处的沙山上了。

莹儿大瞪了眼。她脑中一片空白。要是它们一齐扑来，她们哪有命呀？

兰兰白了脸，喘息道，幸好，带了枪，它们闻到火药了……谁能想到，它们从骆驼肛门钻进肚里，正吃心肺哩。

兰兰爬起身，用枪瞄准驼的刀口处，叫了几声，却不见动静。莹儿说，算了，不剥了。要是里面还有豺狗子，咋办？兰兰说，你去，拿个棍子来，捅一下。要是还有，先给它一枪再说。兰兰手扣扳机，如临大敌。莹儿从驮架上抽个棍子，探入死驼腹内，捅不了几下，却哇地呕了出来。

没了。兰兰说。她的脸白戗戗的，一头的汗珠。方才的惊恐，已耗光了她的所有精力。见莹儿担心地望她，便笑了笑说，按说，朝肚子里打一枪保险些，可皮上洞子一多，怕人家皮匠不要。

莹儿吃惊道，你还剥呀？要是再有豺狗子，你要命不？

兰兰笑道，刚才，是个冷不防。现在，要是有，它一出，我就先给它一刀。她虽强作安详，但那后怕，还是从脸上渗出了。莹儿想，要是叫豺狗子叼住了喉咙，她早没命了，就说，算了，我们不要这皮了。正说着，见兰兰肩上已一片血红了。莹儿扑过去。兰兰说，不要紧，叫豺狗子的爪子剐了一下……要不是我跌倒，这会儿，正在黄泉路上奔呢。

莹儿见伤口不深，血也流得不多，就烧了些驼毛，撒在上面。她很后怕，哭出声来。

兰兰却说，你哭啥，眼泪是换不来自由的。她喝了几口水，慢慢起身说，来吧，我们还是剥皮子，我们不能白担一回惊恐。你别怕，豺狗子虽恶，也不过跟狸猫差不多大。要是里面真还有，它一出，我就先捅了它。

兰兰举枪瞄了刀口处，叫莹儿用棍子搅住肠子往外抽。莹儿没搅几下，又反胃了。兰兰就把枪给了莹儿，叫她瞄准刀口处，安顿道：要是有黑物钻出，你就扣扳机。她将棍子探入驼腹。她本想用棍子将驼的肚肠挑出来。这样，要是里面还有豺狗子，它也藏不了身。但见莹儿干呕不息，就抛了棍子，边警惕地观察刀口处，边剥起皮来。

驼皮比牛皮厚多了，剥起来也很吃力。好在保安刀很利，兰兰也不管皮上是不是带了肉，只管剥了去。剥了一阵，也没见里面有啥动静。莹儿放心了，就忍住恶心，上来帮手。姑嫂俩一个扯一个剥，剥一阵，再在驼腿上拴了绳子，缩到活驼的驮架上，就轻易地将死驼翻了身。二人忙活了一个时辰，总算剥下了驼皮。

天已进入了黄昏，日头爷在西沙丘上赞许地望她们。兰兰抹抹头上的汗。她的身子叫汗渗透了，脊背上水淋淋的。莹儿出的力少，但那提心吊胆，也拽出了好些汗。她给兰兰擦把脸。她发现自己以前并不真正了解兰兰。至少在此刻，她最佩服的人就是兰兰。她发现兰兰身上有种很了不起的东西。她想，哥哥真没福气，连这么好的人都无福拥有。

驼皮很重，莹儿使足了劲也捞不动。兰兰喘了一阵气，过来。她俩很想把驼皮搭上驮架，可两人抬了几回，都没能如愿。兰兰说，今个力气用尽了，别前走了，找个干净些的地方，缓一夜再走。兰兰选个有沙米棵的洼，先牵驼过去，卸下驮子，叫驼们先吃沙秸。姑嫂俩走走停停，终于将驼皮抬进了沙洼。兰兰说，谁也累了，别做饭了，吃些馍吧。莹儿说，你缓着，我做碗揪面片。沙洼里多柴，莹儿拣了一堆。

正做饭呢，忽听到不远处传来厉叫。

兰兰惊叫，豺狗子！

第　十　八　章

狼在豁牙里喊三声，虎打森林里闯了。

1

猛子和北柱出了村子，去掘双福的祖坟。

夜灰蒙蒙的。月亮从山那边探过头来，像窥视寡妇夜尿的神汉一样诡秘。

坟堆在月色中更像坟堆，半明，半暗，真成阴阳交汇处了。阴森味便从阴暗中溢出来了。猛子看到了被雷殛成半截的秃树，想起了树下据说成了精的血腥鬼，嗓门变干，心跳加快，便响响地咳嗽一声，恐惧因之而淡了。

北柱在夜气中悠忽成一个影子，忽而隐入暗影，忽而现于灰光之中，若不是那实在的脚步声证实他是个实物的话，倒真像虚虚幻幻的气孕育的所谓鬼魂了。猛子喊："北柱——"其声有喊的质态，而无喊的音量，曳出一股鬼胎之气。

北柱站住了。

猛子说："到了。我记得就在这儿。"

"可别弄错了。"

"错不了。埋他爹时，我在场，就在那棵秃树的东边，坟后还有棵树哩。后来树放了。树墩不知在不在？"

“这儿倒有树墩。不知是不是沙枣树的？”

“可能是。你看那土岭。双福说风水好就好在那里。前年攒坟时，我挖了几锹土，还挨了他一顿骂呢。”猛子说。

猛子望望土岭。土岭并不大，但因夜气的缘故，显得比往日雄大了些。他想，真是这土岭使双福发财？他开始不信，但谁都那么说，就信了。

这孙蛋，可真是平地里起了个鼓堆。

北柱说：“猛子，知道不？上回，光给学校翻修教室捐的款，就有十几万哩。一想，头皮都麻了……哎，这坟，真像说的那么好吗？”

“谁知道，都那么说。说是啥金盆养鱼。”

“反正，怪。自打他爹埋这儿，他发财发得邪乎。谁不知道他呀？以前，穷得尻子里拉二胡，连屁都夹不住。现在，嘿，歹了，成了啥董事长，牛皮烘烘的，连专员市长都跟前跟后跑呢。”

猛子说：“就是。这世道，钱多就是爷爷。官是个屁，没钱，还不跟龟孙子似的。”

北柱说：“妈的，想当初，他是个啥呀？二杆子。农业社那会儿，还巴结我爹呢。现在，呸，见了我爹，跟见了叫花子似的，正眼都不瞧呢。当然，我爹是斗了你。可不斗咋行？谁叫你偷苞谷？再说，斗你的，又不是我爹一个。有点年岁的，谁没斗过？……那孙蛋，可真牛气，叫他低头，愣是不低，脖子给砸得血糊糊的也不低。真没见过这号贼。”

“那是条汉子……就是……就是……不说了，挖吧。”

猛子望望天。月亮还那么诡秘。山峦黑黝黝的，屏障似的围着这坟地。他觉得这儿真有“盆”的味道，心想，在“盆”里葬的，又不单是双福的先人，为啥单他发财呢？就问：“掘了祖坟，真能败运？”

北柱说：“都说是的。孟八爷说，包家的先人已做了大官，祖坟一斩，人就死了。”

猛子说：“那就挖吧，我看不惯他那牛气样。”

“我也是。我可是为了整个沙湾呀。一人拔了簧，其他人，就只能砸锁儿铁卖了。这地方的簧，总不能叫他一个人拔掉。老子们也得活呀。知道不？凤阳的簧，就叫朱洪武拔走了。有个歌儿唱：‘说凤阳，道凤阳，凤阳本是个好地方。自从出了朱皇帝，十年倒有九年荒。’精气叫他一个人吸走了，不荒才怪呢。”

猛子说：“别说了，挖吧。”

北柱意犹未尽地用锹向坟头上插去，质感很润，并无沙石之类，遂狠狠挖了一锹，狠狠扔出。沙洼里便响起巨大沉闷的声音。猛子说：“轻些，叫人知道可不好。”

村子早睡了。沙山上望去，月光下的院舍像一块块土坯，不规则地摆了。灯光没有，狗咬也没有。但白虎关的喧嚣仍在遥遥传来。因为上次猛子们的被埋，村里男人暂时不敢再当沙娃，都说，财是命，命是财，拿财换命的事，他们不干。当沙娃的，大多是外乡人。虽老有人被压死，但仍然挡不住那汹涌而来的人流。

猛子想，明天，村里人知道了这事，会有啥反应？肯定会骂的。不骂才怪呢。一骂，这事就不是我干的了，自然一个比一个骂得凶。而心里，又咋样？猛子想，肯定在笑——不笑才怪呢。都见不得叫花子端定碗，凭啥他一人发财？他是个啥？一个二杆子，一个偷了秋禾叫村里人斗得过不下去的贼，一个穷得尻子里拉二胡的红眼老汉的崽子。凭啥？谁心里舒坦？猛子不掘，别人也会干呢。

“挖呀。”北柱喘吁吁道。

“换口气。”

北柱也住了手，直起腰，擦擦头上的汗。有风吹来，凉飕飕给人奇怪的爽。北柱心里有些怯，就有意找个话，使自己的意识摆脱阴森。

他说：“正月里，双福给村里人钱，你捉了没？”

“没。你捉了？”

北柱说：“当然捉呀。见钱不抓是傻瓜。硬崭崭一百块票老爷呀。咋？你没拿？”

“你咋能捉？你不看他那样，像打发叫花子。恶心。别看他脸上……心里可冷笑呢。最恶心的是斗他最凶的那几个，见了票子没了魂，连头三脑四也分不出来。那是钱吗？那是狗屎，往你脸上抹呢。”

“管他呢。狗屎也罢，啥也罢，给老子，老子就拿，老子并不领他的情。该气他，还气；该骂他，还骂。不拿干啥？为富不仁，为仁不富。那钱，不拿白不拿。”

猛子说：“嘿，全村像害了瘟症一样呀，眼里只有钱，只差喊爹喊万岁了。拿了钱，失掉的是啥？是脸皮。”

“嘿，管他呢。我说猛子，你别蚂蚁戴笼头，假装大牲口。穷就是穷。穷得连裤子都穿不上时，脸皮是啥？是屁股。你不拿？不拿白不拿！你以为不拿钱，别人会夸你？人家只会说你拔下屌毛栽胡子，只顾威风，不管疼痛。一百个票老爷啊，不拿干啥？为啥不拿？穷是老子的合该穷。他能给，老子就能拿！……哎，猛子，那天，他也花了好些呢，见一个人给一百，不管娃娃大小。我估摸，不下一万吧。”

“一万也罢，两万也罢，对他来说，一根毛。而你们，都跪下了。知道不？跪下了，别看一个个站得直棱棱的，其实都跪着。操！骨头脑髓都叫他看透了。他只差往票子上吐口痰叫你们舔了……还一个个贼眉贼样笑呢。呸！他是咋出去的？叫你们这些父老乡亲逼出去的。逼出去才学了手艺，才包了工，才发了财。现在，你们又像接天神似的，只差叫爷爷了。不就一百块钱吗？三拳两脚就花完了，而那耻辱是洗不掉了。”

北柱说：“你也别想太多。钱是拿了，可照样恨他。背后骂他的，也不是一个人。这不，老子照样掘他的坟。别以为，他给了老子钱，别以为，他修了学校，老子就对他感恩戴德。报上夸他是啥热爱家乡的企业家。呸！老子不稀罕！”

猛子叹口气，摇摇头，说：“人家的聪明正在这里，钱花在明处修学校。其实，说一千，道一万，不管他这个家那个家，实质是个商人。奸商奸商，无奸不商，无商不奸，报上说啥致富不忘家乡，成才不忘母校。嘿，屁。他这笔账算得很精，得到的，比花掉的多。就他这种有几个钱的，在凉州能赶一驴圈。可就他脑瓜儿灵光，一修学校，又是上报纸，又是进电视，名声出去了。这不，财又发大了。”

北柱嘿嘿一笑：“这孙蛋是鬼得很。听说，最近又拿出了二十万，成立个啥奖学金，专门帮助穷娃儿念书，用的，当然是人家的大名。吃饱了，喝足了，嫖好了，逛够了，又想留名了——还想千秋万代留名呢。嘿嘿，不过，说心里话，他要是不修学校的话，老子们也得集资修。谁都穷得夹不住屁了，哪有修学校的钱？别的村，一人集几十块呢……反正，不管咋样，他也算给村里干了点好事。”

猛子冷笑一声，想到了秀秀说过的一些话。它本是秀秀的牢骚，一张口，却从自己嘴里喷出了：“你懂个啥哩？你以为，他是为减轻你的负担才修呀？你以为，他对村里人感恩戴德呀？恨不得，他每人咬上一口呢。他爹咋死的？还不是叫你们这些饿老鸨斗死的。他咋跑了外地？还不是叫你们这些疯狗撵走的。你以为，他对你感恩戴德呀？你对他有啥恩？有啥德？值得他感？值得他戴？你以为他真爱家乡？家乡是啥？是穷山恶水狼都不想拉屎的沙旮旯，住着一窝想抽他筋剥他皮的穷恶霸，凭啥叫他爱？你说，凭啥？就凭你们把他爹的脑袋拧成个血葫芦？手插到屁眼里想想吧。这叫征服，懂不懂？他一张一张往你们面前扔票子是爱你？怜你？是揍你！嘿，他把一桶桶漂几块肥肉的泔水倒给你们，你们竟吃下去了。嘿，恶心。”这些秀秀的话，此刻说来，倒像出自自己肺腑了。

北柱也听出来了，说：“你这话，咋和双福女人一个味儿，那婆娘，动不动就说这种话。嘿，你们念了几天书的人，真是没意思。念的书多，生的蛆多。啥狗屁征服呢？馊臭馊臭的。其实，他只是摆阔耍排场而已。就算他真有你说的那种心思，老子们不知道，他还不是像月婆娘放了个米汤屁吗？反正钱也拿了，花也花了，我们感觉不到啥狗屁耻辱，也就没有耻辱。不过，不管咋的，坟我还是要掘的，嘿嘿。”

猛子叹口气：“那就掘吧。”

二人又动作起来。不多时，锨下便有了空堂堂的声响。北柱说：“棺材盖快出来了，揭还是不揭？”

猛子说：“你瞧吧，我有些恶心。”

北柱说：“恶心啥？不就是几根白骨头吗，肉早没了……不过……我心里有些怯阴阴的。”

猛子沉思片刻，扔下锨，猴塑塑蹲在土堆上，点根烟，狠狠咂一口。他索然无味了。掘坟前为秀秀抱个不平的冲动消失得一干二净了。觉得眼前干的这活儿，真是莫名其妙。他甚至有些看不起自己了。

北柱望着月光下一闪一闪的烟头，说：“要干的话，得快些，天一亮，人知道可不好。不管咋说，掘人家祖坟，总不是光彩事儿。”

猛子重重地叹口气，嘴上叼的烟头亮亮地闪了几闪，说：“算咧。干到这个份儿上，也就行了。掘也掘了。叫他知道就成了……他眼飞毛奓，别以为修了学校就牛皮烘烘不知天高地厚。老子看不惯他那张狂劲！老子穷是穷些，骨头还没塌下，老子也往他脸上抹些狗屎……抹上就算了。”

北柱问：“就算了？”

猛子嗯了一声。

“不行！”北柱叫了起来，“我啥都准备好了。这是红谷子糠，拌了黑狗血的……要干，就干个到底。你不干，我干！”说着，扫荡了棺材盖上剩余的土，丢下锨，捞过钢钎，撬出几声朽木破碎的声音：“凭啥叫他一人发财？凭啥？”

猛子说：“你以为，他发财真是祖坟的原因？”

“当然啊，啥都在祖坟里带着哩，坟荫里没有，求也白搭。蒋介石不是也斩过毛主席的坟吗？幸好没斩掉。黑皮子老道说，毛主席的祖坟是个风水宝地，无论下多大的雨，那个地方总不湿。不信？”

猛子摆摆手：“算了，算了，我不听……行了吧……他发不发财倒没啥。我只是看不惯他那张狂样……我只想臊臊他的脸皮。”

北柱说：“臊脸皮有啥用？你能臊个屌？！人家有钱，还不是那么风光？你能臊个啥呀？要从根本上解决问题。凤凰落毛不如鸡，富汉没钱鬼一样。

得叫他败！知道不？别看他财势大，可坏了风水，败起来快，就像筛子里盛水，百眼眼里往外流呢，他堵哪个好？嘿，想堵也堵不住。一夜能成富翁，一夜能成穷光蛋。靠的是啥？运气。运气在哪里？祖坟里。别看他得意得慌，穷起来，连鼻涕都吸不住哩。嘿嘿。”

猛子耸耸鼻头：“你美个啥呀？他兴他败，与你有啥关系？他兴了，你还能得些好处。他败了，你连个屁都闻不着。”

“嘿嘿，闻是闻不着，可……嘿嘿，心里舒坦。别看我接了他的钱，可心里难受。……别看我脸上笑……凭啥他能大把大把给人，老子却连裤子也穿不囫囵？日他妈。凭啥？凭啥？就凭他能吹，能哄，能骗！呸！老子可不稀罕。”

“别嘴硬了。说不稀罕，可给你一百，你恨不得抢来一千。”

“嘿嘿，那是另一回事。他以为，他给了老子钱，修了学校，就成沙湾的人物了？呸，你是根毛……毛都不如……还显阔？哼，你显了你的阔，也显了老子的穷呢。他没来那几年，老子也觉得活得差不多。馒头尽肚子吃。米汤拌面，想吃啥，就吃啥。比前些年，可是天上地下了。他一来，老子才觉得自己活得这么恓惶。操他妈。……真的，心里难受哩。”

“他钱多，是挣死挣活挣来的。你一天脊背贴炕屌朝天，头往扁里睡，当然穷。人家一天都闲不住。闲一天就当犯罪呢。不像我们，二两酒，也能喝一天。听说，人家能喝起酒，可喝不起时间……”

“哼，他才离开沙旮旯，就敢‘你们你们’地评头论足。上回，我说‘猪往前拱，鸡往后刨，各有各的活法’，他们以挣钱为乐，我们以舒坦为乐，都是对的。你猜，他咋说？他说我屌打胸膛自宽心哩。哼，他以为老子真羡慕他的臭钱啊？活人了世嘛。钱再多，也终究带不走。老子不信，他吃山珍海味，就一定比我吃山芋米拌面香。嘿，老子也不跟他磨牙了。给我钱，我就拿。转过身子，该骂就骂，该咋就咋。端起碗来吃肉，放下筷子骂娘。你也用不着假清高。你看老子，钱也花了，坟也照掘！”

猛子沉默了一阵，长叹一口气，自言自语道：“没啥意思，真没啥意思。

真的，咋臊皮他也是企业家，老子还得刨土吃。他张狂？……他当然要张狂啊。他有钱啊……你想张狂，拿啥张狂？……算了……没意思……真没意思。”

北柱说：“嘿，你真是。”遂不顾猛子的呆怔，从坟后的树墩下取过拌了黑狗血的红谷子糠，一把一把朝墓里扬去。猛子听到一阵沙沙的声响，心里有些发寒。

月亮已悬在西山顶上了。四下里，显得格外冷寂。夜风吹来，透进猛子的汗身里。他感到从里到外都凉了。掘坟前的愤愤然消失得无影无踪，剩下的只有索然无味。他望望用镇物秽物去毁坏掘开的坟茔的北柱身影，感到有点滑稽，甚而对他的乐此不疲有些厌恶了。

北柱说：“有尿吗？”

“咋？”

“往坟里弄。这地方，最忌这个。”

“没有！”

北柱没从猛子的语气中听出了不和谐成分，竟自哼哼咛咛掏出物件，朝那黑坑里撒起尿来。声音很响。随后，北柱走了过来，嘴中依旧发出那种含糊的得意的哼咛。到了猛子跟前，他表功似的喘几口粗气，吧咂几下嘴巴，嘿嘿嘿笑了几声，说：“好了……坏了……好了。”

猛子有些恶心，冷冷地说：“走吧。”

离开坟地的时候，月亮落了。猛子听到一声鸡叫。

他想：对这事，村里人会说些啥？

2

因折腾了半夜，猛子睡了懒觉。起床时，已到正午，他洗漱完，出了庄门，听到人们正议论那事。听说，双福只是打个哈哈，打发沙娃平了那窟窿。

双福啥话都没说。

村里人却都骂掘坟的缺德鬼。村里人眼里，套白狼，打闷棍，挖祖坟，欺寡妇，是最缺德的事。

当然骂。

猛子心里灰灰的，想：说不准，那娘们，也骂哩。

果然，双福女人冷冷望一阵猛子，问："那事儿，你干的？"

"没干啥呀。"他的心咚咚跳了。

"想叫他败？"

"乱说啥呀？"

"想为我抱个不平？"

"哪里啊……"

猛子忽然心虚了。因为，他从女人的话里听出了以往没有的语气。他想：这婆娘，成精了。猛子思维的筷子，咋也探不到女人的底。

女人眯了眼，许久，叹口气，说："你也罢，谁也罢，掘了就掘了吧！按我的性子，该啐他一脸唾沫星子。羞哩，人家有，是人家苦的。人家发，是人家挣的。关人家祖宗屁事？再说，不信你能掘了人家的坟。谁的坟，是谁自己掘的。别人掘不了。别人掘了的，只是别人的坟。不是吗？那掘坟的，最终，把自己心里的一种东西给掘了。不信干出这掘坟事儿的，能成个啥气候？"

猛子的头皮都麻了。女人的话像柳条，抽得他脸上热辣辣的。他想，我不掘，白狗也会掘。白狗不掘，还有人掘。你双福啥时不塌架，啥时便有人掘你的祖坟。这是明摆的。问题是，双福又没碍谁的事，咋谁都当他是仇人呢？损了他，谁也得不了啥呀？常听说损人利己，为利己而损人，还说得过去。可那掘坟，明明利不了己呀。

女人冷笑道："我上回说过，老天爷划了个道儿，有多红，就有多黑，谁也躲不过。双福的坟，是他自己掘的。别人，仅仅出了身无聊的臭汗而已。好没意思。"又说，"我也不管是不是你干的。若是你，我也不领这个情。有本事，拍着卵蛋，跟他明刀明枪地干，也用不着门背后踢飞脚，做那套白狼、打闷棍、踢寡妇门、挖绝户坟的事。双福虽不是绝户，也差不多了。我没生下个吊把儿的，也没听说哪个露水夫妻给了他个盼头。……不是你，当然也好。我可不希望这类恶心事跟我沾上边。其实，你我心里都清楚，人家也是条汉子哩。咋说，也是条站下戳天、躺倒盖地的汉子。不能因为待我不好，就把他涂成乌鸦。”

猛子灰溜溜走了出来。

夜风一吹，他倒恶心起自己来，就恶狠狠呸了自己一口。

几次了，从女人屋里溜出来，他总有灰溜溜的感觉。先前霸里霸气的他，竟奇怪地有些怕这女人了。

“你还叫秀秀哩，就这么个‘秀’法？”猛子晃晃脑袋，有些委屈。

第　十　九　章

黑云彩头上一条龙，空中里闪出个蟒来。

1

不知何时，沙丘上多了好些模糊的黑点，有的奔向死驼处，有的却凝在沙丘上。莹儿明白是豺狗子。她的舌头都吓干了。她求救地望兰兰。兰兰端了枪观察一阵，说，不要紧，它们是奔食场而来的。那么大的骆驼身子，够它们吃了，它们是不会冒险攻击人的。莹儿明白她在安慰自己。她很想说，说不准人家眼中的食场，正是我们呢。身子传递着一阵酥麻，她的腿一下子软了。

骆驼望着远处的沙丘，如临大敌。它们狠劲地突突着，时不时直杠杠叫一声。莹儿明白它们在威胁对方。听说狼怕驼啐，但没听说豺狗子也怕，但驼的反应还是感动了她。至少驼在声援自己。这已经很难得了。过去的岁月里，她很难得到这种声援。这世上，多落井下石者，多见利忘义者，多隔岸观火者，但声援者总是很稀罕。有时，哪怕仅仅是一句安慰的话，对一个濒临绝望的人来说，也是最大的帮助。

自家的公驼突突一阵，回望莹儿，仿佛说，你别怕，有我呢。那目光很叫她感动。莹儿想，成了，就算今天死在豺狗子口里，也不算是个孤鬼了。

这一想，倒不再有多么害怕了。她对兰兰说，你也别怕，就算它们是奔我们来的，也没啥。头掉了不过碗大个疤。兰兰笑了，放下枪，说就是，细想来，真没个啥怕的。活着有啥好？只是，叫这群豺狗子吞了，却有些不甘心。

莹儿说想透了，谁吞还不是一样。你觉得豺狗子恶，它们的娃儿还认为爹妈好呢。不管它了，要死，也要当个饱死鬼。说着，她支了锅，倒进水，燃了火，和起面来。

兰兰打起精神，将近处的柴棵们都砍了来。刀砍木柴声一起，豺狗子都慌了，骚动了好一阵。莹儿想，看来，它们也怕人哩。

吃了饭，兰兰燃起火来。她弄了好些柴，估计能烧一夜。两人也没支帐篷，就在火堆旁铺了褥子。因怕豺狗子抽驼的肠子，兰兰不敢叫骆驼去柴阔里吃，叫它们卧在火堆边，头朝外，尾朝火堆。这样，豺狗子即使真想抽肠子，也得先近火堆。驼们当然明白兰兰的心思，乖乖地卧了。莹儿抱些柴过去，叫驼们吃毛枝儿。

兰兰将驼皮弄开，毛朝上铺在沙上，这样一夜过去，干沙会吸去些水分，皮就会轻一些。等到了盐池，再在上面弄些盐巴，就能防虫蛀了。

入夜不久，死驼处就传来一阵又一阵撕咬声。豺狗子的叫声低沉而充满了嗔恨，在夜空里远远荡了去，又一晕晕荡了来，显得格外瘆人。驼们时不时抿了耳朵，发出突突声。骆驼是最能沉住气的动物，它们是轻易不抿耳朵的，说明它们很忌惮那群瘆虫。莹儿口中虽说不怕死，但一想豺狗子的模样，心还是一阵阵哆嗦。

那边的撕咬越来越厉害，说明豺狗子们对食物的争夺越来越激烈，也说明驼肉已满足不了它们的需求了。莹儿很害怕。她明白，要是那驼肉能满足豺狗子贪婪的食欲，她们就相对安全些。要是豺多肉少，等啃完那堆肉，豺狗子就会惦记她们了。突然，莹儿想到了村子，想到了妈。此刻，村子竟显得那么遥远而模糊，仿佛远到另一世了。妈也很温馨地朝她笑着。她想，那时，要是想到她会有这样的处境，她不会顶撞妈的。但一想到妈想叫她嫁屠汉，她还是受不了。她想，冤家，我等你，飞出巢的鸟总有回来的时候，我等你。

她想，等挣了钱，再给哥娶个媳妇，妈就不会逼她了。

兰兰取出了火药袋子和铁砂，放在离火较远的地方。莹儿则往火中丢着柴，她丢得很少。她想，听说狼怕火，不知豺狗子怕不怕火。要是不怕火，她们活的希望就很小了。莹儿明白，要是豺狗子一齐扑了来，连重机枪都挡不住，别说一支小小的火枪。

死驼那头的撕咬声越来越密，渐渐演化成一场大战了。惨叫声、吼叫声、威胁声、嘶鸣声一起扑来，间或夹几声长长的嚎哭，莹儿怀疑是狼嚎。她的头皮麻了。兰兰说，豺狗子和狼抢食场呢。豺狗子那么多，它们会吃了狼的。

乱麻般的叫声越来越大，爆炸般扩散着，连星星也瑟缩着，渐渐没了。诸多音响汇成巨大的旋风，在沙洼里啸卷着，忽而滚过去，忽而荡过来。忽然，一阵沉闷的撕咬声咬碎了嚎声，嚎声断断续续，渐渐被撕咬声吞了。另一个嚎声却突出重围，逃向远处。莹儿仿佛看到，那堆张着獠牙的动物正在狞笑着追赶。

兰兰捏捏莹儿的手。莹儿笑着回捏一下。两人的手心里有许多汗。莹儿悄声问，咋办？要不，我们走？兰兰说，来不及了，你的腿再快，也跑不过豺狗子……先多收拾些柴，熬到天亮再说。她叫莹儿拿手电照亮，自个儿抡了柴刀，将沙洼里的柴棵无论干湿，都砍了来。兰兰抱些湿柴给骆驼，又往火中丢了一些。火中马上响起嗞嗞声。

沙丘上的豺狗子都跑去抢食了，骆驼也安稳了。食场里的撕咬声更凶了。豺狗子没固定食场，哪儿死了牲口，哪儿就是它们的食场。或者说，它们瞅中了哪儿的牲口，哪儿就是它们的食场。它们没固定的窝。除非到了生殖期，那些大腹便便的母豺狗子才可能在某处相对稳定地住上几月。待娃儿一大，它们便成了沙漠中的旋风，哪儿有吃食，它们就刮往哪儿。豺狗子没有地盘观念，它们不像狼呀豹们用尿在自己的地盘上做记号，不，它们用不着。因为它们从来不抢地盘，哪儿也没有它们的地盘，哪儿也都是它们的地盘。它们无处不在。只要有生命的地方，它们便会嘣儿嘎儿地出现，撕咬它们想撕咬的东西。在沙漠里，它们是一个摆不脱的梦魇。

兰兰认真地压着火，不使它熄，也不叫它暴燃。火跟身旁的枪一样，成为这个世界里仅有的两种心灵依怙了。进沙窝时，老顺给她们包里塞了汽油打火机、气体打火机，还有火柴。在沙漠里，有了火，就有希望。老顺把它们分装在各处。兰兰这时才明白了父亲的用心，父亲怕她们不慎丢了，或是用光了，记得当时，她还笑爹愚呢。

兰兰将驮架们放在火堆旁，除了火药距火堆稍远，其余的都挪到身边。新剥的驼皮趴在不远处的沙上，时不时，风还会带来一股臭味。兰兰想，要不是剥那驼皮，这会儿早走远了。她想，好多东西，难说得很，谁也不知道便宜的后面是不是亏……不想它了，做了的，也用不着后悔了。是福不是祸，是祸躲不过，就算这会儿在远处，谁知会不会遇上一群狼呢？

兰兰把枪放得离火稍远些，以防火焰烤燃火炮儿。她对莹儿说，这会儿，它们还顾不上这头，你稍稍眯一会儿，要是它们吃不饱的话，说不准就会打我们的主意。那时你想眯，也怕没时间。莹儿说，还是你眯吧，你剥了半天皮，怕是早散架了。兰兰说也好，你操心些，别叫火熄了，省着点柴。枪上我压了火炮子，你小心些。说完，兰兰靠在驮架上，不一会，竟响起轻微的鼾声。莹儿想，她真是大肝花，在这号形势下，竟能睡熟。又想，就是，有个啥放不下的？大不了是个死，怕啥？细想来，虽没个啥怕的，可要是真死在豺狗子嘴里，她还是有点不甘心。

莹儿加些柴，火大了些。她有种历尽沧桑的感觉，仿佛活几百年了。她想，哪怕今夜死了，也不算夭折了，至少感觉上这样。有时想，人生来，本就是受苦的，要是啥都不经经就死去，不是跟没来一样吗？也好。她苦笑了。

那边的撕咬声小了些，但仍时不时响起，说明那儿还有食物，说明她还有机会想自己的事。但她也懒得想啥了，她觉得想啥也没用。人的命运不是你想想就能改变的。有时的想，反倒苦恼了自己。

可又觉得，有时的想，也是必要的。比如那时，她就想勾引灵官——想到“勾引”这个词，她过瘾地笑了，身子的某处也突地热了。要是她不生勾引念头，就不会行动；要是没有行动，也就没有后来的故事；要是没有那故事，她当然就会是另一种人生轨迹。看来，命运的改变，有时就源于“想”。她又想，村里也有些寡妇，男人死后不久，她们就前行了，仍在另一个男人身边发出快乐的笑。她们心里，定然也有些想法。那想法，导致了她们的行动。那行动，构成了她们的命运。

不想它了。莹儿挑挑火，吹口气，叫湿枝儿腾起火苗来。莹儿喜欢湿枝儿，喜欢它们发出的嗞嗞声。它跟鸟鸣一样，也是大自然中最美的音乐。莹儿想，要是豺狗子不危及自己生命的话，那撕咬声又何尝不是音乐呢？她认真地听那声音，透过外现的凶残，竟听出了一种柔音。是不是豺狗子妈妈正给孩子喂食呢？这一想，她就想到了盼盼，眼前就出现了盼盼那张可爱的小脸。一股潮水般的情绪啸卷而来，恨不能飞到家里，狠狠咬娃儿几口。

撕咬声渐渐息了。

一种巨大的静默卷了过来。莹儿甚至能感觉到挤压的质感，也仿佛看到了黑夜里绿绿的眼睛。她没机会仔细观察豺狗子的眼睛，但看过村里疯狗的眼。想来豺狗子望人时，也跟疯狗差不多吧？只是疯狗的眼睛红，豺狗子的眼睛绿，但红也罢，绿也罢，都定然会有贪婪，会有凶残。她能想出贪婪的眼神，比如徐麻子望她的眼神——想到这里，她干呕了一下，狠狠地晃晃脑袋——凶残是啥样子？她还真想不出来。记得妈妈在某个恨铁不成钢的瞬间，曾“凶残”地望过她，但她不知道用这词儿形容母亲的目光是否妥当。此外，她想呀想呀，也实在没法在她的生活里找出凶残来。这样，四面的夜里，就只能显出徐麻子的眼神和疯狗眼神混合在一起的豺狗子眼睛。

莹儿恶心地干呕几声。她宁愿她的四周布满疯狗眼睛，也不愿再叫徐麻子出现了。

忽然，骆驼狠狠地啐起来。莹儿吓了一跳。这说明，骆驼发现了逼近的危险。她推兰兰一把，亮了手电。光柱利利地扑向远处沙丘，上面已密密麻麻地布满了绿灯。那绿灯，质感极强，它们磷火一样游动着，飘忽着来去。莹儿打个寒噤，往火中丢一把干柴，吹几口，火突地腾了起来。兰兰悄声说，别怕，它们怕火。她捞过枪，枪口朝天。莹儿说，要不，打一枪，唬一下？

兰兰说别急，要是它们不逼近我们，我们也不惹它。现在，是麻秆儿打狼，一家怕一家。它们要是习惯了枪声，反倒不妙。说着，她取过马灯，点了。

为防豺狗子们偷袭，兰兰将铺盖和驮架变了方向，以前她们面朝骆驼，现在成了背向骆驼。骆驼有夜眼。这一变化，等于多了两双监视豺狗子的眼。她们可以不管身后了，只警惕前方即可。

兰兰后悔没再多砍些柴，对燃多大的火才能镇住豺狗子，她没有经验。她想，要是它们不怕火光，步步紧逼，火堆就得大一点。这点儿柴，怕支持不到天亮。

莹儿觉得恐怖直往自己心里渗。

2

豺狗子寂悄悄的，不发出一点儿声音。它们定然也在观察对手。胃里有了垫底的食物，它们当然不急。骆驼也停止了咀嚼，不再啐唾沫。除了火的呼呼外，啥声音也没有。莹儿觉得，那静寂变成了两堵墙，狠劲地夹向自己。这感觉真怪。以前，她喜欢静，厌恶吵闹，可没想到，静也会这样肆无忌惮地冲撞心。心便猛劲地跳，使劲地擂胸膛。沙洼里也涨满了心跳，而且，她渐渐觉出了好多心跳，兰兰的，骆驼的，还有豺狗子的。兰兰的心跳跟棒槌声一样，骆驼的心跳像石磙在缓慢地滚，豺狗子们的心跳则像破锅里炒石子，很是碜牙。渐渐地，碜牙声更大了，神经里就多了千万根拉动的锯条。她狠劲地咬住牙，晃晃脑袋，挨疼般屏了息，但碜牙声却仍在响，想来是豺狗子在咬牙。听老顺说，他亲眼见过千万个老鼠在磨牙，那种声音，真是能叫人精神崩溃的。莹儿想，这豺狗子的磨牙声一点儿也不比千万个老鼠的磨牙声好受。但怪的是，自己的心跳声也越来越大。她真怕心脏承受不住。

兰兰往火中扔了些干柴，火大了些，但多大的火光也只能照上十来米，再远，就看不清了。反倒因了近处的火光，模糊了远处的沙丘。莹儿想，要是豺狗子们悄悄摸到近前，冷不防一个猛扑，她们是绝对无法反应的。她亮了手电。强劲的光柱一射过去，沙丘上的黑点儿就慌张地动了，看来它们将手电当成闪电一样的东西了。听说，所有动物都怕雷电，因为沙漠里老有叫雷电殛死的动物。别说一般动物，就是有些很稀罕的有了灵性的精灵动物，也怕雷电。它们或是拜月，或是舔食少女的元红，或是采吸童男的精气，好容易修上千年，一遇雷电，照样叫殛成一堆灰了。它们当然怕这个闪电般的光柱。

看到豺狗子们的慌张，莹儿放心了些。她想，只要你有怕的东西就好。这一来，在火和枪之外，又多了一样叫豺狗子忌惮的武器。手电筒装着四节电池，她们还备了八节，就是连续用的话，也足能亮几个小时。

手电一熄，莹儿们又成了瞎子。她们只能看见模糊的沙丘轮廓。只有在火小时，才能望见远处黑里的绿绿的灯。这也成了个悖论。叫火小些吧，她们怕豺狗子们会一窝蜂扑了来。火燃大些，她们却成了瞎子。这情形，很像豺狗子们观看由人驼表演的节目。观众的视线都集中到了她们身上，她们却一眼的模糊。这真是要命的事。

兰兰想了个法子，叫莹儿侍候火堆，自己却提了枪，提了火药，带了手电，伏在离火堆稍远处。这样，火光就影响不了自己的视力。要是有前来偷袭的豺狗子，她会用火枪招呼的。

一离开火堆，兰兰就发现四面多了好些绿灯。绿灯们飘忽着，说明那帮贪婪的动物又向前推进了。她瞅个绿灯最密的地方，瞄了，一扣扳机，扫帚样的火喷了出去。一阵惨叫传来。绿灯们倏地退了。兰兰笑道，不给点颜色，还以为老娘拿的是烧火棍呢。

那闷雷般的枪响真管用，光柱里的麻点儿小了好多。看样子，至少在百米外了。火枪能装好些铁砂，但有效射程不过二三十米。一些豺狗子虽中了铁砂，但想来只伤了皮毛。兰兰就选了一颗架子车钢珠，独子儿射得远些，连黄羊都能打下，不信还弄不死个豺狗子。兰兰说，打死一个豺狗子，至少能安稳一阵，一是给豺狗子一些颜色看看；二来，豺狗子们会抢食死者，她们就会赢得一些时间。到天亮，就好办了。也许，豺狗子跟狐子一样，习惯于夜里活动，日头一热，它们的头就疼。

看来，心真是个怪东西，多恐怖的场面，只要假以时间，它就会木了。虽然强敌仍在环伺，虽然命仍悬在蛛丝上，但两人却没方才紧张了。为了看清对手，兰兰过去，将明火压了，只留下火籽儿。这一来，四面的黑又压了来。她说，沙漠里的牧人多带火枪，豺狗子想来叫揍怕了。莹儿却说，也许它们是第一次见火枪呢。要是真见惯了火枪，它们不会逃这么老远的。兰兰说也倒是。

兰兰举了手电四下里扫，发现豺狗子多集中在东方。西边的沙山上反倒不见黑星儿。她们宿营时，是按老规矩选的地方，即背风，干燥。也就是说，她们背靠西面的沙山，面朝着相对宽敞的沙洼。兰兰说，这不好，要是豺狗子上了西面的沙山，人家只一滚，就会滚进我们的怀里，你连扣扳机的机会也没有。得挪到沙洼中间，这样，不管它从哪面来，都得跑一截路，我们才有准备的时间。

趁着豺狗子们叫枪声震闷的当儿，兰兰燃个大火把，在相对阔敞些的沙洼里燃起了一堆大火，两人老鼠挪窝似的将驮子、铺盖、柴棵、骆驼们移了过去。果然，半个时辰后，西面沙山上也布满了麻籽儿似的黑点。不过，莹儿却觉得，要是她们不搬，豺狗子们也未必敢上西沙山，因为那在火枪的有效距离之内。现在这样一搬家，反倒腹背受敌了。

一远离西沙山，清冷的漠风明显大了。莹儿觉得脊背凉飕飕的。她打开盛衣服的袋子，取了两件衣服，给兰兰披了一件，自己穿了一件。她们仍是背靠了骆驼，但骆驼却没方才安稳了，显然，它们也看到了西山上的豺狗子。莹儿说，不搬倒好些。兰兰说不搬有不搬的好，搬了也有搬了的好，不搬我怕它们偷袭，老觉得它们会滚下沙山。现在，我们在明处，它们也在明处，大家都亮了相，要打了吃劲打一场，大不了填豺肚子。又说，我是想透了，人生来，早死早脱孽。你咋也是个死，缩手缩脚是个死，你大了胆子折腾也是个死。自打了几回七，我倒真有些参透人生的感觉了。当然，我离上师的要求还很远，人家菩萨，能舍身饲虎，能割肉喂鹰，按那标准，我该白溜溜躺下，喂这些豺狗子。可是我不想，要是豺狗子跟绵羊一样善良，我叫它吃了也没啥。它们是啥？它们是一群喝血抽肠子的恶兽。

兰兰这话，又提醒了莹儿。跟豺狗子对峙了许久，她真模糊了对手的凶残。她想，要是它们嘣儿嘎儿地一齐扑来，眨眼之间，她们就会变成两具骨架。她又觉出了恐怖。兰兰却笑道，你怕啥，要真免不了死的话，你怕也是死，不怕也是死。就像你活一辈子，你笑也是活，你哭也是活，不如开开心心，自得其乐一辈子，你说是不？又说，我想透了，人其实活个心情，那幸福呀痛苦呀，其实都是心情。心情好了，人就幸福。有一辈子的好心情，就等于有了一辈子的幸福。我们没办法改变世界，但总能改变自己的心情，你说是不？

莹儿对兰兰真有些刮目相看了。她发现兰兰近年的变化真大，像方才这番话，她是想不出的。细想来，陶醉她的，或是折磨她的，还是她自己的心情。又想，其实，人的价值，不也是那点儿心情吗？要是真修得心静如水，也许会少了许多做人的滋味的。

兰兰嘘一声，用手电一扫西沙山，那密麻的点儿动了一下。兰兰叫莹儿拿手电照着，她趴在地上，托枪瞄一阵。一股火喷出，没听到惨叫，却见那一线黑点立马炸散开了。兰兰嘿一声，说，没打中。这独子儿，射程虽远，却没准头，还是铁砂好。莹儿说，你别乱放枪了。你不放，人家或许还忌惮你，你嘣儿嘣儿乱放一气，人家倒不怕了。兰兰边往枪里装火药，边说，我是想给它们一点颜色看看的，谁料越瞄越不准。

莹儿说的话没错，就像麻秆儿打狼，狼以为你拿的是棒子，不一定敢到你跟前；你要是用麻秆打它一下，它反倒发现你手中只是唬人的玩意儿。这一枪之后，豺狗子只是慌乱一阵，很快又围了上来，距离反倒更近了。而且，它们已经习惯了手电，无论莹儿咋扫射，它们也不骚乱了。莹儿想，要是它们习惯了枪声和火，她们就该填人家的肚子了。她想，那冤家是不会想到她有这样的结局的。要是他知道我填了豺肚子，会咋想？他会不会哭？也许，他会哭，但哭的时间长短，可就难说了。她见过好些卿卿我我的两口子，一方死了，另一方至多哭上一场，不久就有说有笑了。这一想，莹儿万念俱灰。她想，人活着，真没意思，还不如填了豺肚子。记得小时候，妈老骂她“狼吃的”。开初，她觉着这骂好听，亲热。她想，莫非，娘老子嘴里真有毒哩，她填的，虽不是狼肚子，却是豺肚子。人说豺狼豺狼，形体虽异，但都是凶残的猛兽呀。

她想，死就死吧。与其活着想那号没良心的货，还不如填豺肚子哩。

忽听兰兰叫道，快，点火点火。莹儿醒过来，见那火籽儿，已暗成一点红了。她忙用打火机点毛枝儿，毛枝儿湿，点了一阵，只是嗞嗞响。兰兰递过一把干柴，引燃了火。她说，你得将干柴和湿柴分开，看这阵势，它们要下歹心了。你在四面都弄上些柴，万一它们要扑，就点了。说着，她用手电一照。莹儿倒抽一口冷气：那密麻，直扎眼睛，最近的几个，都看到身体轮廓了。

兰兰说，你管好火堆，千万别叫熄了。我得给它几枪，再不教训，人家就上你的头了。

这时，一直沉默不响的豺狗子们突然齐声大叫，其声震天，很像亿万老鼠堕入沸汤时的惨叫。

兰兰回了一枪，但没压息那叫声。

3

兰兰拧亮了马灯，她只管装火药，放枪。豺狗子们或厉叫，或惨叫。它们虽没齐刷刷扑了来，却也没一听枪响就炸散了。说明它们已习惯了枪声，不再把它当成多么了不起的东西。你想，一个狸猫大小的豺狗子敢跟狼争夺食物，而且不落下风，说明它的凶残和狡诈也不在狼之下。兰兰虽时不时放一枪，铁砂们时不时发出啸声扑向豺狗子，但它的震慑力明显弱了。恐怖又上了莹儿的心，兰兰也显得有些慌乱。莹儿说，你省着些用火药。兰兰嗯一声，说不要紧，来时带得多，熬到天亮问题不大。莹儿想，到了天亮，人家赖着不走的话，你有啥法子？

每装一次枪，得几分钟，一到这间隙，总有豺狗子跳跃着前来。它们在试探。看来，它们对火的畏惧倒比枪大。莹儿想，要是没火的话，它们定然早扑上来了。

看到那些试探的豺狗子，兰兰学聪明了，装了火药后，她悄悄瞄了，也不急着扣扳机，待胆大的豺狗子近些，再近些，距火堆有十多米时，就冷不防喷出一团火。这下，有几个豺狗子倒地惨叫了。它们发出吓人的叫。听那声音，它们的叫不是因为疼痛，而是因为愤怒。它们显然看不起这两个女人。没想到，就是这两个女人，竟叫它们吃了苦头。

一个豺狗子一瘸一拐地逃了。另几个叫一阵，渐渐寂了，说明铁砂打中了它们的要害。兰兰很高兴。她边装枪，边说，还是砂枪好，虽打不太远，可一打一大片。

听得骆驼又突突起来。原来，西边也出现了几个豺狗子，它们嬉戏般跳蹦着，忽而跳左，忽而跳右，像在挑衅，也像在躲避子弹。豺狗子出现时都这样，它们天性如此。除了在有十足的把握扯牛大肠时，一般行动中，它们很少有猛虎扑食那样的行为。它们总是一副嘣儿嘎儿的嬉戏模样。它们的力量并不大，但借助惊人的弹跳力，它们往往能将尖牙利齿的威力发挥到极致。

兰兰装好了枪。她屏了息，瞄那些蹦来蹦去的黑点。其实她也用不着瞄，铁砂出枪口时，不过酒盅粗的一股火，待到了几丈外，火就牛车轱辘大了。夜幕里看来，着实吓人。

待得那嘣儿嘎儿的豺狗子再近些，兰兰扣动了扳机，不料只听到撞机的声响。原来情急之下，她忘了安火炮子。一个豺狗子听到了声响，也许它明白这声响意味着啥，竟扑了上来。莹儿虽吓得直抖，还是用手电照了。那豺狗子到了近前，却耸了身，只管朝她们龇牙。它像护崽的母狗那样唬着，幸好火焰燃得正高，不然，它早就扑上来了。而且，要是它放胆一扑，要不了几秒钟，就能叼住一块人肉。莹儿见过它们在沙上飞的速度，那真是一道黑色的闪电。莹儿想抽藏刀，但要是放下手电，又怕豺狗子会趁机扑上。豺狗子低哮着，它的牙很白，眼珠不绿了，闪烁着一种飘忽不定的凶光。它定然是豺狗子群里最爱出风头的那一类。豺狗子尖嘴猴腮，有点像狐子。莹儿喜欢狐子，狐子身上有灵气，她很羡慕狐子那份轻灵的仙气。豺狗子身上却只有恶气。莹儿这时才算看清了什么是凶残。那凶残，正从它翻龇的牙里、低哮的声里、耸起的毛里往外喷呢。

那豺狗子边低哮边逼近，莹儿发现火对它的震慑似乎很有限。就像人中有智者一样，豺狗子群里定然也有智者，它们也可能发现火其实是个纸老虎。想来真是这样。老顺就遇到过不怕火的狼，它一直跟了他一路，情急之中他燃起火堆，狼竟然挑衅似的在火堆上跳过来跳过去。要不是孟八爷给了它一枪，他哪有机会生下灵官们？莹儿想，生不下倒好些，那号没良心的，人咋对他好，也拴不住他的心。这一想，莹儿倒不怕豺狗子了。她朝它斥道，滚！你个没良心的。

枪响了！

大把铁砂出了枪口。它们是一群燃烧的蚊蚋。它们啸叫着，撞击着，像雨后的蜜蜂扑向群花那样兴奋，像饥饿的苍蝇扑向污血一样急切，像发情的儿马跳出栅栏那样欢势，像喷射的精子游向子宫那样汹涌，像被久旱困在泥水中的蝌蚪突遇清水那样欢畅。它们将那稠浓的夜色划成了碎缕。在进入豺狗子的身体前，它们先进了它的眸子。豺狗子的心虽小，眸子却广如大海，世界有多大，那眸子也有多大。铁砂们当然明白这一点，你就尽情地欢畅地游吧。

莹儿觉得，铁砂们摇动着尾巴前游时，还扭头望着她呢。……“怎当她临去秋波那一转。”记得，那冤家当初老念叨这一句。

铁砂入身的一瞬，豺狗子瞪大了眼。显然，它明白这群欢游着的红色的蝌蚪，定然是来要它的命的。没错。它甚至只来得及扭动几下，就伸长了腿，大眼瞪天了。

兰兰说，你得把刀子准备好，看样子，也有不怕火的。她抹把汗。莹儿觉得脊背里凉飕飕的，她忙用手电照东面，见那些黑点已围上来了。

这有效的一枪并没镇住豺狗子们。

兰兰连喘息的时间也没了，她边装枪，边放。火药味弥漫在空中，她也不管打中打不中了，装一枪，放一枪，东一枪，西一枪。还好，火龙喷向哪面，哪面的豺狗子就退缩几步，但也仅仅是几步而已。枪声一停，它们就步步逼近了。莹儿取出为马灯准备的煤油。她想，万一豺狗子围扑了来，她就往环绕着的柴棵上倒煤油。再是它们突破火环进来，她就索性点了所有的柴，自己也跳进去算了。怪的是，心里的怕淡了好多。多深的怕，在心里搁久了，也会渐渐淡的。对死的恐惧倒退到其次了，最大的遗憾是死在这群没起色的恶兽嘴里。一想这么好的身子竟会成了这群龇牙咧嘴的怪物的食物，她浑身不自在了。她最恶心的，是豺狗子口中流下的涎液。一想它竟要沾上她干净的身子，她就干呕不已。因为夜里吃得不结实，肚子已有饿感了，当然也呕不出啥。那时时裹来的火药味更呛得她胸坎子发憋。透过烟雾，她发现枪声的作用很有限了，虽也时有豺狗子倒地惨叫，但别的豺狗子似乎已不在乎同伴的伤亡了。只有在兰兰的枪口指来的瞬间，它们才会稍稍躲避一下，但那是躲避，不是轰然而退，更不是四散溃逃。豺狗子能以瘦小之身打下好大的名头，当然有它的理由。在抢食时，即使是同伴被狼们撕成碎片，它们照样前赴后继，何况前方还有鲜嫩的女人和高大的骆驼呢。

据说，在所有食肉动物眼中，人肉最鲜，因为人肉的脂肪最多。虽然土地爷给他麾下的看门狗定了许多规矩，但只要谁尝过人肉，它定然忍受不住人肉的鲜美，就会屡屡作奸犯科。人类的法律中，也不管它是几级保护动物，只要它吃过人，就一定要将它击毙，因为它既吃了一人，就会吃百人。

这群豺狗子，是不是也想吃人肉呢？

枪声响得很稀。火枪装起来不太方便，先用铁溜子将一把火药顺下枪管，用捅子捅瓷实，再装入铁砂并加些火药捅瓷实。这样，每次枪响之后，就会有个间隙。每到这时，豺狗子就会嘣儿嘎儿地跳了来，直到再一次枪响后，它们才慌张地退缩一下。

豺狗子的退缩幅度越来越小。莹儿将火势弄得很大，火光已能照出豺狗子翻龇的牙，眼见得它们是越来越近了。虽没有在火堆上跳来跳去的豺狗子，但可以预见的是，照这势头下去，它们跳火堆是迟早的事。记得小时候，每次过冬至，村里总要燃起许多火堆，娃儿们都要在火上蹿跳，这叫燎毛病子。据说那天跳过火头，身上的毛病子就没了。莹儿当然不敢跳，她最羡慕那些狸猫般蹿跳不已的伙伴，可她一见火焰头就晕了。后来，妈就抱了她跳，第一次跳时，她闭了眼大叫；第二次跳，她就敢睁眼了。妈抱她跳过三次后，她就敢自个儿在火头上蹿了。她想，豺狗子也许会这样。它们怕火，但要是熟悉了火性后，它们定然会不顾火焰的呼呼，一窝蜂扑了来的。

然后呢？她打个寒噤。

第 二 十 章

大山顶里割荨麻，割断了白蛇的尾巴。

1

猛子贼一样游进夜里，去做贼。

他不想做贼，可白狗要他做。白狗说，你不是吊把儿的男人吗？大头都欺到百姓头上，拉屎拉尿了。猛子是吊把儿的，只好跟白狗去。

毕竟是做贼，啥都睁了眼望自己，天地，星星，树木，房屋……都睁了贼眼，望他。这感觉，有过多次了。记得，第一次，是偷双福女人那次。……不知道偷人算不算做贼？据说，该算的。按村里人的说法，他是双福女人的贼男人。反过来，她是他的贼女人。这偷人，想来也算贼了。他当过无数次贼男人。可这次做贼的感觉，仍很新鲜。偷人，偷多少次，也只是偷人，好男儿采百花，偷得越多，越显本事。可偷东西，就叫人看不起了，人会骂“贼疙瘩”呢。瞧，连人都不是了，成“疙瘩”了，叫他心里能不噎噎？

大头虽是村长，他庄门的高度，却只在村里占第二。最高的，是双福，人家是凉州有名的企业家，财大气粗，拔根汗毛比别人的腰粗，不高也由不了他；第二，便是大头了。大头当了多年队长，后来又当了村长，瘦死的骆驼比马大，当然高。第三是神婆，人家癞蛤蟆接了雷的气，张口神，闭口神的，票子树叶一样往怀里落，当然高。

自白虎关一火，人头像吃了锁阳的叫驴，一天比一天牛气了。谁都觉出大头的可能腐败，也有人想把他换了。要说换也容易，开个会，换个人，举个拳头，定个音，大头就不是大头了。问题是乡上不招这样的会，人家只认大头。要是没乡上支持，你换了谁，也玩不转，到水管所，到乡上，到金管站土地局，等等，你都是嘉峪关的旋风边外的鬼，连话都搭不上。毕竟，大头多年了，已织成网了。那网，虽看不见，你一碰，刷——，人家就过来，把你罩住了。

对大头，白狗一直咽不下顺溜的气。不说别的，只那批金窝子上，他不定捞了多少。在征地时，他更是晃势成起性的驴了，哪一次，村里都要剥层皮，但又不公开账目。白狗就暗中咬了几次牙，找到猛子，说："大头这孙蛋，给了个箩儿，就当个天了。当个村长，多吃多占不说，还想在老子们的头上拾棱儿哩，整他一回。"

猛子说："整就整。"

瞧，他们"整"大头来了。

大头的庄墙，黑黝黝的，显得很高。这感觉，和见到双福家时一样。猛子整大头，就是看不惯他的牛气。这大头，简直太牛气了，比乡长还牛气，比市长还牛气。人家牛气，是人家有级别，你凭啥？穿开裆裤那阵，你偷了队里的果子，还叫毛旦爹揍得嗷嗷乱叫呢，就凭这？……还有，你见了老顺，也大不咧咧的，虽低了一辈，却似称兄道弟的哥们。当然，猛子不在乎这，哪怕你大头把爹叫孙子也没啥，只要你舌头大，想咋拌，就咋拌去。可要把老百姓当成土牛木马，想咋欺就咋欺，饿殍疯虱子一样咂血，不整整你，沙湾就没个拔毛出血的了。还有，你不该用那双贼溜溜的色迷迷的眼睛瞅莹儿，一想那场面，猛子就觉得气不打一处来，不整你个驴撵的，那肚里的气，咋也泄不顺畅。

当然要整！

两人抬个梯子，颠手颠脚，向大头家摸去。那路，就跟摸自己鼻子一样熟。白狗原打算不抬梯子，他说，与其抬梯子翻墙头，不如拿个镢头在大头的后院墙上挖个洞，把搁在后院的黄豆抬了就是。猛子说：“不成，有响声哩。”白狗说：“响声怕啥？我探试过，大头醉成死猪了。他一醉，你把他丢到火里也不醒。”“女人没醉。”“女人怕啥？她若一来，一脚就踩翻了。”“人家会叫。还有狗呢，人一叫，狗一叫，庄里人都醒了。”白狗这才不说啥。梯子也好，镢头也好，只要能整大头，啥也成。

早想整大头了。为此，两人观察了好多天，开始，他们想偷大头的三轮农用车，可那东西，大，扎眼，不好处理；偷电视机，也一样，瞅来瞅去，就瞅中他后院的黄豆了。这些，拉到乡上收农副的地方，一过秤，钱就到手了，利索。

猛子好容易才鼓足了气，可每前走一步，鼓起的气就泄了一分。他想起哥哥住院时，大头帮过一百块钱。这份情，总忘不了，每每提及，爹总说大头是个好人。人家帮你，你却偷人家，真恩将仇报了。还有，不怕一万，就怕万一。偷了人家的东西，万一事发，贼名背定了。……上回虽偷了金沙，可那白虎关是大家的，却叫双福们占了，都说该偷。……虽也偷过人，可那偷，是能炫耀的资本。这回的偷不一样，因为粮食是用汗水换的，村里人最恨偷粮食的人。……这稀屎罐子，一扣到身上，咋洗也洗不净那恶心。爹说，这世上，最丑的事有两样：男盗女娼。这便是盗了。按爹的话说，“祖宗都羞得往供台下跳呢”。

他住了脚步。

白狗说：“咋？尻子松了？你爹老说你嘴硬尻子松，真是的。”猛子道：“大头是坏，可能不能想别的法儿？比如告，比如开会，撤了他。”白狗道：“不行不行。你告个屌毛，人家上上下下尽是人，你一告，查不出个名堂，反倒把自己告牢里了。城北的九墩乡，有个告了的，反叫人家设了圈套，诬陷成了强奸犯，家破人亡了。撤也不行，人家乡上只认大头，再说撤个饱狼，换个饿狼，更坏。走吧走吧，这法那法，不如想个办法。这是替天行道呢。”这一说，猛子又想起大头的恶来，气又在心里鼓荡了。

夜深了，风很利。白狗有意选这风天。风一起，沙乱滚，三滚两滚，就盖了脚印，安全。

因为出力，猛子的身子发汗了。手提的塑料袋儿哗哗地响着，里面装了一块肉，准备贿赂大头家的狗。吃人的嘴软，拿人的手短，那海关关长，都能叫好处买通，何况一条狗。两人还备了麻袋绳子，若是狗不受贿赂，就索性结果了它。猛子狼都打过，对付狗，小菜一碟。若是狗扑了来，揪了它顶皮，用绳扣一套，一勒，就万事大吉了。但猛子总想事发后爹可能出现的脸。上回偷个女人，人家都吃人哩，要是再偷东西，真拿狗屎往他脸上抹呢。不过，这不是一般的偷，是替天行道呢。换句话，这是“天”叫他干的。谁叫他大头欺天呢？记得，双福女人说，天就是老百姓。

到大头家后墙了，两人放下梯子，将一头搭上墙头。那应该很轻的一响，却似心头炸雷，真做贼心虚了。白狗扶扶梯子，上了，四下里瞅。猛子觉得心使劲擂胸膛，就想，怕啥？我这是替天行道呢。

白狗下来了，猛子听到他压抑着的笑。他悄声问：“笑啥？”白狗低声说：“你还说告呢。任谁告，也不成，人家不但送钱，连女人也送了。你自己去看，悄些声。”

猛子上去，梯子在脚下晃，心也随了脚晃。猛子常登高，多高的树，也敢上。夜风吹来，吹到他因抬梯子而汗津津的身上，凉飕飕的。

上了墙头，看那后院，虽一片模糊，但借了月牙儿荡来的光，仍能窥个大概轮廓。忽听到，后院棚下，传来怪响；细听，却是会兰子在呻吟。恍惚中，见有团黑影在蠕动。猛子觉得一团火在体内腾起，他明白白狗发笑的原因了。

会兰子的声音突地大了：“快，快，乡长，你弄死我算了。”响起很大的喘气声。

白狗悄声没气地笑着上来，猛子朝旁边挪挪。又听得会兰子叫：“哥哥子，明日个，我也给你皮鞋上绣个花。”接着是呻吟，像狸猫儿叫春。

猛子偷偷笑了。这皮鞋上绣花，本是个笑话，上回，他和凤香鬼混，那婆娘也这样说；就咽一口唾沫，悄声道：“也不怕叫大头逮住。”白狗嗓里也咯叽一声，低声道 :“大头早成醉鬼了。……我还以为他回乡上了呢。这肉头，色鬼一个，老干这活，仗着酒量好，灌醉男人，弄女人。”

听得那男人喘吁吁问道 :“舒服不？”女人吃吃笑道 :“舒服得不敢给娘家人说。”

猛子悄声问 :“咋？回吧？”白狗说 :“等等，他们一回去，也跟死猪一样。”果然，那二人吧唧一阵，脚步声去了，传来关门声。

“咋没见狗？”猛子问。

白狗说 :“可能叫进屋了，怕坏她的好事。瞧，人家的关系。你还想告哩，你一告，谁不骂你？穷死不喊冤，屈死不告官。何况，告到中央，还得人家乡上处理。”

猛子却想 :“这会兰子，平日倒也正经，可浪起来，一点也不比双福女人差。”想到了大头望莹儿的眼神，他快意地想 :“你还瞅别人干啥？自家女人也叫人操了。”

两人上了墙，抽上梯子，顺进墙里。白狗还在墙上，放下绳子准备往外吊。猛子下了墙，他拿着那块肉，准备对付狗。本来，他想叫白狗下来，可白狗说 :“你是对付狗的行家。”这是天大的理由，猛子只好下了。

觉得到处是狗，那棚下，那黑影里，那不明不白的所在，都隐着一双绿绿的狗眼。那狗眼，本不放光，可猛子心里，却恍惚成狼眼了。这使他提心吊胆，想，你扑出来倒好些……当然，最好别叫，一叫，自己只好撒腿跑了。他四下里瞅瞅，后墙下有个烧馍馍用的火棚儿，上了棚儿，一蹿，就能上墙，比上梯子利索多了，想好后路，才心定了。

猛子走向棚下，数数纤维袋，有十袋，立着。方才那两人，正在这儿撒欢，看那阵势，是女人倚了袋子，男人又倚了女人，村里人管这姿势叫“栽庄子”。这“庄子”，就是大口袋的别称。想到那情景，猛子的嗓里很渴。想不到，一个平时并不惹眼的肉乎乎的会兰子，竟也能叫他上火。看来，北柱骂他骂对了，他说啥来着？对了，“三天不见女人面，见了母猪赛貂婵。”

他侧了耳，听到一阵呼噜……不，一群呼噜。大头的呼噜最响。难怪。听说，中央要开发西部，拨下款来，叫给老百姓换电线，不要钱。但乡上说，得叫电工、民工、干部啥的吃饭呀，总不能饿肚子，就收了钱。那钱数儿，比买电线的还多，大头们就有了呼噜的本钱。

猛子一吃劲，抱起一袋，从手感上觉出，是黄豆。啥也行，只要能放大头的血就成。喝的血太多了，该他放血了。他抱了袋子，朝墙上垂下的绳子走去。脚步声很响。猛子最怕偷嘴子狗，趁人不注意下口。要是狗不出声，偷偷跟来，一口，就能从腿肚子上撕下肉来。叫狗不咬人，咬人的狗不叫。猛子四下里望望，却不见狗影儿。他想："莫非，狗叫会兰子关起来了？"

猛子把袋子放到垂下的绳子上，绾个活扣，白狗几下就吊上墙头，顺到墙外。一抽绳扣儿，活扣就开了。白狗压低了声音说："脚步轻些。"猛子低声道："你来抱上百十斤东西轻轻看。"

往返一阵，袋子们就到墙外了。吊最后一袋时，出了点小麻烦，吊到半空，扣儿却开了，袋子劈空落下。猛子慌忙去接，却叫下堕的袋子砸倒在地。因了这一接，堕地声就不太响。

"伤了没？"白狗悄声问。

猛子被砸得眼冒金星，爬起来，活动一下腰腿，倒还自如，就第二次绾好，叫白狗吊出，才爬上墙头。

白狗说："你先下，我收拾一下现场。"他脱只鞋子，扣了，在墙头上蹭几下。"这下，没脚印了。"白狗喘吁吁道。

这下，提醒了猛子。他说："糟了，那后院，尽是我的脚印。""你穿了啥鞋？""布鞋。""皮底的？""布底。"白狗说："怕啥？那布底鞋，百十号人穿呢。明日早晨，你听着，一听到会兰子哭叫，就咋咋呼呼往他家跑，惊的人越多越好。这现场，三踩两踏的，就没了。"虽也是个法儿，猛子的心还是落不到实处。

白狗指指袋子，说："放你家？"猛子说："不成不成。爹知道了，打断我的腿呢。"白狗皱眉一阵，说："干脆，埋到沙窝里，埋远些。那儿最保险，轻易找不到；万一找到，也不知道谁偷的。"

两人先把梯子抬回家中，又来扛袋子。风更大了，沙鞭直抽脸，怪叫声也很瘆人。白狗说：“正好，这风天，把啥都盖了。”话才出口，却叫风沙带了去，消失到远方了。

猛子扛一袋黄豆，虽不太重，但迎了风走，就显吃力了。那风时时鼓荡衣襟，要掀翻他。沙子也不时裹头裹脸来一气。一起风，就这样。这种天里，睡觉最好。在热炕上，迷糊里听风声，是一大享受哩。

做贼真辛苦。

2

次日，若不是听到嘈杂声，猛子还醒不来呢。这是他的本事，天大的事也睡得着。梦里正捧了会兰子啃呢，却叫妈推醒了。“起，看稀罕去，大头家出事了。”妈说。

猛子这才记起昨夜的事，一骨碌爬起，飞快地穿了衣出门。用不着他“惊”，人们看大戏一样朝大头家涌。

会兰子的哭声在晨风里游着。那声音悠长，尖锐，突地拔高，直插云端，再游丝一样，袅袅荡下。会兰子是村里公认的哭丧亚军，除了月儿妈，就数她了。她哭起丧来，很是耐听，边诉边哭，其声幽咽，其形痛绝，如泣如诉，余音绕梁。看来，她把哭丧练就的绝技使出来了，村里人自然不放过这一绝好的热闹场面。

大头家挤满了人，白狗早在那儿咋呼着当拉拉队。几个女人正拉扑天抢地的会兰子。那情形，真和哭丧一样了。会兰子跪在昨夜里销魂今早上断肠的那个所在，用脑袋一下下撞地面，弄得一脸污泥。看这模样，你真不信她竟能发出那种天籁般的呻吟。猛子四下里瞅瞅，见乡长一脸严肃，正给村干部吩咐啥。大头则垂了脑袋，眼皮仍显浮肿，想是昨夜真喝多了。猛子心里说：“大头，你的女人叫人操了。”

大头儿子边抹泪，边扯妈的衣袖，想扯断那哭声。孟八爷也劝会兰子：“算了算了。死了的哭不活，丢了的寻不着。哭有啥用？”

会兰子吵架似的直了声：“咋没用？我叫他好吃难克化。谁偷了我的黄豆，叫他断子绝孙！”

“就是。断子绝孙！”一些人应道。这应，是想表明：那事儿，不是我干的。

“谁偷了我的黄豆，生下娃娃没屁眼！”

“没屁眼。”这回，应的人更多了。因为有了准备，也更整齐响亮。会兰子拧把清涕，嚎几声，又叫：“叫他车碾马踏！”

“车碾马踏！”这回，全院人都喊了。

“叫他祖坟里埋的是老叫驴。”

“老叫驴！”声若巨雷。这阵势，比“文革”时的喊口号还来劲。

孟八爷不禁大笑。他一笑，喊口号的人们，也觉出了滑稽，笑声轰然，涨破院子，连紧绷着脸的乡长也笑了。这一来，把个哭丧的场面弄成看小品了。

大头起了身，朝会兰子吼：“起来，别丢底典脸了。”会兰子又朝大头龇起了牙：“丢的啥人？典的啥脸？老娘又没偷人，又没卖肉，丢了东西，嚎几声，有啥错？”

猛子想：“你咋没偷人？夜里，还给人家皮鞋上绣花哩。”不由笑了，望乡长的脚，见他虽穿了皮鞋，也不见有个啥花儿，定是会兰子放了空炮。

“骚货。”大头骂，“几袋东西，丢了就丢了，那有啥？就当给了孙子，就当吃了药。”

会兰子母狗般哮：“你当然不心疼。你一天甩上老屌闲游闲逛，是老娘头仰屎坑苦下的。你不心疼，老娘心上可刀刀儿戳呢。老娘偏要骂，骂他个七七四十九天。男人偷了，害大背疮。女人偷了，得盖天病。”这回，村里人没应。

猛子打个哆嗦。大背疮没见过，可听过，据说从前心能看到后背，很可怜。盖天病也听过，病一发，就从女人下身里出指头粗的蛆。会兰子这一咒，猛子觉得脊背凉飕飕了，他想，千万别得大背疮呀，我可是替天行道呢。虽也不信金刚亥母，他还是祈祷了一番。

“丢人呀，骚货。”大头痛心疾首。他没再骂更难听的，毕竟，自己大小也是个干部，不能失了身份。

会兰子又朝他扬起了獠牙：“谁丢人？你头吃上个砸尻榔头，吃时有你，穿时有你，操心时没你。你要是不喝酒，谁敢偷？你醉了醉，不要吐天哇地，把狗也弄醉，谁敢偷？大头烧山芋，吃了喝了，嫖风打浪，头放到杂碎盆子上，一点正事不干。”

猛子这才明白，狗没叫，是因为吃了大头的呕吐物，也醉了。真是好笑。猛子想说：“他要是不醉，你能给乡长皮鞋上绣花？”

这下，大头给戳到痛处了。他没多少文化，最怕人怀疑他的智力。这娘们，哪壶不开提哪壶，竟说他的头在杂碎盆子上搁着。杂碎是啥？猪羊牛的肚肠，明明的，把大头说成牲口了。是可忍，孰不可忍。村人还没反应过来，大头已揪过会兰子，瞄准她的脸，响响地扇了几下。会兰子的鼻血咕咚咕咚冒了出来。

“大头，你干啥？”孟八爷喝道。

乡长也撑了乡长的架势过来，没说话，指头一指，大头就扔了女人。女人索性扯起嗓门，哭丧似的骂起来。那内容，却从骂贼转向骂大头了。

3

派出所派了几人，装模作样看了一番，也没看出个眉眼，就走了。

大头招了村民，在家府祠门前的大树下开会。大头说，本来他不想开会，可那贼不偷别人，专偷他，似乎是想跟他叫板。再说，要是你也偷，我也偷，还叫他活不活人了？

家府祠是大清道光年间修的，原是当家户族祭祀祖宗的地方，但时代变了，谁也不在乎祭祀了。除了逢年过节到祖坟上奠几张纸外，“祖宗”二字，也很少听闻了。家府祠虽是旧房子，却很是气派，四梁八柱，雕花飞檐，尽是好木头。民国十六年，那大地震把凉州城的罗什寺塔都摇倒了，家府祠却安然无恙。后来，叫生产队当了库房。再后来，就空放着。每逢过年，花球们就提个录音机，放个舞曲，男与男互相搂了，学着城里男女，扭腰晃屁股，逗得村人嘿哈一通。

家府祠前，是棵大白杨树，径约两米，直插天空。因为年代久远，那枝丫就龇牙咧嘴，扭出古色古香的怪来。白杨命短，成材后若是不伐，中间就空了。可没治。树是祖先栽的，几百号子孙，谁也有一份，谁也不敢私自砍它。前些年，有个油把佬，出个价，想买去当油梁，可谁也做不了主，只好由它空去。不过，空了的大树仍是大树，那气势，仍压着别的树一头，加上家府祠，就显得威焰赫赫了。大头选这地方开会，是有他的用意的。

会议研究的主题是：他的黄豆丢了，咋办？

狗宝说："这贼真缺德，连种的都偷。日后，怕是没安稳日子了。"月儿爹说："就是。说不准连麦捆子也偷哩。这号贼，抓住，挑断脚筋，看他还偷。""就是，就是。"几人应道。

猛子想："宁给好汉牵马镫，不给懦夫当祖宗。我们打抱不平，你们，嘿，竟说这种话。"他发现，喊"就是"的，是平日私下里牢骚最大的。明白这"就是"，意在为自己脱干系。他想，怪不得凉州的贪官肆无忌惮，凉州尽是这号人，能不养贪官？

老汉们问大头："你说咋办？"

大头说："那东西，肯定还在村里，肯定还在！咋办？"白狗说："搜。"孟八爷问："搜不出咋办？"大头问孟八爷："你的意思，不搜了？"孟八爷说："我们没说不搜，可搜不出咋办？"这一来，有两个"咋办"了，村里人就研究两个"咋办"。

大树上有群乌鸦，也在叽喳聒噪，时不时，就落下一团白色的粪。平时，谁都忌讳这粪，按神婆的说法，鸟粪落到人头上，会一年不利顺的。此刻，谁也不顾这吉不吉了，都把那"咋办"塞满心了。

"没啥说的，搜！"白狗说。

会兰子眼泡肿着，嗓门没肿，就尖尖地叫："当然搜！不搜，便宜了那挨刀货。”

这回，老顺也问了：“搜不出，咋办？”这话该问，搜谁的家，就把谁当贼了。搜不出，人家当然要问个尺码。再说，谁家的正堂里都供着神灵祖宗，你进去，翻箱倒柜，飞上跳下，跟那毛搔人的鬼没啥两样了，晦气呢。

大头说：“心里没冷病，不怕吃西瓜。”孟八爷说：“大头，话往好里说。我们没说不叫你搜，我们说搜不出，咋办？”大头问：“你说咋办？”孟八爷说：“大家说。”望望老汉们，却都垂了头。

白狗说：“没说的。搜！不搜，叫人家以为全沙湾都成贼了。”老顺说：“这话，说说容易，可你想，那黄豆，谁家没有？咋知道是你的？”

会兰子说：“我那黄豆，跟别人的不一样，是新品种，金豆子似的，没一个黑点儿。它和别的掺掉，也一眼能认也来。”

大头叫：“不搜了，不搜了，掉进贼窝的东西，你也拿不出来。蛇钻的窟窿蛇知道。心里没冷病，不怕吃西瓜。”这话明退暗逼，谁若不叫搜，心里就有冷病了。

孟八爷怒道：“大头，屁往好里放。老子第一个叫你搜。”白狗叫：“我第二个。”老顺说：“搜就搜吧。这孙蛋，话头上欺人哩。”

就搜。

从神婆算定的方向开始，一家一家搜。这是近年来少见的场面，跟日本鬼子的大扫荡一样热闹。不料想，才搜了几家，就从王秃子家搜出了一升“金豆子”。王秃子涨红了脸，承认他揪过大头的黄豆角，说是大头乱收水费，他气不过，摘过他的黄豆角。别的黄豆，他没见。

大头问王秃子：你承认不？不承认，我可报案哩。王秃子死不承认，大头就去了派出所。

4

一辆警车停在路口。大盖帽带了王秃子，朝车走来。

王秃子女人厉厉地嚎着。几个丫头也嚎。一股风卷来，那嚎就随了风声，忽大忽小。又听得会兰子骂："老娘早就知道是他偷的。眼斜心不正，心比驴还恨，怪不得他养不下娃子，断后焦尾巴。这号人，天不绝他，才是怪事。"孟八爷说："会兰子，你别提起箩儿斗动弹，就事论事，少往别的事上扯。"

王秃子本来阴沉了脸，一语不发，一听会兰子的话，脸色大恶。他驻足扭头，恶狠狠瞪着会兰子，从牙缝里挤出话来："你那娃子，墙头高，才算人呢。老子除非死在狱里，出来，老子这老羊皮，换你几张羔子皮。"

大头本来也没说啥，一听秃子这话，骂道："秃驴，你唬谁哩？有啥事，你冲老子来，唬女人娃儿干啥？老子又没栽赃，把黄豆塞到你家里。你是狗咬的，自寻的，怨老子干啥？"

王秃子冷笑道："老子偷没偷，天知道。"会兰子叫："没偷？黄豆咋到你家了？"王秃子只阴阴地瞪一眼会兰子，不再发话。

大盖帽喝："走！"秃子又机械地前走。

白狗说："就凭那点儿证据，就抓人家，说不过去吧。你们搜过了，几百斤东西，又不能塞进老鼠窟窿。抓奸抓双，捉贼捉赃。"会兰子说："谁说没赃？那黄豆，是农科院的新品种。别说沙湾，全凉州，也没几家种。"猛子道："人家不是承认揪过豆角吗？"会兰子说："那号话，谁不会说？"

白狗仍极力为王秃子开脱。猛子明白他的心思。他们做贼，是为惩罚大头，若叫王秃子顶了缸，良心不安呢。宁叫它变成无头案，也不能冤枉秃子，就对警察说："抓人，得有证据呀，人家承认揪过豆角。揪点儿豆角，够不上抓吧？我放牲口时，也揪豆角烧着吃呢。"警察解释道："这是嫌疑人，我们也没说他就是罪犯。若是没事，我们就放了他。"王秃子吼："你查，查出没事，老子这辈子，叫你们养活。你扣了老子一瓢稀屎，想轻飘飘地放我，没门！你放，老子也不出！"

一警察笑了，"好，不出，就多待几年，把牢底压穿。"一人却上前，朝王秃子扬起手："你给谁当老子？"另一人挡住："算了，算了。"

白狗叫："你们可不准打他！上回，我可是叫你们把吃上的米汤也打出了。”猛子说：“就是。王秃子，谁要是打你，认下模样儿，出来告他。”

一警察过来，“喂，你们是啥人？是同谋吧？”白狗笑道：“啥同谋？我们正是罪犯。咋？也抓我？”猛子暗抽一口冷气，却也笑道：“就是。我们干了许多惊天大案呢。那点儿黄豆，还没放在眼里呢。”

一警察吼道：“一边去，少妨碍公务。”

王秃子女人哭着扑来，绊倒在地，爬起，又扑来，一身尘土，一脸泪水。几个娃儿哭声虽大，却不敢追来。“冤枉呀。”女人嚎。

一警察过去，挡在前面，喝道：“嚎啥？放心，我们决不冤枉一个好人，也不放过一个坏人，坦白从宽，抗拒从严。”女人哭道：“他不是坦白了吗？他承认揪过豆角，谁叫他大头多收水费。”

白狗捣猛子一下，悄声说：“瞧，这女人，跟我们一个心思。”猛子眨眨眼，说：“夹嘴。”

那老些的警察说：“不是解释了吗？仅仅是嫌疑，我们还得调查取证。”女人住了哭，说：“你们可不准打他。打残废了，我碰死在派出所门上。”

警车欧啊着，牵一条灰龙远去了。白狗捣捣猛子，离人群远些，问：“咋办？叫人家顶缸，自己当缩头乌龟，不对劲吧？”猛子说：“先别急，叫人家审去，没证据，说不准就放了。你一出头，弄巧成拙了。天下有多少无头案呀。”白狗拧眉一阵，没再说啥。

听得王秃子女人哭道：“不叫你把帽子，呜呜，往缸上放，你不听，呜呜……看，我说顶缸哩……呜呜……真顶缸了……天杀的贼呀，你偷了东西，却叫我们顶缸。”

白狗上前，说：“你咋又乱骂人了？说不准是梁山好汉，打富济贫呢。”大头发话了：“白狗，贼成梁山好汉，老子成啥了？老子是高俅？是蔡京？老子派儿子霸占了你的女人？”白狗笑道：“想霸占，老子也没女人。不过，你是啥？天知道。”猛子道：“算了算了，狗咬狗，一嘴毛。”

孟八爷走向王秃子女人，拉了一把：“起来起来，哭啥？哭坏身子，娃儿可没人养活。那事儿，他没干，人家想按，也按不到他头上，放心。叫人家调查，不调查，说不准得背一辈子黑锅。调查清了，也好还你个清白。”女人哭道：“你说八爷，这天杀的贼，可恶不？好事自己干了，恶事叫人背。”

白狗道：“听，又乱骂人了。贼又没抓你男人，要骂，该骂派出所才是。他们头吃个砸尻榔头，连个案也破不了，乱抓好人。”女人却一声连一声地叫：“天杀的贼呀。”

白狗苦笑着望猛子：“没见过这号糊涂鬼。”

离哭声远些，猛子说：“叫秃子顶缸，心里总是难受。要不要想个法儿补偿一下？一进派出所，打少不了要挨，叫人家替我们挨打，心总是不安。”白狗说：“就是。先给他女人送些钱，二百，帮帮她，将来卖了豆子，也给秃子一份，卖多少，三个人分，就当秃子也入了股，不能叫人家白挨打。”猛子说：“也好，先一人出一百。”

夜里，却从派出所传出话来：王秃子招了。那黄豆，说是卖了，卖给过路的三轮车，也不知是哪里人。都说：这下，够判刑了。

5

一大早，白狗把猛子叫出庄门。见他一头冷汗，猛子惊问：“你病了？”白狗苦笑道：“也算病吧。……不，比死还难受，知道不？秃子女人彻夜嚎，跟折了崽的母狼似的，瘆怪怪嚎。”猛子道：“秃子咋招了？”白狗叹道：“进了那儿，想不招，也由不了他。人家想要个啥口供，总能弄出个啥口供。王秃子又不是铁身子。……老子想好了，汉子做事汉子当，我投案。我光棍一条，没啥牵扯。秃子若判了刑，会一家子死人。那婆娘得肝炎多年，都硬化了。”

一听他要投案，猛子的舌头麻了，他吞吞吐吐地说：“上回，哥一死，爹妈天塌了。我要是……他们咋活？”白狗笑道：“你不投，我一人承担算了。杀也一人，剐也一人。若是罚款，你就卖了黄豆，能顶当最好，顶不了，你出些。”猛子放心了，一拍胸膛：“成哩，没问题。剐骨头卖肉，你我平摊。”白狗说：“我一进去，就攀扯大头贪污的事。我要是攻成了，你把嘴夹紧。攻不成了，你也在外面闹，争取叫大头撤诉。解铃还得系铃人。能救我的，只有大头。”猛子又说：“没问题。我等你一个月，若没动静，我也攻。”白狗说：“你放心，打死我，我也不会供出你。你把心放到肚里，大了胆子，铁了心，整。头掉了，不过碗大个疤，拼他个鱼死网破。我坐牢，他也逃不了。那账，一查就明。斗大的石头，打磨眼里进哩。他想寻个路数儿，也没那么容易。”又说：“那黄豆，我分出来了半斗，埋在我家门口的土堆里，当赃物。剩下的，仍埋在那儿。你瞅个机会，卖了，钱交给我爹赎我。别忘了，一月后我若出不来，你就到乡上告状，多挂络几个人，他们不处理，你们就进城，坐在市政府门口，闹。”

猛子嗯一声，心突地热了，说：“白狗，你真是条汉子。这辈子，我交定你了。”白狗笑道：“啥汉子？我也怕挨打。可我心软。人家无毒不丈夫，我心软，算啥汉子？”

然后，白狗就去投案。警察不信，白狗就带了他们，在土堆里挖出了赃物。虽只有半袋，但确实是“金豆子”。白狗妈露出“天塌了”的可怜相，骂：“挨刀货，又不缺吃，又不少穿，咋干这号没脸的事？老娘少说，也有十几石麦子哩，你想干啥，明说。早知道他是这号丢底典脸的贼骨头，早一屁股压死喂狼了。丢人不如喝凉水哩。明理的，知道儿大不由娘，不明理的，还当老娘也喝贼汤呢。”狗宝说：“我们又没说你偷，你着啥急呢？”他这一说，反叫人觉得这女人做贼心虚，才喋喋不休呢。

白狗爹老狗般蹲在庄门旁，耷拉着脑袋，看不清脸色。

白狗吼道：“老子承认偷了，但老子是替天行道。他大头，榨了多少血啊？每年的水费占了多少？你们算过没？那么多卖窝子的钱，到哪儿去了？还有那卖地的回扣？你想黑馍馍盖天窗呀？”

大头虎着脸扑上去，扇白狗几个耳光：“你个杂种，你当贼还有理了？”白狗的鼻血流了出来。他瞪着眼，边啐边吼：“大头，你再动老子一下，老子就杀你的儿子。你以为老子不敢？就算老子坐牢，出来后，老子照样杀。你驴日的，再动老子一下。”大头又扑上去，却叫会兰子拦住了。白狗哈哈大笑。

在远去的笑声和尘埃中，人们沉默了。白狗的话，像一粒粒石子，打在他们的心上，便不约而同地相互望望。猛子说："不管咋说，这白狗，有骨头，有脑髓，有三分男气。"却没人应和。

狗宝尖声道："啥骨头啊？贼骨头。叫人抓住了，啥话不会说。贼不犯，是遭数儿少。谁知道以前队里的树啊，是叫人报了仇呢，还是叫人解了恨。"有人应和了："就是。"

狗宝是村长的跟屁虫，谁当村长跟谁好。老顺很反感，就说："话也不能那么说，丢树的时候，白狗才几岁？"狗宝尖声尖气地说："谁知道呀？几岁的不成，几十岁的呢？"

白狗爹跳起身，走上前来，指着狗宝说："你驴日的再吱吱，再吱吱。他儿子是他儿子的事，你提老子干啥？老子把你的牙敲掉！"狗宝慌了："我没说你呀。谁又说你来着？"

白狗爹黑着脸，一字一句地说："你们也用不着望笑声。谁也保不住妻贤子孝。你们要是想喧，走，请到我的大书房炕上，慢慢喧。你们要是不想喧，那就各回各家。少在人家的门上辱臊人行不行？"

众人都觉脸上无光，就讪讪地散了。

猛子却心神不宁地嘀咕：白狗那家伙，会不会挨不住打，把我给招了？

第 二 十 一 章

日头爷落到九龙口，恶狮子含了个绣球。

1

枪声已打不破豺狗子的环绕了。莹儿发现，兰兰的挪窝真是个错误，她们已四面受敌。枪里的火得分别喷向四面，才能使那些挤出低哮声的獠牙们稍稍晃动一下。

骆驼的啐声时不时响起，对那些瘆虫，它们早毛骨悚然了。但连枪声都不顾的豺狗子，咋会怕它们的突突声呢？骆驼狠劲地甩着脑袋，它们想扯断缰绳，但最不禁疼的鼻孔却叫煣过的柳条桎梏着。虽扯得柴棵一阵阵猛晃，骆驼还是发现自己的无奈了。它们发现，那脆弱的鼻孔绝对抵不过柴棵的根系，就算它们扯断鼻梁，也未必就能逃出豺狗子的恶口。豺狗子已完成了对人驼的包围。骆驼要是一逃，会首先成为对方的追击目标。驼们终于安静了些，不再扯缰绳，但突突声却不停息。莹儿明白那是在威胁豺狗子。她想，豺狗子连火枪都不惧，还会怕骆驼的唾星吗？

局面很不好了：首先是柴不够了。那柴，堆着时，看起来很多，但坐吃都能山空，何况火一直没熄。感觉上，想来有几个时辰了吧？但不好说，有时候，感觉会骗人的，有时一恍百日，有时却度日如年，莹儿不能断定时间。

虽也带了表，但表跟钱一起装在小包里。想到表，莹儿便想到了钱。她想，那钱可是驮盐的本钱，最好带在身边，就向兰兰要了手电，走过去，将包挂在脖里。捏捏小包，硬块儿还在，却又看不起自己的行为了。她想，看这样子，命都不一定做主了，我咋能想到钱？我真是个守财奴。但怨归怨，却仍是背好小包。她想，要是叫豺狗子吃了，也就吃了。要是逃出去，还得用钱。她从包里掏出电子表，一看快凌晨四点了，就对兰兰说，再坚持一个多小时，天就亮了。

莹儿后悔刚入夜时没多弄些柴。现在，沙洼里有柴棵处都叫豺狗子占领了。包围圈也越来越小。你想弄柴，先得对付那堆獠牙。莹儿将所有的柴弄到一起，也只有坟堆大小。想到坟堆，莹儿觉得不吉。她想，也许，真要死了。但却没先前那么慌张。她眼里，死不可怕。以前，“死”字也时时会迸入心里，跟吃饭穿衣一样便当。但要叫豺狗子撕扯一气，却是她不愿意的事。豺狗子最爱动物内脏，一想它们会在自己肚子上掏个大洞，再将那尖脑袋探入腹腔，咬了肝花心肺一下下扯，她便不由得反胃了。早知道如此，她会在那个大雨之夜死去。又想，也好，叫豺狗子吞了，世上就留不下尸首了，爹妈就看不到女儿的惨状了。她的消失，就跟蒸发了一样，留不下一点痕迹了。也好。但一想豺狗子在吞了内脏后，还会将脸啃得一塌糊涂，她还是不由得一阵哆嗦。她想，冤家呀，既然我的美丽留不住你，就索性喂豺狗子吧。她感到一阵恶意的快感，却涌出一脸的泪来。

兰兰斥道，火咋熄了？

莹儿抹把泪，扔几把干毛枝儿，吹几口气，火燃起来。几个豺狗子已经很近了。兰兰装好了枪，朝它们一搂火，倒下了两个。另两个却没逃，反倒朝兰兰龇起牙来。莹儿往火头上扔些柴，火突起了。那两个才后缩几步。看来，豺狗子顾忌的，还是火，可惜柴不多了。要是火一熄，枪声怕也阻不住豺狗子了。莹儿留恋地望一眼天。她想，也许，这是最后一次看天了。因为有火光，星星模糊着，隐隐幻幻的，跟心里的那个盼头一样。她想，她蒸气般从世上消失后，他会不会寻找？他也许会骑了驼，沿了那纵横的沟壑，一边叫她的名字，一边撕心裂肺地哭。……你来迟了，她念叨着。谁叫你不珍惜呢？世上有好些东西，给你时，你不要。你想要时，却没了。你找吧，哪怕你找遍每一个沙粒，但注定找不到她了。莹儿有种恶作剧地跟他捉迷藏的意味。她虽然恨那迟到的冤家，但那恍惚里的寻找还是感动了她。她边往火中扔柴，边泪流满面。她总是这样，总在一种虚幻的营造里，首先感动她自己。

柴没了。

随着火头的缩小，豺狗子的圈子缩得更小了。它们当然也看到没柴了。人类能看到它们的凶残，它们也能发现人类的弱点。它们齐声大叫，其声凌厉怖人。兰兰虽冷静地放枪，但装枪的速度慢了，她肯定慌张了。莹儿反倒冷静了。恍惚里，她看到那冤家在注视着她。她想，我是不能失态的，我改变不了命运，但我不失态总成吧？她知道，哭呀闹呀，是赶不走豺狗子的。那就不哭。她看到了火焰开始收缩。那是光明，是生的光明，是希望的光明，是黑暗中最温暖的东西，但它收缩了。她听到豺狗子们在欢呼。它们真是在欢呼。双方间的较量已不再是食物问题，已超越了物质层面。因为豺狗子们不再吞噬同伴尸体了。虽然它照样可以充饥，但火光和枪声显然激活了它们的另一种天性。

火光没了。黑压了过来，一圈绿灯凸现出来。如同一杯水无法浇熄火焰山一样，手电和枪声已很难震慑看到了胜利曙光的豺狗子了。兰兰装枪的速度更慢了，仿佛她在思考是否还要做无谓的抵抗。豺狗子们却只是尖叫，并不急着上扑，像是还有所顾忌，也像在玩猫逗老鼠的把戏。要是你听过豺狗子们的尖叫的话，你定然会明白那千百种可怕的声音一齐发出会有怎样的恐怖效果。那叫声是疯狗的狂吠、饿狼的哀鸣、泼妇的撒泼、屠夫的诅咒等诸多音响的混合物，它仿佛不是发自喉咙，而是从牙缝里挤出的。伴那声响的，还有涎液和狞笑。莹儿像是进入了梦魇。豺狗子缓慢地前移着，眼中的绿光水一样流动，映绿了涎液，发出汩汩的声音。

莹儿只希望，它们能一口咬断自己的喉咙，别先抽她的肠子。她最怕在尚有生命时，看到自己身体的一片狼藉。她不想看到自己的丑陋。她想到了那峰死在沙洼里的骆驼，要是她也那样死的话，她会很伤心的。她宁愿上吊或是投井。她不想叫自己的血肉跟粪便搅在一起，也不想叫那成团成团的绿头苍蝇绕着她嗡嗡，更不想叫身子滋养出乱嚷嚷的蝇卵。她想，最好的死法，应是吃上一团鸦片。鸦片虽不是好东西，却能带来好多美丽的幻觉。虽是幻觉，但美丽呀！细想来，人生本就是幻觉，眼前的一切，总是泄洪般东流，谁也抓不住它。人最珍惜的生命，其实也仅仅是感觉而已。那鸦片，既能结束你不想或不能再拥有的生命，又能给你带来美丽的感觉，当然是最好的了。莹儿后悔自己来时，没带上那块给憨头止疼备用的鸦片。那时，怕他寻短见，她将它藏在屋梁上，又糊了掩尘纸。却又想，就算是带了鸦片，你吞了它，豺狗子照样会撕扯了你，苍蝇照样在你的血肉碎片上生出白嚷嚷的蛆。一想那白蛆，莹儿又想呕了，就祈祷说，豺狗子呀，你要吃的话，就索性吃个精光，别留下一点儿渣滓。她想到藏地天葬时，喇嘛也在念经祈祷，祈祷神鹰们吃光死者的肉。据说，吃不净的话，是很不吉祥的，意味着死者不能如愿投生。她感到好笑。她发现，命运总在跟她开一些奇怪的玩笑，也总在改变她的心。就像跟猛子的婚事，开始觉得那想法亵渎了自己，渐渐能接受了，再后来，竟成了她极力想做而不得的事。这次也一样，开始怕豺狗子吃她，后来竟变成了祈祷豺狗子将自己吃干净些。想来真是好笑。这人生，真是难说得很。

绿光很近了。她甚至听到了它们的喘息。她等着它们扑上。她见过它们的弹跳速度，只要它们后腿一蹬，瞬间就能叼住她的喉咙。那时，一切就结束了，相思结束了，痛苦结束了，挣扎结束了。也许，她就会堕入一团没有亮光的黑里。她不知道她会不会有知觉。她当然希望有，一想自己会成为一团没有知觉的黑，她的心就会一紧。但又想，管那么多干啥？到哪时，说哪时的话。也许，生命结束之后，反倒有更美的景致。——当然，这可不好说。她觉得更美的景致里应该有他。没有他，多美的景致，也会没了意思。

莹儿望着那些环顾的眼，伸了伸脖子，想，你们来吧。

你们等啥？

她觉得一股风呼地扑来了。

2

谁料，随了那呼呼声扑起的，竟是一股冲天大火。莹儿闻到了刺鼻的火药味。那火直冲夜空。莹儿的头发也叫火燎了一下。豺狗子惊叫着，后退几步。莹儿正吃惊呢，见兰兰手一扬，火又蹿上半空了。她明白了，兰兰在往火中撒火药呢。那火药的力道，当然比柴棵的大，难怪将豺狗子吓懵了。

兰兰说，你别等死，快撕褥子，浇上煤油。

这下提醒了莹儿：就是，还有好些能烧的呢。

藏刀很利，几下就将帐篷和一条褥子割成碎块。莹儿想，先割一条褥子，不够了再割。要是能逃出去，没被褥也不成。莹儿往布片和驼毛上浇些煤油。煤油虽是给马灯准备的，要是没有马灯，行夜路当然不方便，但此刻，先顾命吧。莹儿淋了油，点燃。她本来想往熄了的火堆上放，谁知火燃起后，却心念一动，便索性将火球扔向豺狗子。那团火发出一晕一晕的光圈，缓慢地飞到东面的一个豺狗子身上，引燃了它身上的毛。豺狗子吓坏了，直了声惨叫。它背了火，四下里乱窜。东面豺狗子的阵脚大乱，轰地退出了老远。但豺狗子毕竟不是易燃物，油一燃净，毛一着光，火便熄了。那豺狗子的命虽保住了，却疼得直声长嚎，竟发出狼的嚎声了。

兰兰叫了一声好。她放下火药袋，燃了蘸油的驼毛团，扔向另外三面的豺狗子。这招真管用，豺狗子们四散而逃，但它们也不甘心就这样退去，退到二十米开外，便停了下来，瞪了绿眼赛呆。

兰兰说，再不能傻等了，想法子逃吧。

莹儿说，也好。她在那些布片毛团上浇了油，她不敢浇太多，只希望能引燃布片和驼毛就成。她腾出两个大塑料袋，将驼毛们分装了。那是她们的手榴弹，或许能炸开包围圈的。两人将驮架安到骆驼身上拴牢，将所有东西都拾掇停当。兰兰装了枪，将火药袋挂在脖里。两人骑了驼，各带了打火机和蘸了油的驼毛。莹儿揣好藏刀。她想，就算要死，也不能伸了脖子叫你们啃。

兰兰在前头开路。她亮着手电，那光柱劈开前方的夜。豺狗子们惊魂未定，都寂寂地望着，见兰兰过来，竟慌乱地闪到一旁。兰兰本想开枪扫路，见豺狗子们竟闪开了路，不由暗喜，对莹儿说，别跑，我们慢慢走。一跑，它们还以为我们怕呢。莹儿手中备好了毛团，随时准备点燃后投出，但她怕驼一跑，风一大，会打不着火，就说，就是，慢些好，反正跑也跑不过人家，反倒显得心虚。

但人不想快跑，驼却想快跑。它们当然忌惮那环伺的牙齿。它们突突几声，再直杠杠叫几声。兰兰用力拽驼们的鼻圈，好容易才叫那颠颠的驼掌稳了些。

豺狗子既然寂声不语，兰兰也不招惹它们。在吆驼经过豺狗子闪出的缺口时，莹儿一手燃了打火机，一边备好驼毛。要是豺狗子们一有反应，她就投出火去。豺狗子们似乎明白她的心事，后退了几步。

手电的光柱照着起伏而去的大漠，东方已有了亮色。这是希望的曙光。莹儿松了口气。她已经疲惫到极致了。紧张时，倒觉不出啥，此刻，她的骨髓似被抽空了，眼睛也硬往一块儿合。某个瞬间里，她甚至没了意识。她怀疑自己在那一瞬堕入了睡眠。她真想睡去。就算是身后有豺狗子，她也真想睡去。

兰兰的手电由前照变成了后射。光柱里，一线黑点儿变成了一攒，凝在沙洼里。那堆火籽儿仍发出昏黄的光。驼铃引来清冷的漠风，水一样在身上漫过，凉到心里了。莹儿很喜欢这风，因为流了好多汗，她觉得口很渴。她将毛团放入塑料袋，解下挂在驼架上的水拉子，她喝了几口，递给兰兰。兰兰把枪挂到脖里，接过拉子，喝了一气。兰兰本是最惜水的，但这场生死历练后，她想犒劳一下自己。

光柱里的那攒黑点儿越来越小了。莹儿舒口气。她很奇怪，那么凶残的动物，竟会叫暴燃的火药和飞去的火团吓成这样。也许，这就算出奇不意了。

东方的亮色浓了些。风越加清冽，这是村里人称为下山风的那种，它沿着祁连山回旋而下。几乎每天早晨都有这样的风。秋收打场之后，村里老人就靠这下山风扬场。它将莹儿的疲惫吹淡了些。骆驼响亮地打着响嚏，带着很庆幸的意味，步子也大了起来。兰兰也不再拽缰绳了。不管咋说，离那瘆虫越远越好。但莹儿害怕这一跑，反倒提醒了豺狗子。兰兰再拿手电照去，却不见那黑点儿，一道沙山将它们隔开了。也好，兰兰松了缰绳，狠劲一夹腿，骆驼狂奔起来。

驼峰看起来很稳，骑上去却没马背平顺。马奔时，只有缓慢的起伏感，驼跑时却上下颠得厉害。莹儿将盛驼毛的塑料袋拴在驮架上，两手撕住驼峰。她最怕驼惊，要是驼惊了，她是驾驭不了的。

兰兰看出了这一点，她开始控制速度。火枪在她胸前晃得很凶。她一手持枪，一手扯缰绳。那驼倒也听话，步子慢了下来。莹儿的驼跟着兰兰，前驼一停，后驼也就慢了。

但豺狗子的怪叫声也传来了。莹儿忙取出洒过油的驼毛，她一次次按打火机，但都叫风吹熄了。好容易引燃驼毛，抛向后面，但追击的豺狗子只是拐了一下弯。它们并没被火团吓住。骆驼又慌乱地颠起来。兰兰向后举了枪，却只听到一声轻微的火炮声，想来，枪里的火药早在颠簸中撒了。

莹儿一次次按亮打火机，一次次被风吹熄。她明白，就算是引燃袋中的驼毛，也阻不住豺狗子了。沙漠很大，路很多，它们稍一绕，就会将你好不容易引燃的火绕开。莹儿索性装了打火机，仍将那驼毛装入塑料袋。她一手撕住驼峰，一刀握了藏刀。没办法，她想，只好拼了。兰兰也试着装了几次火药，都在颠簸中撒了，也只好放弃努力。用不着她再夹腿，驼的速度更快了。现在，活的唯一希望就是看驼的奔跑能力了。但她俩都知道，豺狗子是沙漠里最善跑的动物之一。单凭跑，很难逃脱它们的利齿。

莹儿以前虽常骑驼，但她骑的，多是乖驼，而且多平稳地走，像这号奔跑，还没经过呢。骆驼开始跑时，她很慌乱，她伏在驼架上，上面虽垫了被子，但时不时地，尾骨还是被硌得发疼。她想，兰兰可受苦了。她垫的褥子被弄碎后，屁股下只有几条翻毛口袋。莹儿见火团阻不住豺狗子，就解下塑料袋，夹几下腿，赶上前驼，将袋子递给兰兰，叫她垫在屁股下。

不经意间，麻乎乎的天完全亮了。莹儿见豺狗子虽在追赶，但并不是全力追赶，显然还忌惮她们手中有秘密武器。这就好。它们的叫声却叫耳旁的风声和驼身上灶具的踢零哐啷声盖了。兰兰高声喊，你别怕，等日头爷高了，它们就该滚了。你骑好，小心摔下去。这好意的提醒，反倒使莹儿慌张了。她想，要是摔下驼背，立马就会被啃成骨架。她最怕驼会失蹄，因为沙漠里有好些鼠洞，要是驼掌踩进驼洞，驼身的重量仍会惯性向前，就会折断驼腿。鼠洞多在阴洼，但兰兰仍将驼吆往阴洼，因为阳洼里浮沙多，豺狗子们却能如履平地，骆驼稍不小心，就会滚洼的。

看得出，豺狗子是决不甘心叫眼前的这些食物逃走的。追了一阵，见对手也没玩出个啥新花样，就放大了胆子，撒欢似的追。它们越来越近，驼的步子慌乱了。莹儿想，像这样逃，不定啥时候，驼就会失了前蹄的。真要命。心却疲了，那恐惧呀啥的，也叫疲淹了，只能由驼了。已经听得见豺狗子咻咻的出气声了。她想，只要它们再跑一阵，一包抄，一切就该结束了。

忽见兰兰扔出个东西，莹儿认出是那个装驼毛的塑料袋。豺狗子滞了一滞，但很快，它们便明白那是啥了。它们一窝蜂上前，将塑料袋撕得一塌糊涂。这一下提醒了莹儿。兰兰那一招，虽没完全阻住豺狗子，但至少缓解了危机。她一手撕住驼峰，一手去扯解装灶具的袋子。她本想用手解的，哪知她摸索了半天，却不能如愿。又见一个豺狗子已跟驼并齐了，它仍是嘣儿嘎儿地挑衅着。莹儿朝袋子划了一刀，只听一声碎响，锅呀，碗呀，筷子呀，相互撞击着，摔了下来，发出巨大的声音。这一下，把豺狗子吓坏了。它们定是将那发出怪响的东西当成对方的杀手锏了，竟齐齐驻足了。

兰兰说，对，把该扔的扔了，保命要紧。

莹儿们趁机又逃出了老远。兰兰喊，你将备用的衣服取出来，只留下水和馍馍。一见它们追上了，就扔下一件，先顾命要紧。莹儿摸索了半天，才将那放衣物的包袱抽出，身后的厉叫声又响了。

日头爷冒出了半个脑袋，豺狗子们似乎并不怕大地上涌出的白盘。那场追逐已变成了闹剧。豺狗子对花衣的兴趣更大，一见飘下件衣物，便兴奋地一拥而上，你撕我咬，衣服很快变成了满地的花蝴蝶。包袱里的衣服一件件扔下，引起了豺狗子一次次的兴趣。它们显然明白对手的本事也到头了，就从容地将那撕衣游戏玩到了极致。每撕去一件衣服，它们总要嘣儿嘎儿跳一阵。莹儿知道正是那衣物缓解了扑来的死亡，但还是很心疼。最后，只剩下一件天蓝色上衣了。这是灵官送给她的，是爱情的证物，她想，这件，我说啥也不扔了。要死就跟它死一块儿。她索性将这件上衣穿在身上。

兰兰也扔下了好些东西，它们该起的作用也起到了。日头爷升到了半白杨树高。没有红霞，这意味着天会很热。但追逐的豺狗子们并没有头疼的迹象。兰兰说，对这沙路，她已糊涂了，反正往东逃吧，碰上牧人的话，再问路不迟。问题是她们仍是摆不脱豺狗子，它们在撕扯花衣的过程中耗光了热情，对她们扔下的别的东西也不感兴趣了。它们甚至对猎物们一次次丢东西的行为表示出极大的愤怒。于是，它们发出很大的叫声，叫声里充满了杀机。听得出，它们已完全弄清了那两驼两人的底细，谅她们再也玩不出新花样了。

它们要下杀手了。

满沙洼滚动着一堆堆厉叫。

3

豺狗子风一样卷了来。

莹儿见扔下的物件已无法再吸引豺狗子，就懒得扔了。明知死已逼到近前，那不甘心又冒了出来。心里有种灰灰的感觉。每到绝望时，都这样。整个世界都灰了。豺狗子的厉叫变成了梦，颠簸的沙丘变成了梦，在飞奔的驼上时时回顾安慰她的兰兰也变成了梦。她想不到自己会是这样一个结局。一股苍凉感从灵魂深处腾起，很像贤孝里的悲音。记得，灵官喜欢贤孝，喜欢贤孝那沉重的旋律。她却嫌它粗鄙。没想到，在生命可能要结束的这时，她心头萦起的，却是贤孝的悲音。那悲音，很像沙上萦蕴的一缕缕轻烟。莹儿的梦幻感更浓了。恍惚的回眸里，豺狗子们像热锅上的跳蚤一样跃在她身后。它们是来喝她的命的。但怪的是，她心里只有极度的疲惫。疲惫把一切都幻

豺狗子风一样卷了来，
它们撒欢似地追，
越来越近！

化了，连她自己也成了影子。

驼上坡下洼，颠簸度越来越大。莹儿差点叫颠下驼背。她想，颠下就颠下吧，反正是迟早的事。她的心虽这样说，但身体竟自个儿伏了，跟驼峰贴得更紧。听灵官说，身体是神灵的城堡。她也懒得祈祷体内的神灵们。她想，随你们吧，你们想喂豺狗子，就喂吧。她真有些奇怪自己了，仿佛豺狼子们追逐的，是另一些人。

后面的声音没了，不知是真没了，还是在感觉里没了，反正没了。驼的喘息也没了。耳旁的风也没了。一切，都晶在一块巨大的水晶里了。颠簸感虽有，但也影子一样了。心头的贤孝悲音还在萦着，三弦子的嘣嘣声里，她品出了一种灵魂的挣扎。她想，这才是真正的音乐，是沉淀了千年的灵魂的乐音。

身子乏到极致了。她真想在驼背上睡过去，哪怕豺狗子们抽肠子或是啃肉，都不在乎了。但身体虽乏，心却在恍惚里清醒着。她想，那恍惚的梦幻感，也许是真正的清醒吧？……记得，他老说人生是梦。她当然不信，当她搂着他鲜活的身子时，你咋说梦，她也不信的。现在她信了，一切真是梦。遥远的爹妈是梦，逼近的豺狗子是梦，颠簸的驼峰是梦，她忽而忽而悬上半天的命也是梦。那生命的弦音，当然更是梦了。

她想，这感觉，是不是就叫“看破红尘”呢？万念俱灰又恍然如梦。却明白，这所谓的看破，还不彻底。因为那不甘心，仍游丝一样，在心中摇来曳去。

兰兰慢了下来。她拽着驼缰，不使自己离莹儿过远。但那驼却另有想法，想来它明白，虽然它们跑不过豺狗子，但却能跑过另一峰驼。莹儿很感动兰兰的拽缰。她想，只有在这时，你才能看出一个人是不是值得你用生命去交。她想，命运真好，能给她一个愿跟她生死与共的姊妹。

兰兰发出尖叫，她在唬豺狗子，或是想将它们引向自己。莹儿苦笑了，她想，人家连枪都不怕了，还怕你的叫？她喊，兰兰，你别管我，你先逃，逃出一个是一个。兰兰瞪她一眼，啥话？你别怕，等日头爷再高些，它们的头就疼了。莹儿明白，她在给自己宽心。只听过狐子在太阳下头疼，没听过豺狗子也这样。

莹儿回望一下，见豺狗子嘣儿嘎儿，越来越近。最近的几个，已离她骑的驼不到两丈了。她甚至能看到它们贪婪的眼了，还有那翻龇的牙，还有蹬飞的黄沙。这一望，那叫虚幻感消解的恐怖又出现了。她想，叫那肮脏的嘴咬一下，真比死还难受呢，心里就升起了对豺狗子的厌恶。本来她还有种听天由命的味道，厌恶却叫她握紧了刀。她想，你别想轻易地咬我。她拍拍驼背，说，你可走好，可别滚洼，我叫豺狗子尝尝刀子。驼叫一声，仿佛说，你还不放心咱吗？

莹儿咬着牙，挣出虚幻感。她明白那感觉很危险，豺狗子可不管你是不是虚幻，它眼里的肉是实实在在的。死亡也是实实在在的。不管咋说，爹妈给了这么好的身子，乖乖地叫豺狗子撕，也对不起爹妈。一想到妈，她的眼泪又涌了出来。她想，妈，我不该那样说你。要是能活着出去，一定叫妈天天吃大肠炒辣子。大不了她卖血，不信还换不来大肠炒辣子？

听得兰兰叫，拿刀捅呀。莹儿扭头，泪眼里弹上一个黑丸，下意识举刀捅了去，才觉得刀触着了啥，黑丸已惨叫着滚下沙洼了。兰兰叫，好，捅死一个。莹儿吃惊地看看藏刀，果然看到了血。她很吃惊，豺狗子咋如此不禁捅？一想，却明白了，豺狗子不过狸猫大小，捅它，也跟捅狸猫差不多。她的胆子大了。见驼后的豺狗子一蹦一蹦想扯骆驼肠子，就举刀刺去。哪知，刺了几下，却连根毛也没碰着。

兰兰稳了身子，往火枪里装火药，她好容易才将溜子探进枪管，这下好了，火药虽有撒在外面的，也有部分进枪管了。她边装边捅，口中却发出呵斥声，就像她在村里突遇恶狗时那样。

几个豺狗子赶了上来，莹儿放大了胆子，像电影上的骑兵那样抡圆了藏刀乱砍，虽没砍中，它们倒也不敢贸然上扑了。它们边尖叫，边弹跳，它们显然想叫对方的精神崩溃。莹儿虽也害怕，藏刀的乱劈之势却没有稍减。倒是骆驼慌张了，开始东扭西扭。莹儿怕它乱跑，猛扯缰绳，好容易才遏制住它跟兰兰们分道扬镳的势头。

一个豺狗子趁机扑了上来。它似乎是想叼莹儿捉刀的手腕，但它没计算好提前量，落下时，却到了驼尾上，莹儿举刀猛刺，虽将它刺了下去，却将骆驼屁股也刺开了一个大洞。血一下冒了出来。骆驼也更慌张了。

闻到了血腥的豺狗子野性大发，它们纷纷蹿到前方。它们的意图很明显，它们要截下前蹿的驼。驼中计了，它猛地拐了方向。忽听兰兰叫，抱紧脖子！莹儿还没明白过来，就觉得一股大力抛出了她。她嗖地飞向半空，她似乎还在空中翻了几个跟头，就觉得许多沙粒向她打来。她只好闭上眼睛，由了身子滚。纷飞的沙子一阵阵泼向她的脸。她想，完了，这下，掉豺狗子嘴里了。妈呀！她叫。无论她以前如何怨妈，这一时刻，她叫出口的，仍是妈。

4

快！快！

身子的滚动刚刚停下，莹儿就听到了兰兰的叫。她睁开眼，先看到两条粗大的驼腿，然后看到兰兰伸下的手。她捉了那手，立起身。快上！兰兰又叫，莹儿扯着兰兰的手，踩着兰兰伸过的脚，好容易才爬上了驼背。她看到倒地的驼还在挣扎着惨叫，驼身上虱子般趴满了豺狗子。兰兰说，没治了。它的腿断了，想来它踩进了鼠洞。

豺狗子们扑向那惨叫的驼。虽也有一个豺狗子试探着想靠近这儿，兰兰咬了牙，一枪便将它打倒在沙上。兰兰也不急着离开，她明白，那倒地的驼，足够豺狗子吃了。她慢慢地装了枪。

莹儿脑中却一阵嗡嗡，天塌了似的。那驼，是老顺的爱物，人家出了四千块，他还舍不得卖呢。她想，与其这样，还不如自家喂了豺狗子。她木木地望着叫豺狗子扯得直声惨叫的驼，眼泪喷了出来。她说，还不如我死呢。兰兰虽也难受，却安慰道：咋说这号话？有人就有一切。有了我们两个大活人，不信还赔不了驼？

莹儿这才觉出了漠风，它吹透了自己的衣服，吹进心里了。她从里到外觉出了凉。对那些豺狗子疯狂的大嚼，倒也没觉出多少厌恶。驼已不叫了，它长伸四腿躺在沙坡上。它的身上盖满了豺狗子，只有四个蹄子还露在外面。豺狗子的所有注意力都转移到死驼身上了。它们懒得再望莹儿们。它们的对手变成了正跟自己抢食的同类，开始了相互的撕咬。莹儿想到方才那驼还驮了她跑呢，此刻却成一堆肉了。那虚幻又一下子扑了来。

兰兰装好了枪，叹息一声，说走吧。

她松开缰绳，用不着发命令，驼就掉转身，颠颠着跑起来。同伴的命运定然也强烈地刺激着它。虽然它的身子已叫汗水浇透，但速度仍然很快。是的，最厉害的鞭子，便是豺狗子尖牙的威胁。

莹儿抹去了泪。她想，哭是没用的。

兰兰叹道，别的没啥，只可惜了那些水。不过，也没啥，剩下的这些，我们省着些喝。

兰兰这一说，仿佛碰到了饥渴开关，那汹涌的饥渴开始醒了。两人在驼背上喝了点水，吃了些馍。兰兰说，幸好爹有经验，叫她们把吃食和水分成两份，不然，就算逃过豺狗子的嘴，也会变成渴死鬼。莹儿苦笑道，那是我们的罪还没受够。兰兰安慰说，不要紧，还有些火药，碰到倒霉的兔子，打两个……你没吃过烧兔子吧？那可比烧山芋好吃多了。又说，大难不死，必有后福呀。兰兰做个鬼脸。

莹儿却想，这死不死的，现在还难说得很。谁知道吞了那驼肉后，豺狗子会不会再次追来？

绷紧的神经一松弛，困意就大网般罩了来。两人都打起了瞌睡，有些东倒西歪了。兰兰强打精神，她怕骆驼胡乱跑了去。虽已迷了路，到了一个从没来过的地方，但兰兰知道，要是一直朝东走，即使迷了路，也没啥大不了。因为东边是蒙古，那儿总能碰到人烟的。有人烟就好，一人的食水两个人用，支持不了几天的。要是再遇上鬼打墙，绕不了多久，她们就会变成木乃伊。

驼的喘息声越来越大，跑了老远的路，又驮了两人，夜里吃的草料早化成热量了。要不是驼峰开始提供养分的话，驼早没体力了。兰兰想，得找个草多处，叫骆驼吃些草，她们也多少歇一会。她实在没气力了，头里面有几辆拖拉机在跑。莹儿已歪了身子倚着她睡了，兰兰怕再不休息，驼吃不消不说，她们也会栽下驼背的。

转过一道沙梁，见有些沙秸，虽是些陈年沙秸，骆驼是不嫌的。它的食物圈很大，沙漠里的大部分植物都能入口，兰兰晃醒莹儿。两人下了驼，兰兰将驼拴在柴上，也没歇驮子，两人就萎在干沙上。还没躺平顺呢，已堕入了梦乡。

不知过了多久，炽热的太阳烤醒了兰兰。她满头大汗，嗓子眼里冒着火。日头爷快到正午了。沙洼里没有一丝儿风。

骆驼却不见了。

兰兰吃了一惊，忙推醒莹儿。她说，骆驼跑了。她虽是个强性子，话音里却带了哭音。莹儿梦里正跟豺狗子周旋呢，一听兰兰的话，舌头倏地麻了。她想，完了，驼身上带着吃食和水。这不是要命吗?

两人沿了驼的掌印去找。幸好没刮风，驼掌清晰地印在沙上。那一串串或深或浅的印儿通向天边。兰兰暗暗叫苦：要是那驼执意要逃的话，她们是无论如何也撵不上的。狐颠颠，人三天。驼也一样，驼要是颠颠着跑上一气，人要想赶上，也得好长时间。按说，驼通人性，是不会半路逃跑的。它们也知道，在偌大的沙窝里，无论任何理由的逃，都是很不仗义的。何况，你还驮了人家的养命食水。兰兰骑的这驼，是向村里人借的，不像自家那驼，跟自己有感情，这号事，谅它也做不出来。兰兰对自家驼的可惜之情，这时才完全占据了心。自家的驼是村里最好的驼，曾吊死过咬了它峰子的两匹狼，被村里人尊为驼王。跟猛子去猪肚井时，它更是立下了功，没想到，却叫豺狗子填了肚子。

两人本就劳累，追了一阵，都喘粗气。兰兰想，不知它是去寻草场水源呢，还是逃跑了？要真是逃跑，她们的追是毫无意义的。两人萎在沙上，喘息一阵。莹儿说，找找看吧，尽了人力再说。两人又沿了那印迹跌撞而行。那印儿，忽而上坡，忽而下洼，她们只追到滚在蹄洼里的一个馍馍，却不见一点驼的影子。

兰兰擦擦汗，说，像这号驼，才是该喂豺狗子的。你说，该死的不死，不该死的却偏偏死了。莹儿说，再追追看吧。看这样子，馍馍袋子烂了，追不上驼了，能追上几个馍也好。兰兰说也好。追了一阵，她们又见到了几个馍馍。再追，就只有脚印了。兰兰说，那骚驼说不定把漏下的馍都吃了。果然，她们在一处沙上发现了一堆馍馍渣。

算了。不追了。兰兰说。

波峰浪谷的沙海